Lorelei James est une des auteures dont les romans érotiques connaissent le plus grand succès aux États-Unis. Elle a reçu de nombreuses récompenses littéraires, dont le Romantic Times Reviewers' Choice Award. Lorelei vit dans le Dakota avec sa famille.

Du même auteur, chez Milady :

De main de maître :
1. *La Novice*
2. *L'Initiée*
3. *L'Experte*

Riders :
1. *Chevauchée exquise*
2. *Chevauchée ardente*
3. *Chevauchée intense*
4. *Chevauchée brûlante*

Du même auteur, chez Milady, en poche :

De main de maître :
1. *La Novice*

CE LIVRE EST ÉGALEMENT DISPONIBLE AU FORMAT NUMÉRIQUE

www.milady.fr

Lorelei James

La Novice

De main de maître – 1

Traduit de l'anglais (États-Unis) par Victor Nicolas

Milady Romantica

Milady est un label des éditions Bragelonne

Titre original : *Bound*

ISBN : 978-2-8112-1864-5

Bragelonne – Milady
60-62, rue d'Hauteville – 75010 Paris

E-mail : info@milady.fr
Site Internet : www.milady.fr

Chapitre premier

— Alors, c'est ici que tu apprends à te battre ?

Amery scruta la façade ravalée du vieux bâtiment de brique. Du haut de ses six étages, c'était le plus grand immeuble du pâté de maisons. Au rez-de-chaussée, des barres de fer recouvraient les quelques fenêtres qui n'avaient pas été murées. On pouvait lire sur la porte en verre « Arts Black », et un numéro de téléphone était inscrit en dessous.

Elle releva la tête. De là-haut, il y avait sûrement une vue incroyable sur le fleuve et sur toute la ville.

— Euh… Amery ? Qu'est-ce que t'attends ?

— Qu'un groupe de gentils ninjas descende du toit en rappel… S'il y a moins d'une douzaine de tueurs masqués portant des sabres, je serai très déçue.

Molly rit nerveusement.

— Bon… Ben, peut-être la prochaine fois. Là on doit y aller. Le cours commence dans cinq minutes, et on nous a bien dit d'arriver à l'heure.

Amery poussa un soupir. Elle n'avait vraiment aucune envie d'être là, mais elle allait prendre sur elle et y aller, même si c'était juste par solidarité.

Son estomac se tordait dès qu'elle repensait au coup de téléphone de la police le mois dernier, après que Molly, son employée si douce, avait été attaquée par des SDF dans le centre de Denver. Pauvre Molly, que l'on sentait déjà introvertie avant cet incident ! Après cette agression elle se recroquevillait encore plus sur elle-même. Alors, quand elle demanda à Amery de l'accompagner à un cours d'autodéfense pour femmes, celle-ci n'avait pas pu dire non.

Mais, en regardant ce quartier aux allures de terrain vague, Amery n'aurait pas été surprise de se faire agresser en sortant du cours. Peut-être que cela faisait partie de la formation. Voir si les élèves mettaient en application ce qu'elles avaient appris pendant la leçon quand elles rejoignaient leur voiture à la nuit tombée.

Amery avait dû paraître réticente, car Molly lui dit, en lui renvoyant un sourire un peu faux :

— Tu sais, si tu ne veux pas le faire…

— Je ne sais pas pour toi, mais moi, j'ai trop hâte de me retrouver dans une pièce remplie de machos qui maîtrisent les arts martiaux et qui aiment se battre pour le plaisir.

Les pupilles de Molly rétrécirent.

— Je plaisante, Molly. Allez, on y va. Je ne voudrais pas que tu sois en retard pour ton premier jour.

À l'intérieur du bâtiment, l'entrée se séparait en deux halls : l'un conduisait aux vestiaires et l'autre aux salles de classe. Elles se dirigèrent vers l'entrée principale.

Un type chauve et couvert de tatouages, vêtu d'une sorte de pyjama blanc, se tenait devant une petite cabine qui ressemblait à un mélange entre une billetterie et un vestiaire.

— Bonsoir, mesdames. Je peux vous aider ?

Molly se racla la gorge.

— Je suis ici pour le cours d'autodéfense pour femmes.

Il ramassa une feuille d'inscription.

— Votre nom ?

— Molly Calloway.

Monsieur Tatouages devait être chauve par choix, car de près il avait l'air d'avoir moins de vingt-cinq ans. Il vérifia la liste et raya le nom de Molly.

— Et vous, madame ? demanda-t-il à Amery. Comment vous appelez-vous ?

— Amery Hardwick.

Il fronça les sourcils.

— Vous n'êtes pas sur la liste. Vous êtes inscrite à ce cours ?

— Techniquement, non. Je suis là en tant que supportrice, pour encourager mon amie.

— Je suis désolé, mais on ne fonctionne pas comme ça.

— Pardon ?

— Seuls les inscrits au cours ont le droit d'entrer dans le dojo. Il n'y a pas de spectateurs. Ni de supporteurs.

— Jamais ?

— Jamais.

Amery regarda Molly. La pauvre était rouge comme une tomate. Puis Amery se concentra sur le videur chauve.

— Vous n'autorisez pas les parents ou les tuteurs à rentrer pour surveiller leurs enfants se battre entre eux.

— Non, madame.

Eh bien, c'était absurde ! Et elle ne se priva pas de le lui dire.

— C'est bon, Amery, chuchota Molly. C'était une idée idiote. On va y aller.

Elle empoigna Amery par le bras.

— Attends une seconde.

Amery sortit son portefeuille en cuir noir et blanc de son sac.

— Combien coûte le cours ?

— Ce n'est pas un cinéma où vous pouvez vous pointer et acheter des tickets à l'entrée. Votre demande doit être validée avant l'inscription. C'est le règlement. Ce n'est pas moi qui l'ai rédigé, je ne fais que l'appliquer.

Amery tapota sur le comptoir.

— Je comprends bien, mais je crois avoir des circonstances atténuantes. (Il fit la grimace.) Peut-être devriez-vous aller voir votre supérieur, car je ne compte pas partir.

Il hésita une dizaine de secondes avant de prendre le téléphone. Il se retourna pour qu'elles n'entendent pas la conversation. Puis il leur fit face à nouveau.

— Si vous voulez bien vous asseoir, quelqu'un va venir vous voir.

Molly se décomposa, ce qui incita encore plus Amery à vouloir participer à la séance.

Moins de deux minutes plus tard un grand blond dans une espèce de pyjama noir se tenait devant elles. Il tendit la main à Amery.

— Je m'appelle Knox Lofgren, je suis le responsable du dojo. En quoi puis-je vous aider ?

Amery lui expliqua la situation et ajouta :

— Je me serais officiellement inscrite à ce cours avant, si j'avais su. Ce n'est pas juste d'en faire pâtir Molly.

Elle s'approcha de lui et chuchota :

— Depuis l'agression… elle évite les situations où elle ne connaît personne. Elle ne commencera pas les cours si je ne suis pas là. Vous ne voudriez pas avoir ça sur la conscience, monsieur Lofgren ?

L'homme examina Amery comme si elle mentait. Alors qu'elle allait craquer et faire machine arrière, il dit :

— Très bien. Je vais vous faire rentrer. Mais comprenez bien que vous ne serez pas toujours en binôme en cours. On attend de vous que vous vous entraîniez avec les autres.

Il s'adressa à Molly.

— Est-ce que cela vous posera un problème ?

— Non, monsieur.

— Bien.

Knox passa la feuille d'inscription à Amery.

— Remplissez juste l'essentiel. Vous réglez par carte ou par chèque ?

— Combien coûtent les cours ?

— Cent cinquante dollars.

Cela semblait cher, mais elle allait le payer. Elle sortit sa carte de crédit de son portefeuille et la lui tendit.

— Voici un reçu.

— Merci.

Dès qu'elle eut fini de remplir sa feuille, elle leva les yeux vers lui. Ce Knox pouvait intimider rien que par sa taille. Il devait mesurer au moins un mètre quatre-vingt-quinze.

Il avait ce style typiquement américain du jeune voisin de palier sympa, malgré son âge – sûrement entre trente-cinq et quarante ans –, et ses yeux bleus n'avaient l'air ni cools ni sympathiques. Et peut-être même… légèrement effrayants.

— J'ai ajouté un descriptif des cours et l'emploi du temps. Assurez-vous de suivre le règlement.

Un adolescent arriva en courant.

— Shihan ! Il y a du sang sur le ring quatre.

Shihan ou Knox ou Dieu sait qui déguerpit immédiatement.

L'homme chauve et tatoué lança :

— Mesdames, passez par la porte du fond. Posez vos sacs sur le tapis roulant. Si vous portez des armes, sortez-les de vos sacs. Sinon vous pouvez passer par le détecteur de métaux.

Un détecteur de métaux ? Amery s'interrogea sur le niveau de sécurité dans cet endroit qui était censé être rempli de ninjas tueurs.

— Un problème ?

Elle était sur le point de laisser tomber, mais la curiosité avait toujours été son péché mignon.

— Soyez franc avec moi : est-ce qu'on est dans une sorte de camp d'entraînement militaire ?

— Non. Pourquoi ?

— Pourquoi autant de sécurité pour un simple cours ?

L'homme haussa les épaules.

— Les armes font partie de l'entraînement. Les épées, les couteaux, les bâtons… Nous devons contrôler et valider toutes les armes qui rentrent ici.

— Oh !

Molly la poussa vers la porte d'un coup de coude.

Une fois qu'elles eurent passé le portique – il y avait toujours une ambiance bizarre – il montra du doigt un type trapu qui leur fit un signe de la main. Tout en s'approchant, elle examina la pièce. L'endroit était net, avec des couleurs neutres, de la moquette grise et des murs blancs, quand il y en avait. Certaines des salles d'entraînement étaient séparées par du Plexiglas. Il n'y avait aucune fenêtre le long de la pièce, mais des miroirs sur les murs, ce qui donnait à cet endroit un air de fête foraine. Au centre, une sorte de tour de contrôle surplombait l'espace.

Le type trapu s'inclina rapidement devant elles et tendit la main.

— Je suis votre professeur pour le cours d'autodéfense. Nous utilisons les noms traditionnels à Arts Black, vous pouvez donc m'appeler Sandan ou Sandan Dave au choix.

Molly se présenta en premier.

Quand ce fut au tour d'Amery, il fronça les sourcils.

— Je ne me rappelle pas votre dossier.

— C'est parce que j'ai été rajoutée à la dernière minute.

Elle donna un petit coup de coude à Molly.

— J'étais censée venir uniquement pour du soutien, mais il paraît que cela va à l'encontre des règles du dojo.

— Ah ! (Il se tourna vers Molly.) C'est la chef que vous évoquiez dans votre dossier ?

— Oui, monsieur. Je veux dire : oui, monsieur Sandan Dave.

Pourquoi Molly avait-elle parlé d'elle, au point que ce type s'en souvenait ? Et était-ce en bien ou en mal ?

Elle se concentra à nouveau sur la conversation et entendit Dave conclure :

— … c'est exactement ce que veut le sensei.

Il fit un geste en direction de la zone derrière eux.

— Il y a environ trois mille mètres carrés d'espace répartis sur deux étages. Les élèves de tous niveaux peuvent donc s'entraîner en même temps. Certaines pièces sont ouvertes comme celle-ci. Et certaines, situées à l'arrière, sont réservées aux élèves plus expérimentés.

Molly désigna la tour de contrôle tout au centre.

— Qu'est-ce que c'est que ça ?

— Le Nid du Corbeau. Sensei Black peut y observer les élèves.

Amery eut l'image d'un homme grisonnant, sage et agile, assis là et marmonnant pour lui-même que la jeunesse d'aujourd'hui manquait de discipline.

— Enfin, nous sommes heureux que vous rejoigniez toutes les deux Arts Black, dit Sandan Dave tout en fixant Molly. Votre cours est ici. Déposez vos sacs le long du mur du fond.

La quinzaine d'élèves s'aligna par ordre d'âge : cela allait d'une fille plus jeune que Molly jusqu'à une femme de soixante-cinq ans ou plus. Les élèves étaient de toutes tailles et de toutes origines confondues.

Amery remarqua qu'elles portaient toutes des hauts blancs avec des pantalons de survêtement ou des pantalons de yoga noirs. Quelques-unes regardèrent son jean et son chemisier à manches courtes.

Sandan Dave frappa dans ses mains.

— Écoutez, les filles ! Je vais faire une brève présentation du cours, mais d'abord tout le monde doit enlever ses chaussures et ses chaussettes.

Amery fusilla Molly du regard, mais celle-ci avait déjà commencé à défaire ses lacets. Amery défit la fermeture Éclair de ses bottes noires d'équitation et les lança sur son sac à main.

— Ce cours demande plus d'implication que les cours d'autodéfense de base que vous pourriez prendre en club de gym. Prendre en charge votre sécurité est le premier pas, puisque la plupart des actes violents se déroulent à un contre un. Mais pendant ce cours vous allez apprendre en équipe, et cela consiste entre autres à vous soutenir et à vous entraider.

Philosophie intéressante.

— Nous allons nous échauffer. Rien à voir avec les échauffements rigoureux de jujitsu que vous pouvez voir dans les autres cours, je vous assure. Alors espacez-vous et mettez les bras le long du corps.

Molly se dirigea vers la rangée du fond, mais Amery agrippa sa main.

— On ne se cache pas, hein, tu te rappelles ?

— Même en dehors du boulot tu es autoritaire.

Amery sourit.

Mais il semblait que tout le monde voulait être au premier rang, donc elles finirent dans le fond malgré tout. Sandan Dave marchait en cercle autour des élèves tout en leur indiquant comment s'étirer en douceur.

Amery aurait aimé avoir un pantalon de yoga, son jean lui coupait la circulation dès qu'elle faisait un mouvement.

Molly se pencha et souffla :

— Je croyais qu'il avait dit que ce ne serait pas un entraînement rigoureux. Je ne me suis pas inscrite à un cours d'aérobic.

— C'est sûr !

Amery se sentait elle aussi légèrement essoufflée.

— Et s'il essaie de me faire courir ? Désolée, mais je me rue sur la porte.

Molly eut un petit rire, mais elle s'arrêta net quand Sandan Dave la dévisagea.

— Avant que l'on commence, est-ce qu'il y a des questions ?

— Oui. Pourquoi est-ce qu'elle ne porte pas la tenue adéquate ?

Amery s'immobilisa. Cette voix directive fit frissonner tout son corps. Comme une brise chaude soufflant sur une peau mouillée. Elle en eut la chair de poule des pieds à la tête. Avant qu'elle ait pu se retourner pour voir si le visage concordait avec cette voix sensuelle, son professeur la prit de court.

— Je vous présente mes excuses, sensei. Préférez-vous que je l'exclue du cours ?

L'exclure du cours ? C'était absurde. Si Monsieur Tatouages avait oublié de lui rappeler le dress-code, ce n'était pas sa faute à elle. Elle avait payé pour ce cours, elle resterait jusqu'au bout. Et pourquoi ces deux hommes, Monsieur Dangereux à la voix délicieuse et Monsieur Sergent Instructeur Dave, ne lui avaient-ils pas demandé directement ?

— Elle peut répondre par elle-même.

Amery fit un tour sur elle-même pour faire face au sensei.

Bon Dieu ! Elle avait la chance d'avoir les genoux bien fermes, sinon elle aurait pu tomber. Le visage correspondait on ne peut mieux à la voix séduisante : c'était tout simplement l'homme le plus magnifique qu'elle ait jamais vu. Ses pommettes hautes ainsi que son menton large et ciselé provenaient d'origines germaniques. Ses lèvres inférieures s'inclinèrent, donnant à sa bouche un arrondi sensuel. La légère courbe de son nez ajoutait de l'intérêt à ses traits, pourtant parfaits. Et ses yeux ! Elle n'en avait jamais vu avec cette nuance : une pointe de marron doré, la couleur de la topaze. Leurs coins étaient en amande, indiquant que son arbre généalogique comportait également une branche asiatique. Ses cheveux noirs effleuraient presque ses épaules. Tout chez cet homme, depuis son visage jusqu'à sa posture, traduisait une autorité naturelle.

Le sensei n'était vraiment pas l'homme décrépit qu'elle avait imaginé.

— Vous avez fini ? demanda-t-il de cette voix de velours, mais au ton délibérément saccadé.

Amery rougit quand elle se rendit compte qu'elle l'avait fixé en restant pratiquement bouche bée.

— Pourquoi cette élève ne porte-t-elle pas la tenue adéquate ? demanda-t-il à nouveau à Sandan Dave, tout en gardant les yeux rivés sur elle avec intensité.

— Pourquoi vous l'enguirlandez ? Ce n'est pas sa faute si je ne porte pas les bons vêtements, répondit-elle d'un ton sec.

C'est là qu'Amery comprit véritablement le sens de l'expression : « entendre une mouche voler ». Maintenant elle savait exactement ce que cela voulait dire. L'impression que tout le monde dans l'immeuble – pas seulement autour d'elle – était silencieux et retenait son souffle devant elle.

Puis le sexy Monsieur Sensei se pencha en avant, plaçant la bouche juste à côté de son oreille.

— Je n'accepte pas l'impertinence dans mon dojo. Jamais.

La chaleur de son souffle vola jusqu'à son cou, et elle réprima un frisson.

— C'est clair ?

— Oui, oui.

— « Oui, monsieur », « oui, sensei » ou « oui, maître Black » sont des réponses acceptables. Ce n'est pas le cas de « Oui, oui ».

— C'est compris, euh… maître Black.

— Si vous souhaitez rester dans ce cours, je vous suggérerai de porter la tenue qui convient sans discuter.

— Je n'ai pas la bonne tenue parce que j'ai été ajoutée à la dernière minute.

Elle avait remarqué que tout le monde dans ce cours, y compris Molly, portait un bas noir et un haut blanc.

— Nous allons remédier à cela maintenant, répondit-il. Suivez-moi !

Cette voix de ténor exigeait qu'elle obéisse. En le suivant, elle sentit que tous les regards étaient rivés sur eux.

Elle se concentrait sur le large dos du sensei devant elle. Peut-être qu'Amery était ennuyée qu'il ne se soit même pas retourné une seule fois pour voir si elle avait obéi, celui lui semblait aller de soi.

Car tu n'es pas exactement une rebelle, Amery.

Mais ça, ce « Monsieur Sensei ou maître Black » ne le savait pas. Peut-être que, depuis qu'elle avait ouvert la bouche, il pensait que c'était une sorte de semeuse de troubles. Elle se jura d'être dorénavant sage comme une image, ne serait-ce que pour Molly.

Ils passèrent devant un petit vestibule.

Il ouvrit une porte, et Amery le suivit dans un débarras rempli de meubles. Sur le mur du fond il y avait des piles d'uniformes, ceux que tout le monde portait. Des blancs et des noirs.

Le sensei posa le regard sur Amery, en dessous de la ceinture, puis il se tourna et fourra la main dans une des piles. Il en sortit un pantalon noir.

— Qu'est-ce que c'est ? On dirait un bas de pyjama.

— Ça s'appelle un « gi », et vous n'avez pas vraiment le choix, n'est-ce pas, mademoiselle…

— Mlle Hardwick, répondit-elle.

— Vous pouvez vous changer dans les toilettes près de la grande salle si vous n'en avez pas pour toute la nuit.

Amery avait rarement perçu ce côté rebelle chez elle. Elle pouvait compter sur les doigts d'une main le nombre d'hommes qui l'avait vue à moitié nue, et pourtant quelque chose chez cet homme la titillait, et elle voulait le titiller à son tour.

— Ce n'est pas nécessaire. Je vais me changer ici.

Elle déboutonna son jean, puis s'en débarrassa à l'aide de ses pieds. Elle lui arracha le pantalon des mains.

Et, sans se cacher, maître Black reluqua les jambes nues d'Amery tandis qu'elle tripotait le cordon du pantalon. Il finit cette observation minutieuse par la petite culotte couleur lavande, puis il releva les yeux.

L'explosion de chaleur qu'elle ressentit sous ce regard doré lui rappela que son audace n'était qu'une attitude.

Ce n'était pas le cas pour le sensei.

Vraiment pas.

Était-il possible qu'un même regard puisse vous enflammer et vous glacer sur place ? En même temps ?

Oui, s'il venait des yeux du sensei.

Pourquoi restes-tu immobile ? Habille-toi et vas-y !

Amery remonta le pantalon en coton le long de ses jambes et disparut.

Ou plutôt elle tenta de disparaître. Mais cette voix vicieuse et captivante l'arrêta avant même qu'elle ait parcouru la moitié du chemin jusqu'à la salle.

— On oublie quelque chose, mademoiselle Hardwick ?

Elle lui fit face et ressentit une ruée d'émotions, allant du mécontentement au respect et à la crainte…, et le mécontentement l'emporta.

— Quoi ?

Il brandit le jean qu'elle avait ôté.

— Vous n'oubliez pas quelque chose ?

— Gardez-le en compensation, dit-elle par-dessus son épaule en s'en allant précipitamment.

Et, surprise, surprise, l'homme ne la suivit pas.

Dans la salle de cours, Sandan Dave n'arrêta pas sa leçon lorsqu'elle se faufila à sa place dans la rangée du fond.

— Pour la plupart des femmes, contre-attaquer n'est pas naturel. Donc notre objectif n'est pas de vous apprendre à amorcer un combat mais à vous défendre, ce qui n'est pas du tout la même chose qu'attaquer en premier. Y a-t-il des questions ?

Amery en avait des tonnes, mais elle garda le silence. Elle ne voulait pas se faire remarquer davantage et passer pour l'élève à problèmes.

— Je suis sûr que vous aurez des questions au cours des prochaines semaines. Mais à présent nous étudions la technique d'autodéfense la plus basique pour faire face à une attaque sans arme. Voici shihan Knox. Il m'assistera durant ce cours.

Shihan Knox se présenta derrière Dave et glissa un bras autour de son cou.

— Il faut être attentif à trois choses dans cette situation. La liberté de mouvement de votre tête, où se trouve la personne derrière vous et où sont vos bras. Dans cette position ce serait difficile de tenter un coup de tête en arrière pour atteindre le nez de l'agresseur. Vous pouvez d'abord tenter de tourner la tête et de mordre le cou de l'agresseur. On ne parle pas d'un petit suçon, les filles ! Je vous conseille d'ouvrir grande la bouche comme si vous alliez dévorer une cuisse de poulet et de mordre comme si vous vouliez atteindre l'os.

Les élèves gloussèrent.

Ce qui n'amusa pas du tout Sandan Dave.

— Si votre tête est trop immobilisée, rappelez-vous où sont vos mains. Généralement juste ici.

Il enroula ses mains autour du bras de Knox, essayant de se dégager.

— C'est un geste inutile. Utilisez vos mains à bon escient. Si votre agresseur est un homme, les filles, vous avez une chance de lui saisir le paquet et d'essayer de le tordre. Cela dit, c'est un choix plutôt risqué, car le réflexe automatique d'un gars est de protéger ses bijoux de famille. Vous devez donc vous attendre à ce qu'il sache où vous allez l'attaquer. Votre meilleure option reste de lui écraser le pied.

— Mais dans le cas où elle porte des tongs et moi des rangers ? demanda shihan Knox.

— Bien vu. Cela ne va pas marcher. Dans ce cas, donnez-lui un coup de pied au genou. Un simple contact entre le tibia et le talon est douloureux, et un bon coup de pied bien placé permet souvent de relâcher la prise de l'agresseur pour lui échapper.

Dave donna un coup de pied à Knox et se délivra de la prise d'étranglement.

— Disons que c'est une première victoire. Le but a été atteint : se dégager de la prise de l'agresseur.

Après quinze minutes supplémentaires de démonstration, pendant lesquelles les yeux d'Amery eurent l'air absents, Molly se rapprocha et chuchota :

— Est-ce que tu pourrais vraiment mordre quelqu'un comme ça ?

— Assez fort pour traverser la peau ?

Molly hocha la tête.

— Ça dépend.

Les yeux d'Amery cherchèrent ceux de son amie.

— Aurais-tu mordu ton agresseur si tu savais que ça l'aurait arrêté ?

— Si tu le présentes de cette façon... oui. Je n'en peux plus d'être stressée en présence d'inconnus.

Amery lui serra la main.

— Je sais. C'est pour ça que je suis ici avec toi. Concentrons-nous pour te transformer en teigne à qui personne n'aimerait se frotter.

— Est-ce que vous parlez pendant le cours parce que vous connaissez déjà toutes les réponses ? demanda maître Black derrière elle.

Elle sursauta. Quand elle se retourna il prit ses poignets d'une main et de l'autre saisit doucement sa gorge.

— Hé !

— Vous voyez comme c'est facile de s'attirer des ennuis quand on est prise au dépourvu ?

Maudit soit-il.

— Vous êtes ici pour apprendre.

— Je le sais, répliqua-t-elle. Monsieur, ajouta-t-elle, alors que le visage du sensei restait impassible.

— Prouvez-le.

Il réalisa une manœuvre sophistiquée en se retournant et se retrouva derrière elle, la traînant sur le tatami.

— Vous vous souvenez de ce qu'il faut faire si vous subissez une prise d'étranglement ? Ou vous étiez trop occupée à discuter pour écouter votre professeur ?

— Je peux faire plusieurs choses à la fois.

Le sensei enroula le bras autour de la gorge d'Amery et lui fit une clé de bras.

— Montrez-moi comment vous défaire de cette prise.

Le rythme cardiaque de la jeune femme s'emballa. Sa main libre griffa le bras du sensei, mais cela n'eut aucune efficacité pour lui faire relâcher la prise.

— Essayez encore une fois.

Elle tourna la tête et ouvrit la bouche sur son biceps épais, avec l'intention de planter ses dents dans la moelle des os.

Maître Black la relâcha. Un à zéro pour elle. Mais la victoire d'Amery fut de courte durée. Il enroula son autre bras autour de son cou en laissant ses deux bras libres.

— Encore. Libérez-vous.

Elle lui envoya son coude dans le ventre et tenta de lui arracher l'œil. Il la laissa se détacher.

Mais il n'avait pas fini. Elle avait à peine réussi à se libérer qu'il l'avait à nouveau immobilisée. Cet homme ne s'arrêtait jamais.

Pendant une courte pause, Amery remarqua que les autres élèves s'entraînaient aussi, mais avec des partenaires, pas des professeurs. Ils se tenaient à l'autre bout de la salle, laissant un large espace à Amery et à maître Black.

Elle aurait tout donné pour réussir à l'attraper, le faire passer par-dessus sa tête et le faire atterrir sur les fesses.

Elle était en train de fantasmer sur le choc que l'on pourrait lire sur son visage trop parfait, songeuse, et c'est à ce moment-là qu'il enroula ses mains autour de son cou, debout derrière elle.

— Libérez-vous.

Mince, elle ne se souvenait pas de cette prise ! Elle essaya de lui donner un coup de pied dans le genou, mais il esquiva. Elle tenta de se tortiller pour se libérer, prenant le risque de se casser le cou, mais il la contint rapidement.

— Allez, réfléchissez, dit-il d'un ton neutre.

— Je ne peux pas. Vous m'étranglez.

— C'est le but.

Elle essaya d'attraper l'avant-bras du sensei.

— C'est mieux mais insuffisant. Essayez encore.

— Je ne sais pas ! Laissez-moi partir. Je ne peux pas respirer.

Maître Black la relâcha et vint se placer en face d'elle.

— Calmez-vous.

— Je suis calme, putain !

Amery prit plusieurs respirations profondes. Son regard fixe ne la lâchait pas, ce qui était plutôt déconcertant… et pourtant non. Une fois qu'elle fut calmée, il lui fit un bref signe de tête.

— Essayez de m'étrangler.

Cela pourrait être amusant parce qu'elle n'avait pas l'intention de se retenir. Amery se déplaça derrière lui, remarquant pour la première fois que ses cheveux étaient coiffés en une courte queue-de-cheval. Comment diable cette coiffure pouvait-elle avoir l'air si sexy ? Et pourquoi ressentait-elle l'envie irrépressible de faire glisser l'élastique et de plonger les mains dans cette superbe chevelure noire ?

— Il y a un problème ? demanda-t-il de sa voix éraillée et grondante.

— Non, monsieur.

Amery essaya de placer les mains autour de ce cou, mais il était tellement musclé qu'elle devait glisser les mains de haut en bas pour trouver une position convenable. Ses mains sur cette peau chaude libéraient une odeur divine.

Mince ! Pourquoi sentait-il aussi bon ? Ne devrait-il pas empester la sueur et la colère réprimée ?

— Vous avez fini de me toucher comme si vous essayiez un collier ?

Prétentieux !

— Peut-être que je prépare un nœud coulant.

— Dans ce cas, vous auriez besoin d'une meilleure prise.

Elle plongea les ongles dans sa chair.

— Mes mains sont toujours libres.

Il remonta ses doigts le long des bras d'Amery et lui pinça l'intérieur du bras, pas assez pour lui faire un bleu mais avec suffisamment de force pour qu'elle le relâche.

— Avec ce geste vous allez véritablement attirer l'attention de votre agresseur.

— Et qu'est-ce qu'il faut que je fasse ensuite ? Parce que pincer quelqu'un aussi fort va sacrément l'énerver.

Il l'examina.

— Vous devrez courir.

— Et s'il me rattrape ?

— Alors vous devrez vous battre. L'objectif de ce cours est de rendre vos réactions instinctives. Vous donner un état d'esprit solide pour affronter une situation de crise, où vous n'aurez pas le temps de réfléchir, juste de réagir.

Maître Black s'était encore rapproché d'elle et parlait avec un timbre profond qui coulait sur elle comme du miel chaud.

— Puisque vous êtes ma partenaire depuis peu, la semaine prochaine je vous montrerai d'autres possibilités.

Ils échangèrent un regard d'une intensité rare, dans lequel la vision de leurs ébats n'était presque plus sous-entendue, et qui se révéla plus agréable que toutes les expériences sexuelles qu'elle avait connues.

— Sensei, si je peux vous interrompre, vous êtes attendu pour le cours des ceintures noires, dit quelqu'un derrière lui.

Maître Black recula et s'inclina légèrement pour la saluer.

— À la prochaine fois, mademoiselle Hardwick.

Elle fit une révérence en retour, pas aussi fluide.

— Merci pour les instructions, sensei.

Après le cours certains élèves lui jetèrent des regards suspicieux, Molly y compris.

— Quoi ?

— C'est juste étrange que maître Black s'intéresse à toi et…

— … fasse tout sauf me coiffer d'un chapeau d'âne et m'asseoir dans le coin pendant qu'il m'inflige une raclée devant tout le monde ?

— Hum, Amery, ce n'est pas du tout de cette façon que j'ai vu les choses !

Amery retirait les bottes de son sac à mains lorsqu'elle sentit son téléphone vibrer. Elle le saisit : c'était un numéro masqué.

— Allô ?

— Amery Hardwick ?

— Oui, qui est-ce ?

— Officier Stickney, police de Denver. Nous avons reçu un appel de votre société de système d'alarme concernant un potentiel cambriolage. En arrivant sur place nous avons constaté que la vitrine avait été brisée. On a passé en revue le rez-de-chaussée et l'étage. Pouvez-vous vous rendre sur place pour vérifier qu'il ne manque rien ?

Le cœur d'Amery se mit à battre très fort. Quelqu'un s'était introduit dans son immeuble ? *Merde, merde, merde !* Son ordinateur qui contenait tous ses fichiers clients était sur la table de son bureau, bien en vue.

— Madame ?

— Excusez-moi. Oui, oui, j'arrive.

Elle chaussa ses bottes.

Molly rejoignit Amery alors que celle-ci venait de retrouver ses clés.

— Qu'est-ce qui ne va pas ?

— Quelqu'un a saccagé mon immeuble. Les policiers sont sur place. Il faut que j'y aille.

— Nous sommes venues ensemble, donc je t'accompagne.

Amery mit son sac à l'épaule, Molly la suivit, et elles sortirent de l'immeuble beaucoup plus facilement qu'elles n'y étaient entrées.

Le dojo se situait de l'autre côté du fleuve, qui séparait la vallée de la Platte de Lodo, un quartier au sud de Denver. À cause des rues à sens unique et des impasses sur le chemin, le trajet dura quinze minutes. Dans la voiture Amery parla à la société de sécurité, puis elle appela une société de réparation de fenêtres, ouverte en dehors des heures de bureau, pour qu'ils recouvrent la vitrine en attendant qu'ils en installent une nouvelle. Se garer était quasiment impossible, surtout avec toutes les voitures de police qui bloquaient la rue. Elle ne perçut véritablement l'ampleur des dégâts que lorsqu'elle arriva en face de l'immeuble. La vitrine n'était pas seulement brisée, elle avait complètement disparu.

Des lumières dansaient devant ses yeux. Elle dut se plier en deux pour contenir la bile qui montait dans sa gorge et était sur le point de jaillir de sa bouche. Avait-elle aussi été cambriolée ? Avaient-ils détérioré l'espace d'Emily ? Qu'en était-il de son loft ? Avait-il été pillé et saccagé ?

Reste calme.

Un policier avança jusqu'à elle.

— Circulez, s'il vous plaît…

— Je suis Amery Hardwick. J'habite ici.

— J'ai besoin de voir votre carte d'identité.

Sa main trembla alors qu'elle tirait son permis de conduire de son portefeuille pour le lui présenter.

— OK, madame. Vous pouvez rentrer, l'officier Stickney attend à l'intérieur.

Le policier en faction tenta de repousser Molly, mais elle grogna – ce n'était tellement pas son style –, et il la laissa passer avec Amery.

Elle enjamba le verre brisé pour mieux évaluer les dégâts à l'intérieur de l'immeuble. Deux officiers de police arpentaient son bureau. Elle tomba à genoux quand elle vit son ordinateur intact sur la table.

Molly lui serra la main.

— Je vais vérifier s'il n'y a rien qui manque sur mon bureau.

Le policier afro-américain s'approcha d'elle tandis que l'autre policier, une jeune Latino, parlait au téléphone.

— Mademoiselle Hardwick ? Je suis l'officier Stickney.

— Vous avez une idée de ce qui s'est passé ?

— Il semble bien que rien n'ait été dérobé, donc nous ne pensons pas qu'il s'agisse d'un cambriolage. C'est triste à dire, mais il y a eu beaucoup d'actes de vandalisme de l'autre côté de la gare de triage du métro de Denver ces six derniers mois. Ce n'est jamais qu'une nuée d'affaires visant les bureaux d'un même quartier, encore une fois ; c'est pourquoi nous considérons qu'il n'y a pas de rapports entre eux.

Amery s'effondra contre le mur.

— C'est donc juste la faute à pas de chance ?

— C'est une possibilité. Ou cela pourrait être une sorte d'accident insolite… Une voiture fait crisser ses pneus et envoie une pierre heurter la fenêtre à grande vitesse, puis la brise. Ça a l'air bizarre, mais c'est déjà arrivé. Nous n'avions pas pu trouver la moindre preuve de l'objet utilisé pour casser la vitrine dans le magasin.

— Est-ce que je dois tout de même vérifier à l'étage s'il manque quelque chose dans mon loft ?

— Oui. L'officier Gomez va vous accompagner.

Molly détacha les yeux de son bureau.

— Il n'y a rien qui manque ou qui a été dérangé de mon côté.

— Dieu merci !

Amery conduisit l'officier Gomez par la porte de derrière, qui reliait son bureau à une petite pièce dont la porte en fer donnait sur une ruelle. Un escalier en colimaçon occupait l'espace et débouchait sur le loft du deuxième étage, où elle vivait. Dans le pur style des lofts, la seule pièce fermée était la salle de bains. C'était le seul endroit qui était complètement à elle, et cela lui tordit encore plus le ventre d'imaginer que son refuge sacré avait été violé.

Mais rien n'avait été dérangé dans son immense chambre, ni dans la vaste cuisine, ni dans la grande pièce avec des fenêtres stylées qui surplombaient la rue.

— Il n'y a rien qui manque ou qui a été endommagé, mademoiselle Hardwick ? demanda l'officier Gomez.

— Non. Et pour le désordre sur le plan de travail je ne peux en vouloir qu'à moi-même.

La policière sourit.

— Je peux comprendre. Je suis soulagée que ce ne soit pas une effraction, mais je vais vous donner quelques conseils.

Elle montra du doigt les commerces dans la rue, avec les cages d'escalier extérieures.

— Ces cages d'escalier peuvent vous sembler laides, mais elles sont efficaces, elles dissuadent les cambrioleurs. Et c'est vraiment utile quand vous êtes une femme célibataire qui vit seule au-dessus de ses bureaux. Je vous suggérerais également d'installer une porte plus solide avec un verrou entre votre espace de travail et votre espace de vie. Une fois cela fait, demandez à la société de sécurité d'installer un mécanisme sur cette porte, pour que, si quelqu'un pénètre ici en venant de votre bureau, vous soyez prévenue. Même chose pour la porte donnant sur la ruelle.

— Merci beaucoup pour vos conseils.

Les policiers ne s'éternisèrent pas.

Amery et Molly s'assirent dans leurs chaises de bureau, face au trou béant.

— Je n'arrive pas à y croire, dit Molly.

— Moi non plus.

Même si Amery était soulagée que rien n'ait été volé, elle se souciait du prix des réparations. Oui, elle avait une assurance, mais elle était à court d'argent. Elle enregistrait une marge de profit beaucoup plus faible cette année, elle avait dû faire des économies et elle cherchait l'argent où elle pouvait.

La société de remplacement de fenêtres arriva et déchargea des pièces de contreplaqué.

Alors qu'elles entendaient des marteaux frapper, des scies aller et venir et le hurlement d'une perceuse électrique, Molly reprit la parole :

— Amery, tu ne dis rien. Tu es sûre que ça va ?

— Non. Je suis tendue. Je ne pourrai pas dormir cette nuit. Surtout quand tout ce qui me sépare de la rue est une feuille de contreplaqué. (Elle esquissa un sourire blafard.) Je serai probablement absorbée par mon travail en retard, en train d'archiver ou autres quand tu arriveras demain.

Molly fronça les sourcils.

— Quand j'arriverai ? Où crois-tu que je vais aller ?

— Chez toi, dans ta maison.

Dans un endroit sécurisé.

— Non, non. Je reste ici avec toi.

— Je serai…

— Non, tu ne vas pas bien. C'est pour ça que je vais rester juste là, sur ce canapé. Je suis habituée à travailler la nuit. Donc reprends-toi et passe-moi un oreiller.

— Eh bien, je ne savais pas que tu avais une tendance si autoritaire ! ronchonna Amery.

— Et je n'aurais jamais pensé que tu serais si combative envers un homme qui pourrait probablement te tuer d'un seul regard, répliqua Molly.

— On dirait donc que nous sommes toutes les deux très surprenantes.

— Espérons que nous en ayons fini avec les surprises – bonnes ou mauvaises – pour le reste de la nuit.

Chapitre 2

Encore tout ensommeillée, Amery laissa échapper un petit cri quand son meilleur ami, Chaz, la surprit en arrivant derrière elle le lendemain matin et la serra dans ses bras, à la manière d'un ours gigantesque.

— J'allais te demander comment ça va, mais ce cri m'a déjà répondu en quelque sorte.

— Tu m'as fait peur, dit-elle, sur la défensive. Tu ne peux pas m'en vouloir d'être un peu secouée. Non ?

— Non.

Chaz saisit alors Amery par les bras et l'aida à se mettre sur pied.

— Pourquoi tu ne m'as pas appelé hier soir ? demanda-t-il.

— Parce que je ne voulais pas t'effrayer. Tu ne pouvais rien faire de toute façon.

— Si, j'aurais pu être là pour toi. C'est ce que font les amis, non ?

— L'enguirlander ne va pas la faire se sentir mieux, affirma sèchement Emily depuis l'embrasure de la porte qui séparait leurs deux bureaux.

— Est-ce qu'elle t'a appelée à l'aide, toi et tes amies de la mafia lesbienne ? lança Chaz, d'un ton impertinent.

— Elles pourraient mieux la protéger que les gays avec qui tu traînes, renvoya-t-elle.

Même si ces piques bon enfant la mettaient de bonne humeur, ses deux meilleurs amis la rendraient folle avec leurs chamailleries en mode « mecs contre meufs ».

— Je suis restée avec elle, s'immisça Molly. C'est pour ça que je porte les mêmes vêtements qu'hier.

Molly prit un air renfrogné.

— Ce n'est pas qu'Amery m'ait obligée à dormir sur ce canapé pendant qu'elle vérifiait que personne n'essayait de rentrer…

— Le simple fait de savoir que tu étais là m'a rassurée.

Amery avait réussi à boucler quelques projets dès l'aube, tout en gardant un œil méfiant sur le gros morceau de contreplaqué, où se trouvait la fenêtre auparavant. Elle n'avait pas eu besoin de caféine : l'adrénaline l'avait tenue éveillée toute la nuit. Mais maintenant on pouvait dire qu'elle était exténuée. Dangereusement proche de la chute face contre sol, si elle ne laissait pas circuler l'énergie. Elle se servit donc une autre tasse de café.

— Qu'est-ce qu'ont dit les policiers ? demanda Chaz.

— Ils prétendent que c'est un simple acte de vandalisme, puisque rien n'a été dérobé. Ce qui montre bien à quel point je suis chanceuse, et stupide.

— Ma douce, tu es une victime dans ce cas, dit Emily gentiment.

Amery fit tourner sa queue-de-cheval, un tic nerveux qu'elle avait depuis l'enfance et dont elle aurait bien voulu se débarrasser.

— Pour l'acte de vandalisme, d'accord. Mais croire qu'une plaque de verre est une protection suffisante pour protéger ma boîte du monde extérieur fait de moi une fille naïve.

— Tu as prévu quelque chose pour arranger ça ?

— La société qui s'occupe des vitres installe des carreaux plus épais cette fois-ci. Ils remplacent également les vitres de ton côté, dit-elle à Emily. Après ça, je leur ferai monter des chaînes coulissantes pour bloquer les deux fenêtres. Je sais que c'est moche, mais ça apportera une protection supplémentaire. De toute façon, la moitié des commerces de ce pâté de maisons ont déjà les leurs. (Elle ferma les yeux.) Je ne veux plus jamais revivre ce que j'ai ressenti hier quand les policiers ont appelé. Quand j'ai imaginé mon ordinateur avec toutes les informations sur mes clients et mes projets piraté ou même fracassé... Et en tant que propriétaire je me serais sentie tellement coupable si quelque chose était arrivé à l'un de nos bureaux.

Elle avait négligé ses responsabilités de propriétaire de l'immeuble, parce que ses locataires étaient aussi ses meilleurs amis. Emily louait la partie gauche du rez-de-chaussée pour son salon de massage. Quant à Chaz, il louait la minuscule partie centrale pour ses différents projets artistiques.

Le bureau de design d'Amery se situait sur la partie droite du rez-de-chaussée, et elle vivait dans le loft qui s'étendait sur la longueur de cet immeuble de deux étages.

Emily traversa la pièce et prit Amery dans ses bras.

— Qu'est-ce que je peux faire ? Tu as besoin d'un massage ?

— Merci pour la proposition, mais ces mains magiques m'enverraient directement dans les bras de Morphée. Et il faut que je reste éveillée, car le type de l'assurance et le vitrier vont arriver.

— Je vais rester jusqu'à ce que tout soit fini. C'est le moins que je puisse faire, surtout après la nuit dernière, dit Molly.

— À propos d'hier soir, Molly, comment s'est passé ton cours d'autodéfense ? demanda Chaz.

— Super, sauf qu'Amery a dû assister au cours elle aussi. Elle n'a pas été acceptée comme une simple spectatrice.

— Je me demandais comment tu pensais contourner la règle pas de « spectateurs » à Arts Black, dit Emily.

Amery fronça les sourcils.

— Tu étais au courant ?

— Chérie, tout le monde connaît cette règle, dit-elle d'une voix traînante, avec un accent qui venait de l'Oklahoma.

— Mais alors pourquoi tu y as envoyé Molly ?

— Parce que c'est le meilleur dojo de Denver. Mes clients ne parlent de cet endroit qu'en bien, même s'ils sont intimidés par le propriétaire. Il est quelque chose comme ceinture noire au centième dan ou pas loin.

— Amery n'a pas été intimidée, lâcha Molly. Maître Black l'a entraînée en dehors du cours dès le début. Il lui a fait changer de pantalon. Puis il l'a fait travailler en mode un contre un durant la moitié du cours.

« La faire travailler »… Ha ! Mais cet homme n'avait fait que s'en prendre à elle.

— Quelqu'un aurait dû me prévenir qu'il y avait un dress-code, marmonna Amery qui était tellement mal la veille au soir qu'elle était partie en portant le pantalon gi.

Emily ouvrit grande la bouche.

— Tu t'es entraînée avec maître Black dès ton premier cours ?

— Oui. Pourquoi ?

— Parce qu'il ne se soucie pas des cours pour débutants. Si j'en crois mes clients, c'est une sorte de super samouraï. Dangereux. Furtif. Mortel. Apparemment, il est capable de se faufiler dans ton dos sans que tu détectes sa présence, et tu ne t'en aperçois que quand il est trop tard.

Ce n'était pas complètement vrai. Hier soir, Amery savait où se tenait maître Black à tout moment. Elle avait senti le poids de son regard sur elle, même depuis le Nid du Corbeau.

— Je ne suis pas tout à fait d'accord avec cette affirmation.

Amery se retourna. Nom de Dieu ! Maître Black patientait juste là, à l'entrée.

Il était habillé de façon décontractée, avec un jean et un tee-shirt à manches longues qui mettait parfaitement en valeur la couleur de sa peau.

Les pointes de sa chevelure rebelle frôlaient ses épaules, donnant l'impression d'un aspect sauvage caché sous un comportement maîtrisé.

Quand ils se fixèrent dans les yeux, ce fut comme si le monde autour d'eux disparaissait. En face de cet homme si puissant et si sexy, sa respiration se fit plus irrégulière. Elle n'avait jamais eu une telle réaction devant un homme. Elle ne pouvait s'empêcher de le regarder. Mais elle eut l'impression étrange qu'elle devait cesser de le fixer ainsi, et elle s'arrêta.

Quand elle eut mis un terme à cette partie de jambes en l'air visuelle, il s'avança d'un pas nonchalant, puis tendit la main à Emily.

— On dirait que ma réputation m'a précédé une fois de plus, mademoiselle… ?

— Simmons. Mais vous pouvez m'appeler Emily. Je suis ravie de vous rencontrer, maître Black. J'ai plusieurs clients qui s'entraînent dans votre établissement et ils n'ont pas de termes assez élogieux pour parler de vos cours.

— Vos clients ?

Emily fit un signe vers la porte de son salon de massage.

— Je suis masseuse. Avec mon expérience en médecine du sport je m'occupe surtout d'athlètes professionnels. C'est comme ça qu'Amery et moi nous sommes rencontrées.

— Je suis sûre que maître Black ne s'intéresse pas à la façon dont nous nous sommes rencontrées, intervint Amery. (Elle lança à celui-ci une nouvelle œillade, essayant de paraître sûre d'elle.) Que voulez-vous ?

Il se déplaça à une vitesse incroyable, s'arrêtant directement en face d'elle.

— Vous avez oublié votre jean chez moi hier soir.

Il avait prononcé cela d'une voix tellement sensuelle que les joues d'Amery s'empourprèrent.

— Vous êtes partie si vite après… enfin, après.

Cette déclaration sonnait comme s'ils avaient partagé une nuit d'amour.

Il avait l'air d'apprécier le trouble qu'il provoquait en elle.

Il se retourna et désigna le contreplaqué.

— Est-ce que ça a quelque chose à voir avec votre départ précipité d'hier soir ?

— Oui, j'étais en train de tout ranger quand les policiers m'ont appelée pour un cambriolage.

Ses pupilles rétrécirent.

— C'est déjà arrivé auparavant ?

— Non, nous n'avons jamais été cambriolés. Ça semble être juste un acte de vandalisme. Mais cela nous remue tous, comme vous pouvez vous en douter.

Chaz fit quelques pas d'un air décontracté et lui tendit la main.

— Chaz Graylind. Ravi de faire votre connaissance, maître Black.

Il serra la main de Chaz.

— Je vous en prie, vous pouvez m'appeler Ronin.

Ronin. Un nom sexy, mystérieux, qui lui allait parfaitement.

Puis il posa son regard laser sur elle à nouveau.

Amery avait parfaitement conscience qu'elle n'était pas présentable. Elle se fit violence pour ne pas lisser les plis de sa chemise, la même que la veille. En fait, elle portait encore le pantalon noir qu'il l'avait forcée à mettre.

— Y a-t-il quelque chose que je peux faire pour vous aider ? demanda-t-il.

— Non, sauf si vous possédez une société de vitres et que vous pouvez faire réparer ça dans l'heure qui vient.

— Je peux passer quelques coups de téléphone si vous le souhaitez. Voir si je peux accélérer le processus…

— Pourquoi feriez-vous cela ?

— Parce que vous êtes une belle femme en détresse, et que selon le code d'honneur des samouraïs je me dois de vous aider.

Ses amis se dispersèrent. Les traîtres ! Mais ils avaient probablement supposé au vu des étincelles crépitant entre elle et maître Black qu'elle voulait être seule avec lui.

N'est-ce pas le cas, Amery ?

Elle recula.

— Vous vous souciez de tous vos nouveaux élèves au point de leur rendre visite pour les évaluer ?

— Seulement de vous, apparemment.

Elle se retrouva le dos contre le mur de brique. Il ne l'avait pas emprisonnée entre ses bras ou bloquée avec son corps. Il avait même conservé une distance respectable. Sans la toucher, mais quelque chose chez lui la maintenait en place.

— Qu'attendez-vous de moi, maître Black ?

— Ronin, corrigea-t-il. En dehors du dojo, vous pouvez m'appeler Ronin. Quant à ce que j'attends de vous…

Des papillons dansaient dans son estomac au moment où il posa intensément ses yeux topaze sur elle.

— Devinez.

— Ah, vous voulez récupérer votre pantalon ?

Superbe repartie, Amery.

— J'attends beaucoup plus que ça de vous et je pense que vous le savez.

Gloups ! Elle eut peur de faire du bruit en avalant sa salive.

Il sourit.

Nom de Dieu ! Ronin Black sourit, et elle aurait pu jurer qu'un chœur d'anges descendait du ciel et se mettait à chanter quand elle ouvrit la bouche. Bizarrement elle eut peur qu'ils ne se mettent à fredonner une chanson paillarde.

Eh bien, elle était incisive quand elle manquait de sommeil !

— Vous demander d'enlever ce pantalon est un bon point de départ.

Amery baissa les yeux.

— Vous voulez que je l'enlève maintenant ?

— Je n'ai pas apporté votre jean avec moi, donc on va devoir attendre pour faire l'échange. L'heure et l'endroit restent à déterminer.

Leurs regards se croisèrent.

— Pourquoi pas avant le cours, la semaine prochaine ?

Il fit « non » de la tête.

— Vous me rendez folle.

— Mais vous n'avez pas peur de moi, si ?

— Non.

Le mot sortit de sa bouche avant que le centre logistique de son cerveau ait pu affirmer : *Oh que si !*

— Bien.

— C'est pour ça que vous m'avez mise à l'écart hier soir ?

— Non.

— Alors pourquoi ? insista-t-elle.

— Vous n'aviez pas le bon uniforme.

— Et si j'avais eu les vêtements adaptés ?

— Je vous aurais quand même prise à l'écart.

Ses réponses énigmatiques l'énervaient.

— Pourquoi ? demanda-t-elle, légèrement exaspérée.

Ronin tendit le bras pour caresser le bord de sa joue.

— Votre comportement… m'intrigue.

— Quel comportement ?

— Une attitude de défi. Surtout que ce n'est pas une réaction naturelle chez vous.

Elle leva un sourcil.

— Ou peut-être que vous êtes intrigué parce que j'ai enlevé mon pantalon quelques minutes après vous avoir rencontré ?

— Vous l'avez fait de vous-même. Vous pouvez donc comprendre mon intérêt pour une femme qui rougit quand elle me lance son jean.

Amery cligna des yeux. Ce devait être la plus bizarre des conversations qu'elle ait jamais eue. Mais c'était peut-être un rêve…

Il se rapprocha encore.

— Que feriez-vous ?

— Peut-être que la question à se poser est : « Où suis-je ? » Je suis à bout et je ne sais plus ce que je dis. J'ai besoin d'aller me coucher.

— Je serais heureux de vous conduire à votre lit, murmura-t-il.

— Ronin.

Mon Dieu, le simple fait de prononcer son nom faisait palpiter son cœur !

— Nous sommes en train de franchir une limite.

Ses yeux cherchèrent les siens.

— Voilà, vous y êtes. À la minute où je vous ai vue pénétrer dans mon dojo, une limite a été franchie.

Nom de Dieu !

— Bonjour ? entendit-on depuis l'entrée.

Reconnaissante pour ce moment de répit, Amery s'écarta de cet incroyable Ronin Black et se dirigea vers l'homme avec le porte-documents.

— Vous êtes mademoiselle Hardwick ?

— Oui.

— Je suis Dennis Harris des assurances Schmidt. Je vais juste jeter un œil et je vous laisse tranquille très vite.

Il ressortit.

Elle se retourna pour voir maître Black étudier les projets qu'elle avait encadrés et suspendus au mur.

Ses mouvements étaient mesurés et mûrement réfléchis même quand il se déplaçait sans but précis. Son profil était bien proportionné, à la fois robuste et classique.

— Vous faites du très beau travail, lui dit-il sans la regarder. Très original, alors que tellement de productions graphiques semblent être des imitations.

— Merci.

— Ça fait longtemps que vous êtes dans cette branche ?

Elle ouvrit la bouche pour répondre mais elle bâilla à tel point que sa mâchoire craqua. Tout à coup, tout devint flou, et elle vacilla.

— Asseyez-vous, avant de tomber.

Il fit rouler la chaise de bureau et la maintint fermement alors qu'elle s'y écroulait.

Puis il s'accroupit en face d'elle.

— Vous vous affaiblissez vite.

— J'ai juste besoin de boire plus de café.

Amery commença à se lever, mais deux mains puissantes appuyèrent sur ses cuisses pour la maintenir en place.

— Vous avez besoin de sommeil, pas de café.

— Mais il y a ce type qui est là, pour faire ce truc. (Elle fronça les sourcils, car elle n'arrivait pas à se rappeler.) Quel est son nom ?

— Harris, dit l'homme sans qu'elle le voie. J'ai fini.

— Déjà ! C'était rapide.

— L'efficacité, c'est notre devise. (Il lui tendit le porte-documents.) J'ai juste besoin que vous signiez ceci, et ce sera réglé.

Amery tint le stylo près du papier, mais, la seconde suivante, le porte-documents avait disparu. Elle lança un regard noir à maître Black qui se rapprochait beaucoup trop.

— Hé, qu'est-ce que vous faites ? Vous le signez sans le lire ?

— Oui.

Elle combattit un autre bâillement, et la tentation de reposer sa tête contre sa large épaule, puis murmura :

— Je suis exténuée et j'ai juste envie d'en finir.

— C'est une raison de plus pour attendre que vous ayez tous vos esprits avant de signer un papier qui vous engage vis-à-vis de la loi.

Il repoussa le porte-documents vers l'agent d'assurances.

— Vous avez fait le travail préliminaire. Elle reprendra contact avec vous pour finaliser tout ça.

— Elle a déjà appelé la société de remplacement de fenêtres. Nous ne paierons pas sans sa signature. Et la plupart des sociétés exigent des paiements à la livraison dans ce type de situation.

— Amery, quelle société de vitres avez-vous appelée ?

Elle rassembla ses esprits embrumés.

— Confiez Votre Verre à Colfax.

— J'ai déjà été en contact avec eux. Ils me doivent un service. Ils vont vous faire cadeau des frais de livraison, et je peux faire en sorte qu'ils soient ici dans une heure.

Encore des chamailleries d'hommes. Amery ferma les yeux et fit la sourde oreille. Cette superbe obscurité aspirait seulement à être saisie, mais quelqu'un lui tapota l'épaule.

— Quoi ?

— Chaz me ramène chez moi. J'ai un cours dans une heure.

Elle ouvrit un œil indécis et plissa les yeux devant Molly.

— Mais je pensais que tu devais rester jusqu'à ce que les types des vitres aient fini ?

Le regard fixe de Molly se déplaça vers la droite.

— Maître Black dit qu'il serait heureux de s'en occuper pour toi. C'est d'accord, non ?

— Bien sûr que c'est d'accord, coupa Chaz. (Il serra l'épaule de Molly.) Elle est épuisée. Et qui est mieux placé pour se charger de sa sécurité que son professeur d'autodéfense ?

Ronin envoya à Molly un sourire vorace que personne ne vit.

— D'ailleurs Emily est là, et elle a promis de fermer après que les nouvelles fenêtres seront installées. Donc nous y allons. C'est d'accord, les chéries ?

Amery était trop fatiguée pour répondre. Elle ferma les yeux quand Chaz l'embrassa sur le front. Son esprit effaça les voix qui chuchotaient jusqu'à ce qu'elles disparaissent complètement et que le sommeil vienne taquiner les confins de sa conscience.

La voix profonde de Ronin l'éveilla à nouveau.

— Vous ne pouvez pas dormir sur la chaise.

Mince ! Pourquoi est-ce que les gens ne la laissaient pas tranquille, à la fin ?

— D'accord. Je vais dormir dans mon lit.

Elle rassembla sa volonté pour se relever. Ses pieds semblaient être enveloppés dans des blocs de ciment tandis qu'elle marchait d'un pas lourd vers la porte du fond qui menait à son loft. Après quelques petits pas, elle se gifla le visage pour rester concentrée. La vue de l'escalier sinueux en métal menant à son espace de vie donna à ses pas un courage supplémentaire.

Une main ferme atterrit sur son épaule.

— Ralentissez. Il ne faudrait pas que ce beau visage percute le béton.

Elle se retourna.

— Qu'est-ce que vous faites encore ici ?

— Je vous aide.

— Pourquoi ?

— Je ne sais pas.

— Vous êtes sérieux ?

— Oui. Sérieusement, je ne sais pas.

Il se rapprocha dangereusement, son buste se retrouvant contre sa poitrine.

— Alors, voulez-vous bien me laisser souffler et faire en sorte de tomber sur la tête dans votre lit, et non sur le sol ?

Quelque chose… d'étrangement doux vacillait dans son regard pénétrant et désamorça son commentaire piquant.

— Merci, Ronin.

Il lui lissa les cheveux, passant la main près de sa joue.

— Tout le plaisir est pour moi.

Pourquoi cela ne l'embêtait-il pas qu'il la touche avec autant de familiarité ? Amery s'éloigna en se retournant avant de faire un geste stupide, comme d'écraser son visage contre ce buste extraordinaire.

Il la suivit de près jusqu'en haut des escaliers.

La proximité de son souffle dans son cou resta la même quand elle arriva dans sa chambre. Elle se glissa dans le lit défait et enroula ses bras autour de l'oreiller le plus proche tout en poussant un énorme soupir.

Un rire doux résonna derrière elle.

Puis elle sentit qu'il lui enlevait ses bottes. Elle tortilla les orteils et soupira à nouveau.

— Vous avez besoin de mon aide pour le reste de vos vêtements ?

Elle entrouvrit un œil et le regarda.

— Bien essayé.

— Je pourrais faire remarquer que la moitié de ce que vous portez en ce moment m'appartient et qu'il est tout à fait dans mes droits de le réclamer.

— Allez-vous-en, Ronin.

— Je vais y aller.

Il la borda.

— Mais je reviendrai.

C'est la dernière chose dont Amery se souvint.

Chapitre 3

Le jour suivant, Amery sentit que Ronin Black l'observait avant même qu'il entre dans son bureau. Cela ne faisait pas de doute : cet homme savait s'approcher de façon furtive. Elle tourna la chaise vers lui, et son estomac se tortilla dans tous les sens à la façon passionnée dont il la regardait.

Elle continua sa conversation téléphonique, mais resta concentrée sur lui.

— Non. Ce n'est pas du tout un problème. Je peux vous envoyer les modifications dès demain. Merci.

Elle raccrocha.

— Je suppose que c'est Molly qui vous envoie ?

Ronin s'appuya contre la cloison de la porte. L'air délicieux et dangereux dans un polo à manches courtes, un jean sombre et des sortes de rangers.

— Oui, elle m'a chargé de vous dire qu'elle allait déjeuner.

— Et donc, maître Black, pourquoi êtes-vous là ?

— Ronin, corrigea-t-il.

— OK, Ronin. Qu'est-ce qui vous amène aujourd'hui ?

— Vous.

— Excusez-moi ? Pardon ?

— J'aimerais vous embaucher.

Elle ne s'attendait pas à cela, et peut-être ressentait-elle une once de désappointement à l'idée qu'il ne soit pas venu en cédant à l'indéniable attraction qui les liait. *Peut-être qu'il est déçu que tu n'aies pas reconnu à quel point il t'avait aidée la veille.*

Cette culpabilité la poussa à tout déballer :

— Merci pour être resté et pour avoir vu avec les installateurs de vitres hier matin, quand j'étais presque dans le coma.

— Il n'y a pas de quoi. Vu que je les regardais, les ouvriers n'ont pas traîné pour installer les vitres.

Elle pensait que la chaleur qui se dégageait du regard noir de maître Black suffirait à faire fondre du verre.

— En plus, ça m'a donné l'occasion de regarder votre travail de plus près, et j'ai décidé de vous embaucher.

— M'embaucher pour quoi ?

— Pour créer un nouveau logo pour Arts Black. J'aimerais laisser tomber les anciens et recommencer depuis le début. Vous seriez intéressée par ce projet ?

Je préférerais m'attaquer à vous. Elle combattit l'incroyable effet d'aimant que lui faisait cet homme et essaya de refréner la pensée : *J'aimerais te sauter dessus* », qui ne lui ressemblait absolument pas.

— Ça m'intéresse toujours de me pencher sur de nouveaux projets.

— Bien. Parce que je vous ai apporté ça.

Ronin entra dans son bureau d'un pas nonchalant et lui tendit une pile de papiers.

— C'est notre logo actuel. Arts Black a toujours été plutôt discret, ce qui me convient bien. Mais mes collègues m'ont fait remarquer que nous avions besoin d'un nouveau logo officiel qui pourrait être imprimé au dos des pantalons, pour que les élèves d'Arts Black soient plus reconnaissables lors des compétitions.

— Vous n'avez pas l'air très enthousiaste à ce sujet.

Les yeux de Ronin ne s'écartaient jamais du visage d'Amery.

— Je suis enthousiaste à l'idée de travailler avec vous.

Le pouls d'Amery s'emballa.

— Êtes-vous libre pour qu'on en discute en déjeunant ?

— Quand ?

— Maintenant.

Elle n'avait rien de prévu, mais une partie d'elle voulait mentir et prétendre qu'elle était prise. Déjeuner avec le sexy sensei… Elle n'était pas sûre d'être assez séduisante et féminine pour faire face à un homme comme lui. Mais si elle restait concentrée sur le travail, et rien que sur le travail, elle pourrait s'en sortir. Elle sourit.

— Je serais ravie de déjeuner avec vous. Il y a un très bon bistrot à quelques pâtés de maisons.

— Peut-être la prochaine fois. J'ai déjà fait une réservation pour deux à *Dillinger*.

Normalement elle se serait hérissée devant un comportement si présomptueux. Mais elle apprécia qu'il ne soit pas passé par là par hasard, qu'il ait prémédité sa venue.

— Ça m'a l'air très bien.

— Je vous y conduis. Je suis garé juste devant.

— Je prends mon sac à main et je vous rejoins.

Elle jeta un coup d'œil rapide au miroir de la salle de bains pour vérifier ses cheveux et son maquillage. Heureusement, elle sortait d'une réunion avec un nouveau client, elle avait donc fait un effort vestimentaire aujourd'hui. Ce qu'elle adorait dans son métier, et dans le fait d'être sa propre boss, c'était de pouvoir s'habiller comme elle voulait. Elle n'était pas obligée d'être sur son trente et un. Pourtant enfiler une jolie tenue boostait toujours sa confiance en soi. Et elle avait bien besoin d'un petit plus pour faire affaire avec un homme mystérieux comme Ronin Black.

Après avoir fermé la porte principale, elle observa les voitures rangées en bataille le long des arbres. Aucun signe de lui. Elle se retourna, et son cœur s'arrêta. Ronin se tenait là, devant une moto.

Il remonta les yeux en la scannant, depuis la pointe de ses escarpins à bouts ouverts jusqu'à l'ourlet de sa jupe crayon rose et gris en tweed. Ses lèvres se plissèrent.

— Belle tenue ! Heureusement que le restaurant n'est qu'à quelques centaines de mètres.

— Vous ne pensez tout de même pas que je vais grimper à l'arrière de cette chose, habillée comme ça ?

— Bien sûr que si. Je vous ai même apporté un casque.

— Je ne vois pas en quoi un casque va empêcher ma jupe de remonter et de dévoiler à tout le centre-ville de Denver la couleur de ma petite culotte.

— J'imagine que vous devrez vous blottir contre moi pour garder le secret.

— Oui, peut-être…

Il se dressa devant elle.

— C'est à douze pâtés de maisons. Si vous détestez le trajet aller, je vous appellerai un taxi pour le retour. Mais vous devez au moins essayer. Vous savez que vous en avez envie.

Comment pouvait-il savoir cela ?

— Je m'en remets à vous, Ronin.

— Vous ne pouvez pas savoir à quel point ça me plaît, murmura-t-il.

Ses mots glissèrent sur elle aussi puissamment qu'une caresse.

— Ne bougez pas. (Il enfila le casque et ajusta la visière.) Ça vous serre quelque part ?

— Non.

Ronin fit passer les cheveux d'Amery par-dessus son épaule. Il plaça ensuite son sac à mains contre ses hanches.

— Allons-y !

Il ferma la visière puis prit les clés dans sa poche avant de grimper sur la moto.

Hum, il avait de jolies fesses ! Heureusement que la visière cachait les yeux concupiscents d'Amery, ce n'était pas joli joli de baver sur un nouveau client.

Elle aurait pu mettre ces pensées en veilleuse et rester professionnelle, si elle n'avait pas été forcée de s'asseoir si près de lui sur cette moto au siège incliné, qui la forçait à appuyer son entrejambe contre ce superbe fessier. Toute pensée raisonnable s'évapora quand elle passa les bras autour de ce corps musclé, tandis qu'ils roulaient à toute vitesse.

La chevauchée ne dura pas longtemps, et Amery se sentit un peu triste que cela se termine.

Ronin stabilisa le véhicule, et elle en descendit rapidement. Elle enleva son casque, puis libéra et agita ses cheveux, et enfin lissa sa jupe.

— Vous voulez que je porte votre casque ? demanda-t-il.

— Non. Ça me donne l'impression d'être une motarde rebelle.

— Vous êtes un peu trop classe pour ça.

Amery lui fit face.

— C'est une insulte pour vous ?

Ronin se rapprocha encore d'elle.

— Pas du tout. Ça demande juste davantage de patience de convaincre une femme classe comme vous de s'encanailler. Mais une fois que vous êtes lâchée…

Ses yeux étaient rivés sur la bouche d'Amery.

— Je parie que vous mettriez la honte aux motardes rebelles.

Tout son corps s'embrasait, mais elle réussit à sortir quelque chose d'ironique :

— Je me demande qui vous voyez quand vous me regardez, parce que ce n'est pas du tout ce que je vois, moi.

— Vous devriez regarder plus en profondeur, c'est juste devant vos yeux.

Amery mit la main sur son torse et se pencha, sentant au passage son parfum exotique.

— Vous êtes dangereux, en dehors de vos compétences en arts martiaux.

— Pourquoi ?

— Parce que vous avez failli me faire croire que vous arriviez à me lire si facilement…

Amery fit un pas de côté et se dirigea jusqu'à la porte du restaurant. Elle entra, puis s'arrêta et prit plusieurs inspirations profondes pour essayer de se calmer.

Un corps chaud s'appuya contre son dos, et des lèvres douces effleurèrent son oreille.

— Roses.

Elle tourna la tête, et les lèvres de Ronin se déplacèrent jusqu'à sa joue.

— Quoi ?

— La seule personne qui ait pu voir vos sous-vêtements, c'est moi. Et ils sont roses.

Le restaurateur s'approcha et salua :

— Maître Black.

Ronin fit de même.

— Michael. Tu as l'air en forme. Comment va la famille ?

— Super ! Angelina et moi sommes si fiers, Christina a obtenu son diplôme avec les félicitations en mai.

— Bravo ! Vous avez toutes les raisons d'être fiers.

— Sans ton aide… notre petite Christina n'aurait pas pu…

Ronin leva la main.

— Je t'en prie. Transmets mes amitiés à ta femme et à ta fille.

— Pas de problème. Francis va t'accompagner jusqu'à ta table.

Ils s'installèrent à l'étage dans le patio, à la table d'angle qui donnait sur une vue impressionnante.

— La meilleure table de l'établissement, s'exclama Amery. Maître Black, je suis impressionnée.

— Ce n'est pas la peine. Michael est un homme d'affaires trop malin pour réserver une table spécialement pour moi pendant la période d'affluence du déjeuner. Aujourd'hui, j'ai juste de la chance.

Amery ne le croyait pas, mais elle laissa tomber. Elle jeta un œil sur le menu.

— J'ai entendu dire que la nourriture était excellente ici. Qu'est-ce que vous me conseillez ?

— La salade au saumon et au quinoa. Ou les pâtes aux légumes grillés.

Elle avait dû froncer les sourcils, car il ajouta :

— Quelque chose ne va pas ?

— Je me demande juste si vous êtes végétarien.

— Parce que je vous suggère des plats végétariens ? Non. Je suis un vrai carnivore. D'ailleurs je vais prendre un burger de bison.

— C'est aussi ce que j'allais choisir.

Après que le serveur eut pris leurs commandes, Amery se pencha sur le menu et sentit à nouveau les yeux de Ronin sur elle.

— Vous me fixez. Est-ce que mes cheveux ont été aplatis par le casque ou quelque chose dans le genre ?

— Non. J'aime juste vous regarder.

— Eh bien, cela me met mal à l'aise !

Il haussa les épaules, comme pour dire : « Dommage ! »

— Et cet homme à qui vous parliez… À quoi faisait-il allusion quand il a dit « sans ton aide » ? Vous avez sauvé la vie de sa fille ou quelque chose dans le genre ?

Le changement sur son visage fut subtil – il était détendu et il devint crispé –, mais elle le remarqua.

À la façon raide dont il se tenait, elle pensait qu'il ne répondrait pas. Finalement il expliqua :

— Sa fille unique a été agressée à l'université durant sa première année. Après ça, elle s'est renfermée sur elle-même et elle a obtenu de mauvais résultats à tous ses cours. Michael l'a inscrite à un cours d'autodéfense que je donnais au dojo, et elle a commencé à travailler sur ses problèmes.

— Vous donnez beaucoup de cours d'autodéfense ?

— Presque plus maintenant.

Il prit une grande gorgée d'eau.

— Votre accent... Je n'arrive pas à savoir. Vous venez d'où ?

Habile changement de sujet.

— Dakota du Nord.

— J'ai vu le film *Fargo*.

Elle leva les yeux au ciel.

— Nous ne sommes pas tous comme ça, vous n'êtes pas au courant ?

Un léger sourire se dessina aux coins de sa bouche.

— C'est noté. Dites-moi : pourquoi avez-vous quitté le climat froid du Dakota du Nord ?

— À cause du climat froid du Dakota du Nord, répondit-elle sèchement.

— Pourquoi Denver ? Pourquoi pas la Californie ou la Floride pour échapper au froid et à la neige ?

— Après avoir obtenu mon diplôme de graphisme à l'université du Dakota du Nord, mon petit copain de l'époque devait passer une épreuve de sélection avec l'équipe des Rockies du Colorado, donc je l'ai suivi. On a rompu, mais comme j'adorais cet endroit je suis restée.

— Vous êtes restée parce que vous aviez déjà votre propre affaire ?

Qu'est-ce que c'était que cet interrogatoire ?

Il a le droit de te poser des questions sur ton passé puisqu'il veut t'embaucher.

— Non. J'ai travaillé pour DeeDee de DDL Designs pendant trois ans. Puis ses deux parents ont eu des problèmes de santé, ce qui l'a obligée à retourner à Boston. J'ai fait un emprunt pour reprendre sa boîte et l'immeuble, et je travaille à mon compte depuis. Heureusement j'ai conservé beaucoup des clients de DDL et j'en ai trouvé d'autres. Molly travaille pour moi à mi-temps, tout en terminant ses études.

— Et Emily ? Elle louait déjà un appartement dans l'immeuble ?

Amery hocha la tête.

— Quand DDL était propriétaire de l'immeuble, tout le premier étage appartenait à la société. Mais je n'avais pas besoin d'autant d'espace, surtout depuis que je suis célibataire. À peu près à la même époque, Emily, que j'ai rencontrée via mon ex, recherchait un endroit pour son salon de massage. Nous avons installé un mur entre les deux espaces de travail, et ça fonctionne bien.

Elle ne voulait pas admettre que sans le loyer d'Emily elle ne pourrait sans doute pas rembourser son prêt immobilier.

— Et Chaz ? Quand est-ce qu'il est arrivé ?

—Chaz travaillait déjà pour DeeDee quand je suis arrivée. Puis son travail en free-lance a commencé à mieux payer, et il est parti. De toute façon, après que nous ayons rompu, mon ex et moi, j'ai emménagé avec Chaz. Je ne connaissais personne d'autre à Denver à part le groupe que nous fréquentions avec mon ex et dont il a obtenu la garde, si on peut dire. Chaz m'a prise sous son aile. Puis je suis devenue propriétaire de l'immeuble et de la société, et il a demandé à louer la minuscule pièce qui était la salle de pause des employés. Il n'aimait pas travailler seul dans son appartement en permanence.

Ronin continua à la regarder fixement, et elle se hérissa.

—Alors, j'ai réussi le test d'embauche de sensei Ronin Black?

Il se pencha en avant.

—Ce n'était pas un test professionnel. Est-ce que je ne me suis pas bien fait comprendre? Notre relation ne se limitera pas à des entraînements d'autodéfense et à des liens professionnels.

—Pourquoi moi? laissa-t-elle échapper. À en croire les gens, vous êtes une sorte de dieu des Arts martiaux. Vous avez ce style zen à la fois inquiétant et mystérieux. Et vous êtes l'un des hommes les plus charmants que j'aie rencontrés.

—L'un des hommes? répéta-t-il.

—OK, l'homme le plus charmant que j'aie rencontré, mais je ne voulais pas l'avouer pour que vous ne preniez pas la grosse tête.

Ronin sourit.

— Merci pour le compliment. Mais je suis juste un mec, Amery. Un mec qui travaille trop et qui ne s'amuse pas assez. Puis je vous ai rencontrée… (Son regard fixe et brûlant parcourait son visage.) Je suis plus que prêt à m'amuser.

Sa voix de velours ruisselait de promesses de relations sexuelles bouillantes et transpirantes. Et la petite culotte d'Amery commença à bouillonner.

— Vous êtes avec quelqu'un ?

— Non. J'ai beaucoup de mal à rencontrer des hommes.

Mais pourquoi avait-elle admis qu'il était l'homme le plus charmant qu'elle ait jamais rencontré ?

— Vous êtes une belle femme. Mais je me risquerais à dire que ce n'est pas en traînant dans des bars gays avec vos amis que vous allez obtenir un rendez-vous, à cause de l'endroit lui-même.

Chaz et Emily affichaient clairement leur orientation sexuelle, la perspicacité de Ronin n'était donc pas incroyable, même s'il ne les avait vus qu'une fois. Mais il se trompait totalement en pensant qu'elle-même arriverait à séduire ailleurs. Et elle le lui fit clairement comprendre.

— Je ne me trompe jamais. (Ronin inclina la tête.) Je vous le prouverai.

— Comment ?

— Choisissez un bar dans le coin où des jeunes se rendent après le travail. Je vous parie que vous vous faites aborder au moins six fois. En une heure.

— Il n'y a aucun moyen de le savoir, affirma-t-elle. Je pourrais simplement vous dire que je n'ai eu aucune touche, et vous ne le sauriez jamais.

Il lui prit la main.

— Mais si, je saurais parce que je serais dans ce même bar. Je compterais le nombre d'hommes qui vous abordent. Vous avez juste à être vous-même, belle et charmante.

Son pouce dessinait de minuscules cercles sur la main d'Amery. Des cercles sexy. Doucement mais avec insistance. Est-ce que Ronin embrassait de cette façon ? En commençant calmement, puis en déployant la chaleur qu'on pouvait voir dans ses yeux ?

— À quoi pensiez-vous à l'instant ?

Elle avala la moitié de son verre d'eau.

— Que représente cette expérience du bar pour vous ?

Ronin prit la main d'Amery et l'amena à sa bouche, y déposant de doux baisers depuis le bord du poignet jusqu'à la peau charnue des pouces.

— Je pourrais vous observer pendant une heure, et vous savez que j'aime ça. Et, quand le moment sera venu, je serai l'homme avec qui vous sortirez du bar.

Amery lui lança un regard sceptique.

— Vous n'allez pas amener une bande d'amis qui feront semblant de s'intéresser à moi ?

— Tout d'abord je ne ferai rien d'aussi déshonorant. Et deuxièmement je veux que vous remarquiez tous les hommes qui affluent vers vous quand vous n'êtes pas entourée d'homos.

Elle rit.

— OK, ça marche. Mais j'ai deux conditions.

— Que je vous permets de mentionner, mais auxquelles je n'ai pas à me plier, puisque cette expérience est mon idée. C'est donc à moi de fixer les règles.

Il sourit de façon sereine.

— Mais allez-y, annoncez-moi vos conditions.

— J'aimerais entendre votre histoire.

— Vous n'avez pas lu ma bio sur le site Web ?

Elle l'avait fait, uniquement pour voir s'il dévoilait des informations personnelles.

— Si. Mais c'est votre bio officielle. Ce n'est pas la même chose. Donc, racontez-moi…

Les plats arrivèrent, mettant fin à la conversation.

Pendant qu'ils mangeaient, Amery se demanda si Ronin éviterait le sujet à nouveau.

Mais il commença à parler sans langue de bois une fois son burger avalé.

— Mon père était en poste au Japon quand il rencontra ma mère. Ils se marièrent contre l'avis de mon grand-père. Mon père était pilote dans l'armée de l'air, donc nous déménagions beaucoup. Il pratiquait le jujitsu et m'amena avec lui en cours dès l'âge de trois ans. Pour résumer, après la mort de mon père, qui a laissé ma mère dans un pays étranger avec un enfant en bas âge et aucun argent, nous nous sommes installés au Japon.

— Vous aviez quel âge ?

— Huit ans. Même si je suis un quart japonais par mon père, je ne m'y sentais pas à l'aise, à part au dojo. À l'âge de douze ans, j'ai rejoint une école où le jujitsu était la matière la plus importante. À seize ans je savais que j'avais trouvé ma vocation. Mon grand-père refusait de payer pour un entraînement avancé, donc je trouvai un vieux maître qui accepta de me donner des leçons en échange de mon aide.

— On dirait vraiment *Karaté Kid*.

— Je vous jure que je n'invente rien. Je me suis entraîné avec lui pendant deux ans. Quand j'ai eu dix-huit ans j'ai rejoint un… (Il prononça une phrase en japonais.) Il n'y a pas de mot pour ça en anglais, la description la plus fidèle serait une sorte de monastère.

Les yeux d'Amery s'écarquillèrent.

— Vous vous moquez de moi ?

— Non. J'ai passé quatre années là-bas. Ça a été une opportunité qui m'a rendu humble et qui m'a inspiré, j'en suis encore redevable.

— Vous voyiez votre famille quand vous étiez dans ce monastère ?

Il fit signe que non.

— Quand je suis revenu dans le monde réel à l'âge de vingt-deux ans, j'ai dû choisir une nationalité, puisque le Japon n'accepte pas la double nationalité. J'ai choisi les États-Unis. Après quatre années sur place, j'avais gagné l'argent et bâti la réputation nécessaire pour lancer mon propre dojo.

— Waouh ! C'est beaucoup plus excitant que mon histoire.

— C'est comme ça. Quelle est la seconde condition ?

— Je voudrais savoir si vous pensez sérieusement à m'embaucher ou si c'était juste une façon de m'inviter à déjeuner ?

— Je suis sérieux, pour le design d'un nouveau logo. Mais je voulais aussi vous inviter à déjeuner.

— Vous obtenez toujours ce que vous voulez ?

— Toujours.

Ronin pencha la tête plus près de la sienne.

— Pour le logo, j'aimerais un dessin audacieux qui parle du jujitsu japonais, pas de cette méthode brésilienne qui est devenue si populaire.

Une pointe d'amertume teintait sa voix.

— J'en conclus que vous n'approuvez pas cette méthode ?

— Le jujitsu brésilien est le style préféré des combattants de *Mixed Martial Arts*, « arts martiaux mixtes » ou MMA, je n'ai pas de problème avec la méthode en elle-même. Juste avec les types qui prétendent l'appliquer. Par ici, peu de dojos possèdent des enseignants qualifiés. Ils ajoutent le terme « méthode Gracie », héritée du jujitsu brésilien, et les élèves se ruent sur leurs cours. Moi, je suis traditionnel dans le sens où j'entraîne les élèves pour qu'ils maîtrisent les techniques et apprennent à se contrôler, pas seulement à se battre.

Le charisme de cet homme entraînait Amery à se pencher pour en apprendre davantage sur lui. Même quand il ne la regardait pas directement, elle pouvait voir des flammes danser dans ses yeux. Elle observait sa mâchoire se contracter et ses lèvres charnues se resserrer. Des mouvements subtils qu'elle n'aurait pas remarqués si elle ne s'était pas laissé charmer. Quelques cheveux de Ronin tombèrent le long de sa joue, et Amery dut se retenir pour ne pas les repousser sur le côté.

— Vous étiez un bon combattant ?

— Je n'ai jamais infligé de KO techniques, et je ne détiens pas de records, ni de médailles. Mais j'ai gagné de grosses sommes d'argent en combattant, et ça m'a permis d'ouvrir Arts Black.

— Et vous avez arrêté ? Vous n'aviez plus de raison de combattre ?

Ronin sembla surpris qu'elle se soit approchée si près. Il tendit le bras et lissa l'un de ses cheveux, allant du sommet de son crâne jusqu'à son extrémité, près de sa poitrine.

— Vous êtes la première personne à me le demander depuis très longtemps. Ce serait tentant, même quatorze ans plus tard, de dire que je me suis battu seulement pour faire mon trou et que c'est fini maintenant.

Il caressa à nouveau ses cheveux, et son ongle mal coupé égratigna sa joue.

— Mais la vérité, c'est que j'aime me battre. J'aime me confronter à quelqu'un d'autre. En cours nous travaillons les techniques, mais nous faisons toujours attention à ne pas blesser les élèves. Mais sur le tatami, pendant un combat, on ne se préoccupe plus de la douleur. C'est du combat à l'état brut.

Se trouver si proche de lui, sentir la façon douce dont il touchait ses cheveux tout en parlant nonchalamment de violence lui donnèrent une vision étonnamment intime de cet homme complexe.

— Vous combattez toujours ?

— Il y a quatre ans, un adepte de jujitsu brésilien m'a discrédité en public. Il a remis en question mes études au

Japon et le fait que je sois en partie japonais. Normalement j'accorde peu d'importance à ces pratiques, mais quand il est venu parler à mes élèves, dans mon propre dojo… Je ne pouvais pas laisser passer ça.

— C'est pour ça que vous avez des agents de sécurité devant l'entrée principale ?

— En partie. Il est tout simplement entré dans le dojo et a dérangé les cours avec vingt de ses élèves. Je ne savais pas s'ils étaient armés ou non, bref j'ai pris des mesures préventives après cet incident, pour offrir une meilleure sécurité à mes élèves.

— Que s'est-il passé ? En se présentant sur votre territoire, c'est comme s'il avait déclaré la guerre ?

Ronin sourit.

— Il a dit qu'il me combattrait n'importe quand, n'importe où ; j'ai donc proposé un jour et un lieu. Il se vantait à qui voulait l'entendre de la raclée publique qu'il allait m'infliger.

— Et ?

— J'ai perdu.

Elle ouvrit grande la bouche.

— Vous êtes sérieux ?

— Non. Mais si je vous dis la vérité ça vous donnera une certaine image de moi et je ne suis pas prêt pour ça. J'aime la façon dont vous me regardez maintenant, Amery.

Elle rougit.

— Allez, dites-moi.

Sans y penser il continuait à faire courir ses doigts le long de la même mèche de cheveux.

— Je l'ai amoché. Il voulait que ce soit brutal, je lui ai tout donné. Je lui ai cassé le bras et le nez. Je lui ai déboîté l'épaule, brisé les rotules et fissuré les côtes. Tout ça en cinq minutes.

Amery fit un effort pour ne pas frissonner.

— Et lui, il vous a fait mal ?

Leurs yeux se croisèrent.

— Il m'a déboîté un doigt et m'a laissé un gros bleu sur la hanche. (Il tira légèrement la pointe de sa mèche.) Comment nous sommes-nous autant éloignés du sujet initial ?

— Ce n'est pas hors sujet. Ce sont des choses que j'ai besoin de savoir si vous et moi, nous… euh… travaillons ensemble.

Il sembla amusé que sa réponse reste professionnelle.

— Je vais plancher sur quelques idées de dessin pour le logo.

— Parfait. Mais pour l'aspect personnel de notre « travail », réservez votre soirée de demain, pour relever le défi de « la jolie fille qui se fait accoster dans un bar ».

— Ronin…

Il leva la main sans attendre sa réponse et sortit son téléphone.

— Quel est votre numéro ?

Amery le lui donna, en le regardant l'enregistrer. Puis son téléphone vibra : elle venait de recevoir un texto.

— Maintenant vous avez le mien. Vous déciderez de la destination à la dernière minute, pour vous assurer que ce n'est pas truqué.

Ronin jeta un regard mauvais à son téléphone qui vibrait dans sa main.

— Excusez-moi, il faut que je réponde.

Il quitta la table et alla au bout du balcon.

Elle se leva et lissa sa jupe. Elle saisit le casque. Elle entendait des bribes de la conversation de Ronin – c'était si étrange de l'entendre parler en japonais. Cela renforça ses appréhensions. Que savait-elle vraiment de cet homme ? À part qu'il lui faisait tourner la tête ? Il incarnait sans aucun doute le sexy, l'exotique et le mystérieux, mais elle se rappela qu'il consacrait sa vie à enseigner le combat.

Il se retourna.

— Je suis désolé, mais je vais devoir vous renvoyer dans votre bureau en taxi. Il est arrivé quelque chose, il faut que je m'en occupe immédiatement.

Elle posa la main sur son torse.

— Vous allez bien ?

Ronin pencha la tête et frôla sa joue.

— Oui. J'apprécie que vous vous inquiétiez. Ça me montre que vous savez qu'il existe autre chose que des relations professionnelles entre nous.

Il garda la main au milieu de son dos pendant qu'ils descendaient les marches.

À l'accueil, Ronin parla à Michael puis lui fit passer du liquide discrètement. Il s'arrêta dans l'embrasure de la porte et regarda Amery.

— Demain, susurra-t-il.

Puis il disparut.

Chapitre 4

— Est-ce que cette place est prise ?

Amery regarda avec insistance le grand homme dégingandé aux cheveux poivre et sel. Il était mignon, avec un style de geek.

— Non. C'est libre.

— Super. Merci.

Il saisit une chaise et la porta jusqu'à la table où il était installé avec des amis.

Elle attendait toujours qu'il lui propose un verre. Mais elle se dit que la soirée se déroulerait ainsi. Elle feignit de s'intéresser à la télévision située dans le coin, en essayant de ne pas dévorer le bol de biscuits à apéritif placé en face d'elle.

Elle devait reconnaître que ce bar était cool. Il y avait une super ambiance, avec ces spots colorés suspendus au plafond élevé. Comme dans beaucoup de vieux entrepôts du quartier de Lodo, les poutres et les murs de brique étaient apparents.

En entrant, elle avait jeté un œil au parquet en bois de chêne, aux lattes larges et rugueuses, et s'était demandé si elle trouverait un plancher similaire sous la moquette de son loft.

L'ambiance était relaxante, malgré la musique très rythmée. Pourquoi était-elle passée devant cet endroit des dizaines de fois sans s'y arrêter ?

Alors qu'elle se préparait à passer la soirée dans un bar du quartier du Meat Market, elle se rappela la remarque de Ronin : peut-être qu'elle ne fréquentait pas les bons endroits pour rencontrer des célibataires. Elle discutait avec certains types au club de gym, mais ils ne lui proposaient jamais de sortir. Aucun homme ne participait à ses cours de yoga. Elle avait souri à des types à l'épicerie ou à la banque, et elle renvoyait une image sympathique, mais cela n'avait rien donné. Elle allait seule au cinéma. Elle sortait souvent pour manger seule au restaurant, et cela ne la dérangeait pas, mais les autres clients évitaient de croiser son regard : ils devaient sûrement la plaindre de dîner toute seule.

Amery reconnut qu'elle était tombée dans une routine, elle comptait sur Emily et Chaz pour la divertir. Molly était complètement rentrée dans sa coquille après son agression, et elles n'étaient pas sorties toutes les deux depuis des lustres. Ces derniers mois, quand ses amis étaient occupés, elle restait à la maison et regardait des films, ou lisait.

Il n'y a rien de mal à apprécier de se retrouver seule. Non ?

Un homme s'assit à côté d'elle et sourit.

— Hé ! Je ne vous ai jamais vue ici.

— C'est la première fois que je viens. Je me suis dit que j'allais passer prendre un verre.

— Si vous avez soif, je vous offre le suivant.

— C'est gentil, merci. Mais je vais rejoindre un ami.

Ses yeux laissaient transparaître son regret.

— Dommage. Amusez-vous bien.

Il partit.

Après cela, Amery repoussa les avances de plusieurs autres hommes, et elle resta seule face à son verre. Si elle n'avait pas prévu de voir Ronin, elle aurait bien donné son numéro à quelques-uns de ses prétendants.

Où était Ronin, au fait ?

Elle sentit ses yeux sur elle. Ils la calmèrent, même s'ils l'évaluaient. Heureusement cette petite démonstration ne dura que dix minutes. Elle commanda un autre Martini. Tandis que l'heure tournait, elle sentit une petite tape sur son épaule. Elle fit face au type, qui avait un air familier.

— Amery ? C'est Will Aberle. Tu te souviens de moi ? Je suis un ami de Chaz.

— Will ! Bien sûr que je me souviens de toi. Chaz nous avait emmenés à cet endroit pour jouer au laser. On s'était pelé les miches.

— Ça fait un bail que je n'ai pas vu Chaz. Comment va-t-il ?

— Bien. Il est en couple maintenant, enfin il est en couple à sa façon, ce qui veut dire…

— …qu'il est toujours à la recherche de quelqu'un, termina Will.

— Mon Dieu ! On doit avoir l'air de langues de pute qui débinent notre ami, non ?

— C'est toujours le problème quand on est l'hétéro de service.

Elle rit. Will était drôle, et il avait les cheveux blonds et les yeux bleus, le type de physique qu'Amery trouvait si attirant. Alors pourquoi ne lui avait-elle jamais fait savoir qu'elle était disponible ?

Parce que même s'il est super mignon il te rappelle ton ex.

— Comment tu vas ? demanda Will.

— Je ne peux pas me plaindre. J'ai lancé ma propre affaire et j'ai conservé quelques clients. Et toi ? Tu es dans les assurances, c'est ça ?

— Oui, je suis actuaire. Ça paraît tellement ennuyeux.

— Et tu es un habitué de ce bar ?

— J'y viens généralement un soir par semaine. Je ne t'ai jamais vue ici.

— C'est ma première fois.

— Je devrais te payer un verre pour fêter ça.

Une main atterrit sur l'épaule d'Amery, et la joue lisse de Ronin effleura la sienne, tandis qu'il s'immisçait entre eux.

— Désolé, je suis en retard. Vous avez dû m'attendre longtemps. (Il se tourna vers Will et lui tendit la main.) Je suis Ronin. Et vous êtes ?

— Will.

— Merci, Will, pour avoir tenu compagnie à ma copine.

Mais pourquoi Ronin faisait-il comme s'ils étaient ensemble ?

— Enchanté.

Will sourit à Amery.

— Cela m'a fait plaisir de te revoir.

Puis il partit à l'autre bout du bar.

— Vous êtes prête ? demanda Ronin.

— Vous pouvez m'expliquer ce que vous venez de faire ? Oui, à votre tour de parler, sensei.

Ronin lui serra l'épaule.

— C'est un rappel amical : vous n'êtes plus sur le marché.

— Comme si j'étais un sac de viande ? demanda-t-elle sèchement.

— Vous avez obtenu un double A. Vous avez fait un carnage sur toute la ligne.

— Ronin, ce n'est pas drôle.

— Non, effectivement.

Ses yeux étaient tellement... pénétrants que son cœur s'accéléra.

— Qu'est-ce qui ne va pas ?

— Vous êtes une belle femme, et vous venez juste de rejeter les propositions de huit inconnus qui voulaient vous offrir des verres.

Il passa le doigt le long de ses joues et fit remonter son menton.

— Je vous ai regardée. C'était un genre de torture très spécial, parce que j'avais planifié ça, délibérément.

— Pourquoi ?

— Je voulais que vous appreniez la vérité sur vous-même. Ensuite j'ai compris que vous auriez laissé certains de ces types vous offrir un verre ou peut-être même que vous seriez repartie avec eux si la situation avait été différente.

— Vous voulez que j'admette que vous aviez raison ?

— De laisser l'un d'entre eux vous offrir un verre ? Non.

Le pouce de Ronin suivit doucement la courbe de sa lèvre inférieure. Elle trembla, et il sembla prendre un grand plaisir à recommencer ce geste, en s'assurant qu'elle tremble à nouveau à son contact.

— Avais-je raison de dire que vous êtes la femme la plus sexy du bar ? Oui. Donc répétez : je ne suis pas consciente de ma propre beauté, et vous aviez incontestablement raison, Ronin.

Quoi qu'il en soit, Amery se détendit à son contact incroyable.

— Ce n'est que de la chance. Où étiez-vous assis pendant que j'étais en train de vous donner raison ?

— J'étais dans le coin.

— Vous regardiez mes fesses ?

Il fit un geste vers l'avant du bar.

— Je ne voulais pas regarder vos fesses, je voulais voir votre visage.

Il prit sa main, qui ne tenait pas en place.

— Puisque j'ai gagné, je peux choisir ce qu'on fait ce soir. Vous avez une idée de ce que ce sera ?

S'il te plaît, propose-moi de baiser pendant des heures. Que ce soit torride !

Les pupilles de Ronin rétrécirent.

— Vous avez dit quelque chose ?

— Ah ? Non.

Dieu merci, elle n'avait pas dit ça à voix haute, mais elle suspectait à moitié qu'il avait lu dans son esprit !

— Qu'est-ce qu'on fait ? demanda-t-elle rapidement. J'espère que nous allons manger.

—Par un heureux hasard, j'ai prévu de vous faire la cuisine dans mon appartement.

Donc du sexe torride était peut-être au menu de ce soir. Elle sourit.

—Ça a l'air super.

—Allons-y.

Amery vida son verre et saisit sa main alors qu'il la menait à l'extérieur. Elle n'avait pas à se soucier de conduire, puisqu'elle était venue à pied. Elle avait même mis son jean au cas où Ronin conduirait sa moto.

Mais dans la rue il s'arrêta devant un 4x4 Lexus noir. Il ouvrit la porte du côté passager.

—Vous avez l'air déçue.

—J'aimais bien la moto.

—Ce sera pour la prochaine fois.

—Je ne sais pas où vous habitez, remarqua-t-elle, quand ils furent en route.

—Comme vous, j'habite là où je travaille.

Elle fronça les sourcils.

—Vous vivez au dojo ?

—Au dernier étage. Et, tout comme vous, je suis propriétaire de l'immeuble.

—Qu'y a-t-il d'autre dans l'immeuble ?

—Les bureaux du dojo et des salles d'entraînement supplémentaires occupent le deuxième étage. Je loue les troisième et quatrième étages à des sociétés qui ont besoin d'espaces de bureau, mais qui n'ont pas beaucoup de passages.

—Depuis combien de temps êtes-vous propriétaire de l'immeuble ?

— Je l'ai acheté il y a dix ans. J'avais une tonne de travail, et le dojo était ma priorité. Puis c'est devenu mon lieu de vie. Ce n'est que depuis six ans que les étages intermédiaires ont été rafraîchis pour être loués.

— Et vous avez des professeurs ou des élèves qui débarquent chez vous juste pour vous dire bonjour ?

Ronin fit « non » de la tête.

— Ce n'est pas un secret, je vis au dernier étage, mais l'accès est restreint.

Il passa deux fois devant l'immeuble.

— L'inconvénient de cet endroit, c'est le manque de places de parking.

— Ça craint quand vous devez faire un saut à l'épicerie. Non ?

— C'est pour ça que je n'ai pas ma carte de fidélité au supermarché du coin.

Il avait plus d'humour que ce qu'elle pensait. Elle se dirigea vers l'entrée principale, mais il la prit par la main et la mena dans une ruelle.

— On passe par la porte de derrière.

— Vous avez peur de tomber dans une embuscade et de devoir dévoiler quelques techniques devant une ceinture blanche ? le taquina-t-elle.

— Non.

Ils s'arrêtèrent devant une porte en acier rouillée. Il ouvrit une petite boîte en métal qui abritait un clavier, composa un code, et les serrures s'ouvrirent.

— C'est glamour.

— C'est sécurisé, corrigea-t-il.

Amery put entendre les sons du dojo alors qu'ils traversaient un vestibule étroit. Ils s'arrêtèrent devant une autre porte, qui nécessitait également un bip magnétique pour s'ouvrir.

— Je commence à avoir l'impression d'être dans un film d'espionnage.

Ronin lui ouvrit la porte.

— On y est presque.

Devant elle, il y avait un autre ascenseur. Elle faisait face à Ronin, la bouche ouverte.

— Vous avez un ascenseur privé pour accéder à votre appartement ?

— Ça tient la racaille à distance.

Elle rit.

— Ce n'est pas différent des tours standard. Le dernier étage a toujours un ascenseur privé.

Avec toutes ces mesures de sécurité, comment pourrait-elle sortir si elle le voulait ? Son cœur s'emballa à cette pensée soudaine, et elle étudia les motifs des faux lambris de bois, pendant que Ronin se penchait sur un autre clavier.

L'ascenseur commença à monter. Il ne dit pas un mot avant que la porte s'ouvre.

— Après vous.

Amery avança dans une entrée au sol carrelé et s'arrêta. Ronin apparut devant elle.

— Qu'y a-t-il ?

— Cet… ascenseur privé, tout cet arsenal de sécurité ultradéveloppé… Et s'il y avait le feu et que je ne puisse pas sortir parce que je n'ai pas les clés ou les codes ? Ou si je voulais juste partir ?

Il la regarda fixement dans les yeux.

— Si vous souhaitez partir, je vous accompagne chez vous dès maintenant, sans poser de questions.

Cela l'apaisa un peu.

— Il n'y a pas de pression, Amery. Je ne vais pas vous traîner jusqu'à ma chambre et vous attacher à mon lit. (Il eut un sourire diabolique.) Enfin, pas d'entrée de jeu.

Elle rit, mais il y avait toujours une trace de nervosité.

— Nous allons dîner, discuter et voir s'il y a quelque chose entre nous qui vaille la peine de continuer.

— Et si ce n'est pas le cas ?

L'expression de son visage indiqua qu'il pensait que ce n'était pas une possibilité.

— Vous avez envie d'être ici ?

— Oui.

— C'est bien.

Ronin la poussa contre le mur et passa la main sur son visage.

— J'ai eu envie de vous embrasser depuis le moment où vous avez jeté votre pantalon sur moi.

Amery ne put sortir une réplique spirituelle, elle ne pouvait penser à rien. Puis il approcha sa bouche de la sienne. Il titilla ses lèvres, puis leurs souffles chauds se croisèrent. Elle tremblait en suivant le rythme des battements de son cœur, son corps frissonnant par anticipation.

Sa langue passa légèrement contre ses lèvres, et spontanément elle ouvrit la bouche davantage. Elle en voulait plus.

Il intensifia son baiser. Puis, un autre coup de langue, un doux suçon. Il caressait ses joues avec ses pouces, et il lui tenait le visage. Puis il inclina sa tête et consomma sa bouche dans un tourbillon de sensations.

Oh, mon Dieu ! Cet homme savait embrasser. Sans retenue, il insuffla de la passion, de l'expérience et de l'envie dans ce baiser, jusqu'à ce qu'Amery réponde à cette flamme. Elle ferma les yeux, et ses doigts passèrent sur son buste, s'agrippant à lui tout en lui laissant le contrôle.

Il la prit comme si elle lui était due.

Au moment où il mit fin au baiser, le corps d'Amery vibra. Sa tête était confuse, et ses lèvres tremblèrent.

— Tu veux toujours partir ? murmura-t-il.

— Non.

— Tu es sûre ? insista-t-il, les lèvres vibrant près de sa gorge.

— Oui, je suis sûre.

— J'en suis satisfait. Tu veux visiter l'appartement ou tu meurs de faim ?

— Une visite serait sympa.

Ronin déposa un dernier et long baiser sur ses lèvres, puis la prit par la main. Il la fit passer sous un porche voûté.

— C'est le salon. N'hésite pas à jeter un œil pendant que je m'occupe du dîner.

Peut-être que le style austère était courant au Japon. Ou peut-être que ce choix de décoration reflétait son statut de célibataire. Les meubles n'étaient pas adaptés à la taille de la pièce. Il y avait seulement deux canapés, longs et bas, recouverts d'un tissu marron. Deux chaises sombres étaient disposées l'une en face de l'autre. Une table basse, une petite table près du canapé, un banc en cuir et plusieurs lampes réparties sur le sol occupaient l'espace.

Il n'avait pas disposé d'objets personnels sur les murs. Pas de photos de famille, pas de références à ses années de jujitsu.

Des tableaux étaient placés ici et là. Sur un cadre on pouvait voir un gros Japonais ouvrant son peignoir et exposant ses organes génitaux d'une taille démesurée à une geisha aux cheveux ébouriffés, recroquevillée au sol. Deux autres tableaux au même thème étaient suspendus à côté. Sur l'un d'eux, un samouraï aux cheveux longs brandissait une épée devant un tigre rugissant qui se tenait en face de corps déchiquetés. La dernière image représentait un Japonais nu et accroupi, les organes génitaux disproportionnés reposant au sol. En face de lui, une femme à moitié nue était accrochée à une colonne par une corde, en position bizarre, et l'homme lui tenait le pied, qu'il léchait de sa grosse langue.

— Ce sont des shunga, dit Ronin derrière elle, des gravures japonaises.

— C'est un choix de décoration intéressant.

— Ils sont pleins de symbolisme, il ne faut pas s'arrêter au premier aspect.

C'était ironique, car cela pouvait aussi s'appliquer à lui.

Ils contournèrent un mur qui divisait les différents espaces mais n'atteignait pas le plafond ni les deux autres murs, et laissait un large espace au sol. Il donnait l'illusion d'un mur flottant, c'était original.

Une salle à manger et une cuisine occupaient tout l'espace.

Elle fronça les sourcils. Vu la taille de l'immeuble, ces espaces semblaient vides.

— Quelque chose cloche ? demanda Ronin de sa voix profonde et sexy.

— J'essayais juste de comprendre cet espace. Le dojo semble beaucoup plus grand que cet open space, car il est divisé en petites zones d'entraînement. Je sais que l'immeuble possède les mêmes dimensions au rez-de-chaussée et au dernier étage, et ça me déstabilise.

Ronin lui prit la main.

— C'est une remarque très maligne. Je suis célibataire, et je n'ai pas besoin de six cent cinquante mètres carrés pour vivre. L'immeuble a été remis à neuf, et le dernier étage a été séparé en deux. Il y a donc environ trois cent vingt-cinq mètres carrés.

— Donc tu n'utilises pas l'autre moitié de cet étage pour des bureaux ou autres ?

— Non.

Il longea un autre mur flottant, qui créait un corridor. Il ouvrit la première porte.

— C'est la chambre d'amis.

Amery ne savait pas s'il s'attendait à ce qu'elle hoche la tête et avance, mais elle voulait voir cet espace qui possédait une vraie personnalité. Deux fauteuils rouges lumineux comme ceux qu'on pouvait voir en boîte de nuit étaient installés en face d'une fenêtre, créant un espace intime. Un lit double à la tête de lit richement décorée et recouverte de laque rouge occupait le mur du fond. Il y avait du parquet au sol. Des tapis de sisal aux bordures rouges étaient disposés d'un bout à l'autre. Elle avança vers la porte ouverte dans le coin de la pièce et pénétra dans une grande salle de bains. Les murs de la cabine de douche semblaient être en papier de riz, le lavabo était en bois de teck poli, et au-dessus se trouvait un meuble recouvert de laque noire. Il comportait quelques touches de rouge.

— C'est une superbe chambre. Mais ça ne donne pas envie à tes amis de rester plus longtemps ?

— Je les décourage.

Elle rit.

Entre la chambre d'amis et la pièce suivante se trouvait la grande salle de bains, également en bois, avec des touches de couleur noires et rouges. La pièce suivante comportait un énorme mur blanc qui devait servir d'écran pour un rétroprojecteur, une table de billard américain et des étagères allant du sol au plafond, remplies de DVD et de CD. Il n'y avait pas de photos ou de bibelots drôles ou kitsch. Par curiosité, elle s'approcha de l'étagère. Tout était classé par ordre alphabétique. Cela la fit sourire.

— Tu passes beaucoup de temps ici ? demanda-t-elle.

— Pas autant que ce qu'on pourrait penser.

Énigmatique.

Ronin la prit par la main, et elle sut que le prochain arrêt serait sa chambre. Il évita la pièce suivante, dont la porte avait un verrou.

— Qu'est-ce que c'est que cette pièce ?

— Une sorte de débarras.

— Tu as des objets de valeur enfermés à l'intérieur ?

— J'ai un ou deux trucs.

Ronin ouvrit la dernière porte.

— C'est ma chambre.

Amery rougit.

Il la laissa entrer et lui lâcha la main.

La moquette blanche de la chambre était si luxueuse qu'elle lui arrivait jusqu'aux chevilles. L'élément central de la pièce était un très grand lit situé sur un espace surélevé, avec deux marches menant au matelas. La tête de lit, qui mesurait facilement trois mètres, était faite de métal noir et d'un bois épais et lisse. Une belle couette en soie turquoise d'apparence somptueuse recouvrait le lit. Les draps étaient-ils aussi en soie ? Ou en coton ?

Pourquoi tu ne plonges pas dans ce lit pour le savoir ?

Ronin surgit derrière elle. Elle ferma les yeux en ressentant une montée de désir, quand son buste, un véritable mur solide, entra en contact avec ses épaules. Elle respira son parfum enivrant.

— À quoi penses-tu ?

À toi et moi nus, en train de nous rouler dans la soie.

— J'aimerais sauter sur ton lit pour voir s'il est aussi moelleux qu'il en a l'air.

— Tu sais ce que j'étais en train de penser ?

Ses lèvres chaudes descendirent le long de son cou. Elle soupira et inclina la tête, lui laissant l'accès libre.

— Quoi ?

Il lui caressait les cheveux, les enroulant dans sa main tout en lui embrassant l'épaule.

— J'aimerais te voir étendue sur mon lit.

La bouche de Ronin s'arrêta sur l'arrondi de son épaule, et il y plongea légèrement les dents.

— Tu me ferais ce plaisir ?

Amery fit deux pas et monta les marches, face à lui. Son côté audacieux se réveilla, et elle le taquina.

— Comment tu m'imaginais dans ton lit, Ronin ? Comme ça ?

Elle tomba en arrière sur le matelas et releva les bras de part et d'autre de son visage.

Était-ce son imagination ou Ronin avait-il… grogné ? Elle releva la tête. Il s'était rapproché, et ce n'était pas son imagination.

— Ou peut-être que tu veux que je sois comme ça ?

Elle se retourna et se mit à genoux. Elle cambra le dos, inclina les hanches et remua les fesses, en émettant un doux gémissement.

Le lit s'abaissa, et Ronin se positionna près d'elle. Son grand corps robuste enveloppait le sien, il posa la bouche sur son oreille.

— J'ai vraiment envie que tu sois comme ça. Mais pas pour la première fois. Nous allons plutôt commencer autrement.

Ronin l'installa doucement sur le dos et lui releva les bras, tout en approchant son bassin du sien. Sa bouche atterrit sur la sienne brutalement. Sa langue plongea entre les lèvres de sa partenaire et tourna : ce baiser était guidé par la faim. Il bouscula ses hanches, saisit ses poignets d'une main, puis il suivit la courbe de son corps, en commençant par ses avant-bras jusqu'à sa taille.

Amery se cambra pour venir rapidement se perdre en lui.

Mais Ronin ralentit ses baisers. Il lâcha ses poignets et la caressa minutieusement avant de se mettre à genoux et de l'observer fixement.

Elle se mit sur les coudes, essaya de rester détendue même si son corps était en plein chaos. Son cœur battait à tout rompre, et sa petite culotte était trempée. Sa poitrine se languissait de son contact, de sa bouche, de sa main, de son torse, peu lui importait. Elle avait également fait taire sa voix intérieure qui la mettait en garde et lui conseillait de ne pas passer la nuit avec lui dès le premier rendez-vous. Elle était restée vigilante et prudente, mais quelque chose chez Ronin Black lui donnait envie d'oublier ces précautions… pour la première fois de sa vie.

Ronin la regarda fixement. Lui aussi avait le souffle court.

— J'aimerais tellement te déshabiller et te faire l'amour jusqu'au petit matin, mais je ne t'ai pas amenée à la maison pour ça.

Il se pencha en avant et passa les mains sur son visage.

— Ça viendra, mais pas maintenant. Pas ce soir.

Puis il l'embrassa une nouvelle fois. Son baiser était une promesse excitante et vraiment… douce. Ronin Black… doux ? C'était totalement inattendu.

Il se leva et l'attendit au bord des marches. Se sentant d'humeur désinvolte, elle rit et se redressa, puis, une fois debout, se mit à sauter au milieu du lit.

— C'est un matelas rebondissant. Je parie que si je suis sous toi je ne sens même pas le matelas dans mon dos.

Il fit un nouveau grognement.

— Tu excites la bête alors que tu es encore dans la cage, ce n'est pas très sage de ta part.

Aïe ! C'étaient une menace et une maxime philosophique.

— J'arrête.

Amery rebondit encore une fois avant que ses pieds touchent le sol.

— Allons manger.

Ronin la prit par la main et l'emmena dans la cuisine.

— Tu as vraiment fait la cuisine ?

— Oui, vraiment.

Il désigna les couverts sur le comptoir.

— Assieds-toi.

Amery étudia les lieux. La cuisine, comme tous les autres coins de cet énorme loft, était spacieuse et épurée. On pouvait pourtant y voir quelques objets saugrenus. Les moulins de sel et de poivre en céramique avaient la forme de samouraïs. Une assiette à fruits creuse représentait des dragons qui s'entrelaçaient.

Ronin lui servit un verre de vin blanc.

— Du saumon poché, ça te va ?

— C'est parfait.

Elle regarda le four.

— Tu cuisines ça maintenant ?

— Je l'ai déjà préparé. Pourquoi ?

— Ça n'empeste pas le poisson. C'est pour ça que je déteste cuisiner du poisson à la maison. Il faut toute une journée pour que l'odeur disparaisse.

— Ce four a une ventilation exceptionnelle, sinon, comme toi, je cuisinerais rarement du poisson à la maison.

Elle sirota son verre de vin, très sec. Elle aurait pu s'étouffer avec un seul verre de ce breuvage. Elle aurait sûrement paru manquer de sophistication si elle avait admis qu'elle n'aimait pas tellement le vin.

Ronin s'affairait silencieusement en cuisine. Il ne fit pas de mouvements superflus quand il sortit le plat du four. Il déposa un morceau de saumon sur une assiette rouge et carrée, puis le travailla et l'arrosa d'une cuillère de sauce jaune. Il ajouta une portion de risotto qui provenait d'une casserole sur la cuisinière et glissa l'assiette sur un set de table en bambou. Il prépara sa propre portion puis saisit deux bols dans le réfrigérateur, et en déposa un à côté d'elle.

— Ronin, c'est incroyable !

— Peut-être que tu devrais goûter avant de déclarer cela, dit-il sèchement.

Amery coupa une grosse part de ce poisson friable et l'enfourna. La sauce n'était pas citronnée comme elle s'y attendait, mais avait un goût de menthe et d'orange.

— Je reste sur ce que j'ai dit. C'est incroyable.

Il poussa légèrement le bol de légumes vers elle.

— Ce sont des épinards, une salade de chou chinois et de chou frisé avec une sauce piquante aux cacahouètes.

Elle remonta ses manches.

— C'est un repas très sain, non ?

— C'est un classique de ma cuisine.

— OK. J'ai eu peur que ce ne soit ta façon de me dire de réduire les cookies aux éclats de caramel.

Alors qu'il lui faisait face, Ronin saisit soudain le menton d'Amery dans sa main.

— Tu es superbe. Chaque parcelle de ton corps. Je n'ai jamais songé à te changer, Amery, seulement à renforcer ce que je connais de toi. Et si manger des cookies aux éclats de caramel te rend heureuse, ne t'en prive pas.

OK. Son côté intense était un peu effrayant, même quand il essayait d'être mignon. Mais alors pourquoi était-elle tentée de l'embrasser ? Elle voulait mordiller ses lèvres et désirait goûter son parfum pour accompagner la nourriture.

— Tu es troublée, murmura-t-il.

— Même si j'apprécie que tu sembles vouloir me dévorer moi plutôt que la nourriture.

— Je suis démasqué…

Ronin l'embrassa doucement puis revint à son repas. Le silence qui s'installa entre eux n'était pas gênant. Si Ronin avait quelque chose à dire, il ne s'en privait pas ; elle appréciait qu'il ne soit pas le type de gars qui bavarde sans arrêt sous prétexte qu'il a plein de savoir à partager. En outre, elle préférait un dîner tranquille à ceux qu'elle avait subis durant sa jeunesse, où ses parents lui posaient des questions sur tout et la sermonnaient sans fin sur certaines fautes qui pourraient entacher toute la famille.

— Tu touches à peine à ta salade. Je ne serai pas blessé si tu n'aimes pas.

— Non, ce n'est pas ça, c'est délicieux. J'étais juste en train de me dire que c'est apaisant, nous ne sommes pas obligés de parler en permanence. C'est comme si les gens avaient peur du silence.

— Et toi, non ?

Amery haussa les épaules et finit son verre de vin.

— Je travaille seule les trois quarts du temps. Je ne mets pas de musique en fond sonore. Je ne passe pas des heures au téléphone. Pour être honnête, je pense que se satisfaire du silence devrait devenir plus commun. Chaz ne peut pas travailler sans son iPod qui beugle dans ses oreilles. Toutes les trente minutes il doit faire un tour et regarder ce que font les autres. Même Molly porte des écouteurs la plupart du temps où elle est au bureau.

— Et Emily ?

— Elle diffuse de la musique apaisante, et elle n'échange que très peu de mots avec ses clients pendant ses massages. Mais, dès qu'elle a fini, elle parle à cent à l'heure au téléphone ou en surfant sur le Net.

Amery haussa les épaules.

— Peut-être que c'est moi qui ne suis pas normale.

— Alors moi non plus, je ne suis pas normal. Je préfère un dojo calme avec des élèves qui travaillent et essaient d'améliorer leurs techniques sans être distraits. Mais les autres professeurs ne sont pas d'accord. Ils pensent que la musique incite les élèves à se dépasser. Et, puisque je leur fais confiance, je les laisse gérer leurs cours comme ils le souhaitent. Mais quand j'enseigne je ne passe pas de musique.

— Tu penses que ça vient de tes années passées au monastère ?

— J'y ai acquis de nombreuses compétences, y compris trouver l'équilibre entre ce dont j'ai besoin et ce que le monde attend de moi.

Amery soupira. Quand il énonçait des maximes zen comme ça, elle voulait le prendre dans ses bras et se nourrir de sa force et de sa sagesse, tout en s'imprégnant de son odeur si attirante.

Elle réussit à manger la moitié de son repas et se sentit coupable quand Ronin demanda :

— Tu as fini ?

— Oui. Merci. C'était délicieux.

Elle s'excusa et alla se rafraîchir à la salle de bains, en fuyant ce moment gênant. Après s'être rincé la bouche et avoir avalé un bonbon à la menthe, elle passa la main dans ses cheveux et vérifia à nouveau son maquillage. Puis elle s'éloigna du miroir : c'était l'un des rares jours où elle était satisfaite du reflet qu'elle renvoyait.

Ronin regardait par la fenêtre, dans cet espace qui séparait le salon de la cuisine. Ses changements d'humeur semblaient survenir sans raison particulière. Il pouvait passer d'un état d'esprit à un autre en un clin d'œil.

Peut-être qu'il a décidé que ça ne vaut pas la peine d'aller plus loin, après tout.

Elle s'approcha de lui prudemment.

— Ronin ?

Il ne se retourna pas.

— Est-ce que tout va bien ?

— Pas vraiment.

— Qu'est-ce qui ne va pas ?

— Je t'ai menti.

Elle s'immobilisa.

— C'est-à-dire ?

— Je t'ai dit que je t'avais invitée chez moi pour dîner et non pour passer la nuit avec toi. Mais c'est un putain de mensonge. J'ai vraiment envie de passer la nuit avec toi, Amery. Je n'ai qu'une idée en tête : te déshabiller et déguster chaque partie de ton corps, avant de t'allonger sur le canapé et de te faire l'amour. Puis de te prendre sur la chaise ou sur le tapis avant de te traîner jusqu'à mon lit et de recommencer.

C'était ça, son gros mensonge ? Amery posa la joue entre ses omoplates, sur cette zone chaude et ferme. Elle ne pouvait s'en empêcher et se mit à sourire.

— Tu trouves ça amusant ? dit-il, indécis.

D'une certaine façon, oui.

Elle passa les bras autour de sa taille.

— Parce que, quand je t'ai vu devant la fenêtre, je m'attendais à moitié à voir les clés dans ta main. Comme si tu avais changé d'avis et que tu ne pouvais attendre avant de te débarrasser de moi.

— Pourquoi penserais-tu ça ?

— Peut-être que je ne suis pas celle à laquelle tu t'attendais ? Nous sommes différents quand nous sommes seulement tous les deux et non au dojo, ou à parler business au restaurant ou dans un bar bondé.

Il se retourna et mit les mains autour de son visage, tout en maintenant leurs corps rapprochés.

—Non, chérie, c'est mieux quand nous sommes seuls comme ça. C'est moi qui me sens si… (Il appuya ses lèvres sur son front.) Je ne veux pas aller trop vite, et pourtant tout chez moi accélère quand je te vois.

Cet homme savait parler…

—Donc tu peux relâcher la pression. Je ne suis pas venu ici ce soir dans le but de m'envoyer en l'air.

Amery tourna la tête et murmura à travers ses dents.

—En fait, je porte des vieux dessous mal assortis, donc je serais trop embarrassée d'enlever mes vêtements devant toi.

Il rit doucement.

—Tu m'apportes vraiment un souffle d'air frais.

Amery le regarda.

—Je ne veux pas t'effrayer, mais je n'ai pas eu de rendez-vous galants depuis un petit moment.

—Je sais.

—Comment sais-tu ?

—Parce que tu n'es pas complètement désabusée. Tu n'as pas cherché à savoir si j'étais riche.

—Eh bien, en fait j'étudiais un type de richesse bien particulier !

Ses mains glissèrent sur son torse. Il était si ferme et bien dessiné. Elle aurait aimé sentir la chaleur de ces muscles solides.

—Amery, prévint-il, je suis un peu tendu, donc vas-y doucement.

—Ce ton autoritaire est tellement sexy.

—C'est comme ça que je suis.

Il rapprocha sa bouche de la sienne. Le baiser démarra doucement mais évolua rapidement. Sa chaleur, sa passion la renversèrent. C'était chaud, humide et ferme, tout comme sa langue qui s'emmêlait à la sienne. Il prit quelques mèches de cheveux dans sa main et tira légèrement pour qu'elle incline le cou exactement comme il le voulait.

La peau d'Amery devenait électrique avec ces baisers à pleine bouche. Chaque fois qu'il passait le nez sous son oreille, sur sa gorge, son épaule et sa mâchoire, il éveillait ses cinq sens.

— Ronin…

— Ta peau est comme une drogue.

Il embrassa le bouton du haut de sa chemise. Il lâcha ses cheveux et fit courir ses mains le long de son visage puis de son cou. Ses doigts tracèrent des cercles sur ses poignets, et il effleura son oreille avec la bouche.

— Belle demoiselle, je ferais mieux de te raccompagner chez toi avant que je trouve une centaine de raisons de plus pour ne pas te ramener.

Ronin lui plaqua un dernier baiser sur la tempe et recula.

Amery remarqua la bosse en dessous de sa ceinture.

Ses doigts rugueux étaient sous son menton, la forçant à se concentrer encore plus.

— Cesse de fixer mon entrejambe.

Il la reconduisit chez elle en voiture et insista pour la raccompagner jusqu'à la porte de derrière, par où elle avait l'habitude de rentrer dans son appartement.

— J'ai passé une soirée magnifique, Ronin.

— Moi aussi.

Il lui embrassa le bout des doigts.

— Malheureusement j'ai des choses de prévues, donc on ne peut pas se revoir ce week-end.

Elle cacha sa déception et s'en voulut de s'être attendue à passer davantage de temps avec lui ce week-end. Ils avaient eu un rendez-vous. *Un seul.* Elle devait contenir sa joie.

— J'ai aussi des projets.

— Lesquels ?

— Je dois rattraper du travail en retard, dîner avec des amis, voir des films. Comme d'habitude. Et toi ?

— Rien d'aussi intéressant que toi, dit-il en souriant. Est-ce que ce travail a quelque chose à voir avec un logo pour Arts Black ?

— C'est possible. Quelques brouillons sont déjà prêts et attendent que tu y jettes un œil.

— Est-ce que lundi te conviendrait pour une réunion avec moi et deux instructeurs, pour que tu nous montres tes propositions ?

Elle passa mentalement en revue son emploi du temps de la semaine prochaine.

— Bien sûr. À quelle heure ?

— Dix heures. Les bureaux du dojo sont au deuxième étage.

— Y a-t-il des mesures de sécurité extrêmes que je dois connaître ?

— Non.

Sa bouche se posa sur la sienne pour y déposer un rapide baiser.

— On se voit lundi.

Chapitre 5

— Alors comme ça tu vas déjeuner avec maître Black ? s'enquit Chaz, l'air de rien.

— Qu'est-ce que tu fais là à m'embêter ? Tu ne travailles jamais le lundi.

— Tu ne m'as pas raconté ce qui s'est passé ce week-end. Si je t'avais demandé au téléphone tu aurais pu mentir sans que je m'en aperçoive. En face à face je vois vite si tu mens ou pas, donc j'attends que tu me balances les détails, ma chérie.

Amery remplit à nouveau sa tasse de café.

— Nous sommes sortis dans un bar après le boulot vendredi soir, puis il m'a invitée chez lui pour dîner, et enfin je suis rentrée à la maison. Pas de fête du slip, au cas où tu voudrais savoir. Pourtant il y a bien quelque chose entre nous. Le samedi j'ai travaillé, puis Emily m'a traînée à cette performance artistique catastrophique dans un boui-boui quelconque.

Elle frissonna.

— Je t'ai prévenue, souffla Chaz. Elle se passionne pour des choses étranges. Je ne serais pas surpris qu'elle débarque avec un collier et des chaînes. C'est vraiment une chienne.

— C'est drôle, Emily a dit la même chose te concernant, répliqua Amery.

— Mais moi, j'aimerais être la chienne de n'importe qui, n'importe où, n'importe quand, et je l'avoue. Je ne suis pas dans le déni.

Il retourna à son espace de travail. Amery le suivit.

— Tu travailles sur quelles œuvres d'art ?

— Je bosse sur trois projets. Celui-ci est pour une collection de mangas gays.

Il fouilla dans un tas de feuilles et en sélectionna une.

Elle l'examina de près. C'était peut-être un peu trop érotique, mais le dessin était précis, incroyablement détaillé.

— C'est fabuleux.

— Je sais. C'est pour ça qu'ils sont en négociation avec mon agent pour un autre gros projet.

— Pourquoi tu ne m'en as pas parlé ? Je suis si fière de toi !

Elle le prit dans ses bras.

— Quoi d'autre ?

— En plus des contrats avec des mangas hétéros… je connais un mec qui a écrit une série autour d'un super-héros gay, et il m'a demandé de l'illustrer. Il veut présenter le tout à un nouveau fanzine branché qui commence à se faire une réputation.

— Ce mec…, je le connais ?

Chaz se tourna sur sa chaise.

— Non.

Et elle comprit.

— Bon sang, Chaz ! Tu couches déjà avec lui ?

— Oui.

— Et André ?

— Et alors ? répondit Chaz, désinvolte. Personnellement un plan à trois me tenterait bien, mais à l'heure qu'il est le premier mec ne connaît pas l'existence du deuxième, et peut-être bien que j'ai envie que les choses restent comme ça.

Peut-être que tu devrais arrêter de penser avec ta bite.

Chaz la regarda fixement, même si elle n'avait pas dit un mot.

— Tu allais jouer ta sainte nitouche ? Ça ne m'étonne pas que tu n'aies pas tiré ton coup ce week-end.

— Tu es sérieux ? C'est le genre de jugement sarcastique que j'entends en permanence, Chaz. Si c'est pour répéter la même chose, tu peux prendre le large.

Sur les nerfs, Amery partit et claqua la porte du bureau.

Elle détestait cette méchanceté chez Chaz. Il savait à quel point elle avait souffert dans son enfance d'être la fille d'un pasteur fondamentaliste. Elle se sentait honteuse de son corps, honteuse de son besoin d'intimité, honteuse de ce qu'elle ressentait. À chaque petite transgression, elle se sentait menacée par la punition divine, mais les punitions de son père étaient toujours bien pires. Et sa mère ne disait rien, laissant l'homme de la maison diriger. Elle avait observé son mari rabaisser et culpabiliser Amery, jusqu'à ce que celle-ci quitte le domicile pour ses études.

Comme on pouvait s'y attendre, après quelques rencards, sa première véritable relation était partie sur de mauvaises bases. Tyler, un sportif ultrapopulaire, soi-disant chrétien, l'avait utilisée et manipulée, en exploitant son manque de confiance en elle. Ensuite Chaz l'avait ramassée à la petite cuillère. Il avait toujours été là pour la soutenir quand elle en avait besoin. Et maintenant il se montrait si intransigeant… Elle ne méritait pas cela. Elle n'était pas en train de le juger. Elle voulait juste qu'il soit plus sérieux. Mélanger la vie professionnelle et le plaisir personnel n'était pas toujours une bonne idée.

Et pourtant tu es sur le point de faire une présentation à un homme avec qui tu espères coucher très bientôt. Peut-être bien que c'est toi qui as été hautaine avec Chaz.

Mais elle ne pouvait rien y faire désormais, elle n'avait pas à s'excuser. Ils avaient tous les deux besoin de prendre du recul.

Amery saisit son book, son ordinateur portable, et sortit en passant par la porte de derrière.

Il n'était pas facile de trouver une place de parking autour du dojo pendant la journée. Elle avait fini par marcher durant trois pâtés de maisons. Ses vêtements étaient mouillés de transpiration et froissés quand elle entra par la porte principale, avec dix minutes de retard.

L'ascenseur la déposa dans un long couloir au deuxième étage. Il n'y avait pas d'accueil. Elle suivit le vestibule jusqu'à ce qu'elle tombe sur une porte. « Arts Black » était gravé dans le verre dépoli, et en dessous on lisait : « Sur rendez-vous uniquement ».

Fallait-il frapper ? Ou entrer directement ? La porte était-elle fermée ?

Après trente secondes d'hésitation, Amery tapa quatre coups rapides et ouvrit la porte.

— Sensei Black ? demanda-t-elle tout en pénétrant dans une salle vide.

Le grand professeur blond sortit d'une porte en contrebas. Il lui fit signe d'approcher.

— Nous sommes là, mademoiselle Hardwick.

Amery lui adressa un sourire crispé. Ses talons claquaient sur le sol carrelé, et elle aurait aimé porter d'autres chaussures.

Il s'inclina légèrement pour la saluer et lui tendit la main.

— Je suis Knox Lofgren. On s'est croisés quand vous vous êtes inscrite au cours d'autodéfense.

— J'espère que vous ne m'en voulez pas pour mon comportement de l'autre soir, shihan.

— Non. Mais vous avez réussi à titiller le sensei, ce qui est aussi rare qu'amusant.

Il ouvrit la porte.

— Entrez et installez-vous. Ronin a un rendez-vous téléphonique, il sera là dans peu de temps. Vous voulez un café ? Du thé ? Un soda ?

— Ça va, merci.

Ils entrèrent dans une grande salle de réunion bordée de fenêtres, avec une table de conférence en U au milieu. Un type se leva quand elle entra.

Il avait l'air… méchant. Le crâne rasé. Des tatouages décoraient ses bras, des poignets jusqu'aux coudes. D'autres tatouages dépassaient du col de son tee-shirt. Ses yeux étaient d'un bleu très pur, presque translucides. Il n'était pas très grand, plus petit que Ronin et Knox, mais il était bâti comme un bloc de ciment. Solide. C'était sûrement un amas de muscles.

— Mademoiselle Hardwick, voici Deacon McCloud.

Deacon s'inclina légèrement pour la saluer et lui tendit la main.

— Mademoiselle Hardwick, c'est un plaisir.

Oh, il avait une voix traînante du Sud qui faisait penser à du miel épais et qui adoucissait son côté je-suis-un-dur-à-cuire ! Elle lui sourit.

— S'il vous plaît, appelez-moi Amery. Il faut que je sache : quel est votre titre officiel, Deacon ?

— Yondan. Ceinture noire quatrième dan.

Elle montra l'écran sur le mur.

— J'espère que vous ne vous attendez pas à une présentation PowerPoint ?

— Pour être honnête nous ne savons pas à quoi nous attendre.

— Donc vous ne savez pas pourquoi je suis là ?

Ils firent signe que non.

— Sensei Black m'a contactée la semaine dernière pour que je réalise un nouveau logo pour le dojo. Il paraît qu'il en avait bien besoin.

Knox fit un grand sourire.

— Ouf, je suis soulagé !

Deacon hocha la tête.

— J'ai peu de propositions à vous faire, car j'aimerais avoir davantage de consignes de votre part.

— Ils seront ravis de vous les fournir, lança Ronin, derrière elle.

Elle sursauta et se retourna.

— Il faut absolument que vous arrêtiez de me surprendre comme ça, maître Black.

— Ronin, murmura-t-il.

— Mais nous sommes au dojo, n'est-ce pas ? murmura-t-elle à son tour.

— Techniquement, non. Donc détendez-vous.

Knox et Deacon semblaient les observer de très près.

— J'ai vu que vous avez fait connaissance avec Knox, que j'appelle mon second, en l'absence d'un meilleur terme. Et voici Deacon, mon troisième homme de confiance.

Amery saisit cette chance d'en savoir plus sur Ronin. Elle regarda Knox.

— Depuis combien de temps êtes-vous associé à Arts Black, shihan ?

— Depuis que j'ai quitté mon précédent poste, il y a cinq ans.

— Et vous, yondan ?

— Même chose.

D'après ce qu'elle avait lu sur les dojos, les élèves pouvaient s'entraîner avec le même maître pendant des années, voire des dizaines d'années. Elle s'attendait donc à ce qu'ils connaissent le sensei depuis plus longtemps.

— Nous sommes entre nous, vous pouvez donc nous appeler par nos prénoms, s'il vous plaît, requit Knox.

Ronin tira une chaise à Amery. Il s'installa juste à côté d'elle.

C'était vraiment difficile de rester concentrée. Surtout car cet homme ne lui laissait aucun espace. Tout comme Knox et Deacon, il était vêtu d'un tee-shirt et d'un pantalon gi blancs. Ils ne portaient pas de chaussures. Que faisaient-ils avant qu'elle arrive ? Ils s'entraînaient ? Ils combattaient sur le tatami ? Pourquoi cette image l'excitait-elle ?

— Il y a un problème ? demanda Ronin.

Ses joues s'enflammèrent. Stupide petite Boucle d'or. Elle fit semblant de tousser.

— J'aurais bien besoin d'un verre d'eau finalement.

Amery s'attendait à ce que Ronin demande à l'un des deux types de lui apporter ce qu'elle demandait. Mais il prit lui-même une bouteille d'eau dans le petit réfrigérateur et la lui tendit. Elle aurait voulu se passer la bouteille en plastique sur le visage pour se rafraîchir, mais elle l'ouvrit et la but. Puis elle sourit.

— Vous allez devoir vous rapprocher, car mes propositions sont stockées sur l'ordinateur.

Knox et Deacon se serrèrent derrière elle. À un moment Ronin posa le bras sur le dossier de sa chaise. Il était si proche qu'elle pouvait sentir son odeur, sa transpiration et un parfum de linge propre. Elle pouvait ressentir la chaleur de sa cuisse s'appuyant contre l'extérieur de sa jambe. Puis ses doigts se mirent à dériver, l'air de rien, le long de son épaule.

Il lui faisait complètement perdre la tête.

Reprends le contrôle. Tu ne veux pas avoir l'air incompétente.

— Je vous fais défiler les images, et on peut s'arrêter si quelque chose vous intéresse.

Ce n'est pas vraiment qu'elle s'attendait à ce qu'ils bavardent, mais ils restaient absolument silencieux, et cela l'énerva.

Knox parla en premier.

— J'aime les images trois et sept.

— Elles sont complètement opposées. L'une a des lignes claires, et l'autre a des influences japonaises, répondit Amery.

— C'est sûrement pour ça que j'aime les deux. Pourriez-vous marier ces deux styles pour que ça donne quelque chose de plus audacieux ?

Amery commença à tapoter sur son ordinateur. Elle dessinait en temps réel en écoutant les suggestions. Ajoutait des choses, en rejetait d'autres. Après une heure de collaboration intensive, Arts Black arborait un superbe nouveau logo. Ils étaient tellement satisfaits que même Deacon lâcha :

— Beau boulot !

Puis Knox et Deacon quittèrent la salle de conférences.

— Tu es très douée, Amery. Je suis impressionné.

— Merci.

— Mais j'avoue que j'espérais que cela dure beaucoup plus longtemps. Ça nous aurait donné une excuse pour prendre un long repas.

Elle lui lança un regard malicieux.

— Tu as donc besoin d'une excuse pour me voir ?

Une lueur d'agacement se lut dans son regard.

— Non.

— C'est bon à savoir. Tu souhaites me donner une liste de tous tes supports de promotion, pour les mettre à jour ?

Je peux organiser les commandes avec l'imprimeur et garantir que tout se passe bien…

Ronin la saisit par la peau du cou et mit fin à sa phrase par un long et profond baiser. Le temps qu'il se recule, le corps d'Amery s'était agité. Intérieurement. Extérieurement. Et Ronin parut très satisfait de l'effet qu'il avait sur elle. Il ne dit pas un mot, il n'en avait pas besoin. Il se contenta de se pencher pour l'embrasser à nouveau.

L'étreinte se prolongea. C'était une exploration sensuelle. Il lui caressait la joue tout en la nourrissant de baisers. Puis il augmenta l'intensité. Elle finit par avoir l'impression d'être à genoux, alors qu'elle était encore assise. Si Ronin continuait, elle allait se transformer en une grosse flaque d'eau. La porte s'ouvrit.

—Ronin, lança Knox, est-ce que… oups ! Désolé. Je ne voulais pas vous déranger.

Il disparut.

Amery tourna la tête et reposa la joue contre le visage de Ronin.

—Je suppose que ton second sait que nous…

Peu importe ce qu'il y a entre nous. Elle attendrait de voir quel terme il utiliserait pour en parler.

—On passe du temps tous les deux, je ne vais pas le cacher. Le seul endroit où cela pourrait poser un problème c'est dans le dojo, pendant les cours.

—Je n'abandonne pas les cours, l'avertit-elle. Molly en a besoin, et la seule façon qu'elle y aille, c'est que je sois à ses côtés.

Il pencha doucement la tête d'Amery en arrière.

— Je ne t'aurais pas demandé d'abandonner.

— Je pense que tu devrais laisser Sandan Dave m'entraîner.

— Non. C'est moi, ton professeur.

Elle ne comprit pas pourquoi c'était si important pour lui, mais il avait dans les yeux cet air qui semblait dire : on ne discute pas avec sensei Black, et elle laissa glisser.

— Mais je ne veux pas attendre la séance de jeudi pour te voir. Qu'est-ce que tu fais ce soir ?

— J'ai un cours de yoga et je suis généralement épuisée à la fin. Tu ne donnes pas cours ce soir ?

— Si. J'enseigne des techniques avancées aux ceintures noires. Mais ça ne va pas me prendre toute la soirée. (Il suça sa lèvre inférieure et la mordilla doucement.) Puisqu'on ne peut pas se voir ce soir, déjeunons ensemble.

— Tu as déjà fait une réservation quelque part, comme la dernière fois ? le taquina-t-elle.

— Non.

Ronin prit sa main et embrassa sa paume.

— J'ai commandé un déjeuner et je pensais qu'on pourrait manger en haut chez moi.

Amery ouvrait la bouche pour dire oui, quand Knox entra et se dirigea vers le réfrigérateur pour prendre une bouteille d'eau. Il la but entièrement, puis s'adressa à Ronin :

— Tu reviens pour finir notre entraînement ?

— Non. Amery et moi déjeunons là-haut.

Knox serra les dents soudainement, et son regard se posa sur Amery et Ronin.

— Je te rappelle que c'est toi qui voulais cet entraînement. Si tu pars à la moitié, Deacon et moi ne serons plus là quand tu seras prêt.

Ronin déposa la main d'Amery sur ses genoux et se leva.

— Il faut que je te parle, dit-il à Knox avant de passer devant lui en le frôlant.

C'était peut-être une fouineuse, mais elle voulait savoir ce qui se passait, ce qui expliquait la tension entre ces deux machos. Elle bondit et se posta près de la porte. Et elle en entendit beaucoup plus que ce qu'elle aurait cru.

— Arrête un peu, Knox.

— Qu'est-ce que tu vas faire ? Me passer un savon ?

— C'est peut-être ce dont tu aurais besoin, répondit-il d'un ton neutre. Notre amitié mise à part, je suis quand même ton sensei et ton boss.

— Qu'est-ce qui se passe entre toi et cette femme ?

— Tu n'étais plus toi-même dès qu'elle a pénétré dans ce dojo. (Le cœur d'Amery s'arrêta un instant.) Je ne peux pas l'expliquer.

— Tu veux dire que tu ne veux pas l'expliquer, rétorqua Knox vivement. C'est à cause d'elle que tu errais sans but dans le club samedi soir ?

Amery fronça les sourcils. « Le club » ? Quel club ?

— Ça ne te regarde pas.

— C'est ça ! J'étais là quand Naomi est partie, tu t'en souviens ? Et toute cette histoire me rappelle foutrement Naomi.

Mais qui diable était cette Naomi ?

— Ne parlons pas de ça. Toi et Deacon, vous en avez fini pour aujourd'hui. Je finirai d'écrire l'offre d'emploi pour Stanislovsky après le déjeuner.

Amery courut jusqu'à son siège. Elle ne voulait pas se faire prendre en train d'écouter aux portes. Elle éteignit son ordinateur et leva les yeux quand Ronin entra dans la pièce.

— Désolé. Alors, ce déjeuner ?

— C'est d'accord, si ce n'est pas trop long. J'ai toujours des tonnes de choses à faire le lundi.

— Ça prendra une heure, pas plus.

Amery cala sa mallette sur son épaule et ramassa son book. Elle vit Ronin attraper un sac en plastique de traiteur dans le frigo.

— Allons-y.

Elle le suivit tout en descendant le couloir et resta confuse un moment : pourquoi s'éloignaient-ils des ascenseurs ? Ils traversèrent une pièce énorme qui contenait plus de machines de musculation que le club de gym près de chez elle. Elle s'arrêta et regarda à travers la cloison de verre qui allait jusqu'au mur. Dans un coin trônait un énorme tatami. C'est là que se tenaient Knox et Deacon. Ils avaient l'air de se cogner dessus en bonne et due forme.

Ronin remarqua qu'elle s'arrêtait. Il fit marche arrière et suivit son regard fixé sur ces hommes qui se balançaient des coups, l'un l'autre.

— Quoi ?

— Tu ne devrais pas intervenir avant que l'un d'eux se blesse ?

— Non. Ils s'entraînent.

— Pour quoi ?

— Du combat libre, ou free-fight. Deacon est un combattant professionnel de MMA. Knox et moi l'entraînons. Nous dirigeons d'autres combattants, mais Deacon est notre meilleur poulain.

— Tu l'entraînes parce que… tu es son sensei ?

— En partie. Je m'en occupe surtout parce que j'ai disputé des combats de MMA non officiels, quand ce sport s'est développé, et donc je sais ce qu'il faut faire pour l'emporter.

— Tu te bats toujours ?

— J'ai trente-huit ans, c'est trop vieux pour affronter des jeunes de vingt ans.

Son monde était tellement différent du sien… Était-ce pour cela qu'il détournait les questions ?

— Il y a donc un lieu d'entraînement différent pour les compétiteurs de MMA ?

Il fit « non » de la tête.

— C'est la salle de musculation, elle est accessible à tous. Elle est ouverte pendant les heures de cours. C'est ici qu'on vient s'entraîner, Knox, Deacon et moi, simplement parce que c'est plus proche des bureaux.

Il prit une mèche de ses cheveux et la fit passer derrière son oreille.

— Comment cela peut-il t'intéresser ?

Brusquement, elle se mit sur la pointe des pieds et l'embrassa.

— Si ça te concerne, ça m'intéresse.

Ronin passa la main autour de son cou et l'embrassa passionnément. Tout naturellement, elle vint s'appuyer contre lui et posa la main sur son torse. Elle avança encore, sa mallette d'ordinateur se balança et heurta le sac de nourriture, ce qui l'obligea à reculer.

— Désolée.

— Pas la peine. J'aime quand tes mains sont sur moi, Amery.

Ils se regardèrent droit dans les yeux : l'attraction grandissait entre eux chaque fois qu'ils se retrouvaient seuls.

— Tu penses que c'est une bonne idée de nous isoler dans ton appartement ?

— Oui. Parce que la première fois que je te ferai l'amour ça nous prendra plus d'une heure.

Oh, mon Dieu ! Amery se sentait déjà tout émoustillée par cette déclaration.

— Viens, allons manger.

Une fois dans l'ascenseur, elle lança :

— Je ne veux pas te paraître… obsédée, mais je n'ai jamais connu personne qui possédait un ascenseur privé. Il était déjà dans l'immeuble ? Mon côté petite fille de huit ans n'en peut plus d'être dans une maison de rêve à la Barbie.

Il rit doucement.

— C'était un monte-charge à l'époque, et je l'ai rénové. Il marche avec des codes après le deuxième étage parce qu'il est surtout utilisé par les étudiants qui veulent rejoindre la salle de gym.

Dans l'appartement de Ronin, elle commença par enlever ses talons, et elle remarqua qu'il ne portait pas de chaussures chez lui. Ils marchèrent jusqu'à la cuisine, et il vida le sac de traiteur.

— Les assiettes sont juste derrière moi. Si tu peux prendre deux petits bols, ce serait super.

Il coupa le sandwich en deux et disposa une part sur chaque assiette. Il partagea une salade, qu'il plaça dans les deux bols carrés. Puis il prit une corbeille de fruits dans le réfrigérateur et l'installa sur le comptoir.

— Qu'est-ce que tu veux boire ?

— De l'eau, c'est bien.

— Assieds-toi. Je vais t'en chercher.

Cette part d'obligeance domestique la surprit. Cela lui fit plaisir, car elle se doutait qu'il ne se dévoilait pas comme cela devant beaucoup de monde.

Elle jeta un œil au repas.

— C'est de la salade de poulet thaïe sur du pain de seigle, précisa Ronin. La salade est à base de quinoa, de lentilles et de luzerne, avec une sauce au vinaigre balsamique et au citron vert.

— Ça m'a l'air délicieux. Et sain.

Ronin haussa les épaules.

— C'est mon type d'alimentation.

Amery se servit des fraises et du melon.

— Il y a des choses que tu ne manges pas ?

— Des sushis.

— Mais..., dit-elle, étonnée, il n'y a pas une loi au Japon qui dit qu'on doit aimer les sushis ?

— Je n'arrive pas à les digérer. Et, pour énerver encore plus mes congénères, je ne bois pas non plus de thé. Peu importe qu'il soit chaud, froid, vert, orange ou fleuri. Je n'y arrive pas.

— Et le saké ?

— Ça peut m'arriver. Il faut que ce soit un bon saké, ça fait toute la différence. Nous ferons une dégustation un de ces jours.

— Avec moi, ce serait sûrement du gâchis. Je ne suis pas une grande buveuse.

Amery se concentra sur son sandwich, qui contenait sûrement la meilleure salade de poulet qu'elle ait jamais goûtée. Elle devait mourir de faim, car elle le finit en un temps record. Elle jeta un regard oblique à Ronin : il avait terminé son sandwich et était passé à la salade.

— Et toi ? demanda-t-il. Il y a un type de nourriture que tu ne mangerais pas ?

— Le lutefisk, un plat horrible qu'on sert pour les fêtes de Noël. Mon père est norvégien, donc on en mange tous les ans. Ma mère a des origines écossaises, donc nous avons aussi du haggis. Si je devais choisir le moins horrible des deux… ? Je dirais les intestins de moutons fourrés.

— Je n'ai pas eu le plaisir de manger l'un ou l'autre, mais j'éviterai ces mets délicats à l'avenir.

— C'est une sage décision.

Amery finit sa salade et conclut que cette nourriture saine n'était pas mauvaise finalement. Elle planta sa fourchette dans quelques fruits découpés et elle se demanda si Ronin invitait souvent des femmes dans son appartement pour manger. Avait-il amené Naomi ?

— Quelque chose te tracasse ?

— Oui. Qui est Naomi ?

Elle leva les yeux pour saisir sa réaction.

Il n'y eut pas un seul changement dans son comportement.

— Où as-tu entendu ce nom ?

— J'ai entendu une partie de ta conversation avec Knox. Il a indiqué que je suis comme Naomi, ou que la situation entre nous est similaire. Je pense donc que j'ai le droit de savoir qui c'est, surtout que ça avait l'air négatif.

— Tu n'as rien à voir avec Naomi. Knox parlait sans savoir.

Amery prit un verre d'eau.

— D'accord, mais qui était-elle pour toi ?

Ronin ramassa les assiettes et les apporta à l'évier. Après les avoir rincées pendant un long moment, il regarda par la fenêtre, et Amery sut qu'elle avait franchi la limite.

Il longea les murs, et elle se demanda s'il voulait atteindre le bar et pourquoi il avait besoin d'un verre pour parler de Naomi. Mais Ronin se dirigea vers les fenêtres avant de les ouvrir une par une, laissant entrer la brise.

Elle observa son profil. Son attitude farouche. Tout chez cet homme exigeait qu'on reste à distance, mais elle se sentait attirée. Elle s'approcha dans son dos, le prenant par la taille et blottissant la joue contre ses omoplates.

— On n'a pas évoqué nos ex, si ? dit-elle.

— Non.

— Je peux te parler de mes ex si tu évoques tes anciennes relations. Mais ça ne devra pas durer des heures, on a peu de temps.

— Heureusement.

— Alors parle-moi d'elle.

Sa voix était réticente.

— Naomi et moi nous sommes rencontrés dans un… club. Nous avions beaucoup de choses en commun apparemment. Nous sommes sortis ensemble, et c'est devenu sérieux, nous ne fréquentions personne d'autre. Puis les choses sont devenues un véritable enfer, et ça s'est terminé.

Ça, c'était de l'explication expéditive.

— Vous êtes restés combien de temps ensemble ?

— Presque trois ans.

— Ça s'est terminé il y a longtemps ?

— Oui, ça fait un bail.

Ronin se retourna et prit le visage d'Amery dans ses mains.

— Tu es seulement la deuxième femme que j'amène ici, Amery. Aucune autre femme n'est venue là depuis.

Était-ce sa façon personnelle de lui dire qu'elle était spéciale ?

Il avait sûrement lu la question dans ses yeux, car il affirma :

— Oui, cela fait de toi quelqu'un de… différent.

Puis il l'embrassa avec une précision chirurgicale. Comme si l'embrasser, et lui donner du plaisir, était la seule façon de la garder en vie. Ce baiser était différent de tout ce qu'elle avait expérimenté. Excitant, effrayant, dévorant. Elle était nerveuse, remuait les mains sous le tee-shirt de Ronin, cherchant une prise où s'accrocher.

Il ralentit le rythme, et le baiser se transforma rapidement en une fusion de bouches humides, puis il prit fin.

— Elle fait partie de mon passé.

— J'ai bien compris. Mais le passé peut avoir une mauvaise influence sur le présent.

Sa bouche frôla la sienne à nouveau.

— À ton tour. Parle-moi de ton ex…

— Tyler, dit-elle.

— Il habite encore dans le coin ?

— Je ne suis pas sûre. Il m'a larguée il y a trois ans, et on a coupé les liens. Je l'ai supprimé de mes listes d'amis sur les réseaux sociaux. Tous les gens avec qui je traînais étaient en fait ses copains. Donc je ne les vois plus et je n'ai plus de nouvelles de lui.

Dieu merci !

Ronin l'emmena vers le canapé. Elle essaya de s'asseoir à côté de lui, mais il l'installa sur ses genoux.

— Waouh ! Qu'est-ce que c'est que ça ?

— Il nous reste vingt minutes de pause-déjeuner. Je veux que mes mains restent sur toi pendant que tu me parles de ce connard, suffisamment stupide pour te larguer.

Amery passa la main dans les cheveux de Ronin.

— D'accord. Tant que tu respectes l'accord parental. Rien ne se passe sous la ceinture.

Ses mains glissèrent sur ses fesses.

— Donc je peux faire ça ?

— Non, répondit-elle. (S'il continuait elle allait finir sans pantalon.) Tu ne me regardais pas dans les yeux quand on discutait de Naomi, ce n'est pas vraiment juste.

— J'ai une solution.

Il commença à l'embrasser dans le cou. Des mordillements doux et des suçons… Il frotta ses joues douces contre sa peau.

— Je continue, mais je t'écoute.

Comme si elle était capable de se concentrer dans cette situation ! Sa bouche chaude entra au contact de la peau d'Amery, sous son oreille. Elle avait la chair de poule. Elle se laissa aller et lâcha un doux gémissement.

— Ça ne va pas marcher.

Ronin la retourna, lui faisant face.

— Tu refais ce bruit sexy encore une fois, et je te déshabille en moins de trois secondes, grogna-t-il dans son oreille.

Amery ne put résister et tortilla les fesses contre son érection.

Ronin saisit ses cheveux.

— Arrête et raconte-moi.

— J'ai rencontré Tyler lors d'une soirée dans une fraternité durant notre première année de fac. Nous étions les seuls à être sobres et nous nous sommes réfugiés dans la cuisine, où nous avons parlé toute la nuit.

Elle s'en tiendrait aux grandes lignes, comme il l'avait fait.

— Nous sommes sortis ensemble, et il m'a dit qu'il voulait m'épouser après l'université, une fois que sa carrière dans le baseball serait lancée. Quand il a décroché une épreuve de sélection avec les Rockies et qu'il s'est retrouvé dans l'équipe officielle, j'ai décidé de déménager à Denver.

— Tu vivais avec lui ? demanda Ronin, tandis que ses doigts frôlaient ses bras nus, de haut en bas.

— Non. Ça aurait voulu dire qu'on vivait dans le péché. S'il m'avait passé la bague au doigt ça aurait été différent. Nous vivions dans la même résidence. Moins d'un an après mon installation, je l'ai surpris en train de sauter une traînée. Il a balancé un tas de choses horribles, a regretté de m'avoir trompée, mais j'ai rompu. J'ai emménagé avec Chaz. Je me suis concentrée sur ma carrière.

— Il y a eu d'autres hommes ?

Son visage s'empourpra.

— J'ai eu quelques rencards, mais ça n'a pas été plus loin.

Ronin l'embrassa dans le cou.

— Il t'a fait du mal, hein ?

— Entre lui et mes parents… Je me demande si je vais avoir une relation normale un jour…

Il remonta les mains jusqu'à ses épaules. Le timbre puissant de sa voix faisait vibrer sa peau quand il lui parlait dans l'oreille.

— Une relation normale, ça n'existe pas, ma chérie.

« Ma chérie » : pourquoi appréciait-elle qu'il l'appelle ainsi ? Pourquoi avait-elle l'impression qu'il n'était pas le genre de type à appeler toutes les femmes « chérie » ou « ma chérie » ? Pourquoi cela faisait-il d'elle quelqu'un de spécial ?

La main de Ronin descendit rapidement sur ses seins, s'arrêta pour les saisir et les enveloppa tandis que son pouce caressait son téton.

Même sous la chemise en coton et le soutien-gorge, ses tétons répondirent. Il s'empara des pointes rigides. Il la fit languir d'une façon encore inconnue pour elle.

Sa bouche chaude parcourait son cou.

— Combien d'hommes t'ont touchée comme ça ?

Aucun. Mais ce n'était pas ce qu'il voulait savoir. Elle se hérissa à cette demande.

— Et toi, tu peux me dire avec combien de femmes tu as couché pour en arriver là ?

Ronin la mordit légèrement au cou.

— Réponds.

Amery frémit, découvrant le plaisir que lui procuraient ses morsures. Elle n'avait jamais pensé que mordre pouvait être sexy, mais tout semblait nouveau et excitant quand Ronin était aux commandes.

— Tête de mule, lui chuchota-t-il dans l'oreille.

— Je ne tiens pas de comptes. Mais j'ai dix ans de plus que toi, donc le nombre de mes ex sera forcément plus élevé.

Il lui lécha l'oreille pendant que ses mains titillaient sa poitrine.

— Dis-moi.

— Quatre hommes, souffla-t-elle. Un type de ma ville natale, c'était le premier ; un mec choisi presque au hasard durant ma deuxième année à la fac ; Tyler ; et un autre type, rencontré l'an dernier. Tu es content ?

— Très. Avec si peu d'hommes, ce sera facile de te les faire oublier.

Elle grogna.

— Si tu essaies de me faire fondre, ça fonctionne.

— Enfin, chérie, je veux juste te voir trembler de plaisir entre mes bras.

— C'est réussi.

Ronin fit courir ses mains le long de son ventre et de ses cuisses, s'arrêtant aux genoux.

— Donc tu trembles… (Il enfouit le nez dans ses cheveux.) Tu passeras ici demain soir ? J'aurais une surprise à te montrer. Et non, je n'aurai pas le mauvais goût d'insinuer que c'est ce qui se trouve dans mon pantalon.

— Je ne pensais pas à ça.

Il la saisit par les hanches et la fit remonter vers lui.

— Notre heure de déjeuner arrive à terme.

Amery posa les pieds par terre et se leva. Puis elle lui tendit la main pour l'aider à faire de même. Elle attrapa son sac, enfila ses chaussures, puis ils prirent l'ascenseur.

Quand ils atteignirent l'entrée principale, Ronin déclara :

— Je termine vers 20 heures demain. Tu peux passer ? J'aurai quelque chose pour toi.

— Bien sûr. Je t'envoie un texto s'il y a du changement.

— Pareil.

Puis Ronin l'entraîna contre le mur et l'embrassa comme un dieu. Le temps qu'il la lâche, son esprit était si embrouillé qu'elle se demanda si elle serait capable de marcher.

Cette réaction… Juste pour un baiser.

Il lui murmura quelque chose en japonais et s'en alla. Avant qu'elle lui demande ce que cela voulait dire, Knox descendit le couloir à grands pas.

— Nous avons un problème, tu es disponible pour régler ça maintenant ?

— Oui.

Ronin se pencha rapidement pour saluer Amery puis il partit.

Chapitre 6

La nuit suivante Ronin poussa Amery dans l'ascenseur trente secondes après son arrivée dans l'immeuble. Il ne la toucha pas avant qu'ils soient dans l'appartement, puis il la colla contre le mur de sa façon douce mais autoritaire.

— Tiens-toi tranquille.

Elle obéit en retenant son souffle.

Ronin fit glisser sa bouche sur celle de la jeune femme. Ses baisers transmettaient douceur et chaleur. Ainsi qu'une certaine patience. Il était tellement patient. Il ne lui avait jamais sauté dessus. Ses lèvres bougeaient avec une précision tout érotique, comme si elles avaient intégré la forme de sa bouche. Il lui soutenait tendrement la tête d'une main, l'autre prodiguait à son cou de légères caresses circulaires. Il maintenait son corps et son esprit entièrement sous sa volonté.

— C'est si chaud, si doux. Je pourrais goûter de cette bouche pendant des heures, murmura-t-il tout en continuant ses gestes lents et précis.

Amery serra les poings : elle désirait tellement le toucher. Sentir les courbes de ses muscles sous ses doigts. Mais elle voulait profiter de ce baiser qu'elle désirait tant. Elle voulait sentir sa langue envahir sa bouche. Elle voulait qu'il la dévore avec agressivité ou douceur, peu importait tant qu'il le faisait immédiatement.

Ronin passa le pouce sur son cou, près de son pouls, qui battait moins vite que son cœur tambourinant. Il continuait de la titiller. Ses lèvres passaient sur les siennes et aspiraient son souffle.

— Ouvre la bouche, dit-il enfin, et laisse-moi te déguster, Amery.

Elle entrouvrit les lèvres, et il plaqua sa bouche contre la sienne. Sa langue glissait à l'intérieur pour la lécher et la caresser. Il savait s'y prendre. Il monta progressivement en régime, pour qu'elle ressente le changement ; il avait tellement envie d'elle que ce besoin la submergeait tout entière.

Amery l'embrassait avec la même gourmandise. Elle se laissait aller, tout en lui montrant qu'elle pouvait suivre le rythme.

Le baiser devint vraiment torride. Elle avait envie de déchirer ses vêtements quand ils seraient par terre.

Ronin mit fin au baiser et approcha sa joue contre la sienne tout en murmurant :

— Garde les mains de ton côté.

Elle abaissa les bras.

Sa respiration irrégulière ébouriffait ses cheveux. Il resta ainsi, attendant qu'elle se relaxe. Puis il commença à lui caresser le cou. Il passa les lèvres contre son oreille.

— Te mettre à ma disposition sans poser de questions est un signe de soumission. Ta confiance est comme une drogue pour quelqu'un comme moi.

— Quelqu'un comme toi ? répéta-t-elle.

— Quelqu'un qui ne veut pas seulement une belle femme à son bras ou dans son lit, mais une femme capable de s'abandonner pour qu'on lui donne ce qu'elle veut.

— C'est-à-dire ?

— Le plaisir à l'état brut.

Amery s'appuya à nouveau contre lui.

— Tu m'emmènes au lit, Ronin ?

— Bientôt, mais pas ce soir.

Elle vit qu'il se sentait déçu.

— J'ai envie de te prendre dans toutes les positions, mais il n'y a pas d'urgence.

Ronin l'embrassa sur les tempes, puis sur le front, et déposa un baiser chaste sur ses lèvres. Puis ses mains s'éloignèrent.

— Je t'ai promis un verre.

— Tu as dit que tu avais une surprise pour moi.

— Oui. Choisissons d'abord ce que nous allons boire.

Il la prit par la main et l'amena au bar dans le coin de la salle à manger.

Elle aimait le mélange de mobilier neuf et ancien de ce bar. Il avait tellement de style, elle se demandait comment elle avait pu ne pas le voir quand elle avait visité l'appartement.

Des murs aux briques rouges apparentes, des néons bleus brillants, qui éclairaient le comptoir... Des lumières accrochées au plafond faisaient ressortir les étagères de verre, où reposaient les bouteilles d'alcool, et donnaient à l'ensemble une ambiance tamisée.

Elle s'installa sur un tabouret de bar chromé en cuir confortable.

— Tu prendras quoi ?

Ses yeux passèrent sur les bouteilles d'alcool fort.

— Tu as du choix.

— J'aime la variété.

— Qu'est-ce que tu bois d'habitude ?

— Ça dépend de mon humeur. Je vais opter pour un gin tonic.

— Je vais t'imiter.

Ronin sourit.

— Ça arrive tout de suite.

Amery soupira langoureusement à la vue de ce sourire si rare. Avec elle, loin du dojo, il semblait s'adoucir. Le fougueux Ronin, ceinture noire huitième dan, propriétaire d'Arts Black et dur à cuire, avait un côté tranquille et dégageait une impression de puissance. Sa personnalité tout entière respirait la discipline.

Mais, sous ce comportement tranquille, il transpirait le sexe. Ses cheveux rebelles, ses yeux marron transparents qui s'enflammaient en un clin d'œil, cette bouche pleine et sensuelle… Sans parler de ce corps viril. La façon mesurée dont il marchait, un mélange de détermination et de grâce. Même quand il faisait un geste aussi simple que servir un verre, aucun mouvement n'était gâché. Cet homme mystérieux incarnait l'érotisme.

Mais… pourquoi s'intéressait-il à elle ?

Elle était tellement perdue dans ses pensées qu'elle sursauta quand il lui passa un verre.

— Dis-moi si ça te plaît.

Amery avala une gorgée. Pétillant, piquant, rafraîchissant. Elle se lécha les lèvres.

— C'est parfait. Y a-t-il quelque chose que tu ne fais pas bien ?

Ronin réfléchit un peu avant de lui faire signe que non.

— Tant qu'à faire, autant s'appliquer.

— Tu es tellement intimidant, Ronin Black.

Il s'inclina légèrement.

— Merci.

Eh oui, cet homme lui faisait perdre la tête !

— Viens.

Amery le suivit dans l'ascenseur.

Il ouvrit un clapet et tapa un code sur quelques touches. L'ascenseur monta.

Comment ça ? Il monte ? N'étaient-ils pas déjà au dernier étage ?

Avant qu'Amery puisse demander ce qui se passait, les portes s'ouvrirent, et une brise s'engouffra.

Ronin lui prit la main. Ils arrivèrent dans une petite alcôve située sur le toit. Dès qu'ils firent deux pas, elle eut le souffle coupé.

— Surprise ! lança Ronin.

Ce n'était pas un toit ordinaire, où les vents déferlaient au milieu de câbles coupants suspendus sur les charpentes. C'était une oasis urbaine avec une vue sur les montagnes Rocheuses, les gratte-ciel de Denver et la vallée de la Platte. Et un mur de brique rendait ce périmètre invisible depuis la rue.

— Ça, c'est une surprise, Ronin ! déclara-t-elle avant de déposer son verre sur la table la plus proche.

L'endroit avait été transformé en jardin japonais, avec des genévriers taillés en bonsaïs, un coin rocheux et des mini-chutes d'eau. Des pots de fleurs étaient disposés partout. De longues bandes de pelouse verte s'étendaient entre des espaces remplis de sable et de pierres.

Amery regarda à droite : un mur de deux mètres cinquante coupait l'espace en deux. Les motifs des briques attiraient l'œil, tout comme la porte incurvée en métal, ornée de décorations. Elle lança un coup d'œil à Ronin par-dessus son épaule.

— Qu'y a-t-il de l'autre côté ?

— Si tu y jetais un œil ?

Le revêtement était en bois, et elle posa un long regard sur les coussins généreusement rembourrés sur les chaises longues. Puis, arrêtant de contempler ce jardin relaxant, elle se plaça dans l'embrasure de la porte. C'est là qu'elle sentit une odeur de chlore.

— Ce n'est pas possible !

Elle poussa la porte et arriva en face d'une grande piscine avec des lumières sous-marines. Là aussi les murs de brique la rendaient invisible de l'extérieur. Des tables et une douzaine de chaises étaient alignées près de l'eau. Des éclairages étaient installés dans des pots de fleurs disséminés. Elle plissa les yeux et remarqua une structure avec un toit de chaume dans le coin. Un bar exotique ?

Amery ferma les yeux et écouta. Elle entendait à peine le bruit de la ville. Elle sentit Ronin bouger derrière elle, et son rythme cardiaque s'accéléra.

Il ne la toucha pas mais lui parla dans l'oreille.

— Tu es silencieuse.

— Je suis bouche bée. Tout cet espace est vraiment merveilleux. J'ai l'impression d'être dans une émission de télé-réalité sur les maisons de rêve.

— Je dois bien admettre que c'est un endroit agréable. La vie en ville a des avantages, mais j'ai besoin d'être en communion avec la nature au quotidien, donc j'ai choisi d'aménager ce toit. Ce n'est peut-être pas la solution la moins chère ou la plus pratique, mais ce jardin est un refuge.

— Combien de personnes connaissent l'existence de cet endroit ?

— Pas beaucoup. Je protège mon jardin secret. C'est l'immeuble le plus haut du quartier. Seuls les êtres capables de voler sont susceptibles de voir ce toit. Et, même s'ils savent où se situe l'immeuble, ils ne peuvent pas le retrouver une fois dans la rue.

Elle inclina la tête en arrière pour regarder le ciel de nuit, mais Ronin l'en empêchait, la regardant fixement dans les yeux, sans qu'elle puisse déterminer à quoi il pensait.

— Merci de partager ça avec moi.

— Il n'y a pas de quoi.

— Je promets de n'en parler à personne.

— J'apprécierais…

Ronin posa les lèvres sur sa gorge.

Amery voulait le prendre dans ses bras. Le supplier de la déshabiller et de l'emmener sur le sol réchauffé par le soleil. Mais la voix de Madame la Morale retentit dans sa tête et prit le contrôle de sa bouche, qui resta bien fermée.

— Tu préférerais t'asseoir dans le jardin ou près de la piscine ?

— Près de la piscine.

Il l'embrassa près de l'oreille.

— Assieds-toi où tu veux, je t'apporte ton verre.

Elle fit quelques pas autour de la piscine et choisit une chaise près d'une ottomane. Après s'être enfoncée dans le luxueux coussin, elle installa ses pieds. Une douce brise la caressa, et elle ferma les yeux. Elle entendit Ronin se rapprocher et ouvrit les yeux pour le voir allumer une bougie à la table.

— J'ai l'impression d'être dans une sorte de paradis tropical, loin des montagnes de Denver.

Elle sirota son verre.

— Tu passes beaucoup de temps ici ?

— Autant que je peux. Je nage presque tous les matins. Je ne viens pas ici pour travailler. Je garde cet endroit… pur, en l'absence d'un meilleur terme.

— Le sable et les pierres de l'autre côté…, c'est un jardin zen ?

— Oui, en miniature. C'est relaxant et ça libère l'esprit de dessiner des images dans le sable ou de faire des tas de pierres. C'est une leçon d'humilité d'observer la force des éléments et de comprendre que, même si nous les combattons parfois, nous ne pouvons les contrôler.

Son état d'esprit la fascinait, il avait un point de vue tellement unique.

— J'espère que tu ne vas pas mal le prendre… Mais le jardin japonais est une tradition familiale ?

Ronin fixa le mur comme s'il regardait à travers.

— Je n'ai jamais pensé à ça en tant que tradition familiale. Mais il y en avait dans tous les endroits où j'ai vécu, même pendant les rares années où nous étions aux États-Unis.

Jamais il n'avait autant parlé de sa famille, en dehors des conventions d'usage.

— Mes questions t'embêtent ?

Ses yeux perçants fondirent sur elle.

— Tu me poses des questions que la plupart des gens ne posent pas, c'est sûrement pour ça que j'y réponds.

— Je n'étais pas autorisée à poser trop de questions quand j'étais petite, donc je me suis rattrapée quand j'ai pris la fuite pour aller à l'université…

Son regard pensif la fixa tandis qu'il sirotait son verre.

— Ça nous fait un point commun.

Il y eut un moment de silence.

Amery pencha la tête en arrière et ferma les yeux. Elle était incapable de se rappeler la dernière fois qu'elle avait été aussi comblée. Et elle pouvait sentir le regard de Ronin sur elle, se déplaçant sur son corps avec autant de vigueur qu'une véritable caresse. Elle savait qu'il la désirait. Ils étaient adultes, ils devraient se sentir libres de suivre leurs désirs. Qu'est-ce qui les retenait ?

— À quoi tu penses ? Une ride est apparue sur ton front… (Elle ne répondit pas.) N'essaie pas de m'embobiner, je saurai si tu dis la vérité.

Comment faisait-il ? C'était un tour de magie de ninja ou quelque chose dans le genre ?

Il rit doucement.

— Ce n'est pas un tour de magie. Je peux lire à travers toi. Tu as un regard très expressif, Amery. Tes émotions sont très visibles.

Se sentant un peu téméraire, elle ouvrit les yeux et s'allongea près de lui.

— Alors dis-moi ce que je ressens, Ronin.

Il se rapprocha et passa les jointures de ses doigts le long de son visage, tout en la regardant fixement.

— Tu es frustrée. Tu te demandes pourquoi nous ne sommes pas dans ma chambre ou en train de copuler ici même sur une chaise. Tu te demandes si le problème vient de toi. Si tu as l'air trop en attente de sexe, et si c'est ça qui me rebute. Tu te demandes aussi si ça vient de moi. Si j'ai une sorte de problème sexuel.

Était-il capable de savoir qu'elle rougissait, malgré l'obscurité ? Elle prit son verre et le vida d'un trait. Puis elle sauta de sa chaise et marcha autour de la piscine, près du bord. Le béton avait emmagasiné une partie de la chaleur de la journée ; elle marcha jusqu'aux escaliers, au bout de la piscine. Elle trempa l'orteil dans l'eau avant de poser les deux pieds sur la première marche.

Elle soupira. Bien sûr l'eau était à la température idéale. Que donnerait la sensation de caresse chaude de l'eau sur chaque recoin de sa peau nue ? Celle de flotter dans ce vide où elle pouvait relâcher toute pression ?

— Tu peux nager si tu veux, dit-il depuis le patio.

— Je n'ai pas de maillot de bain.

— Alors baigne-toi nue.

Amery étouffa un rire. Bien sûr ! Elle allait se déshabiller et plonger, comme si se retrouver complètement dévêtue en public n'avait pas d'importance. Cela en avait beaucoup à ses yeux, et elle aurait aimé pouvoir penser autrement.

Une sensation de panique la saisit. Comment avait-elle pu se croire capable de se mettre nue devant Ronin Black ? Un homme qui n'avait certainement aucune inhibition, des tonnes de muscles et une peau dorée. Alors qu'elle… avait une peau blanche, voire pâle, qui n'avait pratiquement jamais été exposée au soleil, ni à la vue de beaucoup d'hommes.

À ce moment elle pressentit que ce serait la dernière fois qu'elle se retrouvait seule avec maître Black. Elle ne pouvait prendre le risque…

Des mains rugueuses passèrent autour de son visage et l'inclinèrent en arrière.

— Quitte cet air mélancolique, Amery, susurra Ronin. Et ne pense même pas à t'en aller.

Puis il vint poser sa bouche contre la sienne, l'entraînant dans un baiser torride.

Si elle n'avait pas tenu la rampe fermement, elle aurait perdu l'équilibre et les aurait envoyés, tous les deux, dans la piscine. Elle sentait que ses genoux étaient aussi fébriles que sa volonté. Sa tête bourdonnait, et elle se demandait si c'était parce qu'elle avait descendu son verre ou si cela venait de ce baiser puissant. Quand elle se déplaça vers lui, il émit un grondement grave et la prit dans ses bras.

OK. Le bourdonnement dans sa tête et l'afflux sanguin venaient à coup sûr de cet homme.

Ronin s'assit, l'installa sur ses genoux tout en continuant à l'embrasser. Ce baiser chaud et humide lui ôta toute pensée, à l'exception de *encore*. Elle sentait son membre dressé lui caresser l'extérieur de la cuisse, ce qui effaça ses doutes quant à son intérêt pour elle.

Enfin, ses lèvres touchèrent les siennes, et il posa le front contre le sien.

— Tu es superbe. Ne pense pas que je n'ai pas envie de toi, parce que je ne t'ai pas plaquée au sol et fait l'amour jusqu'à ce que mes genoux soient à vif.

— Ronin…

— Écoute-moi.

Son ton lui ferma la bouche sur-le-champ.

— À quoi pensais-tu quand tu étais à côté de la piscine ?

Il se détendit et la regarda droit dans les yeux.

— Dis-moi la vérité.

— Que malgré mes paroles audacieuses je ne suis pas assez courageuse pour me déshabiller en face de toi et plonger nue dans le grand bain.

— Pourquoi ? (Ses yeux s'assombrirent.) Je te fais peur ?

— C'est moi qui me fais peur moi-même. Pratiquer le naturisme n'est pas dans mes habitudes.

— Et pourtant…

Ses doigts suivirent les coutures de son corsaire en remontant à l'intérieur de sa cuisse.

— Tu as enlevé ton pantalon et tu me l'as jeté dessus la première fois qu'on s'est vus. En voyant cette petite culotte mauve, toute pensée professionnelle s'est envolée.

Elle enfouit le visage dans son cou.

— Je ne sais pas ce qui m'a pris de faire ça. Ça ne me serait jamais venu à l'esprit auparavant. Mais… j'étais en colère contre toi.

— On m'a souvent dit que je produisais cet effet sur les gens, dit-il d'un air pince-sans-rire. Mais la plupart des gens me balancent des coups de poing, pas des vêtements.

— Tu as pensé que j'étais folle ? Ou juste facile ?

— Aucun des deux. J'ai pensé que tu étais fougueuse et sexy. Tu étais naturelle, Amery. Vu ma position, je suis habitué à être traité avec déférence, et non avec un certain défi. (Ses lèvres lui frôlèrent l'oreille.) Ta réponse m'a intrigué. Tu es une fille fière, qui hésite à se mettre nue, et pourtant j'ai senti que tu désirais te montrer audacieuse. Tu as envie de te mettre dans la peau d'une femme décomplexée parce que, ainsi, tu te sens délicieusement dépravée. Tu veux que ce côté rebelle de ta personnalité se libère.

Comment avait-il pu la lire si facilement ?

— Est-ce que je me trompe ?

— Non. Je veux me libérer des chaînes morales qui m'ont tenue attachée toute ma vie. Pas pour jouer la tête brûlée, mais pour me prouver que je peux me lâcher sans me sentir coupable, comme tu dis.

— Je vais t'aider à te lâcher.

Son ventre s'emballa.

— Comment ?

— Tu dois me faire confiance.

Mais je ne te connais pas vraiment.

Cette pensée la tracassa, mais pas au point de dire non à Ronin. Elle prit une profonde inspiration :

— C'est d'accord.

— Attends.

Ronin se leva et la déposa sur la chaise. Il rapprocha l'ottomane et s'y assit. Il saisit son visage et l'embrassa sensuellement. Il commença par enrouler sa langue autour de la sienne et à la titiller, puis il déboutonna son chemisier.

Elle leva les mains pour toucher sa peau, mais il les prit dans les siennes et scruta son visage avec une telle intensité qu'elle aurait juré que son regard avait frôlé son âme. Il lui embrassa le bout des doigts.

— C'est à moi de te toucher. Laisse-moi faire.

— Mais comment vais-je apprendre à avoir de l'audace en restant assise ici sans rien faire ?

— L'audace n'est pas seulement une façon d'agir, c'est une attitude. C'est un état d'esprit. (Il passa le dos de sa main contre sa mâchoire.) Parfois le choix le plus audacieux est de lâcher. Cela demande plus de courage de faire confiance à quelqu'un pour obtenir ce dont tu as besoin que d'essayer de l'avoir par toi-même.

— Je n'ai jamais envisagé les choses de cette façon.

Ronin sourit.

— C'est le moment parfait pour que tu comprennes que je ne veux pas que tu réfléchisses. Je veux que tu sois dans le ressenti.

Amery éprouva une étrange sensation… Une sensation d'abandon ? Ou était-ce un sentiment de puissance ?

— Je le lis dans tes yeux, Amery. Laisse-moi voir à quel point tu peux être audacieuse.

Il l'embrassa à nouveau et tenta de l'apprivoiser par ses baisers pour qu'elle y réponde.

Et c'est ce qu'elle fit. Elle cessa de se concentrer sur l'endroit où elle devrait positionner les mains pour se focaliser sur celles de Ronin. La dextérité de ses gestes, ses doigts rugueux qui frôlaient sa peau… Elle se laissa dominer par son rythme, parfois rapide, parfois lent. Elle se laissa nourrir, apaiser, provoquer.

Puis les mains calleuses de Ronin glissèrent sous son collier. Il fit glisser lentement sa chemise, jusqu'à ce que le tissu se prenne dans l'arrondi de ses épaules. Au lieu de la libérer, il murmura : « Parfait » et embrassa goulûment sa poitrine.

— Mets-toi à quatre pattes.

Dans cette position plutôt coquine, elle ne pouvait s'empêcher de se cambrer, offrant à Ronin un contrôle total.

Ses doigts dansèrent sur son corps. Il suivit ses clavicules et les lignes de son cou. La courbe de ses épaules.

— Ta couleur de peau est impressionnante. Si pure.

Pas vraiment pure, pensa-t-elle comme pour le contredire, *blafarde.*

Pour une fois elle intima à cette voix intérieure de se taire.

Il dégrafa son soutien-gorge, et ses seins se retrouvèrent à l'air libre. Même les yeux fermés, elle sentit le regard avide de Ronin sur sa poitrine tandis qu'il faisait glisser le sous-vêtement.

Elle essaya de libérer ses mains, mais la chemise autour de ses épaules l'empêchait de bouger.

Ce n'est pas terrifiant, c'est excitant, murmura sa nouvelle voix intérieure.

— C'est ça... Nous sommes tous les deux... Personne ne sait que nous sommes là.

Ronin prit dans ses paumes chacun de ses seins. Il dessina des cercles autour de ses aréoles, en frôlant son téton. Puis il pétrit sa chair. Sa poitrine était menue mais très sensible. Ses premiers amants n'avaient pas prêté beaucoup d'attention à cette partie de son corps, et elle en avait conclu que les hommes préféraient les gros seins.

Mais Ronin souhaitait rendre hommage à sa poitrine, tout d'abord avec ses mains. Puis avec sa bouche. Il la léchouillait, lui prodiguait de doux suçons en augmentant l'intensité de ses gestes, jusqu'à ce qu'elle soit persuadée qu'il n'avait pas omis le moindre centimètre de son buste.

— Tu aimes la façon dont je te touche ? demanda-t-il.

Amery ouvrit les yeux et croisa son regard.

— Tu penses que je me tais parce qu'on est à l'extérieur et que j'ai peur que quelqu'un m'entende ?

— C'est le cas ? demanda-t-il en soufflant sur son téton humide.

— Non. Je suis émue, car personne n'a jamais prêté autant d'attention à mes... *(Vas-y, dis-le... Ne sois pas si coincée...)* tétons.

— C'est dommage, car ces tétons sont parfaits. Une chair douce, blanche et crémeuse, de délicats boutons de rose. Et ils sont réactifs, jugea Ronin. (Tout en la regardant, il mordilla timidement le point douloureux.) Tu crois que tu peux jouir si je me contente de jouer avec cette zone de ton corps ?

— Je… je ne sais pas. Ça ne m'est jamais arrivé.

Il continua à pincer sa chair ferme, tout en dirigeant la bouche vers ses rondeurs.

— Et, si je glissais ma main dans ta culotte à l'instant, y trouverais-je ton intimité mouillée ?

— Oui.

— Répète après moi : fais-moi jouir, Ronin. Peu importe comment, fais-moi jouir !

Amery répéta :

— Fais-moi jouir, Ronin. Peu importe comment, fais-moi jouir, maintenant !

Elle sentit qu'il souriait contre sa poitrine quand elle lui fit cette demande.

— Ferme les yeux. Garde-les bien fermés, quoi qu'il arrive. Cambre-toi bien et écarte les jambes.

La voix de Ronin avait des airs de velours, douce et sexy, mais il avait un gant d'acier.

Il enroula les mains autour du visage d'Amery et l'embrassa avec une concentration qui lui coupa le souffle. Elle était désarmée. Presque en délire. Il l'embrassa plus calmement, en lui caressant les pommettes d'une main.

— Tiens-toi tranquille, lui ordonna-t-il.

Une seconde plus tard elle sentit quelque chose sur son téton, comme une lave en fusion, et elle cria de douleur. Le mal cessa rapidement, en laissant une chaleur derrière lui. Alors la bouche de Ronin refit son apparition, pour un long et lent baiser.

Elle gémit quand il se retira brusquement et gémit encore plus fort quand une chaleur presque insupportable brûla son autre téton. Cette étincelle douloureuse dura plus longtemps et fut immédiatement suivie par une autre sur le haut de son sein gauche.

Avant qu'Amery puisse ouvrir les yeux, Ronin était encore là, les doigts sur sa mâchoire, la tenant en place tandis qu'il l'embrassait.

— Si audacieuse…, lui murmura-t-il à l'oreille quand il eut fini de l'embrasser. Un peu plus, et je promets que je te fais jouir.

Il y eut à nouveau des accès de douleur. Suivis de baisers brûlants. Juste au moment où elle pensait qu'elle n'en pouvait plus et qu'elle allait sauter dans la piscine pour atténuer la chaleur vive qui se propageait sur sa peau, une brise flotta au-dessus de sa tête, la rafraîchissant. En plus il y avait le parfum de Ronin… Elle laissa cette odeur de musc apaiser ses sens, même quand son cœur repartit à toute vitesse, quand ce parfum se rapprocha. Elle perçut quelques notes de citronnelle. Son esprit s'éclaircit, et elle comprit que Ronin faisait ruisseler de la cire de bougie sur elle.

Après lui avoir réchauffé la peau grâce à de nouvelles piques de chaleur, Ronin attendit avant de l'embrasser à nouveau. Il mit la main entre ses jambes, pour presser son pantalon contre son clitoris.

— Oh, mon Dieu !

Puis ses attaques devinrent continues. De la cire se répandait sur sa poitrine, courant dans son décolleté : le liquide était tellement chaud qu'elle en avait la respiration coupée. Ronin lécha et mordilla le cou de la jeune femme, lui donnant la chair de poule. Elle jura que cet homme avait trois mains et deux bouches, à la façon dont il la touchait.

— Mon audacieuse Amery, chuchota-t-il contre sa gorge. Tu es prête à jouir ?

— Oui, s'il te plaît.

Elle souleva ses hanches, en attendant que les mains de Ronin se posent sur son sexe et découvrent à quel point elle était humide.

— Ouvre les yeux.

Amery regarda sa poitrine. Des taches de cire parsemaient sa peau. Ses tétons étaient complètement recouverts de cire. Quelques ruisseaux couraient le long de son ventre. En voyant ce résultat, et en découvrant ce qu'elle lui avait laissé faire, son visage s'empourpra.

Ronin releva son menton.

— Tu es embarrassée ?

— Je ne sais pas. On dirait que…

— On dirait que j'ai joui sur tes seins. Comme si tu portais ma marque. (Elle hocha la tête.) C'est ma façon de t'avouer que j'ai l'intention de te marquer.

Sois audacieuse. Amery pencha la tête.

— Et si tu… Si j'avais les mains libres je passerais le doigt sur cette grosse tache de cire sur mon téton et je la lécherais…

Ronin grogna et l'embrassa à pleine bouche, tenant sa tête d'une main tout en l'inclinant en arrière, son autre main plongeant entre ses cuisses, frottant le tissu contre son point sensible. Ce baiser féroce s'arrêta net. Elle garda les yeux fermés tandis que Ronin refermait ses lèvres sur son téton et le mordillait jusqu'à ce que la cire se fende puis tombe. Enfin, il suça le mamelon intensément.

Amery était désemparée. Totalement à la merci de Ronin. Elle était incapable de bouger et de contrôler quoi que ce soit.

Ronin se consacrait au deuxième sein. La cire tirait sur la pointe lorsqu'il l'enleva avec la bouche. Puis il grogna et continua de fixer ce téton.

Le frottement de sa main, la succion de sa bouche, sa respiration régulière et l'attention particulière qu'il lui portait se mêlaient lors de ce moment parfait. L'orgasme se propagea de toutes parts, faisant palpiter ses tétons et son sexe. Ronin agrippa une poignée de ses cheveux, un geste qui s'ajouta aux sensations érotiques qui la terrassaient.

Elle ne pouvait cesser de haleter, jusqu'à ce que les pulsations prennent fin, le rugissement dans ses oreilles s'efface et devienne un souffle sourd, et que son corps cesse de trembler violemment.

C'était un putain de prodige. Elle n'avait jamais joui comme ça. En vingt-huit ans. Elle ne savait pas qu'elle pouvait y parvenir. Elle commençait à croire que ce genre d'orgasme n'était qu'un mythe.

Mais Ronin Black venait de lui prouver le contraire. Il l'avait fait jouir seulement grâce à ses caresses, sans toucher directement son point sensible.

Il se révélait assurément aussi convaincant sur le plan sexuel que dans le domaine des arts martiaux.

— J'aime ton sourire, dit-il, amusé.

— Je souris grâce à toi.

Ronin lui titilla les lèvres et passa les doigts le long de son ventre, en se dirigeant vers le bas.

— C'est donc grâce à moi... Patiente une seconde.

Il la redressa et disparut sous la cabane du bar.

Amery l'observa se déplacer le long de la piscine. Il attrapa quelque chose sur le comptoir et se retourna.

Elle remarqua alors qu'une bosse se dessinait sous son pantalon. Elle fixait cette zone quand il s'assit près d'elle. Puis elle croisa son regard.

— Oui, je sais ce que tu regardes. C'est parce que tu m'émeus. (Elle caressa son menton.) Tu veux que je m'en occupe ?

— Non. Ça va passer. (Il l'embrassa à nouveau.) Tu auras l'occasion de me prouver ton audace un autre soir.

Elle rit, surtout parce qu'une tension sexuelle passait entre eux.

— OK...

Il se pencha en avant et poussa un soupir sur sa poitrine, un souffle d'air chaud qui lui donna des frissons. Il enleva la cire d'une façon sensuelle : il caressait la peau puis posait un baiser sur la tache de cire avant de passer à la suivante.

Amery ferma les yeux ; cet homme la chamboulait complètement. Elle se disait que c'était peut-être un exercice de routine pour lui, mais, s'il avait souhaité une faveur, elle se serait fait un plaisir de soulager son érection.

— C'est fait, dit-il.

Il l'embrassa à nouveau pendant qu'elle enfilait son soutien-gorge, qu'il ajustait sa chemise et la reboutonnait. Il posa son front contre le sien.

— Tu sais que je voudrais que tu restes ce soir, hein ?

— Oui. Et tu sais que je le ferais si tu me le demandais. Mais je comprends bien que ce n'est pas ce qui est prévu.

Elle n'insista pas. Il avait certainement de bonnes raisons pour la laisser partir. S'il voulait lui dire pourquoi, il le ferait.

Peut-être que cette attitude zen était contagieuse.

— Je vais te raccompagner jusqu'à ta voiture.

Il l'aurait fait même si elle s'y était opposée, donc elle ne répondit rien.

Ronin se mit debout et l'aida à se relever.

— Tu as cours demain soir.

Ce n'était pas vraiment une question.

— J'imagine. (Elle inclina la tête et le regarda.) Sauf si le sensei en décide autrement ?

— Non. Tu seras en cours demain soir, répéta-t-il.

Mais il ne dit rien quant à ce qui se passerait après le cours.

Amery balaya le jardin du regard une dernière fois avant qu'ils atteignent l'ascenseur.

— Ne t'inquiète pas. Tu reviendras. Le plus tôt sera le mieux.

Elle se contenta de cela, pour le moment.

Chapitre 7

Elle trouvait toujours cela bizarre de passer devant la barrière de sécurité pour entrer dans le dojo, même après que Ronin lui avait expliqué son utilité. Molly semblait plus nerveuse pour le deuxième cours que pour le premier.

Amery la prit à part avant que toutes deux retrouvent les autres élèves.

— Molly, qu'est-ce qu'il y a ?

— Je me sens comme une empotée dans ce cours. Les autres ont étudié les bases la semaine dernière. Je sais que nous allons apprendre des techniques plus évoluées, mais si je ne pouvais pas les faire ?

Elle était en demande permanente de réconfort, et c'était aussi épuisant que frustrant pour Amery, parce que cela n'avait jamais l'air d'aller. Pourtant elle ne voulait pas l'abandonner.

— Et si tu réussissais à faire chaque technique au premier essai et que tous les élèves étaient jaloux ? répliqua-t-elle.

Molly mordilla sa lèvre.

— Je n'y avais jamais songé.

— Nous sommes ici pour apprendre. Tu te trompes si tu penses que ces techniques sont faciles pour les autres.

Sandan Dave frappa dans ses mains.

— OK, les filles. Alignez-vous et échauffez-vous.

Il vérifia la tenue d'Amery. Elle ne put s'empêcher de lui faire un petit signe, lui signifiant qu'elle portait le bon uniforme ce soir. Elle n'était pas sûre, mais elle crut le voir lever les yeux au ciel.

Elle avait oublié de demander à Ronin pourquoi il demandait aux élèves de porter un uniforme. Cela semblait plus logique qu'ils s'habillent comme tous les jours pour apprendre ces techniques d'autodéfense, puisqu'ils ne porteraient pas toujours ces vêtements larges dans la vraie vie.

Amery et Molly se retrouvèrent au fond de la classe à nouveau. L'échauffement consistait en des mouvements de kickboxing et demandait qu'on se concentre sur sa posture défensive tout en envoyant des coups de poing. C'était surprenant, car ces gestes étaient plutôt traditionnels : quelques pompes, de la corde à sauter, des étirements et une minute de course sur place…

Avant qu'elles aient repris leur souffle, Sandan Dave lança :

— Tout le monde choisit un partenaire, différent de celui que vous aviez la semaine dernière. Nous allons réviser ce qu'on a appris lors du dernier cours.

Amery n'eut pas besoin de regarder Molly pour savoir qu'elle paniquait. Heureusement la jeune femme en face d'elle, qui devait avoir l'âge de Molly, la choisit. Amery observait les autres se mettre en binôme. Elle resta seule.

Puis elle le devina derrière elle. Comment pouvait-elle se sentir tellement en accord avec lui après si peu de temps ? Elle perçut sa puissance, la force de sa présence et la façon dont il était fortement attiré par elle. Amery s'autorisa une respiration profonde et purifiante, mais ses poumons étaient emplis de son odeur.

Tandis qu'elle s'attendait à ce qu'il parle, elle regarda les autres élèves, qui n'avaient pas remarqué cette arrivée. Seul Sandan Dave l'avait vu. Il s'inclina rapidement pour saluer l'homme derrière elle puis observa le reste de la salle.

Ne voulait-il pas avoir de lien avec elle ?

— Fais-moi face, dit le sensei brusquement.

Quand Amery se retourna, elle fut un peu déçue. L'homme en face d'elle n'était pas celui qui avait fait ruisseler de la cire sur sa poitrine et l'avait enlevée avec ses dents, tout en la faisant jouir intensément – souvenir qui contractait son sexe. Il portait un pantalon gi noir et une tunique de la même teinte. Des lettres en japonais et de la broderie rouge étaient inscrites sur le nœud de sa ceinture noire et s'arrêtaient par des franges.

Sa voix était si basse qu'elle devait faire un effort pour l'entendre.

— Mets-toi en position et montre-moi ce que tu as appris la semaine dernière.

Je t'emmerde… Ce ton autoritaire ne faisait pas bon effet sur elle. Dès qu'elle prit position, il fit « non » de la tête.

— C'est une position défensive. Je pourrais te mettre KO sans le moindre effort.

Maître Black mit deux doigts au centre de son thorax et appuya. Amery recula d'un pas. Le mouvement ne lui avait pas fait de mal, excepté à l'ego.

— Pourquoi tu as fait ça ?

— Pour te montrer que ton équilibre n'est pas bon. Recommence.

Elle se remit en situation. Cette fois-ci il appuya son épaule contre la sienne et la fit reculer d'un pas.

— Ce n'est pas encore ça.

— J'ai fait du yoga pendant huit ans. J'ai plutôt bien intégré la notion d'équilibre.

— Regarde-moi.

Maître Black s'accroupit.

— Pousse-moi !

C'est ce qu'elle fit, et il perdit l'équilibre immédiatement.

— Regarde comment un petit changement me fait passer en position défensive.

Il s'abaissa et pivota légèrement le pied droit, en gardant les épaules droites.

— Maintenant, essaie de me renverser.

Amery posa les mains sur son torse et le poussa. Il ne bougea pas.

— Oh, je comprends !

— La tête en avant.

Dès qu'elle fut en position, maître Black se glissa derrière elle. Quand ses mains s'enroulèrent autour de ses hanches, elle sursauta.

— Relaxe. Concentre-toi.

Sa chaleur et sa force lui faisaient perdre son calme. Amery voulait tourner la tête et enfouir son visage dans le creux de son cou. Sentir le sang battre contre ses lèvres, pour voir si le contact de leurs corps le mettait lui aussi dans tous ses états.

— Arrête.

Je ne peux pas.

Maître Black recula.

OK. Donc cela ne le dérangeait pas qu'ils soient si proches.

Sa voix, si précise et mesurée, arriva doucement dans son oreille.

— Ici, tu es l'élève et je suis le professeur. Rien d'autre n'existe entre nous. Compris ?

Elle avait besoin de se ressaisir.

— Oui, sensei.

— Reprends ta position.

La position qu'elle voulait... : nue, à quatre pattes, les genoux sur le matelas. Ronin aurait une main dans ses cheveux, tenant sa tête droite pendant qu'il la prendrait par-derrière. Ses hanches fines la pilonneraient avec puissance. Ronin jouirait-il en silence ? Est-ce qu'il rugirait ?

Ses mains rugueuses serrèrent son menton, la forçant à relever la tête pour croiser son regard. Ses yeux étaient comme deux puits noirs, sans aucune trace d'amusement.

— Mes explications n'étaient-elles pas claires ?

— Si, maître Black.

— Reprends ta position.

Elle déplaça son pied et mit les épaules en arrière. Il la poussa, mais elle ne chancela pas aussi facilement.

— C'est mieux. Maintenant reprends encore cette position.

Amery retrouva ses esprits et trouva son point d'équilibre. Il ne pouvait pas la faire tomber, mais il arriva derrière elle et lui immobilisa la tête. Les mains d'Amery se relevèrent pour serrer son bras.

— Souviens-toi de l'entraînement, lui suggéra-t-il tout en essayant calmement de lui ôter la vie en l'étranglant.

Putain, putain, putain furent les seuls mots qui résonnèrent dans sa tête. *Réfléchis, Amery.* Elle donna un coup de pied en arrière et percuta le genou de Ronin, l'obligeant à desserrer sa prise.

Mais il ne lâcha pas, ce qui signifiait qu'elle n'avait pas fait le bon geste.

Elle le saisit par-derrière et mit la main sur son aine. Sa queue était totalement dure. Pendant le cours.

— Lâche prise, dit-il de ce ton terriblement tranquille mais exigeant.

Se sentant audacieuse, elle réussit à grincer entre ses dents :

— Peut-être que tu devrais me montrer comment tu vas te libérer de cette prise.

Avec le recul, elle méritait sûrement de se faire culbuter.

Elle le tenait près de l'aine, mais la seconde qui suivit il lui avait tordu le bras, l'avait mise à genoux et avait placé son coude près de son cou tout en lui poussant la tête sur le tatami.

Maître Black : 1, Amery : 0.

Cette position ne l'avait pas blessée, elle l'avait juste remise à sa place. Même si cet homme l'avait collée au sol

– n'avait-il pas une autre paire de bras ? – il était toujours assez souple pour lui murmurer à l'oreille :

— Si tu cherches à faire ta maligne ça t'attirera toujours des problèmes. Pas la peine de me lancer des défis. C'est compris ?

— Oui, sensei.

Il la relâcha.

— Relève-toi.

Amery ne s'embêta pas à vérifier si quelqu'un les regardait. Être assez stupide pour se moquer de maître Black était déjà assez humiliant.

Il lui passa à nouveau le bras autour du cou.

— Libère-toi.

Elle releva les bras et attrapa deux poignées de ses cheveux. Avant qu'elle puisse les tirer, il la laissa partir.

— Ça n'aurait pas fonctionné si j'avais été chauve.

Elle lui fit face.

— Je croyais que l'autodéfense consistait justement à s'adapter ? J'aurais utilisé une autre technique sur un type chauve.

— Montre-moi.

Mince ! Elle était tombée dans le piège.

Son bras musclé se faufila autour de sa gorge. Cette fois elle atteignit son oreille, avec l'intention de la lui arracher de la tête, mais il l'esquiva. Même chose quand elle essaya de lui griffer le visage et de lui crever les yeux.

— Réfléchis.

— Je n'ai pas encore de réponse spontanée, comme toi, dit-elle en s'étranglant. C'est seulement le deuxième cours. Je pense que je n'ai jamais appris les mouvements que tu veux que je fasse.

— Le cours prochain il vaudrait mieux que tu sois attentive, car il y aura un test.

Génial!

Maître Black libéra son bras et se dressa en face d'elle, la tenant à l'écart de la salle.

— Je te mets la pression, Amery, parce que j'ai un intérêt personnel à ce que tu sois en sécurité.

Sandan Dave frappa des mains et déclara:

— Tout le monde s'aligne.

Le sensei s'inclina pour la saluer et disparut derrière un mur. Elle se dit que, sans lui dans la salle, il serait très dur de se concentrer durant le reste du cours.

Après l'entraînement, Molly se montra plus calme que d'habitude. Amery aurait dû laisser couler, mais ce n'était pas son style.

— Quelque chose ne va pas?

Amery se retourna et lui fit face.

— Tu trouves ça normal de retenir toute l'attention de sensei Black? C'est moi qui étais traumatisée après m'être fait agressée par un voyou, pas toi. C'est moi qui ai besoin de savoir comment me défendre. Mais ce cours est à l'image de toute ma vie.

— Qu'est-ce que tu entends par « à l'image de toute ma vie » ?

— C'est pas grave.

Compte jusqu'à dix.

— Non, Molly. C'est toi qui as commencé. Dis-moi.

— Tu ne peux pas comprendre. Tu es tellement jolie que tout le monde est attiré par toi. Et c'est stupide de ma part d'être jalouse de l'attention que te porte maître Black, parce que, même si tu n'étais pas là, il n'aurait pas fait attention à moi. Je ne resplendis pas comme toi. Je suis juste une forme insipide et fade que tout le monde oublie.

Amery était choquée et un peu énervée.

— Pourquoi m'as-tu demandé d'assister à ce cours avec toi ?

— Parce que je ne voulais pas y aller toute seule.

— Donc, en m'utilisant comme un soutien, tu n'as pas à te mêler aux autres élèves, tu n'as pas à te mettre en danger. C'est là tout le problème, Molly.

— Non. Le problème, c'est que je suis une fille bizarre qui a du mal à se faire des amis. On dirait que je suis à l'extérieur de moi-même en train de regarder ma vie défiler.

À qui la faute ? Amery ne le prononça pas à voix haute, mais elle le pensa très fort. Elle aussi avait été élevée de cette façon et l'avait surmonté. Molly aussi pouvait le faire. Mais elle n'essayait même pas.

— Tu peux changer.

— Je ne sais pas comment faire.

— T'énerver contre moi n'est pas une solution.

— Bon. Comment tu t'es débrouillée pour faire des rencontres quand tu as emménagé à Denver ?

— J'ai fait en sorte d'être ouverte. Je me suis présentée à mes voisins J'ai essayé d'apprendre à connaître les quelques personnes qui vivent dans ce pâté de maisons, qu'ils travaillent dans un café ou qu'ils possèdent le commerce de l'autre côté de la rue. J'ai bu des smoothies avec quelques femmes de mon cours de yoga. Je suis sûre qu'il y a des gens à l'université qui aimeraient traîner avec toi. Tu connais quelqu'un dans ta résidence ?

— J'ai rencontré quelques personnes, soupira Molly. Quand je prends les devants, ce n'est pas naturel.

Je sais ce que c'est.

— Prends les choses les unes après les autres. Dis-toi que tu vas faire chaque semaine la connaissance d'une personne en dehors de ton cercle habituel.

— OK.

Elle s'arrêta devant l'immeuble de Molly.

— Pas de souci. Ça va devenir de plus en plus simple. Mais il faut que tu essaies, ma chérie.

— Je vais le faire. Promis.

Une heure plus tard, Amery se trouvait devant la fenêtre de son salon, en train de regarder les rares gouttes d'une pluie d'été. Elle avait ouvert les vitres pour laisser l'odeur du béton chaud et humide emplir la pièce. Les rideaux se gonflèrent dans la brise humide, et des gouttelettes se répandirent au sol. Il y avait quelque chose de pur dans la pluie. Quelque chose d'apaisant.

Son téléphone vrombit sur la table basse. Elle tenta de l'ignorer afin de profiter de l'air frais, laissant la pluie purger ses ennuis pour la nuit. Puis elle le saisit et sentit ce léger pincement au cœur quand elle vit le nom de Ronin. Elle décrocha.

— Oui ?

— Je suis là, trempé jusqu'aux os. Je tape à ta porte depuis cinq minutes. Tu peux me laisser entrer, s'il te plaît ?

Elle était tellement perdue dans ses pensées qu'elle ne l'avait pas entendu. C'était ironique, car la plupart de ses pensées le concernaient.

Après le coup de téléphone, elle descendit l'escalier en colimaçon. Les gros verrous étaient plus durs à faire fonctionner, avec l'humidité qui faisait gonfler le bois. Elle ouvrit la lourde porte et n'arriva plus à respirer pendant un instant.

Les lumières de la rue baignaient Ronin dans une lueur argentée. De l'eau ruisselait sur ses cheveux et filait en ruisseau le long des courbes de son visage. Les gouttes scintillaient comme des diamants liquides et s'écoulaient le long de son manteau en cuir noir.

Il la regarda fixement, lui aussi fasciné. À cet instant, elle sut ce qui se passerait si elle le laissait entrer. Mais il n'insista pas. Ne parla pas. Il lui laissa prendre la décision.

Était-elle prête à devenir l'amante de Ronin Black ? La réponse surgit rapidement en un cri intérieur. *Oui.*

Amery fit un pas de côté.

Il passa la marche et monta en premier.

Un souffle d'air froid s'engouffra quand elle ferma la porte, ce qui la fit frissonner. Ce frisson s'intensifia quand elle le regarda. Plus grand que nature mais terriblement tranquille. Un prédateur posé, prêt à bondir.

— Si tu fais sécher le manteau, le cuir sera nickel. (Elle continua son bavardage.) Tu peux utiliser mon sèche-cheveux pour qu'il ne s'abîme pas. Il y a des serviettes dans la salle de bains à l'étage.

— Amery.

La façon dont il prononça son nom la fit taire sur-le-champ.

Il fit un pas en avant, plein de grâce et de détermination.

Elle resta immobile, le laissant venir jusqu'à elle. Regardant son torse monter puis redescendre. Sa mâchoire puissante était ferme, tout comme sa bouche. Quand il se rapprocha suffisamment, elle put voir son visage, et la chaleur torride de ses yeux lui fit faire un pas en arrière. Puis un autre.

— Stop ! (Elle s'arrêta.) Oui ou non ?

Cela lui laissait le choix. À peine Amery eut-elle répondu « oui » que Ronin fut sur elle. Ses mains sur ses joues, tenant sa tête fermement pour qu'elle résiste à l'assaut de ce baiser.

Sa bouche s'ouvrit pour l'accueillir. Elle l'attira plus près, recherchant le contact du corps-à-corps, libérant son envie irrésistible et sa passion. Mais il continua à l'embrasser, tenant sa tête en otage, tandis que le reste du corps d'Amery en réclamait davantage.

Le baiser de Ronin était totalement dévorant. Tout en contrôle. Impétueux et chaud.

Elle glissa les doigts sous son manteau, enfonçant les ongles dans ses pectoraux. Voulant dégager tous ses vêtements pour que ses mains puissent sentir cette peau chaude. Ronin faisait durer ce baiser, comme s'il voulait l'aspirer au fond de lui. Elle sentit son intimité plus humide. Ses tétons plus durs. Son désir plus fort.

Il libéra sa bouche.

— L'effet que tu me fais…, murmura-t-il tout contre sa gorge. J'ai envie de toi maintenant. Rapidement et avec force. On se reposera après.

— Oui.

Le manteau de Ronin heurta le sol. Il laissa tomber son tee-shirt et défit sa ceinture.

Elle passa les doigts dans la bande élastique de son jogging, se délestant de son survêt et de sa petite culotte. Puis vinrent sa chemise et enfin son soutien-gorge de sport.

Elle réussit à se déshabiller avec Ronin à quelques centimètres, ce qui la surprit, tout comme le fait qu'il soit nu lui aussi.

— Je vois que tu as des techniques redoutables pour enlever tes vêtements, dit-elle en ronronnant, posant enfin les mains sur sa peau nue.

— Tu devrais voir à quelle vitesse j'ai enfilé un préservatif.

Elle le dévisagea.

— Tu portes déjà un préservatif ?

— Oui, parce que je ne veux pas attendre. Je ne pense pas pouvoir.

Il lui claqua les fesses d'une main et la souleva.

Amery enroula ses jambes autour de ses hanches, et il la fit remonter pour que ses cuisses encerclent sa taille. Elle empoigna son cou tandis qu'il reculait. Comment pouvait-il voir où il allait, alors que sa bouche faisait des choses si coquines à son oreille ?

Il s'arrêta, appuyant son dos contre l'escalier en colimaçon.

— Attrape la balustrade au-dessus de toi.

— Mais je veux te toucher.

— Tu le feras. Mais maintenant, chérie, j'ai besoin que tu te suspendes.

Ses mains s'agrippèrent au métal tandis qu'elle passait les doigts autour de la fine rambarde. Ronin soutenait entièrement tout son poids. Son sexe se serra quand elle vit l'expression lascive dans ses yeux d'or, rivés sur sa poitrine.

Il chuchota : « C'est très beau », et il déposa un baiser à pleine bouche dans l'intérieur de son bras, puis au-dessus de son aisselle et sur la courbe de son coude.

Amery ne savait pas que cette parcelle de chair sensible était une zone érogène. Un léger gémissement lui échappa. Chaque mordillement et chaque coup de langue envoyait une décharge électrique dans son entrejambe.

— Ronin, s'il te plaît !

Il glissa sa main entre eux et positionna sa queue devant ses lèvres.

— Tu es vraiment prête à me recevoir, dit-il en voyant la substance liquide qui s'échappait d'elle.

Il n'eut pas à lui dire de garder son regard rivé sur le sien, elle ne pouvait se détacher de lui. Il s'introduisit en elle en un lent, très lent glissement, jusqu'à ce que sa queue soit entièrement en elle.

Amery tenta de vaincre son désir de fermer les yeux, voulant savourer cette connexion, cette sensation de plénitude, la chaleur et la solidité de cet homme en elle.

Puis sa bouche fut sur la sienne pour un doux baiser, pendant qu'il se retirait. Et autant la première pénétration fut lente, autant la seconde fut rapide et profonde.

Elle haletait tandis qu'il commençait à la baiser par à-coups vifs et réguliers. À chaque mouvement, il s'enfonçait plus profondément en elle… Des picotements se répandirent dans son corps. Ses tétons se durcirent. Ses orteils se recroquevillèrent. Les muscles de son vagin se resserraient autour de son membre à chaque nouvelle poussée.

Ronin mit fin au baiser.

— Encore, exigea-t-il.

Il avait bougé les mains pour protéger le bas du dos d'Amery et l'empêcher de taper contre l'armature en métal de la cage d'escalier. Sa force était telle qu'il parvenait à la protéger même si les mouvements incessants de ses hanches ne la ménageaient pas.

Alors elle ferma les yeux et laissa la réalité de la situation l'absorber. L'homme le plus charmant qu'elle ait jamais rencontré était tout en elle, l'emmenant vers l'orgasme, faisant trembler tout son corps.

— Je voulais te prendre ainsi depuis le moment où je t'ai vue, grogna-t-il dans son cou. Cette tête de mule sexy qui a jeté son pantalon sur moi…

— Ronin…

— Fougueuse, mais avec un côté doux et obéissant. (Il mordilla le lobe de son oreille.) Je n'ai jamais voulu m'éloigner de toi.

Ses mots, associés aux mouvements répétés de son bassin contre son bas-ventre, agissaient comme de la magie sur elle, et elle gémit.

— Tu es prête à jouir ?

— Oui.

— Et si je te disais que je veux que tu attendes…, dit-il tout contre ses lèvres tout en fixant ses yeux, sans ralentir le rythme.

Amery était tellement dans l'action, son corps tellement ultrasensible, qu'un baiser de plus sous son oreille aurait fait détoner le feu qu'il avait démarré en elle. Mais quelque chose dans ses yeux scintillants lui apportait l'assurance que, quel que soit le délai qu'il souhaitait, cela en vaudrait la peine.

— J'attendrais, dit-elle doucement.

Cela devait être la bonne réponse puisque la bouche de Ronin arriva sur la sienne, l'embrassant avec voracité. Il fit pivoter son bassin, tout en conservant le contact entre son clitoris et son membre dressé.

L'orgasme explosa en elle. Son sexe était tellement contracté : Ronin devrait jouir sans tarder. Elle voulait voir son visage quand il perdrait le contrôle.

Et cela arriva. Il rejeta sa tête en arrière. Il continua de marteler son corps, mais c'était comme si tout était passé en mode ralenti. Une perle de sueur roula le long de la veine tendue de son cou. Elle se pencha en avant et la lécha, ce qui provoqua des tremblements chez Ronin.

Elle chuchota :

— Tu es si beau.

Et ses lèvres effleurèrent sa mâchoire.

Quand il eut fini, elle lâcha la balustrade et enroula les bras autour de son cou, passant les mains dans ses cheveux, avec une envie irrépressible de se rapprocher de cet homme qui pouvait parfois paraître réservé.

— Attends. On vient à peine de commencer.

Il se retira d'elle et la hissa plus haut contre sa taille.

Chapitre 8

C'était merveilleux pour Amery de se trouver dans les bras de Ronin tandis qu'il la portait à l'étage. Elle posa les lèvres sur sa gorge, respirant son parfum. L'odeur douce de cet homme, mêlée à celle de la pluie, emplit complètement ses sens.

— J'aime ce petit bruit que tu viens de faire.

— C'est parce que tu sens divinement bon, et c'est si romantique la façon dont tu me portes jusqu'au lit.

Il rit doucement.

Puis ils entrèrent dans la chambre à coucher d'Amery.

— La dernière fois que j'étais ici, tu étais beaucoup trop habillée.

— Ce n'est pas le cas maintenant. Si ?

— Non.

Ronin l'installa sur le lit. Il déposa sur sa bouche un baiser langoureux. Elle s'enfonça encore plus dans le matelas et essaya de l'entraîner avec elle. Mais il se retira.

— Je reviens tout de suite, dit-il.

Amery était si pleinement satisfaite qu'elle ne parvint pas à poser de question. Elle s'étira. Les draps étaient frais et un peu humides à cause de la fenêtre ouverte. Elle plaça les oreillers sur le côté, roula sur le ventre, disposant ses bras et ses jambes en forme de X. Elle aimait cette sensation indécente de nudité. Même si elle vivait seule, elle dormait rarement nue : c'était encore un autre tabou qui provenait de son éducation stricte.

Le matelas s'abaissa – comme d'habitude, elle ne l'avait pas entendu arriver. Elle commençait à se retourner pour lui faire face, mais la main de Ronin se posa au milieu de son dos et lui fit garder cette position.

— Laisse-moi te regarder.

Il déplaça ses cheveux sur le côté et plaça un baiser à la base de son cou.

— Je vais commencer par le haut pour venir terminer dans le bas de ta nuque.

Ronin embrassa, lécha puis caressa cette zone. Ses épaules. Ses bras. Sa colonne vertébrale. Jouant avec son corps, au point qu'elle aurait pu jouir à nouveau si ses lèvres douces et ses doigts rugueux avaient continué à glisser sur sa peau.

Puis sa bouche chaude trouva les fossettes au-dessus de ses fesses, et elle entendit Ronin gémir. Son souffle dériva jusqu'à cet endroit, et il frotta ses lèvres contre ses reliefs. Encore et encore.

— Tes poils sont blond vénitien là aussi. C'est tellement sexy que j'ai envie de te mordre. (L'image de Ronin la marquant avec les dents la fit frissonner.) Tu aimerais ça, ajouta-t-il, juste avant qu'elle sente la petite morsure sur sa fesse droite, puis sur la gauche.

La pointe de sa langue mouillée passa rapidement sur ces endroits.

— Tu…, commença-t-elle. Ta bouche et tes mains devraient être considérées comme des armes mortelles.

— Techniquement elles le sont.

Le bout de ses doigts dérivait sur l'arrière de ses cuisses.

— Maintenant j'aimerais utiliser ma langue mortelle sur ta chatte. (Il bougea.) Tourne-toi, exigea-t-il.

Quand Amery lui fit face, ses yeux brillaient, un sourire suffisant s'affichait sur son visage, et un long foulard pendait dans sa main.

Punaise !

— Ah ! Qu'est-ce que tu vas faire avec ça ?

— Je vais te caresser.

Il fit claquer le bout du tissu soyeux, qui flotta le long de sa peau en une courbe sinueuse allant de son cou à son pubis.

Elle frissonna. Ronin fit courir le foulard sur ses seins, le gauche puis le droit, et ses tétons durcirent. Il le passa ensuite sur ses cuisses, de haut en bas.

— Écarte les jambes.

Elle lui obéit, et il titilla son sexe avec son étoffe, légère comme les ailes d'un papillon mais aussi efficace qu'un fouet. Elle gémit et cambra le dos, en voulant plus.

— Amery ? (Elle le regarda fixement dans les yeux.) Tu veux que j'y mette la bouche ?

Il fit voler le foulard vers son intimité.

— Oui. S'il te plaît.

— Passe les bras au-dessus de ta tête.

Elle n'hésita pas.

Pourquoi n'hésitait-elle pas ? *Parce que les caresses de cet homme t'enflamment.*

— Tu es très belle. Croise les poignets.

Ronin enroula le foulard autour du bras gauche d'Amery et le tira légèrement vers le haut jusqu'à ce que le tissu frôle sa main. Il serra ses poignets et attacha l'extrémité de l'étoffe à la tête de lit.

Amery ne pouvait détacher les yeux de son visage. En elle s'était installée une sorte de sérénité, qui la transportait complètement.

Puis il alla chercher dans sa commode un autre foulard, avec des franges. Il disposa les extrémités bordées sur chaque sein, avec un sourire au coin des lèvres quand ses tétons pointèrent. Il enroula une partie du foulard avant de le glisser sous elle, faisant sillonner ce tissu en soie sur son corps, passant sur son sein gauche, puis sur son sein droit. Il le noua au niveau de son décolleté et fit coulisser le foulard tendu comme une corde sous elle, entre ses omoplates.

Elle jeta un coup d'œil à ce travail. Sa petite poitrine ressortait bien, elle était même excitante, soulignée par le foulard de soie dont il l'avait partiellement recouverte.

Ronin baissa la bouche jusqu'à son téton droit. Il le suça. Vigoureusement. Puis doucement.

Il ouvrit la bouche plus grand pour savourer davantage de sa chair. Quand elle commença à s'agiter, il plaça la paume de sa main sur son sexe et appuya sur ses hanches.

Il savait parfaitement contrôler la situation et Amery elle-même, ce qui fit encore croître l'envie de la jeune femme.

Amery se mordilla la lèvre quand il se positionna entre ses cuisses et déposa des baisers en ligne droite sur son nombril, le bas de son abdomen, s'arrêtant quand il atteignit le début du maillot.

Il releva les yeux vers elle.

—Combien de fois devrais-je te faire jouir avec ma bouche avant de te pénétrer à nouveau ?

Avec ses épaules il donna un petit coup à ses cuisses pour qu'elles s'ouvrent plus largement. Il passa le bout des pouces à l'intérieur des lèvres de son sexe et l'ouvrit délicatement.

—Ah ! Deux fois ?

—Bonne réponse. Même si tu avais dit : « une fois » je t'aurais fait jouir deux fois.

Ronin se mit à la lécher. Superficiellement au début. Puis il passa la langue tout le long de sa chatte. Il dessina des cercles autour de son clitoris. De minuscules cercles à peine perceptibles, avant d'insérer la langue entièrement en elle.

Elle voulait se cambrer. Enfoncer les mains dans le matelas et appuyer son sexe contre son visage. Mais elle eut peur de prendre cette initiative, qu'il lui rappelle que lui seul contrôlait la situation, en retardant son orgasme.

Amery se concentra donc sur la force de ses épaules poussant de part et d'autre de ses jambes, et sur la douceur de velours de sa langue. L'alternance entre les tendres léchouilles et les suçons brutaux. Ses cheveux soyeux chatouillant l'intérieur de ses cuisses. Il appuya sur son clitoris avec sa langue ferme, et Amery sut alors qu'elle ne résisterait pas longtemps. Ses jambes tremblaient. Elle serra les poings. Elle était si proche. Mon Dieu, elle pouvait sentir cette envie colossale, si proche et en même temps hors de portée !

Il grogna tout contre sa chair sensible. Puis il suça rapidement son clitoris tandis que ses pouces caressaient doucement l'intérieur de son antre humide.

Ce mélange d'implacabilité et de douceur la fit décoller comme une fusée. Elle ne put s'empêcher de se débattre dans tous les sens. Le foulard autour de ses poignets se resserra, et elle put sentir sous ses liens son pouls qui battait au même rythme que les spasmes de son sexe. Des spasmes qui s'intensifiaient chaque fois que Ronin tirait la langue. Puis cela s'arrêta, et elle se sentit étrangement démunie, tandis que Ronin se reculait, tout en caressant du nez et en embrassant l'intérieur de ses cuisses.

Pourquoi Amery ressentait-elle le besoin irrépressible de se rouler en boule et de pleurer ? Parce qu'il venait de lui montrer qu'elle n'était pas frigide au lit ? Il lui avait prouvé qu'elle pouvait se révéler torride, quand un homme prenait le temps de trouver son point sensible, au lieu d'allumer la mèche prématurément.

Ces mains délicieusement rugueuses voyageaient sur ses côtes. Ronin caressa sa peau sous le foulard qui sillonnait sa poitrine. Il escalada son corps, ses mains appuyant sur le matelas sous les épaules d'Amery, sa bouche chaude entrant en contact avec son oreille.

— Ma douce… Personne ne t'a jamais fait jouir comme ça ?

— Non, ça ne m'est arrivé qu'avec toi. La fois avec la cire de bougie, puis tout à l'heure au rez-de-chaussée, et maintenant… ça.

Il l'embrassa à pleine bouche puis dériva jusqu'à son cou, en un mouvement tellement possessif et érotique qu'elle savait bien qu'il lui laissait une marque, et pas uniquement sur la peau.

— Je te ferai jouir comme ça tout le temps. Tu es belle, c'est sûr. Mais tu es encore plus belle quand tu te laisses aller, quand je te caresse.

— Je veux que tu te laisses aller pour moi aussi, Ronin.

Elle inclina le menton et déposa un baiser sur son front.

— Je veux passer les mains dans tes cheveux, griffer ton dos, empoigner tes fesses quand tu me baises cette fois-ci. S'il te plaît, détache-moi !

Sans un mot, il se leva et la libéra. Il vérifia que ses poignets n'avaient pas de marques et lui frotta les mains.

— Tu ne te sens pas engourdie ?

— Non.

— Dis-moi si tu as des picotements étranges, OK ?

— OK.

Ronin attrapa un préservatif sur la table de nuit. Amery se releva et se mit sur les coudes.

— Attends un peu. Je m'en charge, cette fois-ci.

Elle le lui prit des mains.

— Je suis content que tu y aies pensé, parce que je suis novice. (Elle rit.) Novice, oui. Je n'en ai pas eu besoin pendant des années.

Quand Ronin saisit son menton et passa son pouce sur ses lèvres, elle sortit le bout de sa langue pour goûter son doigt. Elle n'avait jamais osé faire ça auparavant.

— Encore, murmura-t-il.

À la seconde, elle lui lécha entièrement le pouce et en suça le bout.

— Tu aimes ça ? Tu te sens sale ?

— Pas sale, juste coquine. Je me sens nouvelle.

— La prochaine fois que je te ferai un cunnilingus, je t'embrasserai à pleine bouche pour que tu saches à quel point tu as une saveur délicieuse.

Son pouls s'emballa. Elle regarda le paquet de préservatifs qu'il tenait dans la main, puis le prit et le déchira.

Ronin ne la quitta pas des yeux tandis qu'elle tentait de soupeser ses boules. Il n'avait pas beaucoup de poils pubiens, ce qu'elle appréciait. Ses doigts libérèrent son membre en pleine érection, encore plus long et épais qu'elle ne l'avait imaginé. Elle glissa la main de haut en bas et vit la preuve qu'il se délectait déjà de ses gestes. Elle avait senti cette large queue en elle, et cela lui semblait étrange de la toucher ainsi pour la première fois.

C'est un dingue du contrôle. C'est parce qu'il te laisse faire que tu prends autant de plaisir en cet instant.

Amery s'en foutait. Elle voulait Ronin et elle pouvait l'obtenir. Si elle avait eu confiance en ses propres compétences sexuelles, elle aurait essayé de lui enfiler le préservatif avec la bouche. À la place, elle le prit dans la main et le déroula jusqu'à ce que le membre dressé soit enveloppé dans le latex.

Ronin inclina la tête. Puis il écrasa ses lèvres contre les siennes en déployant toute son énergie dans ce baiser fulgurant, puis il la fit rouler sur le dos.

Les cuisses d'Amery s'agrippèrent aux siennes tandis qu'elle attendait le premier coup de reins puissant. Mais Ronin s'introduisit en elle avec douceur, ralentissant le baiser pour faire coïncider la vitesse des mouvements. Amery dirigea ses doigts jusqu'aux cheveux de son amant et les empoigna.

Il mit fin au baiser, en disant :

— Incline tes hanches.

Amery croisa les chevilles derrière son dos, lui laissant un angle plus profond. Elle se cambra, mais sans parvenir à sentir la pression du torse de Ronin contre sa poitrine à travers les liens qui enserraient ses seins. Elle passa la langue le long des muscles de son biceps gauche tout en glissant les mains autour de ses hanches. Ses pouces suivirent le tracé de ses muscles puissants, de part et d'autre de son abdomen.

— Amery !

Entendant son prénom et le prenant comme une demande, elle tourna la tête et laissa la bouche de Ronin reprendre possession de la sienne. C'était une chaleur si douce. Des corps en mouvement. Ce plaisir allait crescendo et se construisait à chacun de ses coups de hanches. Elle voulait que cela continue sans fin.

Ronin prit son genou gauche, appuya dessus, puis relâcha. Il fit ensuite pivoter son bassin, touchant son point sensible à chaque nouvelle poussée. Ses testicules entraient en contact avec son anus dès qu'il la pénétrait.

— Oh, mon Dieu !

Elle n'avait jamais ressenti quelque chose d'aussi délicieusement sale.

— Comme ça, tu aimes ?

Amery répondit par un doux gémissement quand il recommença.

Encore.

Et encore.

Et encore, jusqu'à ce qu'elle jouisse à nouveau.

Cette endurance… Qu'elle vienne de sa discipline – les arts martiaux – ou juste de la pratique du sport en chambre, c'était quelque chose d'incroyable. C'était un événement à célébrer, car elle ne s'était jamais sentie dans cet état de plénitude auparavant. Sexy. Émancipée. Désirée. La façon dont il la touchait lui coupait le souffle.

Il s'introduisit en elle plus fort.

— Accroche-toi à moi.

Elle agrippa l'arrière de son cou.

— Regarde-moi.

Amery pencha la tête en avant et croisa son regard.

— Tu es superbe.

Ronin se cambra et jouit en silence, même si son corps bougea frénétiquement. Il ne ralentit pas, il s'enfonça profondément et resta en place.

Elle lécha une autre goutte de sueur, frottant son visage contre la chair humide de Ronin, s'imprégnant de son odeur. Elle pourrait bien ne plus jamais prendre de douche.

Quand il revint à lui, il chatouilla sa joue avec son nez. Puis il la caressa tout en défaisant le foulard.

— C'était… (Elle réprima un bâillement.) incroyable. Mais tu m'as épuisée au lit et pendant le cours, donc je suis crevée.

— Alors dors.

— Tu restes ici ?

— Oui. Laisse-moi ôter le préservatif.

Amery l'entendit s'affairer dans la salle de bains. Quand il fut de retour, il s'installa contre le dos de la jeune femme et plaça sa main à plat sur son ventre, la rapprochant de lui.

Cela pouvait sembler bizarre, mais elle apprécia qu'il ne prononce pas un mot tandis qu'ils s'endormaient ensemble.

Le matin suivant, Amery se retrouva seule dans le lit vide, légèrement déçue que Ronin l'ait abandonnée.

Non, vous avez fait des jeux coquins tous les deux au milieu de la nuit.

Elle s'était réveillée d'un sommeil profond, sentant les mains de Ronin sur son corps. Sur ses seins, ses fesses, ses cheveux… Et ses tétons s'étaient durcis instantanément. Il avait glissé un doigt en elle, puis deux, en murmurant :

— Tu es déjà mouillée.

Il épousait son corps de manière à se positionner en cuillère – la jambe droite d'Amery enroulée autour de sa jambe gauche – et il l'avait prise par-derrière. Son souffle chaud glissait dans son oreille. Ses doigts caressaient son clitoris. Sa queue s'enfonçait en elle jusqu'à ce qu'ils explosent tous les deux. Ils s'étaient rendormis dans cette position.

Amery entendit la douche s'arrêter au même instant

— Réveille-toi, paresseuse, résonna dans l'escalier. Je t'ai apporté une tasse de ton Mocha préféré.

Elle eut à peine le temps de recouvrir du drap sa poitrine nue avant que Chaz débarque dans la chambre. Elle devait vraiment penser à fermer à clé la porte qui séparait son loft de son espace de travail.

— Tu dois être fatiguée ce matin si tu es toujours allongée.

Chaz s'arrêta au bord du lit.

— Attends. Tu es malade ?

— Non. Mais ce n'est pas vraiment…

— Tu as quelque chose de prévu ce matin ? demanda Ronin depuis l'embrasure de la porte.

Chaz suffoqua.

Amery également, mais pas pour les mêmes raisons. Ronin Black était une représentation de la perfection masculine : de l'eau perlait sur sa poitrine bien dessinée, ses cheveux mouillés tombaient de part et d'autre de son visage mal rasé, lui donnant cet air dangereux incroyablement sexy, et la petite serviette de bain qui entourait ses hanches fines et ses tablettes de chocolat laissait peu de place à l'imagination.

— Oh ! Oh, mon Dieu ! Je suis désolé. Je ne m'étais pas rendu compte que tu avais de la compagnie, comme peu de gens restent pour la nuit…

Chaz tourna la tête.

— Je suis désolé d'avoir débarqué, maître Black. Je pose juste ce café et j'y vais.

Puis il disparut.

Amery soupira.

— Je crois bien que c'est la première fois que je vois Chaz nerveux.

— Pourquoi ? Parce que tu utilises ton lit pour autre chose que pour dormir ?

Elle prit son café et but une grande gorgée.

— Non, parce que tu es à moitié nu et que c'est suffisant pour rendre n'importe qui nerveux, de commencer la journée en se trouvant face à… (Elle désigna son corps.) tout ça.

Ronin sourit.

— Continue les flatteries, et je vais t'immobiliser au lit à nouveau.

Amery poussa du doigt son torse nu quand il se dressa près d'elle.

— C'est difficile de faire mieux que ce sourire pour commencer la journée.

Il but son café en une gorgée et mit la tasse de côté. Puis il se jeta sur elle.

— Ronin, cria-t-elle.

— Chut ! Il ne faudrait pas que les gens au rez-de-chaussée t'entendent crier mon nom. Ils pourraient se poser des questions.

Elle passa les bras autour de son cou.

— Ça, c'était hier soir.

— Quelle nuit incroyable !

Il mordilla son cou puis décala la tête pour fixer ses yeux avec intensité.

— Ça ne me dérange pas que tes amis sachent que nous dormons ensemble, mais ça me dérange que tu leur donnes des détails.

— Je ne le ferai pas.

— Il faut que j'y aille.

Il l'embrassa.

— Ma douce, mon audacieuse Amery... Je t'appelle plus tard, OK ?

Le temps qu'elle sorte de la salle de bains cinq minutes plus tard, il n'y avait plus aucune trace de Ronin.

Chaz ignora Amery pendant toute la journée. Molly avait l'air plus bavarde que d'habitude. Était-ce dû à la conversation qui avait suivi le cours de la veille au soir ?

Mon Dieu ! C'était seulement hier soir ?

C'est fou comme les choses pouvaient changer en seulement quelques heures.

Elle avait eu une journée productive, avec beaucoup de coups de téléphone passés à des clients.

À 17 heures, Chaz s'approcha de son bureau.

— C'est officiellement le week-end, fêtons ça en allant prendre un verre.

— Je paie la première tournée. Attends, je prends mon sac.

Après avoir fermé la porte principale, elle baissa le rideau métallique pour protéger les fenêtres.

— Il n'est pas si moche, ce rideau, opina Chaz.

Il la serra dans ses bras

— Allons au *Tracks* !

Elle s'arrêta.

— Non, lâcha-t-elle.

— Non ?

Après le conseil qu'elle avait donné à Molly, elle voulait défendre son point de vue.

— J'adore traîner avec vous, mais j'en ai marre qu'Emily et toi ne m'emmeniez que dans des bars gays.

Chaz leva un sourcil autoritaire.

— Qu'est-ce qui te prend ?

— Je me rends compte qu'en trois ans je ne me suis pas plainte une seule fois. Maintenant, oui, je le dis. J'aimerais aller ailleurs. Dans un endroit plus classique.

— Ah, comme tu as enfin réussi à mettre un homme dans ton lit, tu ne veux pas que les autres fassent la même chose ? J'aimerais un homme dans mon lit, moi aussi, Amery.

— Comment peux-tu me balancer ça ?

— Tu aurais dû me l'avouer avant si tu détestais tant que ça traîner avec moi, tacla-t-il.

— Mais je ne déteste pas ! Tu as passé l'année dernière à me répéter que je n'avais pas de rencards. (Elle pointa son torse du doigt.) Ça ne t'est jamais venu à l'esprit que les endroits où vous me traînez, toi et Emily, ne sont pas faits pour moi ?

Cela coupa court à toute repartie.

— Reconnais qu'il y a plein de bars géniaux dans le coin, où nous n'allons jamais. Je veux aller dans un nouvel endroit. Prends un peu de risque, Chaz.

Il leva les yeux au ciel.

— Pourquoi tu ne vas pas dans ces bars avec tes amis hétéros ?

— Parce que je veux y aller avec toi. T'es mon meilleur ami, roucoula-t-elle.

— Chérie. Tu es une femme nouvelle après avoir baisé. Bon. On va faire des découvertes tous les deux.

Je connais l'endroit parfait. J'ai entendu dire que leurs tapas étaient excellentes.

Ils avancèrent dans la rue, bras dessus bras dessous.

— J'imagine que je devrais profiter du temps passé avec toi, car la situation risque de changer rapidement.

— Pourquoi tu dis ça ?

— Maintenant que tu fais des cochonneries avec, oh, mon Dieu ! Ronin Black – Peut-il y avoir un corps plus désirable ? – ton temps libre deviendra assez vite une denrée rare. Tu as vu comme il t'a regardée ce matin ? demanda Chaz en poussant un soupir. Il voulait me faire une prise de karaté, seulement parce que j'étais dans la même pièce que vous quand vous étiez nus.

— Une prise de karaté, c'est ça… C'est un maître de jujitsu, pas de karaté.

Il fit un signe de la main.

— Peu importe. Ce que je veux dire, c'est qu'il n'a même pas remarqué que je bavais sur ses biceps, son torse et ses abdos. La plupart des hétéros sont en stress quand les gays reluquent leur corps. Mais il ne voulait vraiment pas que je te mate.

Amery reposa la tête sur l'épaule de Chaz.

— Je t'adore. Tu m'aides à me sentir mieux. Ronin est… un mystère. Je ne sais pas pendant combien de temps il s'intéressera à moi.

— Ma chérie, tu as suffisamment d'arguments pour qu'il se sente attiré par toi pendant un bon bout de temps.

— Oh, ferme-la ! Rien que pour ça, tu paies la première tournée.

Ce fut probablement une bonne chose qu'elle ait un petit coup dans le nez quand elle rentra et que son portable sonna. Elle avait bien besoin d'aide pour affronter cet appel.

— Allô, maman ?

— Amery, comment ça va ?

— Bien. Et toi ?

— Oh, tu sais… Je suis pas mal occupée. On commence les camps d'été d'apprentissage de la Bible la semaine prochaine. Il y a beaucoup de préparatifs à faire. Je jurerais que Dieu m'envoie ces bénévoles uniquement pour tester ma patience.

Amery répondit par un son évasif, sans s'engager.

— As-tu des nouvelles d'Aiden ? continua sa mère.

— Non. Je crois qu'il manque de beaucoup de choses en Afghanistan, pas seulement de téléphones.

— Inutile d'en parler sur ce ton. Je demandais juste par curiosité. Il ne donne pas plus de nouvelles que toi.

Ne mords pas à l'hameçon.

— C'est difficile de répondre aux membres de la congrégation religieuse sur l'état d'Aiden quand on ne sait rien nous-mêmes, alors qu'on est ses parents. Et quand, par-dessus le marché, il ne répond pas aux colis que la congrégation lui envoie, ton père et moi avons l'impression d'avoir raté son éducation… Il est tellement ingrat avec nous.

Oui, tout était question d'apparences avec ses parents. Le plus effrayant n'était pas qu'Aiden soit tous les jours en train de se faire tirer dessus en territoire ennemi. Et, connaissant sa mère, elle jouait la carte « mon seul fils se bat pour notre pays » juste pour obtenir la compassion des membres de la paroisse de son père. Amery envoyait un paquet à Aiden tous les mois, et il la remerciait toujours. Elle pensait qu'il refusait la culpabilité, tout comme les tracts « Jésus t'aime » glissés au milieu des lingettes et du baume à lèvres que lui envoyaient les membres de l'église. Sans doute croyait-il que ne pas répondre était la meilleure façon d'y mettre un terme. Mais pas vraiment apparemment.

— Assez parlé de ton frère. Je suis étonnée de te trouver chez toi un vendredi soir.

Amery eut envie de se taper la tête contre les murs. Soit elle était une prostituée dépravée traînant dans les bars, soit elle faisait pitié à être seule chez elle un vendredi soir. Elle prit une bière dans le réfrigérateur et la décapsula.

— Je suis sortie en début de soirée.

— Avec un homme ?

— Avec Chaz.

Amery avala une gorgée de bière. Sa mère grogna d'un air dégoûté.

— Passer autant de temps avec un garçon comme lui va éloigner les hommes respectables.

— Et qu'est-ce qu'un homme respectable ? rétorqua-t-elle sans réfléchir.

— Franchement, Amery, n'agis pas comme une pimbêche. Les hommes respectables savent bien que Chaz mène une vie de débauché.

— Je ne vois pas pourquoi tu t'y intéresses. Son mode de vie n'a aucune répercussion sur toi.

— Ça en a si être amie avec lui t'empêche de trouver un type convenable, de te marier et d'avoir des enfants. La plupart de tes amies sont déjà mariées. Certaines ont des bébés. D'ailleurs, j'ai vu Jillian à l'église dimanche dernier. Sa petite fille, Parlay, est adorable.

Parlay ? Qui avait choisi un nom aussi idiot pour une enfant ?

— Je suis sûre qu'elle est mignonne. Jillian et Tommy ont divorcé, non ?

— Oui, c'est tellement triste. Il buvait beaucoup.

— J'ai entendu dire que Candy et Billy-John se sont aussi séparés. Est-ce qu'au bout d'un moment elle n'en a pas eu marre qu'il la maltraite ? (Sa mère se tut à l'autre bout de la ligne.) On dirait que ta définition de l'homme « respectable » varie de la mienne parce que ni Tommy ni Billy-John ne sont des mecs respectables à mes yeux. Donc je vais continuer à traîner avec Chaz.

Sa mère haleta, d'une manière qui rappela à Amery un taureau contrarié.

— Je vois qu'il est impossible de te parler, comme d'habitude. Seigneur, aidez-moi ! Je ne vois pas pourquoi je m'en préoccupe.

Elle détestait les petites piques que ces mots lui infligeaient encore.

— Alors pourquoi est-ce que tu appelles ?

— Deux raisons. La première, je m'inquiète sur tes revenus. As-tu des problèmes d'argent ? J'ai reçu un coup de fil cette semaine de la part d'une femme très malpolie, qui voulait connaître des détails sur ta vie professionnelle et personnelle.

— Putain…

— Pas la peine de jurer, Amery.

Merde ! Elle avait dit ça à voix haute ?

— De toute façon, j'ai été très ferme et je lui ai raccroché au nez après qu'elle a refusé de me dire pourquoi elle désirait cette information.

— J'apprécie. Je n'ai pas de problème au boulot, et même si j'en avais je ne vois pas pourquoi on te passerait un coup de téléphone.

— C'est pour ça que je t'en parle. Ton père n'a pas besoin d'apprendre que sa fille est la cible de je ne sais quelle enquête.

Et voilà ! Ce n'était pas pour Amery qu'elle s'inquiétait mais pour la réputation irréprochable du pasteur.

— L'autre raison de mon appel, c'était pour te rappeler la fête qu'organise ton père pour l'anniversaire de son entrée dans les ordres. Trente-cinq années passées à servir le Seigneur, c'est une grande étape dans sa vie, et nous espérons que tu seras là pour la célébrer.

Puisqu'elle travaillait à son compte, elle ne pouvait pas prétendre que son boss ne lui laissait pas de temps libre.

— Si je viens, je dormirai sûrement à l'hôtel.

— Tu ne resterais pas chez nous ? demanda sa mère avec brusquerie.

Oh, que non !

— J'imagine que tu vas réserver des lits pour les invités venant de loin, pour qu'ils n'aient pas à chercher un hébergement.

— Oh, c'est sûrement une bonne idée !

— Je te tiendrai au courant quand j'aurai réservé mes billets.

— Tu viens en avion ? C'est un peu superflu quand on a une belle voiture.

Dix heures de route d'une seule traite… Euh… non merci !

— Ce serait super si tu pouvais arriver quelques jours plus tôt pour nous aider pour la cuisine et la mise en place.

Peut-être que tu devrais culpabiliser les paroissiens de papa pour qu'ils le fassent. Il fallait vraiment qu'elle lâche le téléphone avant qu'elle prononce à voix haute les remarques déplacées qui lui venaient en tête.

— Je te tiens au courant concernant mon… euh… emploi du temps.

La désapprobation de sa mère vrombit à travers la ligne.

— On reste en contact. Dieu te bénisse !

Elle raccrocha.

Elle refusa de laisser sa mère ruiner sa journée et sa bonne humeur. Elle s'installa avec un grand saladier de popcorn pour entamer une soirée d'émissions bas de gamme dans l'espoir que Ronin appelle.

Chapitre 9

Mais Amery n'eut pas de nouvelles de Ronin cette nuit-là.

Ni le jour suivant.

Ni la nuit d'après.

Et elle s'en serait voulu de l'appeler en premier. Ce n'était pas un caprice d'enfant mais bien une attitude d'adulte. Elle devait accepter de simplement s'envoyer en l'air sans culpabiliser. Cela avait été un moment incroyable, le meilleur coup de sa vie. Maintenant qu'elle savait qu'elle n'était pas frigide, peut-être pourrait-elle à nouveau enchaîner quelques rencards.

Les trois dernières années elle s'était concentrée sur sa carrière, refusant de s'embarrasser d'une relation qui lui aurait demandé trop d'investissement. Mais elle devait bien admettre qu'une partie de sa réticence était en fait de la peur. La séparation brutale avec Tyler l'avait détruite. *Tu es bousillée, Amery. Tu ne seras jamais normale, parce que tu as peur que ton papa ne découvre que tu aimes le sexe. Les seules fois où tu te mets à genoux, c'est pour prier. Qu'est-ce que c'est que cette existence ?*

Eh bien, tant pis ! Qu'il aille se faire voir ! Elle ne voulait pas être « normale ». Elle voulait être exceptionnelle. Elle avait des amis. Elle menait une belle vie. Elle reconnaissait qu'elle avait beaucoup de chance. Et elle pourrait très bien célébrer cette réussite personnelle. Elle n'avait pas besoin d'attendre qu'un homme lui tombe dessus et donne un sens à sa vie.

De bon matin, le dimanche suivant, elle se pointa à une séance de yoga dans un parc, à laquelle elle avait toujours voulu assister. Puis elle se promena en savourant cette superbe journée d'été. Tout le monde semblait heureux : les familles, les célibataires, les chiens… Sur le chemin du retour elle décida d'organiser un dîner. Elle appela d'abord ses amis proches et décida d'élargir un peu son cercle habituel en conviant quelques autres personnes à la dernière minute, puis elle s'arrêta chez son traiteur favori. Elle acheta des pâtes fraîches, des ingrédients pour réaliser une sauce au basilique, du pain et de quoi préparer une salade ainsi que des brownies.

Elle fit un brin de ménage et monta le volume de la musique à fond tout en s'affairant au dîner. Elle essaya d'imaginer où tout le monde pourrait manger sans finir dans l'espace de travail au rez-de-chaussée, et elle eut une idée folle. Elle pouvait accéder au toit, en passant par un escalier étroit.

Elle vérifia. Il ferait plus frais là-haut une fois que le soleil serait couché. Et la vue sur les immeubles de la ville au nord était imprenable. Cet endroit n'était pas dans la même catégorie que chez Ronin, mais cela ferait l'affaire pour ce soir.

Emily et sa petite protégée du moment, une blonde aux gros seins avec un style à la Marilyn Monroe, se pointèrent tôt et l'aidèrent à tout installer. Elles poussèrent deux tables de réunion, les recouvrant de nappes en papier, puis installèrent des bougies dépareillées dans des photophores modernes. Elles entourèrent les tuyaux de canalisation de lumières de Noël, ce qui ajouta un côté chic à leur aspect miteux. Des poubelles vidées et remplies de glace servaient à rafraîchir les boissons. Puis elles installèrent une pancarte sur la porte de la ruelle, indiquant aux invités de se diriger sur le toit. Amery s'assura de brancher le système de sécurité et ferma l'accès à son bureau. Pourtant, cela lui fit bizarre de laisser ouverte la porte de derrière, surtout après le récent cambriolage.

Elle escalada les escaliers et fit un détour par sa chambre pour se préparer.

Elle coiffa ses cheveux en un chignon désordonné, retoucha son maquillage et se glissa dans une robe de soirée avec des imprimés à fleurs. Les invités commencèrent à arriver.

Chaz amena ses derniers amis, parmi lesquels André, un musicien sympathique. Il avait aussi convié ses voisins, deux célibataires, Jake et Lucas. Rich et Larry, un couple qu'elle avait rencontré par l'intermédiaire de Chaz, se présentèrent avec une bouteille d'alcool en guise de cadeau. Les amis d'Emily, Roz et Josie, qui étaient aussi des clients d'Amery, arrivèrent ensuite. Suzon et Mark, le couple marié qui vivait dans le loft d'à côté, étaient accompagnés des parents de la jeune femme, qui étaient de passage et venaient de Seattle.

Il y avait beaucoup de monde. Heureusement, elle avait prévu des tonnes de nourriture.

Molly, d'habitude si ponctuelle, arriva en dernier avec son rencard du dojo, Sandan Dave. Amery ne montra pas qu'elle était choquée et résista à la tentation de demander à Dave s'il avait vu Ronin. Elle fit discrètement un signe à son amie en levant les deux pouces en l'air. Cela ne devait pas poser de problème à Ronin que les professeurs sortent avec les élèves, puisqu'il l'avait draguée.

Mais dis-le… : il n'y a que du sexe entre vous. Tu as couché plusieurs fois avec cet homme, sans qu'il te promette quoi que ce soit, et tu n'as rien à regretter. C'était super.

Alors qu'elle coupait du pain dans la cuisine, Chaz la prit dans ses bras et la serra contre lui.

— C'est une super idée. La soirée est parfaite, les gens sont formidables, tes plats ont l'air excellents, et tu as créé ta propre boîte de nuit sur les toits. C'est tellement fantastique que je pourrais dormir là ce soir.

— Merci.

— Comment t'est venue l'idée d'organiser cette fête sur le toit ?

Elle ne pouvait pas lui dire qu'elle avait été inspirée par le jardin secret de Ronin, donc elle ne répondit rien.

— Ça fait longtemps que je n'ai pas fait la fête, et je voulais quelque chose de différent. C'est marrant de voir qui est accompagné, non ?

— Ou qui ne montre pas le bout de son nez…

Il coupa une tranche de pain et la recouvrit de beurre à l'ail avant qu'elle arrive à lui donner un coup.

— Alors, où est ton maître Black hors du commun ce soir ?

— Aucune idée. Et ce n'est pas « mon » maître Black. On a passé du temps sous la couette, c'est tout.

Chaz la força à le regarder.

— Qu'est-ce qui se passe vraiment, Dakota du Nord ?

Il l'appelait ainsi quand il voulait capter son attention.

— Rien.

Elle sourit.

— Tout va bien. Je te promets. Bon, tu penses qu'on devrait apporter la nourriture sur le toit ? Ou la servir ici ?

— Ici, c'est mieux.

— Tu voudrais bien être gentil et appeler les invités pour le repas ?

Tout le monde fit la queue pour se servir, puis Amery se prépara une assiette et se dirigea vers le toit.

Des applaudissements l'accueillirent. Puis Emily leva la glacière à vin.

— Portons un toast à l'excellente hôtesse, Amery Hardwick, pour avoir organisé ce superbe dîner. Pour la nourriture, et pour accueillir tout le monde, nouveaux ou anciens amis.

Amery sourit, et tout le monde leva son verre.

— Je suis ravie que vous soyez tous venus avec des amis et des vivres, sinon j'aurais dû manger des pâtes pendant les trois prochaines semaines.

Des rires éclatèrent.

Elle s'assit à côté de Larry et de Rich.

Larry lui donna une petite tape sur le bras.

— Tu nous as manqué. Chaz dit qu'il t'a traînée dans un nouveau bar, vendredi dernier.

— Traînée ? S'il te plaît ! Chaz a fait mine de protester pour la forme. Il m'a forcée à aller au *Tracks* pendant des années. Et j'adore boire des coups avec vous, les gars, mais…

— Pas de problème, chérie. Je comprends. Rencontrer un type hétéro qui passe son temps dans les bars gays signifie en général qu'il n'est pas complètement hétéro. Je ne t'en veux pas de chasser sur ton territoire. Et alors tu as rencontré quelqu'un vendredi ? Ou Chaz les a tous effrayés ?

Amery rit.

— Il les a tous éloignés. Tu aurais dû voir le pantalon qu'il portait.

Elle gardait un œil sur ses invités pendant que Larry et Rich se chamaillaient à propos du programme TV, de leur cocker Fritzie ou encore de la mère casse-pieds de Larry. Elle poussa son assiette sur le côté.

Les voisins de Chaz, Jake et Lucas, étaient assis de part et d'autre d'elle, et mangeaient leurs desserts. Elle désigna Larry et Rich.

— Vous vous êtes déjà rencontrés ?

— Oui. Chaz joue le rôle du deuxième hôte de maison ce soir, si tu n'avais pas remarqué, lança Rich.

— Ça ne me gêne pas. De toute façon je ne suis pas accompagnée ce soir.

— Une belle femme comme toi ? dit Jake. Comment est-ce possible ?

Elle tourna la tête pour évaluer cet homme. Il était grand. Charmant. Des cheveux sombres et des yeux noirs. Un sourire gentil. Mais il ne la fit pas vibrer. Pas comme Ronin.

Arrête de penser à lui.

— Donc, Jake, j'avoue que je ne me souviens plus de ce que tu fais dans la vie.

— Nous les banquiers, nous sommes de grands méchants, ou alors on nous oublie.

— Ça y est, je me rappelle. Tu travailles dans une banque d'investissement.

— Spécialisée dans les petits business, ajouta-t-il.

Elle sourit à Lucas. Il était également attirant. Des cheveux blond-roux foncé, des yeux verts, des taches de rousseur et des fossettes, mais elle ne ressentit pas une once d'attirance.

— Et toi ?

— Je suis un combattant professionnel, je dispute des combats dans la boue. Je n'ai jamais été aussi propre depuis des semaines.

Il s'arrêta et fit un grand sourire.

— Je plaisante. Je dirige une société de gestion du risque, pour les jeunes en difficulté.

— C'est tout à ton honneur. Ce programme les oblige à rester à l'école ?

— Leur présence en cours a augmenté significativement, ce qui est encourageant, et nous avons davantage de budget cette année. Ce n'est pas que je veuille parler business, mais on cherche à améliorer nos tracts, avec des dessins plus tendance, pour plaire à notre cible. Les jeunes se plaignent, disent que nos tracts sont nuls et sortent tout droit des années 1980. Puisque tu as ton entreprise de design, tu serais intéressée pour nous proposer une idée ?

Amery ne fermait jamais la porte à une opportunité professionnelle.

— J'adorerais. Tu pourrais me passer une copie de vos tracts et de vos publicités ?

— Hé, Chaz, lança Lucas, tu pourrais venir ici avec ton sac à main ?

Jake étouffa un rire.

— Regarde-le se mettre dans tous ses états à propos de son sac à main.

— Ce n'est pas un sac à main, tête de nœud. Et ne te moque pas de mon sac de postier, puisque je te permets d'y déposer tes affaires, attaqua Chaz.

Il donna un petit coup derrière la tête de Lucas avec sa besace, avant de la déposer sur la table.

— Désolé.

Lucas se retourna et sourit à Amery.

— Ce n'est pas parce qu'il n'a pas de fleurs ni de strass que ce n'est pas un sac à main.

Amery se mordit la joue pour éviter de rire.

— Quelqu'un a besoin de quelque chose dans la cuisine ? demanda Chaz.

Personne ne répondit, et il descendit les escaliers.

Lucas referma l'enveloppe, en face d'elle.

— Tout y est, y compris mon contact. Jettes-y un œil et dis-moi si ça t'intéresse. On pourrait en discuter plus en détail autour d'un déjeuner.

— Merci, je regarderai.

Ils discutèrent des campagnes de publicité, en s'interrogeant sur l'impact des réseaux sociaux à contre-courant des médias traditionnels.

Jake fit un signe de pause.

— La vérité, c'est que personne ne sait ce qui marche. (Il fit un grand sourire à Amery.) Je serais heureux de discuter de ce qui marche dans les affaires, quand on a son banquier comme partenaire. J'aimerais avoir la chance de te raconter en bref pourquoi tu devrais changer de banque pour Western National.

Qu'est-ce qu'ils avaient ces deux-là ce soir ? Ils avaient traîné ensemble quelques fois l'an dernier et ils n'avaient jamais autant essayé de se rapprocher.

Peut-être qu'après avoir été avec Ronin Black tu as acquis une certaine confiance sexuelle et que les hommes le remarquent.

— Regarde qui j'ai trouvé en train de se promener au rez-de-chaussée, interrompit Chaz.

Amery se retourna, et Ronin entra dans son champ de vision.

Quand on parle du loup…

— Chaz m'a proposé de monter, dit-il à Amery.

Bien sûr, il n'avait pas demandé la permission pour se joindre à la soirée et n'avait pas expliqué ce qu'il faisait à se promener dans cette ruelle. Ni pourquoi il n'avait pas donné de ses nouvelles pendant ces deux derniers jours.

Immédiatement, Sandan Dave se leva, s'inclinant légèrement pour saluer Ronin.

— Je ne m'attendais pas à vous voir ce soir, monsieur.

— Vous n'êtes pas le seul. (Il fit un sourire un peu penaud à Amery.) Je suis ravi de voir que tout le monde profite de l'hospitalité d'Amery.

Ronin se déplaça derrière elle. Laissant une main sur son épaule pour marquer son territoire, il tendit l'autre à Jake.

— Bonsoir, je suis Ronin Black. Vous êtes ?

Jake sembla nerveux quand il se présenta. Tout comme Lucas. Amery vit Rich et Larry échanger un sourire suffisant quand Ronin serra la main de Lucas.

Énervée qu'il vienne gâcher sa soirée, elle se leva.

— Excusez-moi.

Elle fit un pas de côté pour éviter Ronin et se dirigea vers l'autre table.

Emily avait passé les bras autour des épaules de son amoureuse, et elles discutaient avec Josie et Roz. Suzon bondit, l'interceptant.

— Amery, merci beaucoup pour la soirée. Mes parents s'amusent beaucoup.

— J'en suis ravie. Je voulais juste te dire que je suis désolée de ne pas être passée pour vous rassurer après le cambriolage, même si les policiers pensent que c'est un accident arrivé par hasard. Mais encore une fois… je ne vous ai pas vus beaucoup, toi et Mark, dernièrement. Vous voyagez souvent pour le travail ?

— Mark, oui. J'ai ralenti mon emploi du temps côté voyages.

Elle sourit sereinement et toucha son ventre.

— Tu me verras beaucoup plus quand le bébé sera là.

— Tu es enceinte ?

Suzon rit.

— De cinq mois déjà.

— Comme c'est excitant. Je suis si heureuse pour vous. Je sais que vous attendez ça depuis longtemps.

— Merci.

Son regard dériva vers quelqu'un qui se tenait derrière elle. On pouvait deviner de qui il s'agissait.

Ronin glissa sa main le long du bas du dos d'Amery.

— Je ne voulais pas vous espionner, mais on dirait que des félicitations s'imposent.

— Merci.

Au moment où Suzon s'apprêtait à lui demander son nom, son mari, Mark, s'approcha. Les parents de Suzon également. Ronin se présenta et entama la conversation.

Les surprises ne s'arrêteraient-elles jamais ? Ronin Black prenait part à des bavardages futiles, en restant charmant et sans ce comportement hautain de sensei. Amery murmura qu'elle devait vérifier quelque chose et ôta la main de Ronin de sa hanche. Elle se dirigea vers le stand des boissons et vérifia les réserves de glace.

Des bruits de pas se firent entendre derrière elle.

— Amery, tout va bien ? demanda Molly.

— Ça va.

Elle déposa des bouteilles de bière dans la glace. Au moment où Molly passait derrière elle, elle déclara :

— Alors, toi et Dave, hein ?

Molly rougit.

— Tu m'as conseillé d'arrêter de subir ma vie, de voir du monde et de saisir ma chance. C'est ce que j'ai fait.

Mes genoux tremblaient quand j'ai demandé à Dave de sortir, mais je l'ai quand même fait.

— C'est chouette ! Je suis fière de toi.

— Merci. Je me sens mieux aussi, d'avoir repris confiance et d'avoir franchi le pas.

Elle attrapa une bouteille de cidre brut.

— Alors, qu'est-ce qui se passe entre toi et maître Black ?

— Rien, répondit-elle honnêtement.

— J'étais vraiment surprise de le voir se pointer ici.

— Moi aussi.

— Tu ne l'as pas invité ? demanda Molly, sceptique.

— Non. Évidemment, il est au-dessus des normes sociales, comme…

— Passer un coup de téléphone et garder le contact pour faire des projets ? prononça Ronin juste derrière elle.

Amery sursauta au son de sa voix et se retourna pour lui faire face.

— Tu pourrais arrêter de faire ça ?

— Non. Tu as besoin d'entendre ce qui se passe autour de toi.

— Et toi, tu as besoin d'entendre quand quelqu'un est en rogne contre toi, renvoya-t-elle.

Ronin ne quitta pas Amery des yeux quand il dit à Molly :

— Tu nous excuses une seconde ?

Il n'attendit pas la réponse de Molly et conduisit Amery au bord du toit, derrière le conduit d'aération.

Elle tenta de se libérer de sa main, au risque de paraître irascible, mais, sans surprise, elle ne réussit pas à le faire bouger d'un centimètre.

— Qu'est-ce que tu fais ?

— Je te mets à l'écart pour avoir une chance de t'expliquer...

— Pourquoi est-ce que je n'ai pas eu de nouvelles de toi depuis que tu as quitté mon lit vendredi matin ? Ou pourquoi tu te sens en droit de venir casser l'ambiance d'une fête que j'organise ?

— Les deux.

Silence.

— Et alors ? Si tu veux t'expliquer tu ferais mieux de commencer à parler.

— J'aurais dû t'appeler. Mais je te promets que j'ai pensé à toi pendant tout ce foutu week-end.

Amery prit ça en pleine face.

— L'excuse n'est pas suffisante, maître Black. Essaie encore.

— Une vraie dure à cuire, murmura-t-il. J'aime ce côté de ta personnalité.

Elle sentit son ventre s'agiter et s'avança vers lui, tout en réussissant à garder son dos bien droit.

— Et j'aime ce côté sans compromis, tu ne laisses pas d'ouverture au jeu entre nous. Tu m'avais dit que tu m'appellerais, je m'attendais à avoir de tes nouvelles. Et ne cherche pas à trouver des excuses minables comme me dire que ton téléphone ne marchait plus ou que tu n'étais pas en forme.

Soudain, les yeux de Ronin changèrent, et son regard passa de détendu à mortifié.

— La vérité, c'est que je devais rendre service à quelqu'un, et cette personne m'a sollicité ce week-end. Ce n'était pas prévu. Ça m'a complètement vidé. Tu mérites mieux que ça, surtout que tu es habitué à mon côté engageant et bavard.

Il approcha sa bouche de sa main.

Même si sa réponse était plus mystérieuse que ce qu'elle aurait souhaité, elle le crut, d'autant qu'il venait de montrer sa capacité à faire preuve d'autodérision.

— Je suis désolé.

Saisissant sa nuque de la main, il se rapprocha.

— Ronin…

— Chut ! Laisse-moi juste te présenter mes excuses de cette façon.

Il l'embrassa avec un mélange de tendresse et de passion, qui lui embrouilla l'esprit.

Elle voulait garder les mains sur le côté, mais elles gravirent son torse de leur propre initiative. Quelques secondes plus tard, Amery avait oublié sa colère. Elle avait tout oublié, sauf la façon dont le baiser de Ronin la consumait.

Soudain elle retrouva la raison et s'empressa de mettre fin à leur étreinte.

— Arrête de me manipuler à ma propre fête. Un dîner auquel tu n'as pas été invité.

— Je saurai bien me comporter si tu me laisses rester.

Amery s'aperçut qu'il tenait toujours sa main. Pourtant il ne la regardait pas : il observait fixement un point au-delà du toit. Cela la fit se hérisser à nouveau.

— Je sais que ce n'est pas aussi joli que chez toi…

Il la fit taire avec un baiser. Puis il appuya son front contre le sien.

— Cet endroit dépasse de loin la beauté de mon toit, parce qu'il est plein d'amis qui comptent pour toi. Mon toit est peut-être deux fois plus grand, mais il n'en est que plus vide quand je suis seul. Ce qui est presque toujours le cas.

À ce moment, sa vulnérabilité l'atteignit profondément, et elle lui trouva soudain un côté fragile et humain. Ronin était seul. Peut-être pas tout le temps, mais assez souvent pour qu'il ressente cette peur viscérale que cela ne change jamais.

— Bon. Tu peux rester. Viens. Il faut que je vérifie si personne ne manque de rien.

— J'ai besoin de quelque chose d'abord.

Le regard d'Amery rencontra le sien.

— Quoi ?

— Que tu promettes que je pourrai rester ici ce soir.

Sa phrase ne laissait pas de place à une réponse négative, mais elle n'aurait de toute façon pas discuté, elle voulait qu'il reste.

— Bien sûr. Mais je te préviens, tu as beaucoup de vaisselle sale qui t'attend.

Ronin lui envoya un sourire rapide et viril.

— J'ai eu beaucoup d'expériences de ce type au monastère.

Le reste de la soirée, il se tint à côté d'elle, en la jouant charmant et raffiné. En le regardant, elle comprit qu'il gardait ses distances quand il était entouré de gens, pas seulement quand il était au dojo.

Mais il baisse la garde quand il est seul avec toi.

Elle comprit à quel point il prenait sur lui pour être là ce soir.

Quand la fête toucha à sa fin, Amery promit à Lucas qu'elle reviendrait vers lui pour leur projet professionnel. Jake n'insista pas pour fixer un déjeuner, car Ronin gardait une main sur elle à tout moment.

Comme Emily et Marilyn – Sasha, de son vrai nom – étaient les dernières à partir, elles proposèrent de rester et d'aider à nettoyer, mais Amery les congédia.

Il ne restait qu'elle et Ronin.

Il ne put s'empêcher de la plaquer contre le mur immédiatement. Le baiser démarra doucement. Un entremêlement de langues nonchalant. Puis Ronin accéléra le mouvement, et bientôt ils s'embrassaient fougueusement. Il s'interrompit quelques instants, assez longtemps pour dire :

— Mets-toi toute nue.

— C'est une super idée, mais il faut qu'on nettoie et qu'on débarrasse avant.

— Ça ne peut pas attendre une heure ?

— Non, parce qu'une fois que je serai dans les draps avec toi je n'aurai pas envie de ramper jusqu'ici. Et l'idée de devoir ranger cette vaisselle un lundi matin me rend assez dingue pour que je refuse de profiter de toi si ce n'est pas fait.

— D'accord.

Ronin recula.

— Tu veux que je fasse quoi ?

— Tu vas tout porter. Prends les tables et les chaises, et descends-les jusqu'au bureau.

Il poussa un grognement significatif avant de disparaître dans les escaliers.

Chapitre 10

Après avoir rangé la cuisine, Amery vida les bouteilles qui restaient dans la glacière à vin et les jeta dans la benne. Quand elle se retourna, Ronin était si près qu'elle faillit lui rentrer dedans.

— Hé ! Attention, ninja !

— Tu ne te doutais pas que j'étais derrière toi ?

— Non. Mais tu es trop fort à ce jeu.

— C'est des années de pratique…

Ronin prit une mèche des cheveux d'Amery et la lui cala derrière l'oreille, puis il fit courir ses doigts le long de son cou.

— C'est tellement joli et tentant, je dois admettre que j'adore quand tes cheveux sont lâchés.

— Pourquoi ?

— Parce qu'un blond vénitien comme le tien est tellement unique. Ça met en valeur ton joli visage et ça lui donne une lueur supplémentaire.

— Tu peux faire de si beaux compliments parfois, Ronin…

— L'autre raison pour laquelle j'aime quand tes cheveux sont lâchés, c'est que j'ai fantasmé de tenir ces tresses soyeuses dans ma main pendant que je te prenais. (Elle sentit son bas-ventre s'agiter.) Tu aimerais ça, non ?

— J'aime tout ce que tu me fais.

Amery posa les mains sur les pectoraux de Ronin et commença à titiller ses tétons.

— Ça nous amène à quelque chose dont j'aimerais te parler.

Il ne dit rien. Sa chaleur transparaissait dans ses yeux.

— Jeudi soir, c'était incroyable. (Elle releva le menton vers lui.) Mais tu ne m'as pas laissée beaucoup te toucher. Donc, si tu restes avec moi ce soir, j'aimerais avoir un accès libre à ton corps. J'ai envie de te caresser, de t'embrasser et de jouer avec toi comme je veux.

Ronin plaça sa main sur son visage, tout en dessinant la courbe de sa lèvre inférieure avec son pouce.

— Tu me demandes quelque chose de tellement intime, alors que tes joues sont rouge pivoine. C'est suffisant pour me faire tourner la tête.

— C'est vrai ?

— Comprends-moi bien. Je veux tes mains sur moi.

Son regard tomba sur ses lèvres.

— J'ai imaginé plusieurs fois que tu me faisais une fellation. Je rêve de tes cheveux touchant ma peau pendant que tu me caresses le sexe. Alors, ma belle, tu peux me traîner jusqu'à ton lit maintenant et faire ce que tu veux de moi.

— Vraiment ?

— À une exception.

Son pouce balaya légèrement l'intérieur de sa lèvre, et le sang d'Amery se réchauffa : elle se rappelait qu'il caressait son sexe exactement de la même façon.

— Je te guiderai quand tu m'auras en bouche.

Amery ne se froissa pas. En fait cette demande lui ôtait une certaine pression. Elle n'aurait pas à s'inquiéter de savoir si elle le satisfaisait. Étant donné que son expérience dans ce domaine était plutôt mince, c'était rassurant.

— OK.

— Tu me fais garder la tête sur les épaules.

Ronin l'embrassa.

— Tout est fermé à clé en bas ? Parce qu'une fois que nous serons dans le lit nous ne sortirons qu'au matin.

— Tout est fermé, y compris la porte qui sépare mon bureau du loft, pour que Chaz reste à l'extérieur.

— Bien.

Il laissa sa bouche dériver vers elle.

— Emmène-moi à ton lit, Amery, murmura-t-il.

Elle le prit par la main et le mena à la chambre. *Pas de stress*, se dit-elle fermement. Pas de retour en arrière non plus. Elle pourrait toucher et goûter selon son envie.

Normalement elle n'aurait laissé allumée qu'une lampe pour avoir une lumière plus douce, mais ce soir elle retourna près de la tête de lit pour allumer la lumière principale. Elle voulait voir chaque centimètre.

Avant qu'elle lui demande de se déshabiller, il la flatta :

— Tu es superbe dans cette robe. Je pense que le privilège de l'enlever me revient.

Il défit la ceinture attachée dans le dos puis ouvrit la fermeture Éclair. Le son semblait décuplé dans ce silence chargé d'attente. Le vêtement glissa le long de ses bras, libérant ses seins et ses hanches avant que la robe touche le sol.

Son doigt suivit l'élastique de sa petite culotte flashy. Il vit la chair de poule se répandre sur sa peau quand il caressa le bandeau de son soutien-gorge.

— C'est joli…

— J'aime que mes sous-vêtements soient assortis.

Le souffle de Ronin passa sur son oreille.

— Je parlais de ta peau.

— Oh !

Amery fit tomber sa robe à ses pieds, se pencha pour la ramasser et la déposa sur la chaise. Puis elle lui fit face.

Quand elle commença à enlever son soutien-gorge, il fit « non » de la tête.

— Garde ta lingerie sexy sur toi pour l'instant. (Il fit glisser ses doigts le long de son décolleté.) Ça me permettra de limiter mes désirs et de prolonger l'attente. (Son regard noir intense était rivé sur elle.) Pour un petit moment, en tout cas.

Elle désigna son polo marron-noir.

— Enlève-le.

Ronin l'arracha en le faisant passer d'un coup sec au-dessus de sa tête et le jeta au sol.

— Ton bas.

Il ôta son pantalon brun clair tacheté, en toile de lin, et le posa sur le dos de la chaise.

Il ne lui restait qu'un boxer. Elle n'eut pas besoin de lui dire de l'enlever, il le fit de lui-même.

Le corps de cet homme était un vrai régal. Des muscles fermes, sinueux et une peau mate. Il n'était pas gonflé de muscles, mais il n'était pas fin non plus. Ses pectoraux étaient incroyables. Il lâcha ses cheveux sur son torse.

Il les avait peut-être brossés pour le jujitsu, ou c'était en hommage à ses ancêtres japonais… Ses abdos façon tablettes de chocolat donnaient envie de les croquer. Tout comme son membre saillant, bordé de poils noirs taillés de près. Elle lui fit signe de faire un tour sur lui-même.

Ronin leva les sourcils, mais suivit ses ordres. L'arrière était tout aussi appétissant. Des épaules puissantes et une musculature du dos bien dessinée, avec des hanches fines. Oh ! Et il y avait ces fesses parfaitement rondes. Les poils sur ses cuisses et ses mollets, peu fournis, étaient beaucoup plus clairs que ses cheveux.

Son cœur gronda quand elle l'approcha. Elle déposa un baiser entre ses omoplates et enroula les bras autour de son torse. Elle mourait d'envie de lui faire des compliments sur son physique, mais ce genre de flatteries semblait le mettre sur les nerfs, alors elle se contenta de lui dire :

— Va sur le lit ! Mets-toi à l'aise parce que je vais prendre mon temps.

— Tu vas en profiter jusqu'au bout, n'est-ce pas ?

Amery glissa les mains vers le bas, soupesant ses couilles d'une main et enserrant son érection de l'autre.

— Je vais faire ce qu'il faut. (Il siffla.) Sur le matelas ! intima-t-elle en lui donnant une légère claque sur les fesses.

— Chérie, quoi que tu me fasses, je te procurerai les mêmes plaisirs en retour, c'est compris ?

— Non.

Elle pensait qu'il allait ramper sur le lit avec sa grâce animale et lui envoyer un de ces coups d'œil si chauds qui la faisaient mouiller immédiatement. Mais Ronin s'assit sur le lit, se déplaça au milieu et s'étira, comme s'il attendait pour un examen médical.

Cela la blessa un peu. OK, pas qu'un peu. Mais n'est-ce pas ce qu'il cherchait ?

Ignore cette attitude.

Non, fais-la-lui payer.

— Et si on sautait cette étape. Tu peux te rhabiller et rentrer chez toi.

Ronin se recroquevilla.

— De quoi tu parles ?

— Tu pourrais avoir l'air plus enthousiaste à l'idée que je te touche. On dirait que tu attends que je te fasse un examen médical.

Elle se retourna afin de quitter la chambre.

Avant qu'elle ait fait trois pas, Ronin était devant elle. Il tendit le bras au travers de sa poitrine, l'immobilisant complètement.

— Je suis très enthousiaste, Amery. C'est juste que j'ai l'habitude d'avoir le contrôle et je ne sais pas comment me comporter quand je ne l'ai pas. (Il l'embrassa sur la joue.) Donc, le fait que je veuille te laisser ce contrôle en dit beaucoup, tu ne penses pas ?

— Peut-être.

Elle se retourna et passa les bras autour de lui, posant les lèvres contre les siennes. Elle l'embrassa comme si elle voulait l'avaler tout entier. Elle contrôlait ce baiser – seulement parce qu'il la laissait faire – et elle le guida vers le lit.

Ronin les fit tomber sur le matelas, il finit sur le dos avec Amery sur lui.

Elle l'embrassa pendant un long moment. Cet homme embrassait tellement bien que c'était une expérience érotique en soi. Elle ralentit le rythme progressivement, le baiser devint doux. Fugace. Un flirt.

— Tu as la bouche la plus sensuelle, murmura-t-elle près de ses lèvres.

Puis elle poussa le bras de Ronin sur le côté et commença à embrasser son cou.

— Je peux mettre ma main dans tes cheveux ?

— Tant que tu ne t'en sers pas pour me diriger.

— Non.

Il s'arrêta et ajouta :

— Pas cette fois-ci.

Ignorant son avertissement, son nez caressait son cou, et sa bouche se déplaça jusqu'au sommet de son épaule. Il était tellement dur à cet endroit. Les muscles ne laissaient presque aucune prise. Sa langue suivit l'arête de sa clavicule. Quand elle heurta une bosse, elle s'arrêta et se pencha en arrière pour regarder la cicatrice.

— Qu'est-ce qui s'est passé ?

— Tu trouveras beaucoup de marques et de bosses comme celle-ci. Pratiquer les arts martiaux laisse des traces. Mes années de combat se voient aussi sur mon corps.

Amery leva les yeux vers lui.

— C'est pour ça que tu ne veux pas que je…

— Que tu inspectes chaque centimètre de mon corps nu ? En partie.

Sa main continuait de lisser les cheveux d'Amery.

— En partie ?

— L'autre raison, c'est que je n'aime pas perdre le contrôle, et c'est ce qui se passe quand tu me touches.

Elle se pencha pour l'embrasser tendrement.

— Je serai gentille. Je te promets.

Ses cicatrices n'avaient pas d'importance. Elles ne changeaient rien, même si elle devinait que certaines de ces blessures avaient dû faire mal. Elle les embrassa et continua. Se perdant en embrassant cet homme fort de façon si intime.

Le bas de l'abdomen de Ronin trembla sous ses doigts. Ses tétons – sûrement les plus beaux tétons masculins qu'elle ait vus – étaient bruns, sombres et plats. Elle les lécha. Les embrassa. Les suça. Les mordilla. Son amant frémit de tout son être et il respira en sifflant à chaque coup de langue.

Des tétons si… sensibles. Ça, c'était noté.

Amery étudia la cartographie de ses muscles du bout de ses doigts et suivit le même chemin avec sa langue. Elle reluquait ses biceps et ses triceps, quand ses avant-bras attirèrent son attention. Elle n'en avait jamais vu d'aussi impressionnants. Elle fit courir sa langue le long de la profonde rainure, s'arrêtant quand elle atteignit le pli de son coude. Et à l'intérieur de ses avant-bras se trouvaient ses tatouages.

Elle appuya sur les sombres symboles japonais de son avant-bras gauche avec le pouce.

— Ça a une signification particulière pour toi ?

— Ça veut dire : « Souviens-toi des principes du jujitsu et applique-les chaque jour. »

— L'écriture japonaise est tellement belle !

— C'est sacrément dur à apprendre. Et à parler…

— Tu sais écrire et parler en japonais ?

— Oui.

Elle prit son bras droit et le retourna, puis suivit ces symboles du doigt.

— Et celui-ci ?

Ronin désigna le premier signe.

— Ça signifie la naissance.

Il montra ensuite le symbole le plus proche du pli de son coude.

— Celui-là signifie la mort.

Puis son doigt glissa sur l'espace entre les deux symboles.

— C'est un rappel, pour faire en sorte que le temps entre la naissance et la mort ait son importance.

Amery embrassa tous ces signes.

— C'est tellement charmant. Tellement zen, maître Black…

— Je ne sais pas si c'est « zen », mais ces deux signes sont des rappels pour que je vive ma vie comme je le souhaite.

La main de Ronin était à nouveau dans les cheveux d'Amery.

— Tu as fini tes explorations ?

— Euh, non ! Je n'ai pas pu accéder à tes jambes ou même à ton dos. Pourquoi ?

— Parce que j'ai atteint ma limite.

Il passa la main autour de sa nuque et amena sa bouche à la sienne pour un baiser qui lui embrouilla l'esprit. Elle s'allongea sur lui, son membre dressé contre son ventre à elle. Elle commença à le chevaucher, mais une main lui claqua les fesses.

Elle haleta et mit fin au baiser.

— Pourquoi tu fais ça ?

Il lui attrapa le menton et la regarda dans les yeux.

— Je ne veux pas que tu me chevauches, car je ne veux pas jouir sur mon ventre. (Il passa le pouce sur ses lèvres.) Je préférerais jouir dans ta bouche. (Ses mots lui envoyèrent comme une décharge dans le corps.) Je veux que tu sois nue.

Il l'embrassa avec force et rapidité.

— Mets-toi toute nue. Maintenant.

Amery n'hésita pas. Elle se libéra et abandonna sa petite culotte et son soutien-gorge.

Ronin s'assit au bord du lit, les cuisses écartées.

Le regard d'Amery descendit sur sa queue. Une goutte de sperme clair perlait sur le gland. Elle n'avait jamais eu autant envie d'y goûter de sa vie.

— Tourne-toi. Mets les mains dans le dos.

Il prenait à nouveau les commandes.

Dès qu'elle le quitta des yeux, il caressa ses bras, des coudes à la base des poignets. De haut en bas, du bout des doigts puis avec les jointures de ses mains rugueuses. Elle ferma les yeux. Comment une caresse si simple pouvait-elle paraître si électrique ? Puis Ronin serra ses poignets et attacha ses coudes à l'aide d'un foulard sans rien dire. Il ne donna aucune explication sur la raison pour laquelle il lui liait les mains à nouveau. Et elle ne chercha pas à savoir pourquoi elle aimait cela. Ou pourquoi ses propres plans s'étaient envolés.

— Tu es superbe. Tourne-toi et mets-toi à genoux.

Sa bouche était sèche, et son pouls s'accéléra. Elle garda l'équilibre – merci les cours de yoga – et s'inclina jusqu'à la moquette.

— C'est très gracieux. Penche-toi en avant.

Elle s'inclina encore jusqu'à ce qu'elle soit juste entre les cuisses de Ronin. Il lui maintenait le visage d'une main, la forçant à le regarder.

— Suce-moi.

Puis avec son autre main il saisit sa queue et la déplaça vers la bouche d'Amery.

Amery se mit à le lécher immédiatement. Traçant des cercles autour du gland, directement dans le creux d'abord, puis tout autour.

— Ouvre la bouche, dit-il d'une voix rauque.

Dès qu'elle entrouvrit les lèvres, elle sentit le gland pénétrer dans sa bouche. Elle le suça, s'emparant avidement de son membre comme si elle cherchait à connaître complètement sa saveur.

— C'est ça, chérie. Mais tes mains te gênent. Jusqu'à quelle profondeur peux-tu me goûter ?

Elle l'ignorait.

Sa main se déplaça et poussa la tête d'Amery, pour enfoncer davantage sa queue autour de sa langue. Encore quelques centimètres.

— C'est tellement bon, mais je m'arrête ici.

Il enroula les doigts autour de ses cheveux.

— Joue avec moi. Rends-moi fou, comme tu faisais quand tu me touchais.

Cela le rendait fou ? Il avait à peine dit un mot. Sa nature compétitive reprit le dessus, et elle voulut lui offrir la meilleure pipe qu'il ait jamais connue.

Elle le suça en utilisant toutes ses bottes secrètes, mit la tête en arrière et laissa le bout de sa queue reposer sur sa lèvre inférieure, avant d'avaler sa longueur en entier à nouveau.

Si Ronin appréciait, il ne l'exprimait pas à haute voix. Mais sa respiration devenait lourde, et ses doigts se raidissaient par à-coups dans les cheveux d'Amery. Elle gardait un rythme régulier. Sans qu'elle ait à se soucier de savoir si elle le serrait trop fort, son esprit dériva sur la sensualité de sa queue et des mouvements de va-et-vient dans sa bouche. C'était un muscle si rigide, mais aussi chaud et soyeux, qui glissait le long de sa langue. Titiller son gland massif avec les dents et donner quelques coups de langue pouvaient faire tressauter son membre tout entier. Sa saveur et son parfum resteraient imprimés à jamais sur ses papilles. Le liquide qui coulait de sa bouche n'avait rien à voir avec le liquide entre ses cuisses. Amery aurait juré que les pulsations du sexe de Ronin étaient en rythme avec celles qui palpitaient dans son clitoris gonflé. En sachant que son amant ne la laisserait pas attendre, elle accéléra le rythme. Elle ne cessa pas de le lécher pour l'envoyer au septième ciel.

Puis les mains de Ronin se posèrent sur ses joues, inclinant sa tête.

— J'aimerais sentir ta langue chatouiller ma queue pendant que tu avales ma semence. Mais ce que je souhaite plus que tout, c'est être en toi quand je jouirai.

Son regard coquin suivit les cercles tracés par son doigt autour des lèvres d'Amery, qui entraient en contact avec la base de sa queue.

— Si je te caresse l'entrejambe, ce sera mouillé ? (Elle hocha la tête.) Tu aimerais jouir tout autant que moi.

Ronin maintint sa tête pendant qu'il se retirait doucement.

— Lève-toi et penche-toi sur le lit, chérie, parce que je vais mc répandre sur toi tout en puissance.

Elle attrapa son biceps, et il la hissa pour qu'elle se lève. Il lui fit complètement perdre l'équilibre en l'embrassant avec passion, avant de l'allonger sur le matelas.

Amery était toujours dans l'action du baiser, satisfaite d'avoir mené Ronin Black au bord de l'orgasme ; elle en avait oublié qu'il avait immobilisé ses bras.

Elle l'entendit déchirer un emballage de préservatif. Il prit une vive inspiration, après avoir atteint son entrejambe et l'avoir trouvé trempé. Il écarta ses jambes, positionna son sexe et la pénétra jusqu'au bout.

Elle haleta. Elle était déjà si proche de l'orgasme. Et cette pénétration rapide ne faisait qu'augmenter la pression. Cette envie… Elle se tortilla sur le matelas, cherchant à soulager son clitoris douloureux.

— Ne me fais pas languir, dis-moi ce que tu veux.

— Caresse mon point sensible, quand tu…

À ce moment il changea de position, de façon qu'à chaque passage elle ressente la friction dont elle avait tellement envie.

Mais il alla encore plus loin, en s'accrochant à ses hanches et en les faisant glisser contre le drap, pour que le contact soit constant, tandis qu'il pratiquait des mouvements de va-et-vient. Entrait et sortait…

Amery ne put contenir un cri perçant qui la surprit elle-même quand elle commença à jouir. De la chaleur, de la friction, des palpitations… Son sexe s'était contracté. Et son esprit oublia tout, sauf le plaisir.

Quand elle reprit conscience, elle essaya de se relever, mais son bras ne répondit pas, et elle paniqua.

Le corps de Ronin reposait sur le sien, et il embrassa sa tempe.

— Ça va ? Tu étais submergée de bonheur pendant une seconde.

— Oh !

Le souffle chaud de Ronin passa sur son oreille.

— C'était magnifique. Merci.

— Donc j'étais dans ma bulle pendant que tu…

— … as éjaculé comme un sauvage ? continua-t-il en la taquinant. Oui. Mais c'est le plus beau des compliments, chérie. (Il l'embrassa au coin de la bouche.) Reste immobile, je vais détacher tes mains.

La façon dont il la délia était tout aussi érotique que la façon dont il l'avait attachée. Avec un toucher presque amoureux.

Tu te fais des films. Ce n'est pas de l'amour, juste de la luxure.

Puis Ronin la porta sur le matelas et lui caressa le dos. Pas seulement avec le bout de ses doigts, mais avec toute sa main. Comme s'il ne pouvait pas se rassasier de la cambrure de son dos, des bords de ses omoplates, de la largeur de son cou, de l'évasement de ses hanches et de la rondeur de ses fesses.

Et Amery était tellement rassasiée qu'elle ne voulait plus bouger.

— Ta peau est superbe, murmura-t-il en se penchant pour lui embrasser l'épaule. Comme de l'ivoire.

— Tu veux dire un blanc pâle et maladif.

— Non, je veux dire de l'ivoire. Il y a peu de grains de beauté ou de taches de rousseur, pour ne pas gâcher la perfection.

— C'est parce que j'ai passé la majeure partie de ma vie à éviter le soleil. Je devais me badigeonner de crème solaire tous les jours quand j'étais petite, sinon ma peau devenait rouge tomate. Et ensuite je pelais. Certains des enfants avec qui j'allais à l'école m'appelaient l'albinos.

Cela l'avait ennuyée pendant les dernières années de lycée, quand tout le monde était à la piscine, jouant dans l'eau et prenant le soleil. Les rares fois où ses parents l'autorisaient à y aller, elle devait s'asseoir à l'ombre, recouverte d'écran total, ce qui était déjà suffisamment désagréable en soi. Mais en plus elle devait porter un tee-shirt par-dessus son maillot de bain une pièce pour ne pas dévoiler sa nudité, ce qui fait qu'à l'âge de quinze ans elle avait arrêté d'aller à la piscine avec ses amis.

— Tu es tendue. Pourquoi ? demanda Ronin, tandis que ses doigts zigzaguaient le long du bas de son dos.

— Je pense que toutes les obligations que mes parents m'ont imposées ont toujours un impact sur moi, c'est triste à dire.

— Pourquoi ?

— Mon père est pasteur. J'ai reçu une éducation très influencée par le fondamentalisme. Tout amusement était considéré comme un péché et puni par Dieu, ou par mon père. Quant à ma mère, le but de sa vie se réduisait à être la femme parfaite du pasteur. Son travail consistait à s'assurer que les enfants du pasteur étaient des exemples de perfection aux yeux de la congrégation religieuse et de la communauté.

— Tu étais l'enfant rebelle du pasteur ?

— Non. Je respectais les règles, même quand je n'étais pas d'accord, parce que c'était plus simple que de me disputer avec mes parents. À partir de seize ans, j'ai compté les jours avant de pouvoir être libre, changer de vie et quitter cette petite ville. J'avais des bonnes notes, parce que je savais que l'université me sauverait. Et ça a été le cas. Mes parents n'étaient pas d'accord avec mes choix, parce que j'avais opté pour une école publique plutôt qu'une université privée et chrétienne. Maintenant encore, je me bats pour avoir l'air audacieuse, en agissant comme je veux, alors que la petite fille en moi qui a respecté les règles pendant toutes ces années me dit que je n'agis ou ne pense pas de façon morale.

Elle ne voulait pas qu'il voit son visage après cette confession. Ronin pourrait-il croire, tout comme Tyler l'avait fait, qu'elle n'avait jamais été capable d'affronter ses démons ?

— Les exigences d'une famille peuvent nous paralyser, quel que soit notre âge, conclut Ronin.

Des larmes scintillèrent dans les yeux d'Amery : il avait bien compris.

— Quelle relation avez-vous aujourd'hui ?

Elle inspira et expira lentement.

— C'est tendu. Je ne retourne presque jamais à la maison. Ils me sermonnent à répétition sur le thème : j'ai oublié ma famille et les valeurs chrétiennes. Tu penses qu'ils se doutent bien, à la façon dont ils me font la morale, que je n'ai pas vraiment envie de rentrer à la maison. Mais le plus frappant, c'est qu'ils ne viennent jamais me voir à Denver. Pas une fois en six ans. J'ai très peu de nouvelles de mon père, ce qui n'est pas plus mal. Ma mère m'appelle une fois par mois, surtout pour vérifier si j'ai « toujours la foi » ou si j'ai rencontré un homme avec une bonne situation. J'ai toujours besoin d'un bon verre d'alcool pour me remettre de ces conversations avec elle. Quand je ne bois pas directement en lui parlant.

Ronin l'embrassa sur la tempe.

— Ça doit être dur.

— Oui. Mais je ne regrette rien de cette vie ni de celle que j'étais à l'époque.

— Pourtant tu n'as pas l'air de trop souffrir de ton éducation.

Elle rit.

— C'est faux. C'est juste que je le cache. Du moins, j'essaie. Je suis sûre que tu as remarqué que j'ai une vie rangée. (Elle le regarda par-dessus son épaule.) Ce qui est sûrement difficile à croire puisque je suis allongée ici avec toi.

— Et aussi parce que nous avons péché deux fois.

— Mes parents sont sûrement en train de veiller en priant pour moi en ce moment même. (Il rit.) Désolée pour cette étrange confession sur l'oreiller.

— Ne t'excuse pas. Je veux tout savoir sur toi. Même ce dont tu as du mal à parler.

Mais, à l'inverse, obtenir des informations sur lui était bien compliqué. Il parlait mais ne révélait rien de personnel, et s'il le faisait c'était pour savoir comment elle le percevait. Elle fit la fille qui ne posait pas de questions, car elle avait peur de le faire fuir en insistant pour qu'il s'ouvre.

Est-ce que tu veux vraiment t'engager avec un homme qui garde autant de choses pour lui ?

Oui. Elle prendrait Ronin Black dans tous les cas, car elle le voulait vraiment.

— C'est totalement hors sujet, reprit Ronin, mais tu as quelque chose de prévu samedi soir prochain ?

— Pas que je sache. Pourquoi ?

— Il y a une réunion des associations sportives du Colorado, où je suis censé me rendre. (Il passa la main dans ses cheveux.) J'avais l'intention de ne pas y aller, mais ça peut être sympa si tu es avec moi.

Amery dessina des cercles sur son torse, mais ne leva pas les yeux vers lui.

— C'est un rencard ?

— Tu es surprise que je veuille que les gens sachent que nous sommes ensemble ?

— Eh bien, je n'étais pas sûre… si on se voyait juste pour le plaisir ou autre.

Ronin souleva son menton.

— Je dois me sentir insulté parce que tu penses que je suis un play-boy tout juste bon pour s'amuser ?

— Ce n'est pas ce que j'ai dit.

— Tu n'en avais pas besoin. Je ne suis pas engagé avec une autre femme que toi, Amery. Je n'ai pas eu d'attaches depuis un bon moment.

— Pourquoi ? Tu es… parfait. Magnifique, avec un corps de dingue, et tu es un super coup.

Il la fixa pendant si longtemps qu'elle eut peur d'avoir dit ce qu'il ne fallait pas.

— Parce que je ne fais pas ce genre de choses.

Était-ce sa façon à lui de l'avertir que cela ne durerait pas ?

— Quel genre de choses ?

— Des rencards à droite et à gauche. Et avant que tu commences à t'indigner sache que je veux que ça continue avec toi, Amery. Ce n'est pas juste pour s'amuser. (Ses yeux cherchèrent son regard.) Et pour toi ?

— Pareil. Mais, si l'on doit se rapprocher ou autre, j'ai besoin de savoir depuis combien de temps tu multiplies les conquêtes. Personne ne devient un expert sans un peu de pratique. Et, vu que tu es un dieu du sexe, je doute que tu aies passé longtemps sans une femme dans ton lit.

Il roula sur le matelas et regarda le plafond fixement.

— J'ai été sélectif pour le choix de mes partenaires ces trois dernières années. Aucune femme n'est restée plus de deux nuits au maximum. Je me suis toujours protégé.

J'ai passé un test il y a six mois, mais, si ça peut te rassurer, je le referai.

C'était plus que ce à quoi elle s'attendait.

— Je prends la pilule, mais je vais passer le test pour qu'on puisse arrêter d'utiliser les préservatifs. Mais, si nous sommes ensemble, je veux être sûre que ce soit exclusif.

Pour le temps que ça durera.

— Tu as ma parole.

Ronin roula au-dessus d'elle.

— Je me charge de prendre les rendez-vous médicaux pour lundi après-midi. On devrait avoir les résultats le jour suivant.

— Aussi vite ?

— Le type me doit un service.

Ce n'était pas la première fois qu'il disait ça, et elle se demanda ce qu'il avait fait pour qu'autant de gens lui soient redevables.

— Ce laboratoire d'analyses est loin du centre-ville ?

— De l'autre côté du fleuve, vers chez moi.

— OK. Mais… je n'ai jamais fait ça auparavant.

— Je sais, chérie. C'est nécessaire, même si ça casse un peu l'ambiance. Ça t'aiderait qu'on y aille ensemble ?

— Oui.

Il l'embrassa.

— Et donc c'est oui pour la réunion des associations sportives ?

— Bien sûr. Comment faut-il s'habiller pour ce genre de gala ?

— C'est un peu guindé. Je devrais porter un costume et une cravate.

— J'ai tellement hâte de te voir en costume. (Ses mains descendirent le long de son dos musclé.) Mais ce sera dur pour toi d'être plus sexy que dans ta tenue d'Adam.

Chapitre 11

— Tu te fous de moi, c'est ça ?

Derrière sa tasse de café, Amery regarda Emily et fronça les sourcils.

— Qu'est-ce que j'ai dit ?

— Tu attends notre traditionnelle conversation du lundi matin pour me dire que Ronin Black t'a demandé de l'accompagner au meeting des associations sportives du Colorado ?

— Oui. Pourquoi ? C'est si important ?

— Oui ! C'est seulement l'événement le plus sélect de l'année. Tous les plus grands noms du sport seront présents, les joueurs actuels mais aussi les anciens des Broncos, des Rockies, des Nuggets, de l'Avalanche et des Olympic. Des contrats de plusieurs millions de dollars se signent pendant cet événement. Ils choisissent l'athlète de l'année et remettent une récompense au plus philanthropique. Ce n'est pas seulement énorme que Ronin soit invité, c'est énorme qu'il t'ait demandé de l'accompagner.

— Je suppose qu'il a été invité les dernières années mais qu'il n'y est jamais allé.

Emily fit semblant d'écraser sa tête sur le comptoir en bois.

C'est là que Chaz arriva.

— Bonjour, mesdemoiselles.

— Chaz, s'exclama Emily, tu ne vas pas en croire tes oreilles quand je vais t'annoncer cette nouvelle.

— Les acteurs de *Magic Mike* font une suite, et cette fois-ci c'est un film porno gay ?

Elle leva les yeux au ciel.

— Non, espèce de pervers. Amery va au meeting des associations sportives du Colorado ce samedi, elle accompagne Ronin.

— Tu es sérieuse ?

— Je suis carrément sérieuse. (Emily se pencha en avant.) Elle ne sait pas que c'est un truc énorme, murmura-t-elle avec ironie.

Chaz posa la main sur son estomac.

— Je vais devoir m'asseoir.

Amery plissa les yeux vers son ami, qui la jouait tellement dramatique.

— Comment tu es au courant de cet événement ? Tu es le type le moins sportif que je connaisse.

— Je suis au courant parce que tous ceux qui comptent à Denver y vont. Ce n'est pas seulement du sport, ce sera bondé de riches philanthropes. Cet événement est tellement haut de gamme que les cuisiniers et les serveurs sont soumis à des vérifications quasiment militaires.

— Pourquoi est-ce que je n'en ai jamais entendu parler ?

— Parce que tu vis dans une grotte ? suggéra Chaz gentiment.

Emily lui donna un petit coup.

— Sois sympa, parce que tu sais ce que la présence d'Amery à cet événement signifie…

— Qu'est-ce que ça veut dire ? demanda Amery.

— Ça veut dire qu'on va faire les boutiques, dirent-ils ensemble.

Puis Chaz annonça :

— Meuf, je suis sur le coup. J'adore tellement faire du shopping.

— Ce n'est pas une fête costumée, répondit Emily d'une voix traînante. Amery doit être classe.

Chaz jeta un coup d'œil à la tenue d'Emily : une robe de petite poupée en mode chiffon floral sur un legging rose déchiré et des Dr Martens avec des flammes sur le dessus. Il lui fit un sourire sarcastique.

— J'imagine que ça t'exclut de cette expédition shopping.

— Je vous jure que, si vous ne vous calmez pas tous les deux, je vais acheter une robe au supermarché, et c'est tout.

Ils suffoquèrent tous les deux.

— Non, non, non ! On va travailler ensemble, promis, n'est-ce pas, Emily, ma chérie ?

— Absolument, Chaz, mon sucre d'orge, roucoula-t-elle.

Amery faillit s'étouffer.

— Attendez, c'est lundi, non ? questionna Chaz. Vous savez ce qui est ouvert aujourd'hui ?

— *Natasha*.

En prenant le risque d'être désignée comme l'ignorante de service, Amery demanda :

— C'est quoi *Natasha* ?

— C'est une boutique de vêtements vintage et de designers. L'enseigne possède des magasins dans dix États et n'accepte que des fringues de grande qualité, qu'on échange contre des habits du magasin ; elle ne prend pas de liquide. Mais ce qui est le plus cool, c'est que si tu déposes ton vêtement à Denver il ne sera pas revendu à Denver. Il sera acheminé et vendu dans l'un des neuf autres magasins des États-Unis. Et les boutiques n'ouvrent que deux jours par semaine.

— Elle transporte autant d'affaires ?

— Bien sûr. Ça rajoute un côté exclusif.

— La clientèle est donc très riche.

— Exactement.

Chaz ne se rendit pas compte qu'elle tournait ça en dérision.

— Allons-y. (Il la poussa vers l'escalier.) C'est une fashion urgence, donc nous fermons la boutique.

— Je prends mon sac et mes clés, lança Emily.

Deux heures plus tard, Amery observait les tas de vêtements, légèrement découragée. Elle avait dû essayer près de vingt-cinq tenues, de la plus funky à la plus stricte. Certaines avaient l'air bien, mais aucune n'était géniale, elle n'avait pas ressenti ce truc en plus qu'elle recherchait.

Emily et Chaz s'étaient visiblement ligués contre elle, avec l'aide de Niles, le vendeur hypersapé. Ils lui apportaient des robes longues, des robes courtes, et même des tailleurs vintage Halston des années 1970, qui étaient assez rétro pour être tendance.

Puisqu'ils étaient convaincus de connaître mieux qu'elle le style qui lui convenait, Amery n'avait pas vérifié ce qu'ils lui apportaient. Mais, pendant que Niles et Chaz conseillaient Emily sur les tenues à porter au travail, Amery se faufila hors de la cabine d'essayage.

Elle était habituée à faire les boutiques, aussi se dirigea-t-elle immédiatement vers une pile de vêtements. Au lieu de chercher sa taille, elle se concentra sur ceux qui semblaient plus grands ou plus petits. Parfois les tailles étaient mal indiquées, et d'autres fois il suffisait de légers ajustements pour qu'ils lui aillent.

Ses amis ne juraient que par des tenues de créateurs et en arrivaient même à en oublier le style, tandis qu'Amery allait vers des choses plus simples. Et les habits qu'ils lui avaient présentés étaient tout sauf simples. Une robe avait des plumes autour de l'ourlet. *Des plumes, nom de Dieu !* Les plumes lui rappelaient qu'elle était obligée de ramasser des œufs à la ferme de ses grands-parents, elle avait vu suffisamment de plumes pour le restant de ses jours, merci beaucoup.

Elle passait lentement la main sur les cintres, évaluant chaque vêtement, tout en gardant un œil sur le prix. Elle dénicha une robe qui pendouillait à moitié sur le cintre. C'était une robe fourreau en soie noire, d'apparence simple au premier regard, et elle remarqua ensuite qu'elle était recouverte de fils argentés. Quand elle inclina la robe, cela donna l'impression d'un mouvement, comme des petits éclairs. L'ourlet orné de perles tintait légèrement quand les perles rondes et claires entraient en contact avec celles qui étaient argentées, près du bord. Même si la robe était plus courte que ce qu'elle avait l'habitude de porter, elle imagina que le poids des perles l'empêcherait de se relever.

Une femme à côté d'elle regarda fixement la robe, et Amery la mit sur son bras puis retourna au vestiaire.

Même avant qu'elle l'ait enfilée elle savait que c'était « la robe ». Elle s'en fichait si Emily ou Chaz ne l'aimait pas, elle se trouvait glamour. Dans cette robe elle se sentirait bien pour accompagner Ronin, car avec son physique il ferait tourner les têtes, quoi qu'il porte.

— Amery, chérie, j'ai trouvé…

Les yeux de Chaz passèrent sur elle.

— Hé, tu peux remonter la fermeture Éclair de ma robe ?

— Où est-ce que tu as trouvé ça ?

— En fouillant dans les rayons.

Il continua de la regarder fixement, et elle se mit en mode défensif.

— Je n'apprécie rien de ce que j'ai essayé et je m'en fiche si tu n'aimes pas, personnellement j'adore.

— J'adore, moi aussi. C'est parfait. Tu es une vraie déesse là-dedans, Amery. Une vraie déesse !

Il appela Emily. Celle-ci passa la tête à l'intérieur et jeta un coup d'œil à Amery.

— Nom de Dieu ! s'exclama-t-elle. Notre petite fermière du Dakota du Nord s'est mise sur son trente et un pour son voyage en ville, pour déguster une glace et une tarte aux pommes.

— Je t'emmerde ! répondit Amery. Je sais m'habiller toute seule.

— Ah vraiment ? Tu porterais quelles chaussures avec ça, demanda Chaz.

— Des talons.

Il leva les yeux au ciel.

— Tu dois être plus précise.

— Je suppose que tu ne pourrais pas me trouver une paire de Louboutin argentée avec des talons aiguilles ou des Manolo noires à brides à ma pointure ? (Amery se tourna et se regarda de dos.) J'ai peut-être besoin de quelque chose de plus funky. Regarde s'il y a une paire de Jimmy Choo. Ou, encore mieux, de grosses chaussures Alexander McQueen à plates-formes ou à talons compensés seraient parfaites avec cette robe.

Chaz lui fit face.

— Comment se fait-il qu'une femme qui déclare n'en avoir rien à faire de la mode peut énumérer les meilleurs créateurs de chaussures ?

— Je n'ai jamais prétendu que je ne m'y intéressais pas, comme peuvent en attester mes abonnements à une douzaine de magazines de mode. Ce n'est pas parce que je ne peux pas me payer de la haute couture que je ne m'y connais pas.

— J'ai l'impression de ne pas te connaître. Tu ne veux jamais discuter des dernières tendances à la mode avec moi, dit-il avec une moue exagérée.

— Parce que nous ne ferions que parler de ça, argumenta-t-elle. D'ailleurs je suis plus intéressée par la mise en pages et le design des publicités dans les magazines, car c'est mon travail de rester au top des tendances. On n'y peut rien : certaines marques de mode renvoient une meilleure impression dans leurs pubs.

— Mais…

— Chaz, laisse-la tranquille, avertit Emily. (Puis elle sourit légèrement à Niles.) Chéri, tu peux nous aider et nous montrer des chaussures de rêve pour notre copine ?

Amery fit la sourde oreille pendant qu'ils débattaient de la paire d'escarpins parfaite. Cela n'aurait pas eu d'importance qu'elle choisisse des Payless. Personne ne regarderait ses pieds dans cette jolie petite robe. Elle était superbe. Elle attendait la réaction de Ronin avec impatience.

Mardi soir, elle arriva au dojo à 21 heures, à l'heure où Ronin avait pratiquement fini de donner ses cours. Elle aurait adoré le voir en action, mais la règle « on n'observe pas » s'appliquait aussi aux compagnes. Elle attendit dans l'entrée que Ronin ou Knox l'accompagne jusqu'à l'ascenseur.

Knox arriva dix minutes plus tard.

— Amery ! Désolé de vous avoir fait attendre. Le sensei a été retenu, donc je vous accompagne jusqu'en haut.

— Tout seul ?

Elle ne se serait pas sentie à l'aise d'errer dans son appartement sans qu'il soit là.

— Il a insisté. Vous ne voulez pas m'attirer des ennuis en refusant un de ses ordres, hein ?

— Je suppose que le fait que vous appliquiez aveuglément les ordres de maître Black explique pourquoi vous êtes son assistant, n'est-ce pas, shihan ?

Knox eut un rictus.

— Ça aide.

Ils n'échangèrent aucun mot dans l'ascenseur en montant jusqu'au cinquième étage. Elle s'attendait à ce qu'il l'accompagne à l'ascenseur suivant puis qu'il s'en aille. Mais il inséra la carte et tapa le code pour accéder au toit.

Quand Amery lui lança un regard de défi, il sourit à nouveau.

— Je suis au courant, parce que je suis son assistant. Mais ça ne veut pas dire qu'il m'autorise à vagabonder là-haut tout seul comme vous. Il est très secret, et il a ses raisons.

« Ne l'embêtez pas avec ça » était sous-entendu.

Les portes s'ouvrirent. Elle fit face à Knox avant qu'elles se referment.

— Merci. Je promets de ne pas partir en courant avec l'argenterie.

Le stress de sa journée s'évanouit quand elle entra dans le jardin. Elle marcha le long des arbres, passant ses mains sur l'écorce. Le créateur du jardin leur avait donné l'aspect de bonsaïs, ce qui limitait le temps d'entretien, car ces arbustes poussaient très lentement. Des pots de fleurs étaient mis de côté et délimitaient un périmètre.

Elle aimait les mélanges de fleurs colorées : des buissons d'azalées, des oiseaux de paradis et des anthuriums. À quelle fréquence devait-il remplacer ces plantes qui n'étaient pas faites pour ce climat ? Elle s'arrêta devant le jardin de sable et regarda les dessins en zigzag. Ils étaient différents de la dernière fois qu'elle était venue. À quoi pensait Ronin quand il traçait ces esquisses ?

Amery s'étendit sur une chaise et regarda le ciel violet du crépuscule. Une brise passa, portant le parfum des pétunias réchauffés par le soleil.

Le temps n'avait pas d'importance quand elle était nichée sur les toits paradisiaques de Ronin. En fermant les yeux, elle se laissa flotter dans cette image mentale aussi relaxante que la posture savasana en yoga.

Même dans cet état de rêve, elle sentit sa présence. Elle sourit sans ouvrir les yeux.

— Tu es là depuis combien de temps ? demanda-t-elle.

— Assez longtemps pour prévoir ce que j'ai envie de te faire en premier.

Amery n'avait pas jugé nécessaire de se mettre sur son trente et un pour venir chez Ronin. Elle portait un pantalon de yoga, pas de sous-vêtements et un débardeur de sport, des vêtements qui pouvaient s'enlever facilement. Le simple fait de l'entendre dire qu'il avait des projets pour elle la fit mouiller d'avance. Elle se cambra et ronronna, à l'idée de se faire chouchouter et caresser jusqu'à ce qu'elle miaule de plaisir.

— Tu as reçu les résultats du test aujourd'hui ? demanda-t-il.

— Oui, ils sont bons. Et toi ?

— C'est bon. J'ai donc prévu de faire des choses très très coquines ce soir. Enlève ton pantalon.

Elle obéit et attendit le reste des instructions.

— Je veux que tu abaisses complètement la chaise et que tu enlèves ton tee-shirt.

Son sang commença à battre plus vite dès qu'elle fut toute nue. Mais elle ne se sentit pas exposée, juste impatiente de sentir son contact.

— Ta peau est rayonnante. Je sens que tu aimes être là, nue dans mon jardin, m'attendant, tout en sachant que je suis attiré par toi comme les abeilles sont attirées par les fleurs les plus sucrées et les plus lumineuses.

L'estomac d'Amery fit un bruit aigu en entendant le frôlement de ses pieds nus sur le ciment, se rapprochant d'elle.

— Je devine ce miel que tu fabriques juste pour moi. D'une quantité infinie, douce et crémeuse en bouche.

Comment ces simples mots pouvaient-ils l'exciter autant ? Elle se tortilla, frottant ses cuisses l'une contre l'autre.

— Pas de triche. Je vais te prendre ici même.

Elle ouvrit les yeux. Ronin était à moins d'un mètre, et ses yeux étaient en fusion. Affamés. Ils l'évaluaient. Il portait toujours son pantalon gi. Généralement il se douchait et portait un peignoir, ou une serviette, lors de leurs rencontres.

Il la toucha. Un simple doigt au centre de son corps, qui descendit depuis le creux de sa gorge jusqu'à son pubis.

— Oui, je suis venu ici tout de suite après les cours parce que je ne pouvais pas rester loin de toi un moment de plus.

— Ronin…

Il mit le doigt sur sa bouche.

— Tu me fais confiance ? (Elle hocha la tête.) Pose tes mains au sol. Les paumes à plat et l'intérieur de tes bras contre la chaise.

Amery dut se baisser pour détendre ses épaules.

— Bien… Garde cette position.

Ronin se mit à genoux. Ses mains rugueuses caressèrent son avant-bras, depuis la bosse de son coude jusqu'à son poignet. La chair de poule se répandit dans toute la partie droite de son corps à ce simple toucher.

Il défit les longues ficelles des coussins posés sur la chaise, qui la chatouillèrent. Puis elle sentit les cordons se croiser sur son avant-bras, tandis qu'il l'attachait au dossier. Cela ne lui fit pas mal, mais elle ne pouvait pas bouger. Puis il changea de côté et attacha son autre bras. Ses mains suivaient toute la longueur de son bras, de son épaule à sa poitrine.

— Ça va ? Ça ne te serre pas ?

— Non, sauf si je bouge.

Ronin se leva et enfourcha la chaise.

— Tu devrais donc rester immobile, non ?

— Qu'est-ce que tu vas me faire ?

Il dessina des cercles nonchalamment autour de ses tétons.

— Tout ce que je veux.

La bouche d'Amery s'assécha quand elle vit la chaleur dans ses yeux.

Il continua ses cercles nonchalants.

— Ça te fait peur ? (Il se pencha en avant et passa la langue sur son téton.) Ou ça t'excite ?

Son téton se tendit et devint une pointe rigide. Elle voulait davantage de caresses ; elle voulait sa bouche ; elle le voulait, lui.

— Réponds-moi, dit-il de sa voix de velours éraillée, tout en réchauffant de son souffle chaud le téton qu'il avait mouillé de salive.

— Ça m'excite.

Elle le sentit sourire dans la courbure de son sein.

— Bien…

Il lui suçota les tétons suffisamment longtemps pour qu'elle se cambre et se tortille. Puis il les pressa. Amery le regarda dénouer la ceinture noire qu'il portait sur lui. Quand il la fit claquer, un bruit sec et retentissant se fit entendre.

— Je veux que ma bouche recouvre ta peau. Je veux lécher et sucer ton intimité jusqu'à ce que ton miel se déverse dans ma bouche. Je ne veux pas en rater une seule goutte.

Ronin inséra son majeur en elle et mit son pouce dans sa bouche.

— Hum. La façon dont tu t'agites… (Il fit à nouveau claquer la ceinture.) Je ferais mieux de m'assurer que tu ne peux pas t'en aller.

Il remonta le coussin pour soulever le bassin d'Amery. Puis il plaça ses talons au bord de la chaise, ce qui lui fit complètement écarter les jambes.

Elle était déjà tellement mouillée !

Quand Ronin tenait ces propos érotiques totalement impudiques, elle rougissait, de la racine des cheveux jusqu'aux orteils. Il noua la ceinture à la chaise, puis remonta l'extrémité pour faire un nœud juste au niveau de son nombril.

Le coussin installé sous ses fesses, son buste immobilisé, tout comme ses bras, Amery était totalement à sa merci.

— Chaque parcelle de ton corps m'appartient. (Il lécha l'intérieur de son genou.) C'est à moi de le goûter. (Il fit glisser ses doigts le long de la ceinture qui la tenait attachée à la chaise.) C'est à moi de l'exciter.

Quand il s'installa au bout de la chaise, Amery comprit pourquoi il avait placé le coussin : sa chatte était ainsi à hauteur de sa bouche. Une vague de désir faillit la submerger.

— Tu parles toujours d'équilibre. Voyons si tu peux garder ton équilibre quand je fais ça.

Il la lécha, depuis l'entrée de son sexe jusqu'à son clitoris.

Elle essaya de se cambrer pour entrer en contact avec ses lèvres, mais, si elle bougeait le bas du corps, ses talons glissaient de la chaise.

Il fit un méchant petit gloussement, un peu malvenu.

— Tu as pensé à moi aujourd'hui, Amery ?

— Oui.

— Quand tu as pensé à moi, tu as imaginé ma langue te léchant de part en part ? Comme ça ?

Il introduisit sa langue en elle. Elle laissa échapper un long gémissement.

Quand il se détacha d'elle pour reprendre sa respiration, il se pencha en arrière et mordilla l'intérieur de ses cuisses jusqu'à la faire frissonner. Ses mains glissèrent jusqu'en haut de ses jambes, s'arrêtant pour lui empoigner les hanches, puis montèrent à nouveau pour recouvrir sa poitrine.

— Respire. Si tu t'évanouissais, je pourrais prendre la grosse tête en pensant que je t'ai fait jouir tellement fort que tu as perdu connaissance.

Amery prit une grande inspiration.

Pendant ce temps Ronin s'appliquait à goûter son point si sensible. Puis il embrassa doucement ses endroits intimes. Sa langue tournait tendrement, puis elle se transforma en un doux suçotement. Il explorait son intimité de la même manière déterminée que le premier baiser qu'ils avaient échangé.

Elle éprouva la même sensation étourdissante, mais plus intensément. Elle n'avait pas à pousser ni à bouger pour atteindre cet endroit délicieux où elle perdait pied, elle savait qu'elle y arrivait. Le bourdonnement débuta derrière son coccyx et se répandit plus haut, faisant frissonner les muscles de son ventre et durcir ses tétons. Elle ne se raidit pas, elle laissa Ronin la prendre doucement dans ses bras, en attendant la détonation. Elle flottait, avant qu'il fasse craquer l'allumette.

Cette attente de l'explosion était une douce torture. Mais, quand la première onde de choc survint, Amery aurait bien pu crier. Puis une autre onde se répandit en elle. Et une autre. Et chaque afflux sanguin était encore plus fort que le précédent, et tout provenait de la bouche experte de Ronin.

Quand les vagues se retirèrent, elle se retrouva en train de cligner des yeux sous le ciel noir, se demandant si elle était toujours ballottée dans ce tourbillon. Ses yeux se posèrent sur la tête sombre entre ses jambes.

Leurs regards se croisèrent. Ronin murmura : « Encore » et glissa deux doigts en elle. Ces doigts experts la caressèrent si bien qu'ils lui procurèrent un autre orgasme, si rapidement qu'elle en cria. Elle n'avait jamais été autant en accord avec chaque réaction de son corps, même si elle ne pouvait bouger. Peut-être que c'était justement parce qu'elle était incapable de se mouvoir et qu'elle lui avait laissé le contrôle de son corps pour accéder au plaisir. Elle n'avait pas à réfléchir, elle se contentait de réagir.

Ses pensées s'éparpillèrent à nouveau quand il lui caressa le ventre et que sa bouche chaude frôla sa poitrine. Elle regarda ce visage époustouflant.

— Tu es si belle, dit-il. Chaque partie de ton corps…

— Ronin, détache-moi. J'ai envie de te toucher.

Il déposa un doux baiser sur sa bouche.

— Pas cette fois-ci. Cette fois-ci, tout tourne autour de toi.

— Mais…

Tout tourne toujours autour de moi, aurait-elle voulu dire. Comment pouvait-elle lui expliquer ça ? Elle le regarda enlever son pantalon.

— Tu n'as pas prévu de me baiser ?

— J'ai bien prévu de te baiser. Mais même dans ce cas tu seras au centre de l'action.

Ronin se mit sur les genoux et la pénétra lentement. Une fois en elle, ses mains se posèrent sur les accoudoirs dans son dos, et il commença à bouger.

— Enroule tes jambes autour de moi, bien haut. C'est ça. Je veux sentir tes talons dans mes omoplates.

Cela modifia l'angle, et elle gémit.

— C'est si bon.

Ronin l'embrassa. Mais ce baiser était différent des autres. Il garda les yeux ouverts. Il taquina sa bouche, puis mordit sa lèvre inférieure. Leurs souffles se mêlèrent, ils respiraient l'un contre l'autre, les yeux dans les yeux. Ils étaient comme dans une bulle où le monde extérieur n'existait pas.

Il accéléra le rythme, ses coups de reins devenant plus vifs.

— Combien de temps vas-tu encore tenir… (Il la taquina du bout du nez.) avant que je te sente fondre autour de mon érection ?

— Répète ça.

Son souffle lui réchauffait l'oreille pendant que son membre durci s'introduisait en elle.

— Tu es tellement mouillée, tellement chaude, tellement serrée, que je pourrais passer chaque moment de ma vie à m'introduire en toi. Vas-y, Amery. Fais-moi jouir.

Amery tourna la tête, et ses dents passèrent de bas en haut sur les muscles du cou de Ronin.

— Fais-moi tout ce que tu veux, murmura-t-elle. Quand tu veux. Quel que soit l'endroit. La décision t'appartient. Je t'appartiens.

Elle contracta les muscles de sa chatte.

— Abandonne-toi, oublie ce contrôle.

Ronin émit un grognement et la pénétra encore plus fort. Il fit rouler ses hanches, et la chaise bougea sous les efforts qu'il faisait pour la pénétrer aussi profondément que possible. Une douzaine de coups de reins presque brutaux plus tard, il s'immobilisa tandis que sa queue se déversait en elle.

Elle sentit l'irruption de chaleur, comme il jouissait en elle sans préservatif pour la première fois. Chaque fois qu'elle appuyait sur ce membre raidi qui la remplissait, une forte pulsation se propageait en elle et atteignait son point G.

Il enfouit sa tête dans le cou d'Amery, haletant comme elle ne l'avait jamais entendu faire. Ronin resta ainsi un long moment avant de murmurer : « Merci » et de se reculer.

Tout d'abord il enleva sa ceinture. Avec ses doigts et sa bouche il apaisa les fines lignes rouges sur le ventre d'Amery. En deux temps, trois mouvements il lui libéra les mains. Il la releva immédiatement et massa ses avant-bras pour que le sang continue de circuler. Il l'examina de près, vérifiant les marques.

— Tu as des douleurs ou des engourdissements ?

— Non.

— Tu es sûre ?

— Oui.

Ronin continua à faire passer ses mains sur tout le corps d'Amery.

— Chaque fois que je te touche… j'en veux encore. Je te veux, dans des positions que tu ne peux même pas imaginer.

Maintenant qu'elle pouvait toucher son visage sans aucune restriction, elle passa la main sur ses traits si beaux et masculins.

— C'est enivrant qu'un homme comme toi me désire autant.

— Amery…

— Je suis sérieuse, Ronin. Je sais que nous étions d'accord pour dire que notre passé à chacun n'avait pas d'importance. Mais ça en a, parce que je n'ai jamais ressenti cette… liberté auparavant. Jamais un regard d'homme ne s'est posé comme le tien sur moi. Jamais un homme ne m'a désirée autant que toi.

Jamais un homme ne m'a obsédée autant que toi.

— Ça te fait peur ?

— J'ai seulement peur de te décevoir.

Quand il commença à protester, elle pressa les doigts contre les lèvres de Ronin.

— Alors promets-moi que tu feras de moi ce que tu veux. Ce que tu veux, répéta-t-elle. Parce que tu m'apportes des choses dont je ne savais même pas que j'en avais envie.

Il ferma les yeux. Tout son corps trembla.

— Je te le promets, entendit-elle à peine.

Il le murmura à travers ses lèvres entrouvertes, mais Amery l'entendit, et c'est tout ce qui comptait.

Chapitre 12

— Je n'ai pas passé autant de temps à me préparer pour le bal de fin d'études, se plaignit Amery.

— Mais c'est encore plus énorme que le bal de fin d'études, répondit Emily en bouclant les cheveux d'Amery avec un fer à friser.

Sasha, la blonde qu'Amery appelait secrètement Marilyn, lui mit de la poudre sur le visage. Peut-être qu'elle avait de la chance que Sasha soit une maquilleuse professionnelle, mais, pour être honnête elle avait peur de regarder à quoi elle ressemblait dans le miroir. Qu'est-ce que cela voulait dire quand Sasha lui jurait qu'elle aurait l'air « glamour mais naturelle ».

— Je n'arrive toujours pas à croire que tu y vas. Je suis sûr que John Elway y sera lui aussi.

— S'il est là, il va être assailli par les fans. Il est considéré comme le messie dans cette ville, affirma Amery.

— C'est la place qu'il mérite.

Amery lutta pour ne pas lever les yeux au ciel. Emily était à fond sur les sportifs, c'étaient de vrais héros à ses yeux.

— Il y en a encore pour longtemps ?

— Il manque juste le rouge à lèvres. Mets la bouche en cœur.

Sasha commença à lui maquiller les lèvres avec une fine éponge.

— Il vaut mieux que ce rouge à lèvres résiste aux baisers. La façon dont Ronin la regardait… Je crois qu'il aurait pu la manger.

— Emily, tu es une vraie romantique, dit Sasha en soupirant.

— Tout comme toi, roucoula Emily.

Amery regarda au loin, tandis qu'elles se pelotaient et s'embrassaient bruyamment. Elles continuèrent leurs petits jeux, et Amery glissa de son tabouret pour se diriger dans sa chambre. Elle prit ses chaussures et son sac à main orné de perles, et descendit au rez-de-chaussée.

Elle envoya un texto à Ronin :

« Tu viens me chercher dans la ruelle ou par l'entrée principale ? »

Dix secondes plus tard son téléphone vibra.

« Je suis en train de me garer devant chez toi. »

Elle enfila ses chaussures et atteignit la porte principale au moment même où Ronin arrivait.

Il s'arrêta net. Son regard se concentra d'abord sur les orteils d'Amery, puis remonta le long de son corps, s'arrêtant sur ses hanches et ses seins avant de fixer intensément ses yeux.

— Tu es absolument superbe.

Amery rougit.

— Merci.

— Mais…

Son estomac se contracta.

— Mais quoi ?

— Mais je te préviens, je jure devant Dieu que, si on se retrouve cinq minutes dans un coin sombre, mes mains et ma bouche se poseront sur toi.

Il avait prononcé ces mots en un grognement viril qui la toucha profondément. Il la regardait avec appétit, et elle lui rendait la pareille. Cet homme portait le costume à merveille. Un costume noir bien sûr, à la coupe classique, associé à une chemise blanche assortie d'une cravate à motifs discrets. Ronin n'avait pas touché à ses cheveux, il ne les avait pas coiffés en queue-de-cheval comme au dojo, et le désordre désinvolte de cette chevelure sombre et épaisse, allant avec ce costume strict, assécha la bouche d'Amery ; elle en mouilla sa petite culotte. Le regard concupiscent d'Amery accrocha le sien.

— Je peux en dire tout autant, maître Black.

Chaz sortit de la salle de bains et se dirigea vers eux.

— Tout le monde va se retourner sur vous à ce gala.

Il scanna Ronin du regard, de la tête aux pieds.

— C'est du Tom Ford ? demanda-t-il.

— Oui.

— Bien vu, c'est toujours un très bon choix. Alors, vous êtes arrivé en limousine pour venir chercher ma superbe meilleure amie, Monsieur J'ai la classe ?

— Non. Je déteste me faire conduire par un chauffeur.

— Vous gardez le contrôle en toutes circonstances. Ça impose le respect. Je peux prendre une photo de vous deux pour immortaliser ce moment ?

Elle s'apprêtait à acquiescer, quand Ronin répondit : « Non. »

Pourquoi ne voulait-il pas de cette photo ?

Parce que ce n'est pas le bal de fin d'études, Amery. Ne te comporte pas comme une plouc du Dakota du Nord.

Ronin lui prit la main.

—Allons-y.

Amery envoya un baiser à Chaz de loin.

—Ne nous attends pas, maman.

Il lui donna une accolade.

—Je suis plutôt Marraine Fée, et je reste ici pour fermer à clé, pour que tu n'aies pas à rentrer pour minuit, Cendrillon.

—Merci.

Ils marchaient sur le trottoir, elle et Ronin ; les rayons du soleil n'étaient plus très vigoureux, mais restaient suffisamment forts pour qu'elle sorte son ombrelle. Elle n'avait pas vu sa Lexus, pendant un court instant elle eut peur qu'il ne soit venu en moto. Mais il s'arrêta devant une voiture de sport noire et brillante, garée à l'angle.

—C'est la tienne ?

—Oui. Je ne la conduis pas très souvent.

—C'est une Corvette ?

—Une Corvette ZR-1. Elle en a sous le capot. Mais je serai prudent ce soir, je te promets.

Amery s'approcha très près, suffisamment pour que sa poitrine touche le torse de Ronin.

—Oh, je ne sais pas ! Ça pourrait être sympa d'aller vite.

—Ça a un côté… excitant, dit-il, de son timbre de voix chaud qui fit s'emballer le rythme cardiaque d'Amery, de voir jusqu'où elle peut aller quand je cherche à lui faire dépasser les limites.

Un drôle de chatouillement se répandit dans son bas-ventre.

— Tu fais souvent ça ?

— Repousser les limites ? Tout le temps. Et en particulier avec toi.

Ronin l'attira contre lui.

— Avant que tu rentres dans la voiture et que la vue de ces jambes me torture pendant la prochaine demi-heure, donne-moi ta bouche.

Ronin s'empara immédiatement de ses lèvres ; il n'y avait pas d'autre façon de décrire ce baiser. Il la possédait dans ces moments, sa langue caressant et titillant la sienne. Il arrivait difficilement à contenir sa passion. Vu de l'extérieur il avait l'apparence d'un gentleman sophistiqué, mais à l'intérieur Ronin Black était une bête de sexe.

Sa bouche frôla l'oreille d'Amery.

— Heureusement que tes amis étaient chez toi. Si tu avais été toute seule, j'aurais remonté ta robe et je t'aurais prise sur ton bureau. Puis je t'aurais demandé de te pencher sur le canapé et je t'aurais prise encore une fois.

Elle trembla.

— Ronin.

— Et c'est ce que tu aurais voulu. Les deux fois. (Sa bouche vagabondait le long de sa gorge.) Me laisseras-tu te toucher dans ma Corvette ? Me laisseras-tu glisser les doigts en toi jusqu'à ce que tu jouisses ?

Elle frémit et articula :

— Oui.

Ronin émit un grondement sourd qui retentit dans sa gorge et vibra contre la peau d'Amery.

— À un moment de la soirée, au simple contact de ma main sur ta robe, je te procurerai un orgasme. C'était une promesse très risquée que tu as faite en me disant « quand tu veux, où tu veux », murmura-t-il près de sa bouche, parce que tu n'as aucune idée de ce que j'attends de toi.

— Ce n'est pas grave, dit-elle dans un souffle. Je suis à toi.

Quelqu'un cria :

— Allez à l'hôtel !

Amery cligna des yeux et sortit de sa torpeur, puis se rendit compte qu'ils étaient toujours sur le trottoir.

Il déposa un baiser chaste sur ses lèvres.

— Je perds la tête chaque fois que je suis avec toi.

Mais me donneras-tu ton cœur ?

Mais d'où pouvait bien sortir cette pensée ?

Il fit un pas en arrière et ouvrit la porte de la voiture.

La Corvette touchait presque le sol, elle était heureuse que sa robe ne soit pas plus courte.

Ronin s'installa au volant, et la voiture fit un ronronnement rauque quand il la démarra. Il sourit.

— Accroche-toi.

Tout ça pour qu'il conduise avec la plus grande prudence.

— Ça m'étonne que tu aies une voiture de sport, lança-t-elle, après quelques minutes à profiter du trajet.

— Je n'ai pas l'air d'être le genre de type qui conduit une Corvette ?

— Tu as une belle voiture, une belle moto et un appartement aussi incroyable que secret sous les toits, mais tu ne m'as pas l'air d'être le genre de type pour qui c'est important de posséder des jouets hors de prix pour impressionner les autres.

— Ce n'est pas mon genre, en effet. (Il lui prit la main et l'embrassa.) Mais j'aime les voitures rapides, et acheter une Ferrari ou une Lamborghini me semblait un peu *too much*.

À ces mots, la mâchoire lui en tomba. Parce qu'il avait les moyens d'en acheter une ?

— Je plaisante. Un type que je connais a dépensé plus que de raison en achetant cette voiture, et je la lui ai empruntée avant que la banque la saisisse.

— Ça explique les dés en fourrure violets pendus au rétroviseur, remarqua-t-elle.

— C'est les miens. J'aime bien avoir l'air d'un mac.

Elle rit.

Quelques minutes plus tard, Ronin s'inquiéta :

— Tu es bien calme.

— Je suis nerveuse. Ce gala est important pour toi.

— Ce gala n'est pas vraiment important pour moi. Tout ce qui compte c'est que tu viennes avec moi. Et si tu me disais « annulons tout et dînons juste tous les deux » je te suivrais immédiatement.

— Tu as juste envie de m'enlever cette robe.

Ronin lui envoya un sourire de prédateur.

Ils traversèrent une zone boisée. Avant qu'elle ait vu où l'événement avait lieu, ils avaient rejoint une longue file de véhicules qui attendaient le voiturier.

— Il y aura vraiment peu de gens que tu connais ?

— On verra bien.

Amery regardait les invités sortir de leurs voitures tout autour d'eux. Les femmes portaient tous les types de tenues : des longues robes de bal sombres ou des plus clinquantes. Elle rabaissa l'ourlet de sa robe.

Les mains de Ronin la retinrent.

— Non.

— Je suis nerveuse.

— Tu es avec moi. Peu importe qui est là, peu importent leurs tenues. Nous sommes là pour prendre du bon temps. Et si l'ambiance est nulle on s'en va.

— OK.

— Cela dit, ne sois pas surprise si les femmes te lancent des regards noirs et les hommes des œillades lubriques, tu es d'une beauté impressionnante.

Il embrassa l'intérieur de son poignet.

— Et cette robe n'est pas mal non plus.

Elle était tellement dingue de cet homme que cela commençait à lui faire peur.

Ronin baissa la fenêtre quand le voiturier approcha.

— Bonsoir, monsieur. Quel est votre nom, s'il vous plaît ?

— Ronin Black.

— Bienvenue à l'hôtel *Hidden Hills*, monsieur Black. Je vais juste vous demander une pièce d'identité.

Ce gala était sécurisé.

Il sortit son permis de conduire. Le voiturier vérifia la photo, puis la scanna, pour s'assurer de l'authenticité du document.

Vraiment très sécurisé.

Le voiturier sourit.

— Vous pouvez y aller, monsieur Black. Brian est votre voiturier attitré pour la soirée. (Il lui tendit deux tickets.) Ils vous permettront de rentrer, donc faites attention à ne pas les égarer.

— Merci.

Ronin remonta la fenêtre.

— Mon Dieu ! murmura-t-il en fixant Amery. Nous pouvons encore faire demi-tour. Il n'est pas trop tard pour sortir d'ici.

— Je m'occupe des tickets.

Tout en souriant, elle les attrapa à la volée et les glissa dans son soutien-gorge.

— Tu vois ? Ils sont parfaitement en sécurité.

Dix minutes plus tard, ils atteignirent le service de voiturier, et Amery commençait à être nerveuse, contrairement à Ronin toujours imperturbable. Elle espérait que la maîtrise qu'il affichait l'aiderait à faire redescendre la pression. Dès qu'ils arrivèrent dans le parc, les deux portes s'ouvrirent.

— Garde ton calme. Je m'occupe de tout, dit-il en sortant de la voiture.

Qu'est-ce qui se passait ? Elle l'entendit donner des instructions à l'employé de l'hôtel, puis il longea la voiture. Il lui tendit la main. Une fois qu'ils furent sur le trottoir, une personne s'approcha d'eux, un porte-documents à la main.

— Bonsoir et bienvenue. Puis-je voir vos tickets, s'il vous plaît ?

Les yeux de Ronin se posèrent sur Amery, descendant le long de son cou jusqu'à son menton avant de venir se poser sur son décolleté.

Il esquissa un sourire malicieux et introduisit ses doigts dans son décolleté pour en ressortir les tickets.

— Les voici.

Cette manœuvre rendit nerveuse la fille au porte-documents.

— Ah, merci, j'avais juste besoin de les voir ! Vous devrez les donner en arrivant à la porte.

Ronin garda la main dans la courbure du dos d'Amery et la guida jusqu'aux portes principales. La personne à l'entrée scanna les tickets – pour vérifier qu'ils n'étaient pas faux ? – puis sourit et les laissa passer.

— Je crois qu'il serait plus simple de taper l'incruste dans une soirée à la Maison-Blanche, murmura Ronin.

— Si on nous sert un poulet caoutchouteux, des haricots verts trop cuits et du cheese-cake chaud, je serai déçue.

— Moi aussi. Vu le prix des tickets on devrait plutôt nous servir du bœuf de Kobe et du caviar.

Le large hall d'entrée grouillait de monde. Certaines robes étaient spectaculaires, et Amery aurait bien voulu y jeter un coup d'œil, mais elle aurait eu l'air stupide à les regarder bêtement ; elle se contenta donc de feindre une certaine réserve.

Il glissa un bras autour de son dos et mit la main sur sa hanche.

— Que dirais-tu d'un verre ?

— Je voudrais plutôt cinq verres à la suite.

— Et si nous commencions avec un seul ?

Ronin la conduisit hors de la pièce en direction de l'autre hall. Il fit des signes de tête à plusieurs personnes sans s'arrêter. Un serveur portait un plateau avec du champagne.

— Oh, j'aimerais tellement une coupe !

Il prit deux flûtes et lui en tendit une.

— Que cette soirée soit pleine de surprises !

Amery fit sonner sa flûte de cristal contre la sienne et but. C'était vraiment délicieux.

— Ce n'est pas du champagne brut.

— Non, mais ne me demande pas ce que c'est, je ne suis pas un connaisseur. (Son regard en fusion dériva vers le sien.) Mais, quand je te regarde, je sais que j'ai très bon goût en matière de femmes.

Amery rougit.

— J'adorerais pouvoir te goûter maintenant même. Boire du champagne à même ta bouche. L'aspirer à tes lèvres. Le faire couler sur ton corps et le laper entre tes cuisses. (Elle sentit son ventre se tordre.) J'aime le fait de deviner ce que tu ressens uniquement en te regardant dans les yeux.

— Donc tu sais ce que je ressens en ce moment même ? répliqua-t-elle.

Ronin suivit la courbe de sa mâchoire du dos de la main.

— Tu es excitée, mais tu cherches à le cacher. Tu fais de ton mieux pour te fondre dans la masse, mais tu les surpasses toutes. Et tu te demandes pourquoi je raconte tout ça maintenant, alors que nous sommes en public. Peut-être que quelqu'un m'entendra. Mais je m'en fiche.

— Et la voix dans ta tête, elle fait toujours comme bon lui semble ?

— Toujours.

Elle vida sa flûte et en saisit une autre, puis attrapa le bras de Ronin.

— Mêlons-nous aux autres. Je veux voir des célébrités.

— Tu as quelqu'un en tête ?

— La seule personnalité qui compte et que je connais à Denver, c'est Alexis Carrington.

D'un signe de dénégation, il lui fit comprendre qu'il ne savait pas de qui il s'agissait.

— C'est le personnage d'une série télé. Souviens-toi. J'espérais vraiment qu'il y aurait un crêpage de chignon entre elle et Krystal, un combat à base de tirage de cheveux, d'arrachage de vêtements et de lancers de chaussures.

— Tu n'es pas un peu jeune pour avoir grandi en regardant *Dynastie* ?

— Je regardais les rediffusions tous les jours après l'école. Ma mère, femme au foyer soi- disant épanouie, n'était pas si contente quand il n'y avait pas école. Elle nous laissait regarder ce qu'on voulait à la télé, mon frère et moi. On regardait ça pour rigoler, mais c'était aussi une façon de voir comment vivaient les riches. Il n'y a pas beaucoup de milliardaires dans le Dakota du Nord. (Elle rit.) Dans tous les cas, je ne saurais pas comment réagir si je rencontrais un milliardaire.

— Je suis sûr que tu t'en tirerais très bien. Ils n'ont rien de spécial, crois-moi.

Ils avaient presque traversé le hall quand une voix résonna :

— Ronin Black.

Un Noir de près de deux mètres et d'environ cent cinquante kilos leur coupait la route.

— J'ai bien cru que j'avais la berlue. Sensei Black ! Tu es bien là, en chair et en os, à une soirée. C'est bien toi…

Il s'inclina pour le saluer, et Ronin fit de même. Puis il lui tendit la main.

— Ça fait plaisir de te voir, mec.

— Pareil.

Ronin présenta Amery.

— Tegs Green, voici Amery Hardwick.

— Enchantée de faire votre connaissance, dit Amery.

— Pareillement.

Tegs sourit.

— Tu t'es dégotté une femme sexy, hein ? Elle est au courant de la fois où j'ai foutu une raclée à l'invincible maître Black ?

— Tu étais assis sur moi et tu m'écrasais comme si j'étais un insecte, ce n'était pas vraiment une victoire, Tegs. Et je t'ai étranglé après que tu m'as laissé me lever, on ne peut donc pas vraiment parler d'une raclée.

— J'oublie toujours que tu as serré tes doigts de tueur autour de ma gorge avant que je t'écrase pour de bon, enfoiré.

— C'est pour ça que je me charge toujours de te le rappeler.

— Quel dur à cuire ! dit Tegs à Amery. Ce psychopathe m'a fait courir cinq kilomètres sur un tapis de course. Cinq kilomètres ! répéta-t-il. Regardez le corps que j'ai. Vous pensez qu'il apprécie de courir ? Bien sûr que non ! Mais je l'ai fait. J'ai gerbé comme un étudiant qui se fait bizuter à l'université, mais je l'ai fait.

Amery avait entendu dire que Ronin pouvait entraîner comme coach de fitness, mais c'était la première fois qu'elle en voyait une preuve.

— Félicitations. J'essaie toujours de le convaincre de m'apprendre des projections par-dessus l'épaule.

Tegs rit.

— Une petite puce comme toi enverrait valser de grands bonshommes. Eh bien, ça alors ! (Il retint sa main comme s'il allait mettre un coup de poing.) J'espère que le premier type que tu enverras valser sera ce sadique de Deacon, je serais prêt à payer cher pour voir ça.

— Deacon n'a pas apprécié plus que moi la façon dont tu t'es assis sur lui, intervint Ronin.

— Je m'en fiche. Je paierais pour le voir. (Il mit une tape dans le dos de Ronin.) Ça fait vraiment plaisir de te voir, mon vieux pote.

Puis Tegs s'en alla.

— C'est un sportif, c'est ça ? demanda Amery.

— Tegs joue comme attaquant pour les Broncos.

— J'aurais dû le reconnaître ?

— Seulement si tu es fan de football américain.

— Et toi, tu es un vrai fan de sport ?

Il haussa les épaules.

— Je regarde un match s'il passe à la télé. Je me tiens au courant des résultats des équipes locales, mais je ne suis pas un fan absolu.

Un ange passa.

Puis Tegs réapparut et fit face à Ronin.

— Qu'est-ce qu'il y a ?

Tegs tendit les mains en signe de paix.

— Waouh ! Ne t'en prends pas à moi, je ne fais que te transmettre un message. Krueger voudrait te parler.

— De quoi ?

— Comment je pourrais savoir, putain ? Il a entendu dire que tu étais là, il a dit que tu filtrais ses appels et il m'a chargé de te demander de lui parler pendant cinq minutes.

Tegs fit un sourire à Amery comme pour s'excuser.

— Juste une petite chose à régler, ça ne prendra pas longtemps, mademoiselle. Je vous le ramène tout de suite.

Elle observa maître Black reprendre rapidement son rôle d'animal social.

— Amery, dit-il, reste là. Ce ne sera pas long.

Il ne lui fit même pas un sourire quand elle le salua.

Parmi les gens présents, peu se montraient sympathiques, à l'exception d'un ou deux pervers qu'elle surprit en train de reluquer ses fesses. Au lieu d'entamer la conversation avec un inconnu, elle descendit un nouveau verre de champagne, en se demandant comment elle avait réussi à ce qu'on la laisse tomber seulement quinze minutes après être arrivée. C'est ce qui lui avait donné du souci et l'avait empêchée de dormir l'autre nuit : Ronin connaissait tout le monde ; elle ne connaissait personne.

Il la laissait toute seule pendant qu'il s'affairait à droite et à gauche.

Qu'est-ce qu'elle donnerait pour croiser un visage familier!

À cet instant, elle entendit:

—Amery?

Elle s'immobilisa. Oh, mon Dieu! La seule fois de sa vie où elle obtenait ce qu'elle souhaitait, c'était pour croiser la personne qu'elle espérait ne jamais revoir. Peut-être que si elle l'ignorait il penserait qu'il s'était trompé et qu'il continuerait son chemin.

S'il vous plaît, faites qu'il s'en aille.

Avant qu'elle puisse disparaître dans la foule, Tyler lui fit face.

Il paraissait ébahi.

—Amery Hardwick, c'est bien toi!

Il la prit dans ses bras.

—Mon Dieu! Ça fait quoi? Quatre ans maintenant qu'on s'est séparés?

—Trois ans, dit-elle en essayant d'échapper à son étreinte.

Mais Tyler ne la laissait pas s'en aller. Il examina son visage minutieusement.

—Tu es superbe. Vraiment superbe.

—Merci. Il faut que je…

—Reste un peu, on peut discuter. On a beaucoup de choses à se dire.

Non, pas vraiment. Mais, si elle ne lui donnait pas l'impression de vouloir se sauver, peut-être qu'il passerait à autre chose. Si possible rapidement.

— Je ne savais pas que tu étais toujours à Denver.

— Je suis parti pendant environ un an pour superviser l'équipe réserve des Rockies. Quand je suis revenu j'ai été promu. Je travaille aussi avec les sélectionneurs, donc je joue sur les deux tableaux.

— Ça m'a l'air super.

Amery se concentra pour ne pas se mettre sur la pointe des pieds et chercher le regard de Ronin par-dessus son épaule.

— Je vis dans le quartier de Cherry Creek maintenant.

— C'est super.

— L'un des avantages d'appartenir à l'équipe dirigeante, c'est que je participe à cet événement tous les ans.

— Tu en as de la chance.

Tyler commença à raconter à quel point sa vie était géniale, sans s'arrêter ne serait-ce que pour prendre sa respiration ou pour lui poser la moindre question. Il n'avait pas changé d'un poil. Comment avait-elle pu trouver attirant ce côté si égocentrique ? C'était un mec mignon, d'accord, mais, face à cet ego gigantesque qui l'empêchait d'en placer une, elle n'arrivait pas à se rappeler ce qu'elle avait pu lui trouver.

De la confiance en soi. Il en a à revendre, et tu en manquais.

C'était la seule chose positive qu'elle avait tirée de leur relation. Elle avait cherché à l'imiter et appris à prendre confiance en elle, même si elle devait parfois faire semblant.

Il fronça les sourcils. Oups ! Venait-il de remarquer qu'elle ne l'écoutait plus ?

— Désolée. Je n'ai pas capté la dernière partie.

— Je suis venu avec Chantal.

— Vous êtes toujours ensemble ?

— On a cassé une fois ou deux, c'est pour ça que je traîne un peu des pieds pour le mariage qu'elle attend tellement.

Chantal et Tyler étaient vraiment faits l'un pour l'autre.

— Et toi, tu es venue accompagnée ? demanda Tyler.

— Elle est avec moi, dit Ronin, tout en glissant son bras autour de la taille d'Amery.

Les pupilles de Tyler grossirent si vite qu'elle faillit entendre un « spoing », comme dans les dessins animés.

Puis Ronin lui tendit la main.

— Ronin Black. Et vous êtes ?

— Je sais qui vous êtes, sensei Black. Je suis Tyler Pessac. Je fais partie du management de l'équipe des Rockies.

— Et vous connaissez Amery ? Ou vous avez juste remarqué une belle femme et décidé de l'aborder ?

Tyler fit un grand sourire à la jeune femme. Il fut un temps où elle aurait trouvé cela séduisant. Mais, à cet instant, elle trouva le geste ringard.

— Amery et moi sommes sortis ensemble pendant quelques années, puis nous avons déménagé à Denver.

Les yeux de Tyler s'attardaient sur le corps de son ex, lui donnant la sensation d'être recouverte d'une matière gluante.

— Dis donc, Ame, tu es superbe ce soir.

Le comportement de Ronin ne changea pas.

— Oui, effectivement. Et elle est à moi. Donc si vous voulez bien nous excuser…

Ronin l'emmena plus loin.

Une fois qu'ils furent à l'écart, Amery se retourna pour lui faire face, le forçant à s'arrêter.

— « Elle est à moi » ? Qu'est-ce que ça veut dire ?

— Je lui rappelle de façon amicale que votre passé ensemble, c'est de l'histoire ancienne. (Il posa ses lèvres contre sa tempe.) On se dirige vers la salle à manger ?

Sur cette question, il mit fin à la conversation et la laissa partir devant lui.

Chapitre 13

La salle de repas incarnait l'opulence. Les plafonds de plus de dix mètres de hauteur comportaient des moulures en acajou, une foultitude de chandeliers en cristal y scintillaient, les murs étaient recouverts de soie, et la moquette imitait de riches tapis de Perse…

L'espace, déjà superbe, avait été magnifié. Chaque table était ornée de linge de maison aux couleurs de différents joyaux. Vues du fond de la salle, une centaine de nappes colorées s'étendaient comme un arc-en-ciel, de la plus sombre à la plus lumineuse. Sur chaque table la verrerie était claire et reflétait les couleurs des serviettes, donnant l'illusion que chacune était d'une teinte unique. Au premier abord le centre semblait plutôt de mauvais goût, avec des fleurs artificielles pourvues de diodes électroluminescentes qui changeaient de couleur à l'extrémité de chaque tige. Mais alors qu'Amery observait les diodes s'éclairer elle remarqua qu'elles envoyaient des éclats de lumière sur la table, on avait donc l'impression de diamants qui scintillaient.

C'était l'une des décorations les plus cool qu'elle ait vue. Et à l'hôtel *Hidden Hills* les invités n'allaient pas s'asseoir sur des chaises de réunion en métal. Non : chaque siège était drapé des mêmes tissus que la table. Une serveuse les arrêta alors qu'ils essayaient de se frayer un chemin parmi les tables.

— La personne du staff avec le porte-documents va vous placer.

— J'avais oublié. Merci.

Les places étaient déjà attribuées, cela pouvait donner l'impression d'être au lycée. Les autres invités allaient-ils demander de meilleures places, à une table de gros bonnets ? C'était peut-être le champagne, mais Amery accordait de l'importance à l'endroit où elle et Ronin seraient placés. Pour elle, Ronin était la personne la plus intéressante de la pièce, quel que soit le nombre de gens présents.

Une fois qu'ils furent installés, elle lui fit une œillade et ravala un long soupir.

La bouche de Ronin frôla son oreille.

— Pourquoi ce petit sourire suffisant ?

— Je me rends compte à quel point tu es sexy dans ce costume. Mais aussi beau que soit l'emballage c'est le corps en dessous qui m'émoustille.

— Tu es toujours aussi allumeuse quand tu bois du champagne ?

Elle rit doucement.

— Je suis sérieuse.

— Je sais.

Il déposa un baiser sous son lobe.

— Je vais donc m'assurer que le champagne coule à flots.

— Ce n'est peut-être pas une très bonne idée. Je peux faire toutes sortes de folies quand je suis pompette.

— Si cette fête devient trop ennuyeuse, j'ai quelques idées pour mettre un peu de piquant.

La main de Ronin remonta le long de sa jambe.

— Ronin. Un peu de tenue !

— Non.

Ses dents serrèrent le lobe d'Amery, et il tira légèrement.

— Ne fais pas semblant de vouloir que je me comporte comme un gentleman en costume, tu préfères le maître en pantalon gi.

De l'extérieur on pouvait croire qu'elle et Ronin avaient une conversation privée. Mais, quand il murmura près de sa peau avec sa voix rauque, c'en était fini d'elle. Ronin lui caressait l'intérieur de la cuisse à l'aide de son pouce, et ses lèvres chaudes remuaient près de son oreille… Amery voulait l'attraper par son beau costume, l'emmener au vestiaire et le baiser sans attendre.

— J'aime le ronronnement que tu viens de faire, murmura-t-il près de la gorge d'Amery. Tu te rappelles quand tu m'as dit que tu me donnerais tout ce que je voudrais ?

— Non.

— C'est pas grave, je m'en souviens, moi. Mais je te préviens, chérie : je vais repousser tes limites ce soir.

Amery réussit à mettre un terme au bourdonnement dans sa tête, suffisamment longtemps pour poser la main sur la joue de Ronin et le forcer à la regarder.

— C'est censé me faire peur ?

Ronin lui fit un grand sourire.

— Probablement. Mais je te promets que je ne ferai rien que tu n'apprécies pas.

Autour d'eux on s'agita, et ils levèrent les yeux. Amery accusa le coup. Tyler et Chantal étaient assis à leur table. Ils avaient une chance sur mille d'être placés à côté d'eux, et il fallait que cela arrive…

Tyler fit un sourire hypocrite.

— Eh bien, pour une coïncidence !…

Chantal n'avait pas l'air d'apprécier d'être là, pas plus qu'Amery. Mais elle réussit à émettre un « bonjour » plutôt sympathique.

Trois autres couples les rejoignirent. Parmi eux, deux restèrent entre eux sans se soucier de leurs voisins. Les deux dernières personnes avaient une soixantaine d'années, ils passaient leur temps à se critiquer, puis ne disaient plus un mot, avant d'enchaîner les verres de champagne.

— C'est une bonne chose que d'apprécier la compagnie des autres, dit Ronin.

— Sans blague.

Les serveurs continuaient d'apporter du champagne, en plus des bouteilles de vin.

Amery s'empara de la carte, qui était exactement de la même couleur que la table, et lut le menu.

« Soupe de courge au beurre de cacahouète, sauce à la ciboulette et radis.

Croquettes de truite grillée, cuites dans une farine de maïs bleue et surmontées de condiments à la tomate.

Carpaccio de betterave rôtie, fromage de chèvre grillé et salade de mâche.

Filet de bœuf grillé avec réduction d'échalotes caramélisées, galettes de pommes de terre infusées à la truffe, asperges blanches et morilles.

Pêches mûres du Colorado marinées au vin rouge du Colorado médaillé d'or, accompagnées de yaourt au miel. »

Ce menu était un peu différent de ce que pouvaient proposer les self-services dans lesquels elle avait plus l'habitude de se rendre.

Ronin se rapprocha.

— Il y a un problème ?

— Je ne suis pas vraiment sûre de savoir quels ingrédients composent ces plats.

— Moi non plus. Mais je suis content qu'il n'y ait pas de sushis.

Une fois que tout le monde fut servi en soupe, un homme monta sur l'estrade et commença un discours.

Elle se retourna vers Ronin :

— Le type de tout à l'heure qui a monopolisé ton temps, qu'est-ce qu'il voulait ?

— Il voulait me convaincre de donner des cours particuliers de kickboxing aux nouvelles recrues de son équipe, les Broncos.

— Qu'est-ce que tu lui as répondu ?

Ronin parut offensé.

— Non.

— Pourquoi ?

— Je ne suis pas prof de kickboxing.

— Mais lui dire non t'aurait pris deux secondes. Pourquoi est-ce que ça a duré si longtemps ?

— Bizarrement il pensait que l'argent pouvait tout faire et qu'il n'avait qu'à me persuader, ou proposer de me payer plus. Ou même me menacer… Et il a cru que je céderai.

Amery écarquilla les yeux.

— Il t'a menacé ? Il est bête ou il ne tient pas à la vie ? Tu lui as fait une démonstration des points de pression du jujitsu, pour qu'il comprenne que les ninjas comme toi n'enseignent pas le kickboxing ?

— Oui, j'ai dit quelque chose dans le genre mais en plus diplomate.

— Mince ! J'aurais aimé te voir prêt à attaquer.

Amery tourna la tête. Leurs bouches n'étaient plus qu'à un souffle.

Ce moment s'appesantit et devint encore plus parfait quand Ronin murmura :

— Je suis fou de toi.

Pendant que l'on servait le deuxième plat, Amery jeta un regard en coin à Tyler qui l'observait. Ses yeux faisaient des allers et retours entre elle et Ronin.

Eh oui ! Ce mec sexy et talentueux est fou de moi. Donc va te faire voir.

D'autres personnes qu'elle ne connaissait pas firent d'autres discours ennuyeux, tandis que le troisième plat arrivait.

Profitant d'un moment de calme, Tyler s'adressa à Ronin :

— Est-ce que le projet de rénovation de la vallée de la Platte va affecter vos affaires ? C'est là que vous êtes installé, non ?

— Ça fait dix ans que nous y sommes, donc la rénovation urbaine va bientôt nous toucher aussi. C'est toujours bien d'avoir d'autres affaires, que ce soit de la vente, des services ou du divertissement, un peu partout. Mais je n'ai pas observé d'impact positif ou négatif sur mes affaires.

— Il y a un inconvénient quand les gens arrivent en masse dans cet endroit, dit Amery, tout en mettant son assiette de salade sur le côté pour qu'un serveur l'emporte dans la foulée.

— C'est quoi ? demanda Tyler.

— Se garer. C'est impossible de trouver une place de libre autour du dojo. Mercredi soir je vous jure que j'ai dû me garer à six pâtés de maisons plus loin.

Ronin embrassa le revers de sa main.

— C'est un plaisir de voir que le nombre limité de places de parking ne t'empêche pas de me voir.

Et si Ronin en rajoutait un peu devant son ex ? Elle ferait la même chose si elle devait croiser la route de Naomi.

— Comment vous êtes-vous rencontrés tous les deux ? demanda Chantal d'un air blasé.

— Nous avons dû nous présenter après qu'il m'a envoyée valdinguer sur les fesses.

Il y eut un silence. Même le groupe des quatre personnes soudées arrêta de chuchoter et les regarda.

— Si seulement c'était drôle…, sortit Chantal d'un air sarcastique.

Amery montra les dents.

— Mais c'est vrai. Sensei Black m'a mise au tapis pendant ce cours d'autodéfense, quand je me suis inscrite au dojo.

— Il est plus pertinent de dire que j'ai dû mettre un genou à terre dès que j'ai vu Amery. (Ronin lui embrassa la main.) J'ai alors essayé de lui faire une balayette pour que nous soyons à égalité.

Les quatre inséparables rirent, tout comme le couple restant.

Tyler ne trouva pas cela drôle. Les yeux de Chantal alternaient de l'un à l'autre : ils envoyaient des couteaux empoisonnés à Amery et à Ronin, tout en observant Tyler.

Amery n'aurait sûrement pas dû demander plus de champagne pendant qu'ils attendaient le plat principal.

Ronin n'arrêtait pas de la regarder avec un air bizarre.

— Quoi ?

— J'essaie de maîtriser mes pulsions sexuelles. Ça me rend imprudent, alors que je ne le suis jamais en public.

Elle ressentit un sentiment de puissance.

— Ça te fait de l'effet, vraiment ?

Il se pencha pour lui murmurer à l'oreille :

— Pose ta main sur mon aine et vérifie par toi-même.

Dans un premier temps, elle se dit que c'était hors de question. Elle devait tendre le bras vers lui, et toute la table comprendrait ce qu'elle était en train de faire. Ensuite elle pensa qu'elle n'était vraiment pas le genre de fille qui s'exposait à ce type de pratique en public.

C'est justement pour cela qu'elle décida de se lancer.

Elle fit tomber sa serviette et se baissa pour la ramasser. Quand elle remonta, elle mit la main sur le genou de Ronin, puis s'aventura le long de sa cuisse.

Il avait laissé sa serviette dépliée sur ses genoux, et elle en profita pour glisser sa main en dessous. Elle devait légèrement bouger pour l'atteindre, aussi se pencha-t-elle.

— Qui sponsorise cette cérémonie ?

— La Fondation des athlètes du Colorado, en collaboration avec la Coalition des sports des montagnes Rocheuses.

Les doigts d'Amery arrivèrent au pli de la cuisse.

— Tu as déjà été nominé pour l'une de ces récompenses ?

— Non.

— Pourquoi ?

— Je ne pratique pas de sport d'équipe. Je préfère le un contre un, c'est plus… intime.

Elle laissa son regard l'enflammer. Elle resta imperturbable quand sa main atteignit la Terre promise, faisant venir ses doigts de haut en bas sur cette tige rigide.

— C'est dur d'être nominé ?

Seul changement sur le visage de Ronin : une ride près de sa mâchoire, mais elle avait déjà disparu.

— Très dur.

— Oui, c'est dur.

Amery serra sa queue une dernière fois, puis glissa la main le long de la jambe de Ronin.

Ils échangèrent des regards complices et provocants tandis que les plats suivants arrivaient. Aucun de leurs convives de table ne chercha à discuter avec eux.

Après que le dessert puis le café eurent été servis, Ronin s'approcha d'Amery.

— Mets ta serviette sur les genoux et remonte ta jupe.

Son cœur ne fit qu'un tour.

— Pardon ?

— Tu m'as bien entendu. Remonte ta robe pour que je puisse te caresser et que tu jouisses sous ma main.

Le visage d'Amery prit feu.

— Ronin, il y a environ mille personnes autour de nous.

Il se pencha, jusqu'à ce que ses lèvres entrent en contact avec la peau située sous son oreille.

— Non, chérie. Il n'y a que toi et moi.

Il lui caressa la joue de son nez.

— Écarte les jambes pour moi.

L'idée d'entrouvrir les cuisses pendant que Ronin la doigtait embrasa son clitoris, elle était toute trempée.

Elle mit la tête sur son épaule, s'installant confortablement pendant qu'il remontait sa robe.

Ronin mit nonchalamment la main sur l'entrejambe d'Amery.

Elle lui serra les doigts, l'empêchant d'avancer.

— Puisque tu testes ma capacité à me contrôler, c'est plus juste si je peux tester la tienne aussi, précisa-t-elle.

— Maintenant ?

— Non. Plus tard.

— Très bien. Mais maintenant tout tourne autour de toi.

Elle s'enhardit et lui mordilla l'oreille.

— Tu es sûr ? J'ai l'impression que ton envie dépend beaucoup de toi et de ton besoin de contrôle.

— Amery, dit-il grognant à moitié.

Son besoin de contrôle était irrépressible. Elle écarta les genoux discrètement.

Elle se recula, surprise, quand le doigt de Ronin s'agita sous son string et glissa vers son antre. Le doigt recula. Puis il descendit. Avec une certaine vigueur mais non sans douceur.

Puis Ronin dessina des cercles autour de son clitoris, comme s'il avait décidé de la torturer. Ses muscles se contractèrent en réponse.

— Regarde-moi.

Amery releva la tête. Les yeux de Ronin étaient un peu plus sombres qu'habituellement, mais tellement captivants qu'elle ne pouvait pas regarder ailleurs.

Il caressait, faisait tourner et excitait du bout des doigts ce bouton de chair enflé.

Elle arriva à garder son calme quand une vague de chaleur naquit près de ses fesses et se répandit en elle, sous la forme de pulsations douces et étourdissantes.

— Tu es tellement sexy en ce moment même. Les joues empourprées, les yeux dans le vague, les dents mordant ta lèvre inférieure tandis que tu vas jouir pour mon seul plaisir. Et personne ne se doute de rien, sauf moi.

Elle ressentit la voix profonde et puissante de Ronin avec autant de force que l'orgasme qui se répandait en elle.

Quand la tempête prit fin, il posa la bouche sur sa tempe.

— Ça va ?

— Mieux que bien. (Puis elle prit conscience de la réalité.) Tu penses que quelqu'un…

— Non. On a l'air exactement de ce que nous sommes : des amoureux qui profitent d'un moment agréable.

Ronin rabaissa la jupe d'Amery et remit sa main en place.

Elle n'osait pas regarder les autres convives.

— Qu'est-ce qu'on fait maintenant ?

— Faufilons-nous parmi la foule et voyons si on peut expérimenter de vilaines choses.

— Vous êtes très imprudent ce soir, maître Black.

— Tu n'as pas idée. Et ce n'est que le début.

Ils quittèrent la salle à manger, et Ronin se fit héler plusieurs fois. Il resta poli mais légèrement en retrait, ce qui laissa certaines personnes décontenancées, y compris Amery.

Peut-être que ces changements de comportement chez Ronin Black l'inquiétaient. Les fois où ils étaient ensemble, lui montrait-il son vrai visage ou portait-il un masque ? Cet aspect du personnage était-il aussi un rôle de composition ?

Ils étaient presque sortis de la salle de bal quand un homme au large torse et aux cheveux gris, un cigare éteint serré entre les dents, s'approcha d'eux, accompagné par une petite bande.

— Je me demandais ce qu'il fallait pour que tu sortes de ton dojo des quartiers malfamés ?

Ronin s'inclina légèrement pour le saluer.

— C'est toujours un plaisir de vous revoir, monsieur Pettigrew.

« Pettigrew » : même Amery avait déjà entendu ce nom. Thaddeus Pettigrew, des Pétroles Pettigrew, des Propriétés Pettigrew, des Mines Pettigrew et de la chaîne de restaurants *Pettigrew*. On disait que c'était l'homme le plus riche du Colorado.

— Arrête tes bêtises, Ronin. J'ai une douzaine de personnes qui passent leur temps à me cirer les pompes en m'appelant « monsieur Pettigrew ». Tu as bien le droit de m'appeler TP, même en public. Enfin, je suis heureux de te voir. Je voulais te parler, et ça m'évite de fréquenter les quartiers malfamés.

— Des quartiers dont vous possédez combien ? Vingt pour cent ?

Pettigrew sourit.

— Bientôt trente.

— Est-ce qu'il y a des râteliers où vous ne mangez pas, TP ?

— Je ne mange pas le même pain que les politiques. Ces bâtards ne m'acceptent pas à leur table ; même si je remplis leurs coffres, on m'indique la sortie. Marche un peu avec moi. On pourra discuter de cette affaire de famille dont tu m'as parlé.

Des « affaires de famille » ?

— J'en serais très heureux.

Ronin poussa Amery en avant.

— Je vous présente Amery avant de la laisser seule un moment. Amery Hardwick, voici Thaddeus Pettigrew.

Amery lui tendit la main.

— C'est un plaisir, monsieur Pettigrew.

— Plaisir partagé. (Il lui fit un clin d'œil.) Je ne vous emprunte pas votre homme trop longtemps.

Ronin emboîta le pas au lourd Pettigrew, et ils sortirent par une porte latérale.

•

Amery marcha jusqu'au bar et commanda un verre. Vingt minutes passèrent, et elle n'avait toujours pas de nouvelles de Ronin.

Quelqu'un bougea derrière elle, et elle se retourna, en espérant le voir, mais Tyler apparut.

— Allons danser.

Elle le regarda comme s'il avait perdu la tête.

— Où est Chantal ?

— Je ne sais pas. Tu es ici toute seule depuis trop longtemps, et moi aussi. La musique est bonne. Allons danser.

Amery jeta un coup d'œil autour d'elle. Aucun signe de Ronin. Et, pour être honnête, ça l'ennuyait de prendre son mal en patience depuis un si long moment.

— D'accord. Juste une chanson.

Une ballade rock rythmée débuta. Tyler posa les mains au creux des reins d'Amery.

— Hé, hé ! Ce n'est pas un slow comme au lycée.

Elle disposa ses mains comme pour danser une valse.

Il lui saisit les poignets.

— Est-ce qu'on a déjà dansé comme ça quand on était ensemble ?

— Je ne m'en souviens pas. Pourquoi ?

— C'est sympa. C'est mieux que pogoter à Theta Tau.

— Je ne sais pas. J'évitais cette masse de corps qui gigotaient, déjà à l'époque.

— Mais maintenant, si tu avais la chance de recommencer ?

— Je tenterais.

— Tu es devenue une fille qui essaie tout, hein ? (Amery haussa les épaules.) Tu fais encore un peu ton effarouchée, mais je n'y crois pas trop, je vois bien à quel point tu as changé.

Il les fit tournoyer.

— Et juste par curiosité… pourquoi as-tu quitté la résidence où nous étions quand nous avons rompu ? Tu as complètement disparu, et je ne savais pas comment te contacter. Je me demandais si tu allais bien.

Baratin. Elle avait juste changé d'appartement, pas de travail.

— Je suis partie car j'avais passé trop de temps dans « l'hôtel de l'amour » de Tyler Pessac. (Elle pencha la tête et étudia sa réaction.) Chantal est au courant pour Britney ? Est-ce que l'une ou l'autre sont au courant pour Lorena ? Ou est-ce qu'avec leurs appartements à différents étages elles ne se sont pas rendu compte que tu te faufilais chez les autres ?

Tyler sourit d'un air suffisant.

— Tu vois, c'est là que tout prend des dimensions démesurées. Lorena était sans intérêt. Britney, c'était un coup d'un soir. Je suis vraiment désolé de ne pas avoir été entièrement honnête avec toi pour Chantal. Ç'aurait été mieux que tu l'apprennes différemment…

— Plutôt que de me laisser entrer dans ton appartement et que je découvre Chantal dans une position inconfortable sur ton canapé pendant que tu la prenais ? Oui, tu as sûrement raison. Un mail ou un texto aurait été mieux pour une rupture, plutôt qu'un sex show en live.

Il resta sans voix.

— Tu ne parlais jamais comme ça quand on se fréquentait.

— C'est faux. Je crois que tu as une certaine image de moi en tête, qui ne correspond vraiment pas à la réalité. Tu ne m'as jamais vraiment cernée.

— J'étais jeune et présomptueux. Centré sur moi-même. Mais les gens changent.

Elle avait vraiment envie de lui dire qu'elle n'avait pas perçu beaucoup de changement chez lui.

— Dans tous les cas, c'est sympa de voir que tu t'es lâchée, tu n'étais pas comme ça avant.

C'est parce que tu ne faisais pas ce qu'il fallait, gros lourdaud.

— Même si je dois bien admettre que je ne m'attendais pas à te voir à un dîner à 10 000 dollars la place.

Elle en resta estomaquée.

— Les deux tickets pour ce soir étaient à 20 000 dollars ?

— Tu n'étais pas au courant ? Black ne s'est pas vanté de l'argent qu'il a dépensé ?

— Ce n'est pas son genre.

« Il n'en a pas besoin » était sous-entendu.

— Bien sûr. Ses pensées, ses actes et ses motivations sont tellement sains.

Tyler fit tournoyer sa partenaire, et ils se retrouvèrent tous deux au milieu des danseurs.

— C'est ce qu'il aimerait faire croire à tout le monde. Mais, en vérité, c'est un homme dangereux et violent.

Elle haussa les épaules.

— Ça va de soi, c'est un professionnel des arts martiaux.

Les yeux de Tyler cherchèrent les siens.

— Ce n'est pas ça. Il n'est pas vraiment celui qu'on pourrait croire.

— Ne fais pas semblant de le connaître. Tu ne le connais pas.

— Et toi, tu le connais ?

Parfois. Le reste du temps, c'était plutôt un étranger, comme la première fois qu'ils s'étaient rencontrés. Mais elle ne voulait pas donner à Tyler le plaisir d'entendre cela.

— Oui, je le connais.

— Qu'il te connaisse est une chose, mais ce n'est pas la même chose de le connaître. Fais-moi confiance, mets un terme à cette relation pendant que c'est encore possible.

— Allons, Tyler. C'est un peu vague ce que tu me dis. Si tu veux salir sa réputation, fais-le jusqu'au bout.

Bien sûr, Tyler ne se rendit pas compte qu'elle était sarcastique.

— Il y a des rumeurs qui disent qu'il n'est pas celui qu'il prétend être. Des rumeurs affirmeraient qu'il n'a pas complètement coupé avec son passé, qui lui a permis de financer son dojo et sa vie d'aujourd'hui.

Ronin lui avait confié qu'il avait gagné de l'argent grâce à ses qualités de combattant, ce qui lui avait permis de bâtir ce qu'il possédait aujourd'hui, mais elle ne savait pas que c'était de notoriété publique.

— Qui t'a dit ça ?

— Le milieu du sport à Denver est une petite communauté. Ronin y est respecté, mais on le craint. Tu ne sais pas pourquoi ? Tu ne te demandes pas comment il a réussi à traiter avec des gros poissons comme Thaddeus Pettigrew et Max Bigelow ? Son dojo attire du monde, mais tout de même.

— Je me demande pourquoi tu t'intéresses à ce point à lui et que tu t'attaches à mettre en doute ses finances, et à rechercher qui il fréquente. Tu es jaloux ?

— Non. Je me fais du souci pour toi. Tu perds la tête avec lui. Tu ne vois pas l'air satisfait qu'il renvoie à tous ceux qui vous entourent. Il prend son pied en te forçant à faire ce qu'il veut, quand il veut, où il veut.

Amery regarda Tyler droit dans les yeux, même si elle soupçonnait qu'il ait pu voir ce qui s'était passé sous la table au moment du dessert.

— Personne ne me force à faire quoi que ce soit.

Tyler s'arrêta de danser.

— Ton attitude de blasée me fait flipper. Ce n'est pas toi, Amery. Qu'est-ce qui est arrivé à la fille douce, drôle et timide du Dakota du Nord, dont j'étais amoureux ?

Elle se redressa.

— Elle a grandi et a bien changé après que l'homme qu'elle pensait aimer s'est moqué d'elle, à cause de ses habitudes de fille venant d'une petite ville. Et maintenant tu prétends que je devrais être naïve et collante, parce que c'était cette version de moi que tu aimais ? C'est du baratin. Est-ce que j'ai besoin de te rappeler que tu n'étais pas obligé de me quitter quand j'étais cette fille douce, drôle et timide ? Pas la peine de te faire du souci pour celle-là, elle n'existe plus. Je sais ce que je veux et je l'obtiens, parce que je le mérite. Donc va-t'en. Tu ne me connais pas, Tyler. Tu n'as jamais vraiment pris la peine de le faire.

— Très bien. J'abandonne. Mais, juste pour savoir, qu'est-ce que tes amis pensent de ces changements ? Ils voient ça d'un bon œil, que tu fréquentes un homme comme Ronin ?

— Je m'en moque. Ils ne font plus partie de ma vie. Ce qui compte, c'est que je sois heureuse.

— Mais tu fais tout ça pour lui ?

— Ce que tu insinues est insultant.

Il la prit par le bras et la rapprocha de lui.

— Écoute-moi. Tu peux peut-être penser que tu es une dure parce que tu vis dans une grande ville maintenant, et plus dans un petit village, mais tu n'as pas l'expérience nécessaire pour te confronter à un homme comme Ronin Black. Très peu de gens l'ont. Il va te dévorer et te recracher.

— Tyler…, commença-t-elle, légèrement alertée par cette véhémence.

— Laisse. La. Partir.

Une pause.

— Maintenant.

Ronin.

Tyler débarrassa le plancher sur-le-champ.

— Ne pose plus jamais les mains sur elle. Ça se terminerait très mal, t'as compris ?

Si la voix de Ronin était une arme, Tyler serait étendu en sang sur le sol. Il leva la main pour indiquer de façon ironique qu'il se rendait.

— Désolé. Nous avons une histoire en commun tous les deux, et c'est tentant de reprendre de vieilles habitudes.

Il lança un sourire rapide à Amery.

— C'était un plaisir de te revoir, Amery. Si jamais tu as besoin de parler… tu sais où tu peux me joindre.

Il fit volte-face et quitta la piste de danse.

Amery se retrouva enveloppée dans les bras de Ronin. Elle le serra avec force en retour.

— Tu vas bien ?

— Oui, c'est un fanfaron qui n'a pas changé, il est juste encore plus bête qu'avant.

— Pourquoi tu dansais avec lui ?

— Il me l'a demandé.

Son corps se raidit.

— C'est tout ? C'est la seule raison ?

— Tu as une idée du temps pendant lequel tu t'es absenté ? J'étais censée t'attendre bêtement ? J'ai déjà fait ça une fois ce soir, Ronin. J'étais fatiguée, et il était là. (Il émit un son de mécontentement.) En plus, je suis restée avec Tyler pendant plusieurs années. Ce n'est pas comme si c'était un inconnu qui venait me draguer.

— J'aurais préféré que ce soit le cas.

Amery essaya de regarder Ronin, mais il gardait le visage appuyé contre le sien, la maintenant en place.

— Pourquoi ?

— Un inconnu ne t'a jamais vue toute nue. Ne t'a jamais touchée. Ne t'a jamais baisée. Tyler l'a fait. Nom de Dieu, vous étiez ensemble pendant trois ans ! Il a compris qu'il avait merdé en te laissant partir, c'était écrit sur son visage ce soir.

Ronin avait dû mal lire. Tyler ne voulait pas se remettre avec elle, il voulait juste que personne d'autre ne soit avec elle.

— Ça n'a pas d'importance parce que je ne suis pas avec lui. Je suis avec toi.

Il fit passer son pouce sur son pouls le long de sa gorge. Il répéta ce geste, qui était tout aussi érotique que s'il avait touché son point sensible. Son parfum, son toucher, sa respiration irrégulière passaient sur ses cheveux et attisaient son désir.

— Mais tu es vraiment avec moi ?

— Je ne comprends pas. Comment ça « avec toi » ?

— Comme je veux que tu le sois.

— Je ne comprends toujours pas.

— Rentre à la maison avec moi, et je te montrerai ce que je veux dire. Ce dont j'ai envie. Tu m'as dit : « N'importe quand, n'importe comment. » J'ai envie que tu me le prouves ce soir.

Elle frissonna.

— Allons-y.

Ils quittèrent la piste de danse au milieu d'une chanson.

Chapitre 14

Ronin lui prit la main tandis qu'ils attendaient devant le service de voiturier.

Tout le corps d'Amery frissonnait sous la seule caresse de Ronin qui passait son pouce calleux sur la peau intérieure de son poignet. Qu'allait-il se passer quand ils seraient seuls ? Elle en perdait la tête rien qu'en y pensant.

Peut-être était-elle un peu effrayée à l'idée d'être si accro à ses caresses.

Elle trembla.

Il lissa ses cheveux par-dessus son épaule.

— Tu frissonnes. Tu as froid ?

— Un peu.

— Attends…

Il déboutonna et ôta sa veste, puis la lui passa sur les épaules.

— C'est mieux ?

En vérité c'était pire. Le tissu réchauffé par sa peau portait son odeur, qui l'enveloppait complètement.

— Oui. Merci.

Il approcha la main de son visage.

— Chérie, qu'est-ce qui ne va pas ?

— Je n'arrive pas à penser à autre chose qu'à toi.

— Pourquoi ça t'embête ?

— Parce que tu m'obsèdes. Peut-être que je dis ça à cause de ma conversation avec Tyler et que je me rends compte qu'il ne m'a jamais comprise, même après trois années passées ensemble. Alors qu'après moins de trois semaines tu connais certains aspects de ma personnalité mieux que moi. Tu arrives à repousser mes limites.

— Tu as peur que je t'entraîne trop loin ? demanda-t-il doucement.

— Non. J'ai peur de ne plus avoir aucune limite en ce qui te concerne.

Ronin posa son front contre celui d'Amery.

— Tu n'as pas idée de l'effet que tu me fais quand tu me confies ça.

Le voiturier les interrompit.

— Votre voiture, monsieur Black.

Ronin lâcha la main d'Amery et ouvrit la portière. Il longea la voiture et se glissa à la place du conducteur.

— Tu vas passer la nuit avec moi, annonça-t-il dès qu'ils furent en route.

Ce n'était pas une question.

— Il faut qu'on passe par chez moi d'abord pour que je prenne quelques affaires.

— J'ai toujours ton jean. Et j'aimerais te voir dans une de mes chemises.

— Donc j'imagine que nous allons directement chez toi.

Se sentant rassurée par cette envie réciproque Amery attacha sa ceinture. Elle se pencha et arrangea le nœud de la cravate de Ronin.

— Ne t'inquiète pas, je n'ai pas oublié notre marché.

— Ma cravate n'est pas reliée à ma braguette.

— Tu veux que j'aille tout de suite à l'essentiel ?

Ronin lui lança un regard si chaud qu'elle en eut le souffle coupé.

— Oui.

— Reste concentré sur la route.

Amery trouva la ceinture de sécurité de Ronin et la détacha. Elle ouvrit sa braguette, et son sexe érigé lui apparut.

— Écarte les jambes, un peu plus.

Il soupira quand le bout des doigts d'Amery frôla son gland.

L'angle du siège ne lui permettait pas de lui enlever complètement son pantalon, et elle ne pouvait pas jouer avec ses testicules : elle se contenta donc de faire passer son membre durci par l'ouverture de son boxer. Elle observait ses mains, qui agrippaient le volant beaucoup plus fermement. Elle baissa la tête et avala tout ce qu'elle pouvait.

— Oh, mon Dieu !

Amery se dégagea de l'entrejambe de Ronin, puis reprit son mouvement. Elle répéta l'opération plusieurs fois, et Ronin tendit les jambes.

— Tu voudrais agripper mes cheveux pour que je te garde encore en bouche, n'est-ce pas ?

— Oui.

— Fais attention à la route, sensei. Je sais que tu préférerais me regarder pendant que je te suce, mais je préférerais ne pas mourir en m'étouffant avec ton sexe dans un accident de voiture.

Amery l'engloutit tout entier. Quand elle commença à bouger la tête, la tige bien dure entra en contact avec son arrière-gorge à chaque passage. Elle creusa les joues et le suça, appréciant le goût musqué et piquant sous sa langue, et cette impression de velours à son contact. Elle donnait des coups de langue sur le gland, avant de l'avaler en entier. Elle faisait des cercles avec la main et caressait la queue en remontant pendant que sa bouche descendait.

— N'utilise pas tes mains. Juste ta bouche.

Cet homme dominateur préférait qu'elle garde les mains sur ses cuisses ou son ventre, ou qu'elle lui caresse les fesses quand elle était à genoux devant lui. Le satisfaire lui donnait une telle impression de puissance... Cette fois c'est elle qui contrôlait les choses. Elle le poussait vers ses limites à une vitesse incroyable. Il n'y avait pas de raison de le faire attendre. Elle voulait le faire exploser, puis avaler sa semence, ou plutôt elle en avait gagné le droit.

— Amery ! Putain, arrête !

Elle recula ses lèvres assez longtemps pour dire : « Donne-moi tout ce que t'as », avant de le reprendre en bouche.

Ronin jura en reprenant son souffle.

Son corps se tendit, il serra les mains sur le volant et releva les hanches, et elle sentit le moment où il se relâcha. Sa bite se raidit encore plus pendant une courte seconde, et une substance chaude se répandit contre le palais d'Amery. Elle contracta les lèvres tout en avalant.

Dès que l'orgasme fut terminé, elle passa sa langue sur son membre puis sur son gland. Il ne lui avait jamais laissé l'opportunité auparavant de le lécher à cet endroit, où sa peau était si douce.

Il la saisit par les cheveux.

— Chérie, il faut que tu t'arrêtes. Je vais envoyer la voiture dans le fossé.

Amery embrassa le bout de son pénis puis se redressa.

— Qu'est-ce que tu racontes ? demanda-t-elle innocemment.

— Parce qu'au lieu de me relaxer et de fermer les yeux comme d'habitude quand ta jolie bouche me suce je dois me concentrer sur la route. Mais mon pied est sur la pédale d'accélérateur, et je n'ai pas envie de me faire flasher à deux cents kilomètres-heure.

— On allait aussi vite ?

— Presque, avant que je cligne des yeux.

Elle reboutonna son pantalon, puis rattacha sa ceinture.

— Voilà. Tu n'as pas l'air si débraillé.

— J'aime cet air-là. (Il lui attrapa la main et embrassa sa paume.) Quand tu as cet air-là… et quand j'en aurai fini avec toi ce soir, tu auras l'air vraiment débraillée.

Un silence s'installa, interrompu seulement par le vrombissement de la voiture.

Amery inclina la tête en arrière et observa les gratte-ciel de Denver, qu'on distinguait à peine. Combien de personnes présentes à la fête de ce soir vivaient dans ce genre de bâtiments, qui offrait des vues impressionnantes sur les montagnes ? Leurs appartements devaient sûrement faire passer celui de Ronin pour un taudis. Mais combien d'entre eux étaient seulement des pique-assiettes ? Présents au milieu de l'élite de Denver parce qu'ils étaient invités à cette superbe réception.

— À quoi tu penses ?

— Parmi les gens de ce soir, combien étaient super riches, et combien faisaient juste semblant. Tyler m'a dit que les billets valaient 10 000 dollars pièce.

— C'est bien ça. Mais pour tout l'aspect glamour et extravagant ça en vaut la peine. L'argent va aux organisations sportives, et ne sert pas à organiser la fête elle-même, c'est pour ça que je continue de donner.

Vingt mille dollars. Waouh ! Cette somme durement gagnée venait de disparaître pour se retrouver dans les poches d'un autre. Amery ne savait pas si elle pourrait un jour dépenser sans compter. Ronin devait gagner plus d'argent que ce qu'elle pensait avec son dojo, si dépenser autant de billets ne le faisait pas déprimer.

Elle s'en voulut, mais les questions de Tyler sur les finances de Ronin firent irruption dans sa tête.

— Ne te fais pas de souci pour l'argent, Amery.

— Je ne peux pas m'en empêcher. J'ai l'impression que je te dois quelque chose.

— Tu ne me dois rien, tu m'as déjà donné beaucoup de plaisir en m'accompagnant ce soir.

Amery remarqua qu'ils étaient proches de son immeuble, et il tourna pour accéder à un parking.

— La gâterie t'a tellement troublé que tu as oublié où tu habites ?

— Non. C'est l'endroit le plus proche pour stationner ma voiture. Celle-là ne se gare pas en pleine rue.

Il arriva devant ce qui ressemblait à un bunker de béton. Ils descendirent du véhicule, et il installa un sabot sur un des pneus avant. Il s'essuya les mains et prit un air penaud.

—Je fais tout pour empêcher qu'on me vole cette voiture. (Il passa le bras autour de son épaule.) La veste te tient bien chaud ?

—Oui. Merci.

Elle jeta un coup d'œil à sa chemise, très légère.

—Et toi, tu n'as pas froid ?

—J'ai rarement froid, j'ai le sang plutôt chaud.

—C'est aussi ce que je pense.

Ronin déposa un baiser sur sa tête.

—Et tu n'as encore rien vu.

Ils marchèrent jusqu'à son immeuble d'un bon pas. Amery commençait à avoir mal aux pieds. Ronin ouvrit la porte principale au lieu de passer par la ruelle. Avant qu'ils arrivent à l'appartement, il mit le feu aux poudres en l'embrassant avec vigueur.

Sa veste tomba au sol en premier. Elle enroula les mains dans sa cravate et se rapprocha pour l'embrasser avec encore plus de force. Puis elle commença à s'occuper de ses boutons.

Il n'avait pas essayé de la déshabiller, mais il s'empara de sa bouche, tout en contrôlant où ils allaient.

Une fois la chemise de Ronin défaite, elle fit vagabonder ses mains sur son torse, ses pectoraux et ses tablettes de chocolat. Ses pouces suivirent sur toute sa longueur un muscle qui finissait dans son pantalon.

Le baiser intense ne faiblit pas.

Ils atteignirent bientôt la chambre. Ronin avait adopté un comportement différent dans cet espace. Il mit fin au baiser enflammé, mais sa bouche continuait de la titiller, en léchant, en mordillant et en glissant sur ses lèvres.

— J'ai envie de toi, Amery. Mais je te veux à ma façon.

— C'est-à-dire ?

— À ma façon, répéta-t-il. Il faut que tu me fasses confiance. Tu me crois si je te dis que tu vas te sentir superbe et audacieuse ?

Il inclina la tête d'Amery pour l'embrasser sous le menton.

— Fais-moi confiance pour vénérer ton corps comme il le mérite.

— Je ne t'ai pas déjà dit oui ?

— C'est vrai.

Ses dents suivirent les veines de son cou. Entre ses bras, elle trembla, et elle le sentit sourire contre sa peau.

— Je veux te bander les yeux, pour que tu te concentres sur ce que tu ressens, pas sur ce que je fais.

— Qu'est-ce que tu vas me faire ?

Il déposa un baiser sous son oreille.

— Je vais t'exciter. (Puis un doux baiser sur son oreille.) Je vais repousser tes limites. (Il lui souffla légèrement dans l'oreille.) Des limites qui selon ce que tu disais tout à l'heure ne demandent qu'à être repoussées.

Elle voulait que cet homme sexy et intense l'abrutisse de luxure, qu'il la rende ivre et qu'elle ne puisse plus réfléchir. Elle posa le visage près de sa gorge.

— Il n'y a aucune limite, Ronin.

Il l'embrassa avec zèle. Et finesse.

Et elle se perdit en lui.

— Pour commencer je veux que tu enlèves cette robe.

Ronin tourna autour d'elle et défit la fermeture. Doucement. Il passa le bout des doigts le long de sa colonne vertébrale, de haut en bas, léger comme une plume, enflammant tous les points nerveux d'Amery. Il fit passer ses mains derrière ses épaules et défit sa robe.

Amery sentit le tissu orné de perles glisser le long de sa poitrine, et elle l'arrêta juste avant que ses tétons se retrouvent à l'air libre.

Ronin se dressa derrière elle. Il passa les mains le long de sa mâchoire.

— Tu sais à quel point tu es attirante en ce moment même ? Tes cheveux emmêlés dans mes doigts… Ta bouche si pleine, prête à m'embrasser… (Son pouce rugueux suivit la courbure de ses lèvres.) Ta jolie petite robe qui se cramponne à ta poitrine, essayant de cacher ce qui m'appartient pour la nuit.

Cet homme avait une façon de s'exprimer qui la faisait frissonner.

— Laisse tomber ta robe, Amery.

Elle s'exécuta, et la robe atterrit au sol doucement.

— Penche-toi et pose les mains sur le lit.

Amery roula des hanches quand elle se retourna et posa les paumes à plat sur le matelas. Ronin regarda son derrière fixement, avec une telle intensité qu'elle sentit presque son regard chaud lui brûler légèrement la peau.

— Relève la tête.

Ronin nicha son aine contre ses fesses.

Une montée de désir faillit lui faire perdre la tête. Puis quelque chose de doux et de soyeux lui recouvrit les yeux, et tout devint sombre.

— C'est ta cravate ?

— Oui.

Il passa les doigts à l'intérieur du string d'Amery et le fit descendre lentement le long de ses jambes. Quand il fut au niveau des chevilles, Ronin se mit à genoux. Il tapota l'intérieur de son mollet droit, et elle souleva le pied, s'attendant à ce qu'il enlève son sous-vêtement.

— Non. Écarte les jambes en laissant ta culotte où elle est.

Sa présence et sa force de commandement emplissaient tellement la pièce que c'en était même perceptible dans l'air. Sa volonté suintait sur la peau d'Amery et s'immisçait dans sa chair. C'était ainsi chaque fois qu'ils étaient ensemble. N'y avait-il pas un risque d'incendie, tellement c'était chaud ?

— Hé, chérie, où es-tu ?

Cette voix douce et dominatrice la fit sursauter.

— Quoi ?

— Tu étais détendue et complètement à l'aise, puis tu t'es contractée. Qu'est-ce qui s'est passé ?

— J'ai eu un mauvais pressentiment : que tout finirait par exploser.

— N'y pense pas.

Il l'embrassa derrière les genoux.

— Reste bien stable, même quand je fais ça.

Il lécha le pli de son genou, la chatouillant avec sa langue pendant que ses doigts se concentraient sur les cuisses d'Amery.

Elle était bien tentée de tomber la tête la première sur ce matelas épais et moelleux, alors que ses jambes et ses bras tremblaient sous les assauts de la bouche experte et vicieuse de Ronin. Il déposa des baisers de papillon le long de la courbe de ses fesses, et elle lâcha un long gémissement d'envie.

Mais même cela ne réussit pas à le faire accélérer. Si son aine avait été plus proche du lit, elle y aurait frotté doucement son sexe pour tenter de satisfaire ses ardeurs. Elle soupira quand Ronin l'incita à appuyer son visage enflammé par la passion contre le matelas.

— Mets les mains derrière le dos, paumes vers le haut.

Dieu merci, elle avait pratiqué le yoga ! Qu'aurait-il fait si elle n'avait pas réussi à tenir la position qu'il lui demandait ? Lui aurait-il donné une fessée ?

C'était une limite à ne pas dépasser. Elle avait reçu des fessées dans son enfance, que son père lui avait infligées, avec une règle aussi ou une brosse à cheveux.

— Amery, arrête de réfléchir.

Il enroula quelque chose de doux autour de ses poignets. Puis il caressa sa peau au-dessus de la zone qu'il venait d'attacher. Ensuite il posa son visage près de celui d'Amery, son torse reposant contre son dos.

Le fait qu'elle ne puisse pas voir augmentait son envie. Elle voulait tellement sentir ce contact de sa peau contre la sienne qu'elle se tortilla.

— Reste tranquille.

— Je ne peux pas. Je veux…

— Je sais ce que tu veux. Tu es suffisamment mouillée ?

— Oui.

La main de Ronin glissa autour de sa taille et passa le long de la fine toison qui recouvrait son sexe. Avec dextérité, il introduisit son majeur long et fin en elle.

— Tu es bien mouillée.

Il plongea son doigt plusieurs fois, caressant et titillant la chair enflée.

— Tu devrais jouir assez rapidement.

— Quand tu me touches, je ne peux pas m'en empêcher.

— Tu ne viendras que quand je t'y autoriserai.

— Tu veux me punir ?

— Non, chérie. Je vais te faire jouir. Détends-toi et laisse-moi faire.

Ronin commença à tracer de petits cercles sur son clitoris. En réponse elle se mit à trembler, à l'intérieur comme à l'extérieur. Il la maintint en place, et son doigt accéléra le rythme jusqu'à ce que le corps d'Amery se tende.

— Maintenant, murmura-t-il.

Et elle explosa comme une bombe. Chaque partie de son corps était sous son emprise, elle était à bout de souffle, la tête cotonneuse.

Puis Ronin la pénétra, alors que les derniers spasmes de l'orgasme se faisaient ressentir. Il lui envoyait de nouvelles vagues de plaisir grâce à des coups de hanches doux et secs. Il la baisait frénétiquement. Comme un animal. Rapidement. Il n'avait pas l'intention que cela dure.

Elle sentit que le troisième orgasme de la soirée la gagnait, et peu lui importait qu'il la baise rapidement, lentement, ou la tête à l'envers. Il savait tout le bien qu'il lui faisait et le lui fournissait sans poser de questions.

Ronin jouit en silence, comme souvent. Il ralentit ses mouvements de bassin. Son orgasme se manifesta sous la forme d'un jet chaud qui se répandit contre les parois de son vagin.

Il arrêta de bouger et revint à lui, avant d'émettre un son de satisfaction rauque, qui venait du plus profond de sa gorge.

Elle sourit.

— Ta peau est rayonnante, murmura-t-il. C'est hallucinant.

— Ronin…

— Reste comme ça. Je reviens tout de suite.

Elle ne bougea pas, satisfaite, repue et pourtant impatiente.

Amery ne l'entendit pas faire un seul bruit dans la pièce, puis elle perçut un bruissement d'étoffe, et les doigts de Ronin défirent ses attaches aux poignets.

Il la retourna, titilla ses lèvres jusqu'à ce qu'elles s'ouvrent, et sa langue s'y engouffra. Leurs bouches se heurtèrent, leurs langues s'emmêlèrent, et il relança la flamme de la passion, alors que les dernières braises étaient encore chaudes.

D'après l'énergie qu'il déployait, elle comprit que ce serait une longue nuit, ils n'en étaient qu'à l'entrée d'un copieux repas.

— Tu veux que je te montre à ma façon à quel point tu es superbe ?

— C'est ce que tu fais chaque fois que tu me regardes, répondit-elle doucement.

— Tu as un bandeau sur les yeux. Comment peux-tu le savoir ?

— Je le sens.

— Tu me rends dingue. (Il l'embrassa sur le front.) Attends.

Il la prit dans ses bras, la souleva et la fit pivoter.

Elle cria.

— Arrête, tu vas me faire tourner la tête.

— J'avais prévu de jouer à colin-maillard.

— Je suis sûre que tu penses à d'autres jeux !

Elle se balançait dans ses bras, alors qu'il continuait de tourner.

— Je pourrais te montrer.

Amery tourna le visage vers son cou et déposa un baiser sur sa gorge.

— Je suis partante.

— Bonne réponse.

Il la mit sur ses pieds.

— Je peux enlever la cravate ?

— Pas encore.

Il glissa les mains le long de ses bras puis les fit passer par-dessus ses épaules.

— Viens là. Je ne peux pas me passer de ta bouche.

Des lèvres aussi douces que de la soie s'appuyèrent contre les siennes. Une. Deux. Trois fois. Ronin luttait pour garder le contrôle à chaque nouveau baiser. Ce qui attisait l'envie d'Amery systématiquement.

— En réfléchissant un peu, pourquoi tu ne t'assiérais pas ?

Il appuya doucement sur ses épaules, et ses fesses se retrouvèrent sur un banc matelassé.

Ronin l'avait sûrement amenée dans le salon.

— Assieds-toi et maintiens tes bras légèrement vers le haut. Resserre les jambes.

Elle voulait poser un tas de questions, mais Ronin semblait être dans un état d'esprit différent, et elle resta muette.

Des doigts frôlèrent l'extérieur de ses mollets, puis ses chevilles se retrouvèrent serrées l'une contre l'autre et emballées… Que se passait-il ?

Avant qu'elle puisse dire quoi que ce soit, quelque chose encercla son poignet et se tendit. Même chose pour son poignet gauche, puis ses deux mains finirent serrées l'une contre l'autre dans son dos. Elle pouvait sentir des mouvements mais ne pouvait pas voir ce qui se passait. Quelque chose – elle n'aurait su dire quoi – maintenait ses bras attachés et alourdissait ses mains. Elle ne pouvait pas les bouger.

— Ronin ?

Il n'était pas là pour la rassurer, il n'y avait que le silence.

Ce n'est pas normal.

Pourtant, elle lui faisait confiance.

Mais le devait-elle vraiment ?

Tu lui as dit que tu étais partante pour tout ce qu'il voulait. C'est ce qu'il attendait, que tu la fermes et que tu lui laisses le champ libre.

Cette pensée réveilla son malaise. Elle avait cessé d'être cette fille voulant faire plaisir à tout le monde il y avait déjà quelques années. Non ? Cette fille qui ne voulait pas faire de vagues ou hausser le ton, même quand il le fallait ?

Oui.

Alors pourquoi changeait-elle de comportement quand quelque chose semblait malsain ? Genre, vraiment malsain ?

— Ronin, que se passe-t-il ?

Pas de réponse.

L'avait-il laissée seule ?

Paniquée, elle s'agita de droite à gauche pour essayer de se libérer, et la cravate tomba. Elle observa cet endroit inconnu.

Où était-elle ? Elle avait visité toutes les pièces de l'appartement…, sauf la chambre fermée à clé en contrebas du salon. Était-ce là qu'il l'avait amenée ?

Avec la lumière tamisée, Amery ne pouvait pas discerner grand-chose, à part le mur qui était juste en face d'elle. Mais ce qu'elle y vit lui glaça le sang.

Des rouleaux de corde. De toutes sortes. Certaines étaient colorées, d'autres toutes simples : il y avait une grande variété de couleurs et de tailles. Pourquoi avait-il besoin d'autant de cordes ?

Sa bouche s'assécha quand elle aperçut le mur où étaient suspendues les épées. Il lui avait bien dit qu'il était expert en couteaux. Et avec ses compétences en arts martiaux il pourrait tuer quelqu'un rien qu'avec ses mains.

Elle avait tellement peur qu'elle n'arrivait plus à respirer. Même s'il l'avait attachée dès leur première relation, il l'avait fait de façon sexy et excitante, et il ne lui avait fait aucun mal, donc elle n'avait pas à s'inquiéter. Mais maintenant, dans cette chambre, qu'il avait gardée secrète et où étaient exposés des instruments de torture, elle eut envie de crier. Mais personne ne pourrait l'entendre.

Elle avait vraiment merdé sur ce coup.

Perdue entre ses erreurs passées et sa peur de ne même pas avoir de futur, elle frappa le banc si fort qu'il commença à bouger.

— Amery, respire.

Elle retrouva son calme un instant, avant de comprendre que ce ton apaisant n'était qu'une technique pour lui faire baisser sa garde.

— Pourquoi tu m'as attachée ? Qu'est-ce que c'est que cet endroit ? Une chambre de torture secrète ?

Amery sentit le changement dans son comportement. Même si cela ne devait pas servir à grand-chose de le supplier, elle répéta en boucle :

— Ne me tue pas, s'il te plaît !

— Te tuer ? Mais de quoi tu parles ?

Amery tendit le cou pour observer cette pièce, et elle ne répondit pas. Elle leva les yeux et remarqua des crochets et un système de poulie accroché au plafond. L'avait-il installée de cette façon pour qu'elle ne puisse pas voir ce qui se passait sur le mur derrière elle ? Oh, mon Dieu ! Était-elle vraiment en si mauvaise posture ? Elle tordit le cou pour regarder tout autour et vit ce qui ressemblait à un autel. Servait-il à faire des sacrifices ?

— Amery, dit-il sèchement, regarde-moi !

Elle fit « non » de la tête.

— Qu'est-ce qui te fait penser que j'ai prévu de te tuer ?

— Tu m'as bandé les yeux. Tu m'as attachée avec de vraies cordes. Tu es fort et tu sais bien que je suis impuissante contre toi. Les autres fois n'étaient qu'un leurre pour m'amener ici. C'est ça ? Tu m'as mise en confiance et…

— Arrête de jacasser.

— C'est ce que tu aimerais, hein ?

Elle se contorsionna dans ses liens, essayant de les défaire.

— Arrête. Tu vas te faire mal.

— En quoi ça te dérange ? Tu vas me faire du mal dans tous les cas, non ?

Il saisit son menton, la forçant à lui faire face. Mais elle ne voulut pas le regarder.

— Je ne te ferai jamais de mal. Jamais.

Des larmes apparurent au coin de ses yeux, car même maintenant, alors que la peur lui coupait le souffle, elle voulait le croire.

— Laisse-moi partir.

— Parle-moi.

— Détache-moi.

— Si je te détache, tu accepteras de me parler ?

Compte là-dessus. Je me mettrai à courir. Mais elle ne formula pas son projet de fuir, elle se contenta de hocher la tête.

Ronin se pencha et libéra les chevilles d'Amery. Il détacha les liens autour de ses bras si vite qu'elle faillit tomber du banc.

Dès qu'elle fut libre, elle quitta cette pièce des horreurs, se dirigeant vers la chambre. Elle décida de ne pas s'arrêter pour attendre l'ascenseur, d'abord parce qu'elle était toute nue, ensuite parce que Ronin aurait pu l'empêcher de s'en aller.

Ne sois pas ridicule. S'il voulait vraiment te tuer il ne t'aurait pas laissée partir.

Amery sentit sa présence dans l'embrasure de la porte, il la regarda enfiler son string et son soutien-gorge. Elle mit sa robe, mais ses mains tremblaient tellement qu'elle n'arrivait pas à la fermer correctement.

— Tu as besoin d'aide ?

— Non ! répondit-elle presque en criant. Ne me touche pas !

Mais, comme à son habitude, Ronin fit ce qu'il voulait. Il passa la main autour de la hanche d'Amery et dit d'un air laconique :

— Tiens-toi tranquille.

La peau d'Amery la trahit, elle eut la chair de poule quand les doigts rugueux de Ronin la touchèrent tandis qu'il refermait sa robe.

— Tu veux bien discuter un peu ? demanda-t-il doucement.

Elle fit « non » de la tête.

— Chérie, s'il te plaît ! Qu'est-ce qui t'arrive ?

C'est là qu'elle se retourna brusquement pour le regarder fixement.

— Tu t'attendais à ce que je réagisse comment, après que tu m'as ligotée et laissée dans une pièce secrète avec des cordes et Dieu sait quoi ? Qu'est-ce que tu avais prévu ?

La peur était de retour, elle commença à pleurer.

— Tu avais dit que tu me faisais confiance.

— Comment est-ce que je pourrais te faire confiance alors qu'il est évident que je ne te connais même pas ?

Le visage de Ronin ne laissait entrevoir aucune émotion.

— J'ai juste envie de partir.

— Il est 1 heure du matin, putain !

— J'ai envie de partir, répéta-t-elle, entêtée.

— Et tu vas faire quoi ? Rentrer à pied toute seule ? (Il l'examina du regard.) Habillée comme ça ? Je ne pense pas, non.

— Je vais appeler un taxi. Laisse-moi juste… partir.

— Voyons, Amery. Ne sois pas ridicule. Je te ramène chez toi.

Tout en secouant la tête, elle enfila ses chaussures et marcha jusqu'à l'ascenseur. Elle consulta des numéros de taxis sur son smartphone et appela le premier de la liste. Elle indiqua l'adresse, et on lui dit qu'elle devait attendre une dizaine de minutes.

— Tu préfères monter en voiture avec un inconnu plutôt que de te faire ramener par moi ? demanda Ronin alors qu'elle raccrochait.

Amery regarda au loin.

— Je ne suis pas un tueur. Et ça me fait mal de me dire que tu as pu penser ça de moi, ne serait-ce qu'une seconde.

Tu sais bien qu'il a raison.

— J'ai pensé que ça ne te dérangeait pas d'être attachée, puisque j'ai déjà utilisé des foulards, des ceintures ou encore des cravates.

— Mais pas des cordes.

— C'est vraiment les cordes qui te mettent en rogne ?

— Oui. Et les épées. Et… tout le reste.

— Je suis désolé que ça t'ait fait peur. Je… (Les muscles de sa mâchoire se contractèrent.) J'aurais dû t'en parler.

— De cette chambre secrète et fermée à clé ?

Le fait même d'en parler était effrayant et presque irréel.

— Ça et le reste. Les cordes sont faites pour… (Son visage se durcit.) Ne me regarde pas comme ça. Les cordes ne sont pas faites pour torturer. Je les utilise pour des bondages, kinbaku et shibari.

Amery croisa les bras et frissonna.

— Qu'est-ce que c'est que ça ? Un cérémonial de jujitsu ?

— Non, mais c'est de là que viennent le shibari et le kinbaku, d'une discipline appelée « hojojutsu », dit-il d'un ton monocorde. Viens avec moi, et je t'expliquerai tout.

Voulait-elle vraiment savoir ?

Oui, elle en avait envie. Mais ses émotions étaient trop à fleur de peau, elle était trop désorientée pour le moment.

— Tu aurais dû m'en parler, dit-elle en s'étouffant.

— Je sais. Tu veux bien remonter avec moi ?

Elle fit « non » de la tête.

— Je ne peux pas. Pas maintenant.

— Si je te laisse quelques jours, tu reviendras vers moi ?

— Je ne sais pas.

— Ça me tue, dit-il doucement. Ça me tue de te voir si triste et apeurée, et de voir dans ton regard que tu penses que je vais te faire du mal. Alors que tout ce que je voulais…

Amery se passa la main sous les yeux : elle ne s'était pas rendu compte qu'elle avait pleuré.

— Tout ce que tu voulais, c'était…

— Je voulais que tu comprennes qui je suis. Que tu comprennes cette facette de ma personnalité.

Cela la fit pleurer encore davantage.

Le silence tendu s'intensifia, et Amery sentit qu'un trou noir s'était créé, menaçant de les avaler tous deux.

Le taxi arriva.

Avant que Ronin ouvre la porte, il se plaça derrière elle et lui chuchota à l'oreille :

— Ce n'est pas fini. Je te laisse du temps pour… y réfléchir ou autre, comme tu veux. Mais tu me dois au moins une conversation. Il faut que tu m'écoutes quand tu auras ouvert ton esprit. Et le plus tôt serait le mieux pour nous deux.

Cela, c'était le Ronin qu'elle connaissait, celui qu'elle désirait. Raisonnable mais déterminé. Amery avait envie de se jeter dans ses bras, de renifler son cou et de sentir son odeur. Faire comme si rien ne s'était passé.

Puis les mots de Ronin, « que tu comprennes cette facette de ma personnalité », lui revinrent en tête, et elle prit conscience que ce secret aurait éclaté un jour ou l'autre.

La voiture klaxonna.

— Il faut que j'y aille.

— Une semaine, dit-il d'une voix rauque. Appelle-moi ou rends-moi visite dans une semaine. Ou je viendrai te voir.

Chapitre 15

Elle passa une mauvaise nuit. Fatiguée de se retourner en permanence, elle sortit du lit à 9 heures et nettoya son loft de fond en comble. C'était un peu pathétique d'avoir repris cette habitude de tout nettoyer quand elle était énervée. Allait-elle ensuite enfiler ces affreux gants en caoutchouc que sa mère aimait tant ?

Non. Je ne suis pas elle.

Déjà, Marion Hardwick ne se serait jamais retrouvée dans la situation qu'Amery vivait avec Ronin. Et, si malgré tout elle s'était trompée, elle aurait fui sans jamais revenir sur ses pas. Elle ne lui aurait jamais donné l'occasion de s'expliquer. Elle n'aurait jamais satisfait sa curiosité en se renseignant sur les motivations d'un homme comme Ronin.

Donc, si elle n'était pas comme sa mère, pourquoi agissait-elle exactement comme elle ? Elle voulait que Ronin se mette à genoux, elle refusait de l'écouter… Ne l'avait-elle pas déjà jugé ?

Mon Dieu, c'était tellement tordu !

Elle avait réussi à engourdir son cerveau en s'affairant au nettoyage de tout l'appartement. Elle décida de s'attaquer à son bureau. Le temps de tout astiquer de fond en comble, l'horloge indiquait 17 heures. Et tout ce dont elle avait envie à ce moment précis, c'était de se bâfrer, d'engloutir une pizza et un pot de glace Oreo à la menthe. Ne plus penser à rien devant des émissions de télé-réalité débiles. S'enchaîner les épisodes les uns après les autres valait mieux que de se ronger les sangs à l'idée qu'elle avait traité Ronin de tueur.

Un tueur. Franchement!

C'était vraiment une réaction instinctive qui avait surgi face à la peur.

Une réaction stupide.

C'était quelque chose d'inconnu qu'elle jugeait sans réfléchir comme quelque chose de… mauvais ? D'effrayant ? De bizarre ? Cela ne lui posait pas de problème lorsque Ronin utilisait des foulards à la place des cordes après tout ? Et quand elle ne savait même pas ce qu'il utilisait pour l'exciter ?

Elle ne s'y connaissait pas assez en bondage, ou quel que soit ce merdier, pour avoir un avis tranché. Et, comme la connaissance était la seule manière de dissiper la peur, Amery ouvrit son ordinateur portable et fit une recherche Google sur le terme « shibari ».

Putain ! Il y avait plus de quatre-vingt mille résultats.

Peut-être vivait-elle dans une grotte, car apparemment ce n'était pas une pratique aussi méconnue qu'elle le croyait.

Elle s'arrêta d'abord sur la définition.

« Shibari/kinbaku : technique qui consiste à utiliser des cordes pour pratiquer un bondage sensuel, dramatique et érotique, dont l'origine se trouve dans les arts martiaux japonais du XVIe siècle et dont on retrouve la trace dans les condamnations judiciaires japonaises du XVIIIe et les productions théâtrales japonaises du XIXe. »

Elle continua à lire et apprit que ces pratiques dérivaient d'un bondage utilisé comme châtiment dans le jujitsu et appelé « hojojutsu ». Ce n'était pas étonnant que Ronin s'y intéresse puisque cela venait de la discipline qu'il avait pratiquée toute sa vie. D'après ce qu'elle lisait, le hojojutsu existait depuis l'époque des samouraïs. Quand ils transportaient des prisonniers, ils utilisaient des cordes pour les attacher et les maîtriser après les avoir capturés. Certains samouraïs devinrent célèbres pour leur talent à utiliser les cordes, le résultat devait être efficace tout en restant humain. Les compétitions commencèrent à se développer : plus les conceptions étaient complexes et originales, plus le maître des cordes était respecté.

Amery apprit également que ces termes désignaient des branches légèrement différentes mais qui appartenaient toutes à la même discipline : le bondage. Le shibari était plus artistique, il se concentrait sur la beauté des cordes sur un corps, il comprenait des schémas élaborés et donnait souvent lieu à des performances visuelles. Le kinbaku, bien qu'il utilise beaucoup de nœuds et d'attaches identiques au shibari, était de nature beaucoup plus sexuelle. Il existait un lien entre le maître des cordes et celui qu'il attachait, qui reposait sur le peau-à-peau pendant la réalisation, et le plus souvent des nœuds étaient placés à des endroits stratégiques pour accroître la stimulation sexuelle.

Quand Amery referma son ordinateur au bout de plusieurs heures, elle était tout étourdie. En revanche, les questions restaient bel et bien dans sa tête. Où Ronin avait-il appris ces choses ? Si le kinbaku faisait partie de lui comme il le disait, il aurait alors besoin de s'entraîner pour devenir maître.

Est-ce que tu penses vraiment qu'avec son physique de rêve et sa personnalité charismatique il n'a eu que très peu de demoiselles volontaires pour se faire déshabiller, attacher puis baiser ?

Non.

Ce n'était pas de la colère mais de l'énervement qui surgissait. C'était vraiment étrange parce qu'elle n'aurait pas dû en éprouver à cette étape de la relation.

Si ?

Frustrée, elle éteignit son ordinateur et alluma la télé.

Le lundi matin, Chaz la harcela pour avoir des détails sur le gala. Amery le régala avec des informations sur les gens qu'elle avait vus, sur la salle de bal, et elle s'étala sur la nourriture et les vêtements. Quand elle révéla à Chaz qu'elle avait passé du temps avec Tyler, il fut outré, comme elle s'y attendait. Mais il en avait assez entendu, et elle n'eut pas à préciser ce qui s'était passé après. Car il y avait des risques pour qu'elle s'écroule. Mais elle ne pouvait pas lui dire la vérité, car Ronin avait le droit de garder certains secrets.

Molly était restée en retrait pendant toute la conversation. Dès que Chaz et Emily partirent se chamailler dans le studio de cette dernière, elle s'approcha d'Amery.

— Tu n'as pas tout raconté.

— Qu'est-ce que tu veux dire ?

— Tu as mentionné à plusieurs reprises que maître Black était superbe. Mais, à part ça, tu n'as pas du tout parlé de lui, et ça ne te ressemble pas… Alors, comment ça se fait ?

Amery se rappela que, pendant ses années de rat de bibliothèque, elle avait aiguisé sa capacité à étudier les gens, puisque aucun d'entre eux ne lui adressait la parole. Cela n'aurait pas dû l'étonner que Molly soit si intuitive : elles se ressemblaient beaucoup.

— Ronin et moi, nous nous sommes disputés. Je t'épargnerai les détails, mais on réfléchit chacun de notre côté pendant une semaine.

Molly lui frictionna le bras.

— Je suis désolée. Je sais que tu tiens à lui.

« Tu tiens à lui. » Elle n'avait pas utilisé l'imparfait. C'est à ce moment-là qu'Amery comprit qu'elle ne voulait pas non plus penser à Ronin à l'imparfait.

— Merci.

— Je peux faire quelque chose pour toi ?

— C'est exactement ce que tu fais en ce moment.

— J'imagine que tu ne vas pas aller en cours avec moi cette semaine ?

C'était une autre excuse, comme quand il l'avait embauchée et qu'elle n'avait pas terminé la dernière phase du projet ; elle avait utilisé cet argument pour rester en contact avec lui. Après leur discussion sur le jujitsu brésilien, elle avait dessiné de nouveaux logos pour promouvoir cette discipline désormais proposée par Arts Black, comme si Ronin soutenait complètement ce projet et qu'il avait engagé un professeur. Elle avait apprécié le challenge, mais le vrai problème, c'était qu'elle avait besoin de travailler et qu'elle ne pouvait pas se permettre d'arrêter cette collaboration à cause de problèmes dans leur relation personnelle. L'année précédente, beaucoup de ses clients avaient réalisé leur propre charte graphique. Si les affaires ne reprenaient pas rapidement… Elle ne voulait même pas penser à renvoyer Molly. Elle travaillait plus que ce qu'elle devait au vu de son salaire. Et, en plus, elle excellait pour créer des sites Internet et animer des bannières de publicité, alors qu'Amery préférait travailler sur le texte, les images et les photos personnalisées ; c'est pour cela qu'elles formaient une si bonne équipe.

— Amery ?

Elle releva les yeux.

— Désolée, je suppose qu'on verra bien. Peux-tu m'aider aujourd'hui ? J'ai plein de photos à faire pour les flyers de la ferme Wickburg.

— Bien sûr. Quelles propositions ont-ils envoyée cette fois ?

Une bonne partie des clients d'Amery s'adressaient aux consommateurs de produits bio, elle s'était donc trouvé une niche dans ce marché de la nourriture bio en créant des campagnes publicitaires uniques. Elle avait une approche différente, cet aspect était facilement reconnaissable dans son travail de graphiste.

— Ils envoient un lot contenant différents champignons et ils veulent qu'ils soient photographiés dans un environnement naturel, donc… ils livrent des saletés aujourd'hui.

— Je m'occupe de l'aspirateur. Quoi d'autre ?

— J'espère juste qu'ils ne vont pas apporter les ruches pour les photos des nids d'abeilles.

Molly grimaça.

— C'est marrant. Mais j'ai ma seringue d'adrénaline au cas où.

Un peu plus tard, après avoir renvoyé Molly chez elle pour la journée et classé des photos dans des classeurs, elle entendit le son caractéristique de sa boîte mail retentir. L'expéditeur était inconnu. Avec un peu de chance, ce serait quelqu'un qui recherchait une graphiste. Elle ouvrit le mail.

« Chers membres de Hardwick Designs,
Je surfais sur votre site Internet et j'ai découvert que vous faisiez un travail photographique remarquable. J'adore les perspectives sur les objets inanimés ainsi que la façon dont vous les cadrez. Je suis écrivain et je cherche un visuel unique – loin de la simple photo de banque d'images ! – pour la couverture de mon prochain livre. Seriez-vous intéressés et accepteriez-vous de me faire un devis ? Merci d'avoir pris le temps de me lire et à bientôt, j'espère.

Cherry Starr »

Elle connaissait quelques graphistes free-lance qui auraient sauté sur l'occasion pour proposer leurs services, de la couverture à la mise en pages, à des auteurs qui se font la main en publiant leur propre travail.

Elle était intéressée, mais elle n'était pas sûre des prix pratiqués pour des photographies d'art par rapport à la retouche de photos ordinaires.

Elle se rendit sur le site de Cherry Starr pour voir le type de livres qu'elle écrivait. Waouh ! Des livres érotiques. Le genre que la mère d'Amery aurait qualifié de pornos dégoûtants. Pourtant, sa mère n'avait rien contre des magazines où l'on pouvait lire des confessions racoleuses.

Le monde était rempli de donneurs de leçons hypocrites.

Le livre *La Maîtresse dominatrice* révélait une couverture intrigante. Une femme à moitié nue qui portait des cuissardes en cuir, une minijupe et un bustier brandissait un fouet pour punir un homme à genoux, les bras attachés derrière le dos avec une corde, et la tête inclinée.

C'est à cette vue qu'Amery commença à s'inquiéter.

Elle cliqua sur le titre suivant : *Entrave-moi et flagelle-moi*. Cette couverture-là montrait un homme torse nu tendant l'extrémité d'un fouet à une femme aux lèvres rouge vif. Sa poitrine était totalement enveloppée par des cordes, et elle se penchait de façon qu'on voie une partie de ses fesses, que le type pelotait.

Donc aujourd'hui, comme par hasard, elle recevait un mail de la part d'une auteure qui écrivait des livres sur… le genre de pratiques qu'elle essayait de comprendre pour mieux cerner Ronin…

Bordel ! Elle ne croyait pas au hasard. Ronin devait avoir donné son contact à cette femme. Les projets de ce genre-là ne tombaient pas du ciel. Amery appuya sur « Répondre ».

« Chère Cherry Starr,
Avant que nous en arrivions au devis, pourrais-je vous demander comment vous avez entendu parler de moi ?
Cordialement,
Amery Hardwick – Hardwick Designs »

Plutôt que de se mettre en colère contre l'approche détournée de Ronin, qui lui jetait une nouvelle cliente en guise d'os à moelle dans l'espoir qu'elle le contacte, elle ferma boutique.

Elle avait besoin d'air, elle descendit jusqu'au centre commercial de la 16e Rue. Le resto grec proposait toujours un sandwich spécial à 4 dollars le lundi, elle le commanda avec une salade et grignota dehors, sous son parapluie, en observant les gens, espérant que cela lui viderait la tête.

Cela lui fit vraiment du bien. Elle vit des foulards pendre à des balcons et pensa à Ronin. Elle vit des bougies à des fenêtres et pensa à Ronin. Elle vit un étal de cravates et pensa encore à lui. Même le traiteur japonais lui rappela cet homme.

Ce problème ne va pas disparaître. Tu ne peux pas l'ignorer. Et ton plus gros souci, c'est que cette partie mystérieuse de lui t'intrigue et t'excite autant qu'elle t'effraie.

Elle s'arrêta en plein milieu du trottoir.

Elle avait aimé que Ronin utilise des foulards, ou même ses propres vêtements, pour l'attacher durant les préliminaires et ensuite. Elle avait ressenti une étrange liberté en découvrant qu'il en éprouvait du plaisir.

Est-ce que cela ne l'asservissait pas, de donner la priorité à ses envies plutôt qu'aux siennes ?

Mais Amery ne parvenait pas à trouver un exemple où Ronin ne pensait pas avant tout à son plaisir à elle. Il le faisait chaque fois.

En plus, il avait toujours fait en sorte qu'elle ne se sente pas asservie. Elle n'était pas là uniquement pour satisfaire son plaisir. C'était plutôt l'inverse. Il était allé bien au-delà du plaisir, et elle était toujours sa priorité.

Maintenant qu'elle avait tiré cela au clair, qu'allait-elle faire ?

Elle revint au loft sans avoir trouvé de réponse.

Par habitude, elle alluma son ordinateur portable et regarda ses mails. Super ! Elle avait reçu un nouveau mail de Cherry Starr.

« Amery,

Je connais votre travail parce que vous avez réalisé quelques brochures et flyers pour le camping de ma famille. Désolée d'avoir avancé masquée, mais Cherry Starr est mon nom de plume, personne dans ma famille ne sait que j'écris de la littérature érotique, et j'aimerais que les choses restent ainsi. Avant que nous allions plus loin, existe-t-il une clause de confidentialité ?

Cherry »

Au fil des ans, Amery avait confectionné plusieurs brochures pour des campings. Certains établissements dépendaient d'une paroisse, d'autres étaient plutôt orientés famille et n'acceptaient ni les célibataires ni les couples sans enfants. Elle comprenait les réticences de Cherry à révéler son identité sans aucune garantie.

Amery resterait discrète. Elle répondit aussitôt :

« Cherry,

Oui, je peux vous promettre une clause de confidentialité. Je ne veux pas être malpolie, mais j'ai vu que vous écriviez des livres sur le bondage et je me demandais si vous accepteriez de me parler du mode de vie BDSM. En quoi cela a-t-il à voir avec le design de la couverture de votre livre ? Il n'y a aucun lien. Je m'adresse surtout à vous sur un plan personnel.

A~ »

Deux heures plus tard, une réponse apparut dans sa boîte de réception.

« Amery,

Ça ne me gêne pas de vous répondre. La connaissance, c'est le pouvoir, et je suis contente de faire part de mon expérience – aussi limitée soit-elle – pour balayer les idées reçues.

Non. Le BDSM n'est pas mon mode de vie. J'ai testé et fait quelques « tentatives », mais je n'ai pas trouvé de configuration, ou d'homme, qui…

me convenait. Cela dit, il y a une différence entre le BDSM et le bondage. Dans le BDSM, une personne est dominante et l'autre soumise, même si c'est un « jeu » pour une seule nuit. La relation entre le Dom et le soumis est sexuelle, la plupart du temps.

Les choses sont un peu plus délicates dans le bondage. Certaines personnes se sentent libérées d'être attachées, au point qu'elles ne peuvent ni bouger ni penser, elles existent uniquement en tant que réceptacle. Certains amateurs de cordes veulent être attachés par une personne avec qui ils n'entretiennent pas de relation intime ; le bondage n'est pas forcément sexuel. Parfois, c'est strictement psychologique. Puis il y a les disciplines artistiques de bondage, où la beauté des liens et de la configuration des nœuds vise davantage à faire connaître les talents artistiques du maître des cordes qu'à insister sur l'aspect sexuel de la scène. »

Amery se recula de l'écran de l'ordinateur et leva les yeux au ciel. Toutes les fois où Ronin l'avait immobilisée, il avait fait en sorte que ce soit sensuel. Il ne pouvait pas s'empêcher de la toucher. Le fait qu'elle soit attachée lui avait permis d'explorer son corps et ses réactions sans aucune restriction.

À vrai dire, elle avait aimé cela, même quand elle ignorait que ce qu'il lui faisait avait un nom officiel.

Peut-être était-elle naïve, mais elle ne savait pas du tout que les relations comme celles-ci – BDSM, dominants et soumis – existaient. Elle se considérait comme quelqu'un d'ouvert, mais cela ne l'avait jamais attirée. Si cela fonctionnait sur les autres, tant mieux.

Elle avala son café et grimaça, car il avait refroidi avant qu'elle ait pu finir la réponse de Cherry.

> « Toujours motivée pour travailler avec moi ? Je n'ai objectivement aucune opinion sur le sujet – LOL.
>
> Cherry ~ »

Après avoir relu le mail, elle ressassa son histoire de la veille et passa une nouvelle heure à s'informer sur le shibari et le kinbaku, déterminée à maîtriser son sujet avant d'avoir une conversation avec Ronin.

— Une dizaine ? Oui, c'est bon.

Amery gardait la tête inclinée vers son épaule pour tenir le récepteur du téléphone en place pendant qu'elle écrivait sur son calendrier.

— Non, merci. J'apprécie d'avoir de nouveaux clients et je suis toujours enthousiaste à l'idée de travailler sur de nouveaux projets. (Elle rit.) Bonne soirée et à jeudi.

Elle raccrocha le combiné et fit pivoter son cou pour le détendre.

— Tu devrais vraiment investir dans un casque sans fil, lui dit Molly depuis la porte.

Amery leva les yeux.

— Je sais. Mais je suis dépassée par tous les modèles qui existent, du coup je finis toujours par sortir du magasin sans rien acheter.

— Fais-moi plaisir. La prochaine fois, laisse-moi t'accompagner.

— Ça marche. Tu avais besoin de quelque chose ?

Molly jeta un coup d'œil par-dessus son épaule.

— Il y a quelqu'un pour toi.

Ronin ?

Son visage devint rouge. Depuis leur « break », elle s'était occupée du matin au soir, posant seulement sa tête sur l'oreiller dans l'espoir d'arrêter de penser à lui. Cela n'avait pas marché, ce qui l'agaçait au plus haut point. Ils sortaient ensemble depuis trois semaines. *Trois semaines.* Elle ne devait pas avoir un tel… attachement envers lui. Tyler ne lui avait très certainement jamais manqué autant que le sexy sensei. Mais elle ne savait franchement pas ce qu'elle allait dire à Ronin quand elle le reverrait ni pourquoi son cœur s'emballait à l'idée de le voir.

— Serais-tu déçue si ce n'était pas Ronin ?

À la façon dont son estomac avait fait un bond, la réponse était oui, sans aucun doute.

— Alors qui est-ce ?

— Shihan Knox, du dojo. Tu veux que je lui dise que tu es au téléphone avec un client ?

— Non. Envoie-le-moi.

Amery eut à peine le temps de lui faire de la place pour s'asseoir que déjà le colosse d'un mètre quatre-vingt-quinze débarquait dans son bureau.

Il lui sourit avant de refermer derrière lui.

— J'ai pour habitude de laisser la porte ouverte.

— J'imaginais que vous préféreriez qu'elle soit fermée pour ce que j'ai à vous dire. (Il se laissa tomber sur la chaise et baissa la tête.) À moins que vous n'ayez raconté à vos collègues ce qui s'est passé entre Ronin et vous samedi soir ?

Elle fronça les sourcils.

— Ronin vous l'a dit ?

— Non. En fait, il ne sait pas que je suis là.

Cette phrase la surprit.

— Je parie que vous avez pris peur après que maître Black a rompu les cordes.

Amery rougit.

— Vous a-t-il montré sa salle secrète ?

— C'est comme ça qu'il l'appelle ?

— Comment pourrait-il faire autrement ?

Les pupilles de Knox rétrécirent.

— Peut-être que la question est : comment l'avez-vous appelée, vous ?

Elle devint encore plus rouge quand elle admit :

— Je ne prendrai pas la peine de le répéter, car je l'ai dit en étant sous le choc.

— D'accord.

Knox appuya ses avant-bras sur ses genoux.

— Écoutez, Amery : je ne vous connais pas, mais j'aimerais que nous soyons honnêtes l'un envers l'autre, OK ? Je ne répéterai pas à Ronin ce que vous me direz. Mais j'ai besoin de savoir où vous en êtes.

— Vous pensez que je dois vous le confier avant d'en parler au principal intéressé ?

— Oui.

— Pourquoi ? Pour que vous puissiez lui balancer en douceur que je vais le quitter ? Foutaises ! Ronin Black n'est pas quelqu'un de doux, donc je pense qu'il ne s'attend pas à ça de ma part, ni de la vôtre.

Knox grimaça.

— Vous avez raison. C'est pour ça que je suis là. (Son sourire s'effaça.) Vous comptez vraiment le quitter ?

— Si vous m'aviez posé la question samedi soir, je vous aurais même plutôt dit que j'allais m'enfuir. (Amery tortilla une mèche de cheveux.) Mais maintenant…, après m'être calmée et avoir pris du recul en faisant des recherches, je ne sais pas.

— Au moins ce n'est pas un non définitif.

— Si c'était non, vous essaieriez de m'influencer ?

Il hocha la tête.

— Je vous propose quelque chose. Maître Black est très respecté pour ses talents avec les cordes. Il est considéré comme un maître shibari et kinbaku. Il fait des démonstrations dans un club de la ville, et je pense que ce serait bien pour vous – pour vous deux en fait – de le voir démontrer son expertise en la matière.

— C'est quelle sorte de club ?

— Un club privé. Certains disent que c'est un club libertin, mais c'est un peu simpliste.

Sa mâchoire en tomba.

— Il y a un club libertin à Denver ?

— Chère demoiselle, il y a une demi-douzaine de clubs libertins underground à Denver.

— Oh ! Vous voyez que je ne sors pas beaucoup.

— Ce n'est pas comme s'ils faisaient de la pub.

La conversation qu'elle avait surprise entre Ronin et Knox au dojo prenait sens, quand Knox demandait si c'était à cause d'Amery que Ronin n'avait pas fait sa prestation au club.

— Donc, vous me proposez de m'emmener dans ce club libertin ?

— Oui.

— Vous allez le dire à Ronin si j'accepte ?

— Pas sûr. Je ne veux pas lui faire de fausse joie, lui apprendre que vous acceptez, puis que vous preniez peur et partiez, et qu'au final il n'y ait pas de show.

Amery commença à protester, mais elle n'y parvint pas. Il y avait de fortes probabilités qu'elle s'enfuie.

— Ronin n'a rien dit sur ce qui n'allait pas entre vous. Je ne suis pas vraiment surpris, c'est l'homme le plus pudique que je connaisse. Ça fait des années que je travaille avec lui, et je ne le connais qu'en partie.

— Ça me rend folle.

Il haussa les épaules.

— C'est comme ça, il préfère que ce soit ainsi. J'ai énormément de respect pour ce que je connais de lui, ça me permet d'accepter les limites qu'il fixe pour protéger sa vie privée. Je sais également que quelque chose de… désagréable est arrivé, car mon sensei a été un putain de tyran pendant les trois derniers jours. Son entraînement commando pour les étudiants avancés est difficile, mais il l'a fait passer à un niveau trop élevé. Il est comme ça avec toutes ses classes, pas juste avec les plus gradées ou avec les combattants de free-fight. Il a aussi été très sévère envers lui-même, en s'entraînant plus durement que d'habitude.

Elle eut un moment de soulagement à l'idée que Ronin ait été affecté par ce qui s'était passé entre eux.

Knox se leva.

— Donc, pensez-y. (Il lui tendit une carte de visite.) Appelez-moi dans tous les cas.

— Oui.

— J'espère vraiment que vous allez accepter.

Après deux nuits à ne pas dormir, Amery appela Knox le vendredi matin et accepta de se rendre au club. Elle s'assura également que Ronin serait au courant de sa présence.

Une fois cette décision prise, elle s'attaqua à la suite de sa liste.

Elle avait hésité à travailler sur le projet de Cherry Starr, à cause du contenu érotique de ses livres. Elle ne voulait pas que ses clients prennent leurs distances, certains étaient des institutions religieuses.

D'un autre côté, élargir ses opportunités de travail se justifiait sur le plan financier, particulièrement en ces temps de crise. En plus, elle pouvait trouver un autre nom pour cette branche de sa boîte. Comme « Les-temps-sont-durs Designs », « Fauché Designs », ou « Érection Designs ». Elle ricana sur la dernière possibilité, ouvrit sa boîte mail et commença à taper.

« Cherry,

Merci encore de votre réponse honnête et informative. Je suis très intéressée par l'idée de contribuer à la création d'une couverture sexy pour votre livre. Si vous voulez bien m'envoyer les paramètres de l'image, votre vision artistique et une date butoir approximative, je commencerai dès que possible.

Merci,

A ~ »

Chapitre 16

— Comment s'habille-t-on pour aller dans un club libertin spécialisé dans le bondage ?

Knox regarda Amery d'un air surpris.

— Ronin ne vous a pas dit comment vous habiller ?

— Je n'ai pas eu de ses nouvelles. Du coup, j'étais étonnée qu'il vous ait dit de m'amener à l'appartement avant d'y aller. (Elle s'arrêta un court instant.) Ça fait partie du jeu ? Le maître des cordes, ou quel que soit son nom, doit choisir les vêtements ?

Il hocha la tête.

— Oui, surtout si vous vous produisez.

Se produire… Ce mot resserra les nœuds de son estomac. Amery était sur le point d'annuler cette escapade.

Mais elle savait qu'elle devait y aller.

Elle se traîna jusqu'à la fenêtre. Le crépuscule renvoyait une lueur rose-orangé sur les toits de Denver.

— À quelle heure est-on censés y être ?

— Dans une heure.

— Ça ne me laisse pas trop la possibilité de faire du shopping.

Ce n'était pas comme si Amery pouvait appeler Emily et lui demander si elle pouvait lui emprunter un vêtement fétichiste. Ou Chaz d'ailleurs… Si elle devait parier sur qui possédait des vêtements en cuir et en latex, elle miserait tout de même sur Chaz.

— J'ai une suggestion à vous faire, lâcha Knox.

— Y aller nue n'est pas envisageable.

Knox explosa de rire.

— Ronin couperait la tête de toute personne qui vous verrait nue sans avoir sa permission – y compris la mienne.

Une fois encore, elle se retint pour ne pas se hérisser au mot « permission ».

— Je crois qu'il a prévu que vous passiez par ici parce qu'il y a des vêtements pour femmes stockés au cinquième étage.

— Quels vêtements ? demanda Amery, alors même qu'elle connaissait la réponse.

— Ils appartiennent à Ronin, répondit Knox, très diplomate. (Il l'examina.) Ils vous iront.

— Donc Ronin a un type de femmes ? rétorqua-t-elle sèchement. Les blondes vénitiennes aux origines nordiques qui sont de taille moyenne, avec une petite poitrine et une peau laiteuse ? *(Et dociles.)* C'est à ça que ressemble Naomi ?

Knox la regarda comme si elle était allée trop loin.

— Quoi ? Vous vous trompez. Naomi ne vous ressemble pas du tout.

— Qu'est-ce que vous voulez dire par là ?

— Et bien déjà, premièrement, elle est japonaise.

Pourquoi Ronin ne le lui avait-il pas dit ?

Parce que Ronin ne te raconte pas grand-chose.

— Vous acceptez de porter ces vêtements ou pas ? insista-t-il.

— Ai-je vraiment le choix ? (Elle se dirigea vers l'ascenseur.) Allons-y.

Knox la saisit par le bras et l'arrêta.

— Vous ne pouvez pas vous rendre dans la réserve. Je vais y aller et vous rapporter quelques trucs.

Elle retint une réflexion ironique sur le fait d'être autorisée à choisir ses propres vêtements et alla patienter devant la fenêtre.

À quoi devait-elle s'attendre dans ce club ? Est-ce qu'elle verrait des membres se faire fouetter ou fesser ? Y aurait-il des actes sexuels obscènes ? Qu'est-ce qui pourrait être qualifié d'obscène dans un club libertin de toute manière ?

Et comment Ronin, le maître en bondage, se positionnait-il dans cet endroit ? Si elle était… dégoûtée ou effrayée par le spectacle, lui adresserait-il encore la parole ?

Peut-être que tu as surtout peur que ça ne te dégoûte pas du tout.

Mais quelle femme n'aurait pas peur si son amant se ramenait avec une corde et exigeait de la voir à genoux, mains derrière le dos ?

Amery reposa sa tête contre la vitre. Tout cela l'embrouillait tellement ! Est-ce que cette soirée allait tout mettre au clair ou au contraire tout embrumer ?

Les portes de l'ascenseur s'ouvrirent. Knox s'approcha d'elle ; il portait une demi-douzaine de cintres entourés de housses en plastique de pressing.

— J'en ai apporté plusieurs. En tant qu'invitée ce soir, vous allez susciter l'intérêt. Mais je vous suggérerais de la jouer discrète si vous ne voulez pas être mise en avant.

Il s'inclina légèrement pour saluer, comme le faisait Ronin, et quitta la pièce.

Amery se retrouva en sous-vêtements dans la chambre de Ronin. Elle se fixa d'abord sur la minijupe en cuir, dans le premier sac. Elle détestait l'idée que cela lui aille comme un gant. Est-ce que Ronin avait vu Naomi porter cette jupe ? Avait-il passé ses mains sous l'ourlet de ce vêtement et peloté son cul ?

Arrête.

Mais cette image ne disparaissait pas, maintenant qu'elle avait une meilleure idée du physique de Naomi – probablement exotique, façon geisha –, alors elle décida de mettre cette jupe de côté.

Le deuxième sac contenait une robe, pas en cuir ni en latex mais entre les deux. Avec des découpes superbes qui laissaient entrevoir son ventre et un décolleté en forme de cœur ; cela aurait pu être parfait s'il n'y avait pas eu de chaque côté du cou des anneaux qui devaient servir à passer une laisse.

Celle-là allait sur la pile « non », sans aucun doute.

La suivante était en latex fuchsia. Amery n'arrivait pas à savoir comment l'enfiler, alors la robe atterrit sur la même pile.

Le dernier article était un pantalon en cuir. Elle avait peur de devoir se graisser les jambes pour pouvoir entrer dedans, mais il moula ses courbes comme s'il était fait pour elle. Jetant un coup d'œil à ses fesses dans le miroir, elle sourit. Il lui faisait un cul d'enfer.

La sélection de hauts laissait à désirer : c'était soit transparent, soit très court. Elle regarda son soutien-gorge noir en dentelle. Même si ce n'était pas plus décolleté qu'un haut de maillot de bain, elle ne pourrait pas entrer dans ce club en portant seulement un pantalon en cuir et un soutien-gorge.

Sur un coup de tête, elle ouvrit le placard de Ronin. Elle retourna la douzaine de tee-shirts blancs jusqu'à ce qu'elle en trouve un au fond qui semblait plus petit que les autres. Elle se glissa dedans, et l'odeur de Ronin la submergea. Elle ferma les yeux face à la douleur de son absence. Comment pouvait-il autant lui manquer alors qu'elle avait le sentiment de ne pas le connaître ?

Elle fit un pas vers le grand miroir. Le tee-shirt était trop grand. Elle saisit les bords et fit un nœud autour de sa taille. Le petit bout visible de son soutien-gorge noir faisait un peu trash, mais c'était un choix plus judicieux qu'une robe en latex qui découvrait ses fesses.

Amery sortit de la chambre de Ronin, et Knox qui était au téléphone leva les yeux.

— Ça va le faire.

— Super. Alors on fait quoi… On y va ? Vous nous y conduisez ?

Knox fit un signe de dénégation.

— Ronin envoie une voiture. Elle sera là d'ici à quinze minutes environ.

— Oh ! OK.

Elle s'avança jusqu'au bar et se servit une limonade un peu coquine – une vodka framboise : de la liqueur de Chambord, du triple sec et du Sprite zero. Elle regarda Knox, perché sur un tabouret.

— Je vous sers quelque chose ?

— Non. Je ne bois pas les soirs où on va au club. En revanche, je veux bien des glaçons avec mon eau.

Amery fit tomber de la glace dans le verre et le fit glisser jusqu'à lui.

— Peut-être que vous pouvez m'en dire plus sur ce club libertin.

— Vous êtes une invitée, donc la première règle, c'est que vous êtes là seulement pour observer. Quand il y a des fouets ou des cravaches dans les spectacles et que vous entendez le soumis dire non, il faut que vous compreniez que ça fait partie du jeu. Il y a des membres qui aiment avoir mal et d'autres qui aiment faire mal. N'intervenez surtout pas.

Elle écoutait attentivement tout en sirotant son cocktail.

— Ronin fait partie de ceux qui aiment faire mal ?

— Pas vraiment. Mais certains de ses bondages par suspension ont causé suffisamment de douleur pour être considérés comme des châtiments.

— Des bondages par suspension, répéta-t-elle. Ça consiste à suspendre une personne au plafond par une corde ?

— Par plusieurs cordes.

— Vous allez sûrement me dire de poser ces questions à Ronin, mais comment se comporte-t-il en public en tant que maître des cordes, quand tout le monde observe ses moindres gestes ? En particulier quand on sait qu'il n'autorise pas les spectateurs extérieurs au dojo ?

Knox eut l'air mal à l'aise.

— Ronin est un expert dans la maîtrise des cordes. Il est artistique et sensuel, pas comme d'autres soi-disant connaisseurs, qui pratiquent le shibari et le kinbaku comme des performances artistiques bizarres. En tant que prof il est très exigeant. Alors, les nuits où il prévoit de faire une démo dans un club, c'est généralement bondé.

Elle voulut demander si Ronin avait des relations sexuelles avec ses partenaires ou s'il en avait avec certaines personnes du club, car… c'était tout de même un club libertin. Pourquoi en serait-il membre s'il ne voulait pas avoir de relations sexuelles ?

— Êtes-vous aussi un maître des cordes ?

— J'ai un niveau meilleur que la moyenne, car Ronin était mon mentor. Je n'enseigne pas mais je pratique. Mon domaine d'expertise est différent du sien.

— Quel est votre domaine d'expertise ?

Ses yeux bleus profonds captèrent les siens.

— La douleur. Certains membres la recherchent et ils viennent me voir pour les servir.

Aïe !

— Ronin m'a demandé de me renseigner pour savoir si vous lui accorderiez du temps après la démo.

— Où ça ? Au club ? Devant tout le monde ?

— Soit là-bas, soit ici, puisque vous laissez vos affaires ici.

— Est-ce qu'on peut d'abord voir comment ça se passe ? (Knox fronça les sourcils.) J'ai peur d'accepter parce que… si je ne supporte pas ce que je vois… pas seulement ce que fait Ronin, mais ce qui se passe dans le club… ?

Il l'examina pendant un petit moment.

— Voyez les choses comme ça : les choix de ses membres ne sont pas les vôtres. Ce que vous les voyez faire n'a pas d'impact sur vous ou sur le type de sexe qui vous convient. En le parcourant, dites-vous bien que c'est un club très spécial. Vous ne verrez peut-être jamais plus quelque chose de ce type. Et il est plus possible que vous terminiez plus excitée qu'autre chose par ce que vous verrez. C'est ce que les gens ont le plus de mal à accepter. (Il regarda son téléphone.) On doit descendre.

Elle termina son verre.

— J'ai besoin d'avoir mon sac à main, de l'argent, mon carnet de santé ou autre chose ?

Knox grimaça.

— Non. Juste un esprit ouvert.

Le chauffeur se gara dans un parking souterrain et les accompagna jusqu'à l'entrée. Lui et Knox plaisantèrent sur le fait que l'endroit était bondé, mais cela ne voulait rien dire pour elle.

L'ascenseur s'arrêta à un étage non mentionné. Elle jeta un regard sur le panneau. Aucun des boutons n'avait de numéro. Les portes s'ouvrirent sur une petite réception. Le type derrière le comptoir ressemblait à un défenseur de première ligne des Broncos, avec une arme en plus.

Il fit un signe à Knox et tendit un formulaire à Amery.

— Formulaire de confidentialité. Lisez-le. Signez-le. Faites-nous confiance. Et comprenez bien que si les règles de confidentialité sont bafouées nous agirons selon la loi. Eh oui, nous avons les moyens de savoir qui a rompu le contrat et à quel moment. Eh oui, notre équipe juridique s'est déjà occupée de ce genre d'affaires en appliquant les pénalités les plus élevées conformément à ce que permet la loi. Est-ce que je suis assez clair, mademoiselle Hardwick ?

— Oui.

Amery saisit le formulaire et s'assit sur la seule chaise de la pièce pour le lire. Rien sur le formulaire n'indiquait le nom du propriétaire, mais elle vit le mot « Déviant » et en déduisit que c'était le nom du club. Le contrat impliquait que le signataire ne pouvait pas parler du club, de son emplacement ou de ce qui s'y passait avec qui que ce soit qui ne soit pas membre ou invité. Il n'y avait pas d'exception. Les membres du club étaient tenus à un strict anonymat en dehors du club, ceux qui ne respectaient pas cette consigne seraient exclus et poursuivis pour avoir rompu le contrat. Sans exception.

Même si l'aspect juridique l'effrayait, elle signa quand même. Ce serait son seul passage ici, et elle avait bien l'intention de partir dès que Ronin aurait fini sa démonstration. Elle rendit le formulaire, et, à sa grande surprise, ce fut le chauffeur qui le certifia. C'était pratique.

Alors le géant derrière le comptoir s'adressa à Knox.

— Toi ou maître Black pouvez-vous vous assurer qu'elle sera toujours surveillée ?

— Je suis là exclusivement en tant qu'accompagnateur ce soir, répondit Knox, puisque c'est Ronin qui régale.

« Qui régale » ? Qu'est-ce que cela voulait-il dire ?

L'employé tendit à Amery un petit badge avec une carte plastifiée, sur laquelle était inscrit « invitée ». Il attacha un brassard noir au bras de Knox. Puis il entra un code sur un clavier, et le chauffeur/notaire/responsable de l'ascenseur leur ouvrit la porte.

Amery essaya d'agir de façon cool, mais son cœur s'emballa quand ils passèrent la porte.

Knox ne prit pas son bras. En fait, il se tenait en retrait pour voir quelle direction elle allait prendre. Elle opta pour la droite.

L'espace ouvert ressemblait à la piste de danse d'un club en ville. Il y avait de hauts plafonds, pas de fenêtres. Les zones de discussion étaient sur les côtés. Elle essaya de ne pas rester bouche bée devant les gens qui dansaient nus. Ou devant les gens attachés en laisse par des colliers. Personne ne fit attention à eux, même si quelques-uns firent un petit signe à Knox.

Une fois la porte passée elle demanda :

— Ronin est déjà là ?

— Oui.

— Dans combien de temps commence la démonstration ?

— Une demi-heure. Vous voulez voir quelque chose en particulier ?

— Je ne sais pas ce qu'il y a à voir.

— Je vais vous donner une vision d'ensemble.

Elle désigna son brassard.

— C'est pour quoi, ça ?

— C'est pour que les membres sachent que je ne suis pas libre ce soir.

— Oh ! (Elle s'arrêta.) C'est inhabituel ?

— Très. Voyons…

Knox lui parla du club, des trois étages et d'un quatrième dédié aux événements privés. Amery ne demanda pas en quoi consistait un événement privé.

Les gens vagabondaient dans les différentes pièces. Des gens à l'allure normale. Certains portaient des habits fétichistes, mais cela ne semblait pas aussi étrange qu'elle aurait pu le croire.

Jusqu'à ce qu'ils arrivent au dernier étage. C'était hallucinant. Cet espace était organisé comme une grande étable avec des compartiments. Il y avait des X inscrits sur les quatre premiers : Knox expliqua que c'étaient les croix de saint Andrew. Une femme nue était attachée la tête contre le X du premier box. Un homme, faisant claquer un fouet, lui infligeait des coups sur la peau du dos, et des marques couraient le long de ses mollets jusqu'à ses épaules.

Chaque fois qu'elle criait, Amery grimaçait. Dans le coin le plus éloigné, une femme à genoux faisait une fellation, menottée et les mains dans le dos. Le geste était brusque, car le type faisait claquer ses cuisses contre elle et baisait vraiment sa bouche pendant qu'un autre était posté derrière eux, tout en tenant sa queue dans ses mains et en se masturbant.

Ils continuèrent dans le couloir. Avant qu'ils atteignent le prochain compartiment, elle demanda à Knox :

— La règle ici, c'est que tout le monde peut participer ? Il y a une hiérarchie ? Les membres sont célibataires ou en couple ?

— Il y a des soumis célibataires et des dominants célibataires. Un soumis célibataire associé à un dominant, c'est égalitaire, c'est ce que veulent les soumis. Ils négocient entre eux de ce qu'ils font. Tout est consenti. Des membres viennent ici pour changer de partenaire. Des couples rejoignent le club pour utiliser les équipements et se laissent aller dans des chambres à thèmes. D'autres viennent parce qu'ils sont exhibitionnistes ou voyeurs. Il y a beaucoup de raisons différentes pour rejoindre ce club, et il y a trois types de personnes qui y viennent.

Amery hocha la tête. Elle ne pouvait pas s'imaginer tomber à genoux et faire une fellation à son amant en public parce qu'il l'avait exigé. Et en privé ? Quand Ronin lui ordonnait de faire quelque chose c'était sexy et palpitant, car elle savait qu'elle l'avait suffisamment touchée et qu'elle pouvait s'exécuter. C'était plus doux et plus excitant parce que c'était juste entre eux.

Dans un autre compartiment, des chaînes pendaient du plafond jusqu'au sol. Elle trouva bizarre que ce soit inutilisé jusqu'à ce qu'elle voie que l'espace était réservé.

C'est alors que Knox lui murmura :

— Vous êtes prête à monter ?

Elle sursauta.

— Ah, bien sûr ! Je suppose qu'il n'y a pas de vrai bar, ici ?

— Je crains que non. Pas d'alcool pendant les préliminaires.

Donc toutes ces personnes agissant de manière aussi obscène étaient complètement sobres.

Ne fais pas ça. Ne les juge pas. C'est pas ta vie, c'est pas ton problème.

Mais une partie d'elle-même angoissait sur ce que Ronin attendait d'elle. Peut-être que la raison pour laquelle un mec aussi beau, sexy et intense que Ronin était toujours célibataire à trente-huit ans était qu'il avait des goûts exigeants et particuliers, que la plupart des femmes ne pouvaient pas satisfaire.

Cette pensée était vraiment effrayante.

Ils s'arrêtèrent devant l'ascenseur, et Knox fit un pas devant elle, lui bloquant la vue.

Elle releva les yeux.

— Quoi ?

— Arrêtez de faire la grimace.

— Je fais la grimace ?

— Et vous avez l'air dégoûtée, ce qui ne passe pas très bien, comme vous pouvez vous en douter.

Amery inspira profondément et lâcha :

— Je crois que je ne peux pas le faire, Knox.

— Vous ne pouvez pas faire quoi ?

— Je ne peux rien faire de tout ça. Peut-être que je suis trop prude. Mais je ne me vois pas me faire baiser sur une table de billard devant des inconnus. Je pleurerais vraiment si j'étais attachée et fouettée. Je ne dis pas que c'est crade, mal ou pas bien, ce n'est juste pas moi.

Knox avait l'air embêté.

— Pourquoi pensiez-vous que ça devait se passer comme ça ?

— Ronin est un membre. Ça ne veut pas dire que… ?

— Vous êtes là pour apprendre, Amery. Ronin a demandé que vous regardiez la démo et qu'après vous en parliez avec lui. C'est la seule chose qui doit vous préoccuper ce soir.

Donc Knox n'avait pas nié la participation de Ronin à des scènes de ce genre, mais il ne l'avait pas non plus confirmée.

— Allez ! La salle a dû déjà commencer à se remplir, dit Knox.

La pièce aux airs de caverne abritait à l'une des extrémités une scène ornée de rideaux bouffants. Une chaise était posée près de la scène, d'autres étaient disposées en demi-cercle derrière elle. Les spectateurs étaient éparpillés contre le mur du fond pour avoir une meilleure vue. Ils chuchotaient. L'atmosphère était différente des autres shows. Aucun accessoire ne décorait la scène.

Knox montra la chaise du doigt.

— Vous serez devant, au centre.

— Mais je ne veux pas être devant. Je préférerais être derrière, pour ne pas déranger. (Elle fit une pause.) Non pas qu'il sera distrait par ma présence, mais pourquoi courir le risque ?

— Parce que c'est ce que Ronin a prévu, il s'attend à ce que vous soyez là.

Se sentant trop en vue, Amery s'enfonça dans sa chaise. Knox se tenait derrière elle et parcourait la foule du regard. Quand la lumière se baissa, il lui serra l'épaule et disparut.

Elle s'attendait à un côté théâtral pour annoncer l'entrée de Ronin : de la fumée, des lumières, de la musique épique. Tout devint noir à l'exception de la scène.

C'est parti.

Une femme qui portait une robe blanche entra par le côté droit de la scène. Elle ne se mit pas à genoux. Elle s'arrêta et attendit tout en maintenant la tête inclinée.

Quand Ronin arriva sur scène, Amery sentit l'énergie qui émanait de lui. Il portait un pantalon gi blanc et une tunique blanche qui s'accordait merveilleusement avec son teint. Ses yeux étaient-ils aussi brûlants que la topaze ? Ou cette vive couleur noire indiquait-elle son excitation ?

Ronin fit tomber les cordes aux pieds de la femme. Puis il fit passer ses grands cheveux noirs sur le côté et lui murmura quelque chose à l'oreille.

Amery en eut la chair de poule. Elle savait exactement ce que cela faisait de sentir les lèvres chaudes de Ronin à cet endroit. Comment sa voix profonde semblait s'enfoncer sous la peau.

Puis Ronin tira la ceinture de soie de la robe, la plia en deux et l'utilisa pour attacher les cheveux de la femme. Elle gardait la tête baissée. Il glissa les doigts sous le col de la robe, dénudant les épaules de sa partenaire. Le satin se prit dans les méandres de ses coudes, puis il lui redressa les bras, et la robe tomba au sol.

La femme était nue. Ses cuisses étaient un peu grosses, mais elle avait des bras minces. Son ventre ressortait. Elle avait plusieurs tatouages sur les bras et une fleur dessinée au-dessus des seins. Un énorme oiseau bleu couvrait l'extérieur de sa cuisse droite, depuis son genou jusqu'à sa hanche. Pour le reste, elle était assez ordinaire.

Pourquoi éprouvait-elle le besoin de scruter le corps de cette femme ?

Parce que les mains de Ronin allaient le recouvrir. Elle devait se convaincre que cette femme n'avait rien de spécial. Que c'était une mannequin prise au hasard dans ce club.

Alors pourquoi la tête de cette femme se pencha-t-elle en arrière quand Ronin lui parla ? C'est à ce moment-là qu'Amery soupçonna qu'elle connaissait bien le contact de Ronin. Elle savait exactement ce qui allait arriver.

Elle ressentit une vive jalousie, comme elle n'en avait jamais connu.

Son amant fit alors courir ses mains le long de la poitrine de cette femme. Il saisit dans ses paumes ses seins lourds et descendit pour dessiner les courbes de ses hanches. Puis il attrapa la corde et se positionna derrière elle.

La corde qu'il utilisait était de couleur bleu vif. Il commença par la retourner pour qu'elle soit dos au public, permettant à tout le monde de constater comme il avait bien immobilisé ses poignets après avoir attaché ses avant-bras. Puis il la retourna à nouveau.

Amery regarda Ronin dérouler la corde, ses doigts collés à la peau de cette femme à chaque mouvement. Elle ressentait le contact abrupt de ses mains calleuses. Quand il entoura une autre corde autour de son bassin, le ventre d'Amery se contracta pendant qu'il serrait davantage. Puis il croisa les cordes sur la poitrine de la mannequin, comprimant sa chair ; Amery était à bout de souffle tandis qu'il tirait les cordes au point de lui faire mal.

Tous les yeux étaient rivés sur la femme. Son corps orné de cordes et de nœuds entrecroisés, sa respiration haletante, la sueur ruisselant sur sa poitrine…

Pendant un court instant, ce ne fut pas une femme anonyme qui était sur scène. Quand elle releva la tête, Amery vit son propre visage.

Chapitre 17

Puis Ronin s'adressa au public.

— N'hésitez pas à vous approcher pour regarder la technique de shibari qu'on appelle « zigzag ». La mannequin a accepté d'être touchée pendant que vous évaluez les techniques d'attachement.

Putain ! Cette femme avait accepté de se laisser toucher par des inconnus sans la moindre restriction ?

— Ne me posez pas de question, s'il vous plaît. Admirez la beauté du canevas, pas le peintre.

Puis il disparut dans la pénombre.

La foule s'agglutina autour de la femme. La dernière chose que vit Amery fut un air de plénitude sur le visage de cette inconnue alors qu'elle s'offrait et que des mains la touchaient.

Knox s'accroupit aux pieds d'Amery.

— Vous ne voulez pas regarder ?

Elle fit « non » de la tête.

— Pourquoi pas ?

Ne lui dis pas. Elle fit tomber ses cheveux devant son visage, espérant que cela masquerait le rouge de sa honte.

— Amery, ça fait partie de la personnalité de Ronin. C'est pour ça que vous êtes là. Vous ne voulez pas contempler sa maîtrise dans ce domaine ?

Elle releva la tête et parla comme si elle se confiait à Ronin.

— Non, je ne veux pas voir la maîtrise de Ronin en matière de bondage érotique sur le corps de cette femme. Je veux la voir sur mon corps.

Les yeux de Knox cherchèrent les siens.

— Dites-le-lui. Il y a un vestiaire au fond du couloir. Il sera là-bas après cette démonstration.

La foule retourna s'asseoir au lieu de sortir. Ce n'était pas fini ?

Ronin retourna sur scène.

Apparemment non.

Amery regarda Ronin détacher les mains de la femme. Il lui parlait à voix basse. Il la caressait. Elle détesta ce spectacle, car elle savait exactement à quel point c'était fabuleux de sentir ces mains-là sur son corps.

Il retira les cordes.

Quelqu'un derrière Amery demanda :

— Que se passe-t-il ?

Une autre voix répondit :

— Il lui enlève les liens, il va la détacher et l'attacher à nouveau différemment. Puis il va la baiser.

Était-ce ce que Ronin avait fait de ses samedis soir quand il n'était pas disponible ? Montrer ses talents avec les cordes sur des femmes, puis ses talents d'amant dominateur ?

Son corps tout entier ressentit une certaine honte. Elle lui avait fait confiance. Elle aurait couché avec lui sans préservatif.

Puis Amery ferma le clapet de la voix critique qui l'accompagnait depuis l'enfance, lui intimant de ne pas tirer de conclusion hâtive.

Elle se concentra à nouveau sur la scène, tandis que Ronin ajustait les cordes différemment sur le bas du corps de la femme. Il faisait glisser le bout de ses doigts contre le lien en enroulant le ventre et les hanches de la mannequin. Il conçut des nœuds qui suivaient une ligne droite en passant le long de son ventre, sur ses hanches, par-dessus son sexe et entre ses jambes.

Mais les mains de Ronin ne touchèrent pas directement sa chatte. Il tira fort sur la corde en lui indiquant ce qu'elle devait faire. Elle se retourna et écarta les cuisses, montrant à tout le monde que la corde encadrait son sexe et son anus, la laissant totalement disponible.

Amery ressentit alors une jalousie totalement différente. Qu'est-ce que l'on devait éprouver à être aussi libre, à accepter sa sexualité et son corps ? Pas seulement en privé mais aussi en public ?

— Cette technique kinbaku s'appelle « exposer la cerise ».

Ronin faisait courir affectueusement sa main le long de la colonne vertébrale de la femme. Il s'inclina devant elle puis devant le public. Il fit un signe à Knox qui se dépêcha de le rejoindre sur scène.

Knox retourna la révérence puis donna au mannequin une légère fessée. Surprise, elle haleta.

L'excitation du public augmenta d'un cran. D'autant plus quand Knox la mit à la verticale, commença à lui embrasser les tétons et à lui caresser la poitrine pendant que sa main libre tirait le harnais le long de son entrejambe, faisant ainsi glisser les nœuds sur son clitoris.

Amery essaya de se concentrer sur ce qu'elle voyait. Quand Knox exigea que la femme ouvre sa braguette et qu'il la mit à genoux, Amery s'en alla.

Des gens avaient déjà commencé à quitter la salle quand Amery s'aperçut qu'elle zonait au milieu du hall, angoissée à l'idée d'avancer ou de revenir sur ses pas.

Puis elle se mit à chercher la porte du vestiaire au fond du couloir. Elle fit une pause après l'avoir découverte, hésitant à frapper ou à entrer directement.

Arrête d'être une poule mouillée. Il t'attend.

Elle tourna la poignée et entra dans la pièce.

Le large dos de Ronin était juste devant elle. Il avait pris une douche – l'odeur familière de son savon flottait dans l'air humide – et il s'était changé. Il était tellement perdu dans ses pensées qu'il ne se retourna pas avant qu'elle claque la porte.

— Amery.

La mélodie de son nom était jolie lorsqu'elle venait de ses lèvres pécheresses, c'était presque comme une bénédiction. Devait-elle le rejoindre ? Ses pieds voulaient bouger, mais son cerveau lui criait de rester cool et de faire en sorte qu'il vienne à elle. Elle avait déjà fait le premier pas en se rendant dans ce club.

Ronin passa la main dans ses cheveux humides.

— Je suis content que tu sois venue.

— Moi aussi.

— Ça va ?

— Non. Là, ça ne va pas, Ronin. Pas du tout.

Malgré les efforts qu'elle faisait pour rester calme, elle commença à trembler.

Il traversa la pièce et la plaqua contre sa poitrine.

— Bébé. Arrête. Respire. Tu es là maintenant. C'est tout ce qui compte.

Elle ferma les yeux et se cramponna à lui.

— Vraiment ?

— Oui, murmura-t-il dans ses cheveux.

— Tu m'as manqué.

— Toi aussi.

Amery planta les doigts dans les muscles fermes de son dos et remonta jusqu'à son torse en se poursuivant vers son menton, là où elle pouvait reposer la tête.

Dans ses bras elle savoura plusieurs minutes de bonheur, puis Ronin fit basculer sa tête en arrière.

— Je sais que nous devons discuter. Mais avant j'ai besoin de ça.

Sa bouche descendit sur la sienne, l'embrassant comme si c'était la dernière fois.

Amery profita de la passion qui les enflammait. Chaque caresse, chaque baiser était gorgé de chaleur et de promesse.

— Rentre avec moi à la maison, murmura-t-il. Nous parlerons toute la nuit et demain toute la journée, si tu veux.

Il déposa de doux baisers dans le bas de son cou.

— S'il te plaît. J'ai trop envie de toi.

— D'accord.

Ronin la relâcha lentement.

— Sortons d'ici.

Amery se souvint à peine d'avoir quitté le club. Elle n'était pas sûre qu'ils aient parlé sur le chemin jusqu'à chez lui.

En rejoignant son appartement sous les toits, elle enleva ses chaussures, et Ronin la prit dans ses bras. Du bout du doigt, il suivit le bord de son tee-shirt en coton, jusqu'au V de son décolleté.

— Je t'aime beaucoup dans mon tee-shirt.

— Je n'avais pas beaucoup de fringues pour club libertin. Il faudrait que je me change.

— Non. Tu es superbe.

Il la prit par la main et la conduisit jusqu'au salon.

Amery s'assit à un bout du canapé, lui faisant face à l'autre extrémité, les pieds sur le coussin du milieu, ce qui mettait ainsi une certaine distance entre eux.

Ronin imita sa position, mais il attrapa immédiatement son pied pour le placer au milieu de sa cuisse. Ses doigts parcouraient la cheville et le mollet d'Amery en décrivant un arc de cercle sans s'arrêter.

Le visage de cet homme n'exprimait rien, mais le besoin qu'il avait de la toucher et d'établir un contact physique lui permit de se détendre.

— Je suis désolée pour les trucs pourris que je t'ai dits samedi dernier.

— Je le sais.

— Pourras-tu me pardonner ou mes réactions instinctives seront-elles toujours un problème entre nous ? (Il ne répondit pas tout de suite, et quelque chose lui vint à l'esprit.) Je ne suis pas la première femme à réagir comme ça, n'est-ce pas ?

— Non. On aurait pu croire que j'avais tiré les leçons du passé. Ou au moins que j'aurais appris à avoir un meilleur timing.

— Pourquoi avais-tu choisi samedi soir ?

Les yeux sombres de Ronin plongèrent dans les siens.

— Parce que tu m'as dit que tu n'avais pas de limites, alors je me suis adapté.

Elle avait oublié ça. Pourquoi avait-elle été aussi choquée qu'il ait pris au sérieux ses mots audacieux ?

Parce que tu ne prends pas de risques d'habitude, et pourtant tu t'attends à ce qu'un homme qui est au contact de la violence soit poli.

— Rétrospectivement…

Il fit « non » de la tête.

— Pose-moi juste les questions que je devine dans tes yeux.

Incertaine sur la façon de formuler sa… question, ou son problème, ou quoi que ce soit, Amery se concentra sur la peau de ses doigts, qui était abîmée.

Mais Ronin ne la laissa pas faire. Il s'approcha. Ses doigts chauds se glissèrent sous son menton, et il lui releva la tête.

— Ne sois pas timide avec moi, Amery.

— Pourquoi tu ne m'as pas parlé de tes cordes dès le début ? Si ce n'est pas un simple passe-temps, mais que ça fait partie de toi ?

— Je t'ai caché beaucoup de choses. Je ne t'en veux pas de vouloir prendre tes distances avec moi.

Amery observait ses traits s'adoucir. Et merde ! Son côté vulnérable adoucissait quelque chose au fond d'elle-même.

— Je me suis entraîné à pratiquer des arts martiaux tous les jours de ma vie aussi longtemps que je m'en souvienne. Et, quand je parle d'entraînement, je ne parle pas seulement de l'aspect physique mais aussi de l'aspect psychologique : l'aspect spirituel et les traditions ancestrales font partie de la discipline. J'ai vraiment commencé à ressentir cette philosophie quand je me suis enfermé au monastère.

— Tu as ressenti la spiritualité ?

— Oui, d'une certaine manière. Je me suis immergé dans l'entraînement. Au fur et à mesure des années, j'ai travaillé avec des sabres, des couteaux, des bâtons, toutes les armes qui étaient à ma disposition. Honnêtement, je n'étais pas particulièrement doué pour le maniement des armes. J'excellais aux exercices de corps à corps, et pour utiliser les points de pression pour déstabiliser un adversaire. Du coup, l'idée d'apprendre à manier les cordes ne m'excitait pas, vraiment. (Il s'arrêta.) J'ai été surpris quand ça m'a semblé naturel de tenir une corde et que j'ai tout saisi rapidement.

» À la fin de ma deuxième année de formation, à dix-neuf ans, j'égalais mon maître. Il demanda l'aide d'un autre maître des cordes. Sa spécialité était… (Les yeux de Ronin rencontrèrent les siens.) le shibari.

— Est-ce qu'il s'entraînait sur toi ?

Ronin fit signe que non.

— Il avait trois compagnes qu'il me « prêtait ». Elles avaient de l'expérience et elles m'ont dit ce qui fonctionnait ou pas dans mes techniques d'attachement.

La jalousie la frappa à nouveau.

— Ça ne gênait pas ces femmes d'être « prêtées » par leur maître comme des objets sexuels ?

— Non. Je n'ai pas baisé avec elles, Amery. Je les ai attachées.

— Oh ! (Mais elle ne pouvait cesser d'y penser.) C'étaient ses règles à lui ? Ou c'était leur propre choix ?

— Tu es en train de me demander si je les aurais baisées si elles avaient voulu ?

Amery releva le menton.

— Oui.

Il entortilla une mèche de cheveux autour de ses doigts et se rapprocha d'elle pour un petit baiser.

— Non. Elles étaient musclées, souples et totalement désinhibées concernant la nudité. À ce moment-là, je ne les traitais pas comme des femmes mais comme des objets que je pouvais dominer selon mon bon vouloir. C'est là que j'ai compris que j'avais besoin de la beauté et du côté artistique du shibari et du kinbaku, plutôt que de ficeler une femme comme un paquet. Je voulais une connexion intime.

Elle découvrit un aspect de lui beaucoup plus profond que ce à quoi elle s'attendait après ce qu'elle avait vu au club. Amery chercha sa main. Pour la première fois, elle remarquait que ses articulations étaient sensibles, rouges et plus éraflées que d'habitude.

— Que s'est-il passé ?

— Je me suis entraîné plus que de raison cette semaine.

Cela confirmait les dires de Knox.

— Pourquoi ?

Ronin retourna sa main et amena celle d'Amery à sa bouche pour y déposer un doux baiser.

— J'étais sur les nerfs et j'avais besoin de canaliser ma frustration en plus de tout déverser sur mes élèves.

— Donc tu… ? répliqua-t-elle.

— J'ai cogné le sac de frappe. Beaucoup.

— Ronin, pourquoi n'as-tu pas mis de protections à tes mains ?

— J'avais des protections.

Elle ferma les yeux. Des images de lui en train de défoncer méthodiquement le sac de frappe et de son visage placide tandis que la douleur détruisait ses mains lui nouaient le ventre.

— Ça fait mal ?

— Quoi ? Mes mains ?

— Oui.

— J'ai connu pire. (Il s'interrompit.) Les marques et les croûtes te dérangent ? Tu préférerais que je ne te touche pas tant que ce n'est pas guéri ?

Amery rouvrit les yeux.

— Ce qui me dérange, c'est que tu te sois blessé.

— La douleur fait partie intégrante de ma vie. Ces mains ont été cassées, meurtries, ensanglantées, abîmées et marquées. J'ai fait mal à des gens avec ces mains.

Ronin ôta les mains de son visage et les fixa, puis les retourna pour regarder ses paumes. Il plia les doigts puis les étira.

— Quand j'ai compris que j'avais un truc avec les cordes, je voulais trouver le juste équilibre entre la douleur et la beauté pour l'usage de mes mains. Je voulais créer quelque chose de beau, même si c'était aussi fugace que la douleur. Je ne serai jamais un artiste utilisant des moyens traditionnels, mais avec une corde entre les doigts et une certaine vision dans la tête j'en deviens un.

Amery laissait ses mots la pénétrer, et cela dénoua quelque chose en elle.

Cet homme incarnait la beauté.

Elle tomba à genoux devant lui.

Les yeux surpris de Ronin la fixèrent.

Elle prit la main droite de Ronin dans sa main gauche, entrelaçant leurs doigts jusqu'à ce que leurs paumes se rencontrent. Puis elle porta la main gauche de Ronin à sa bouche, caressant de ses lèvres ses phalanges abîmées. Elle déposa quelques baisers sur le dos de sa main, l'articulation de ses pouces et le bout de ses doigts. Puis elle replaça la main de Ronin sur son visage.

— Je trouve que tes mains abîmées sont belles. Est-ce que tu les utiliserais pour mettre à profit ce talent artistique sur moi ?

— Vraiment, c'est ce que tu veux ?

— Oui, vraiment, maintenant que je le comprends. Maintenant que je te comprends.

— Tu me fais perdre la tête, Amery.

Il caressa sa joue avec le bout de son pouce abîmé.

—Je devrais être à genoux devant toi.

Elle fondit.

Ronin la regardait fixement : son visage restait sans expression, et elle prit peur.

—Quoi ?

—Sais-tu pourquoi je me suis intéressé à toi le premier soir où tu t'es pointée au dojo ?

Espérant détendre l'atmosphère, elle balança :

—Il y a une autre raison ? Je croyais que tu avais remarqué mes talents naturels inexploités en arts martiaux ?

Ronin sourit.

—Ça mis à part. Mais tu as loupé un cours cette semaine et tu devras le rattraper.

—En privé ? Avec toi ?

Il fit signe que non.

—Balance. Peu importe, dis-moi pourquoi tu t'es intéressé à moi.

—À cause de ça.

Il toucha la cicatrice sur le bras droit d'Amery juste sous son épaule.

—Comment t'es-tu fait ça ?

Elle jeta un coup d'œil aux lignes blanches parallèles, espacées de deux centimètres et situées un peu au-dessus de son biceps, et à la ligne épaisse qui les reliait.

—L'été de mes huit ans, mes parents m'ont envoyée dans la ferme de mes grands-parents. Après avoir vécu sous la chape de plomb familiale…, j'étais un peu farouche. Et inconsciente.

—C'était ta première expérience pour repousser tes limites ? demanda-t-il avec humour.

— Un truc du genre. Bref, toujours est-il que je me suis retrouvée dans le pré des taureaux et que ces sales connards m'ont prise en chasse. Quand j'ai atteint la barrière, je suis passée par-dessus, morte de peur à l'idée de me faire éventrée par l'un des animaux. Dans ma course, je me suis prise dans les barbelés. Je me suis retournée et secouée jusqu'à ce que je me libère. Je ne me suis pas rendu compte à quel point les fils étaient entrés profondément, avant que le sang coule sur mon bras.

» À cet âge-là je m'inquiétais plus de la colère de ma grand-mère du fait que j'avais déchiré ma chemise que de ma blessure. Bref, j'ai recouvert la plaie avec du Scotch, et ça a arrêté de saigner. Mais je ne l'ai pas nettoyée, donc ça me démangeait, j'ai gratté la croûte et au final j'ai gardé cette cicatrice. (Elle le regarda.) Pourquoi ? Tu aimes les cicatrices ?

— Avant aujourd'hui, non. Mais celle-là m'émeut, dit-il tandis que ses doigts suivaient les lignes blanches.

— Pourquoi ?

— Parce qu'elle est presque identique au symbole japonais désignant un samouraï désavoué.

— Sérieux ?

Amery jeta un regard à sa cicatrice.

— En temps normal, j'aurais trouvé étrange que tu saches un truc pareil, mais compte tenu de ton histoire…

Ronin mit la main sous son menton, la forçant à le regarder.

— Tu ne sais pas quel mot traduit cette idée de samouraï désavoué, de samouraï sans maître ?

L'intensité de son regard fit cesser de battre le cœur d'Amery pendant un temps.

— Non. Comment dit-on ?

— Ronin, répondit-il après une courte pause.

Puis il bougea la tête pour placer ses lèvres sur la cicatrice.

— Mon nom est gravé sur ta peau, Amery. Je le prends comme un signe. (Ses yeux rencontrèrent à nouveau les siens.) Pas toi ?

La pièce tournoyait. Elle ne se faisait pas assez confiance pour ouvrir la bouche, alors elle reposa la tête sur la jambe de Ronin.

Il lui caressa les cheveux en silence.

— Je sais, dit-elle enfin, que nous avons encore des choses à nous dire, mais j'ai vraiment envie de me blottir au creux de tes bras pendant un moment.

— Là sur le canapé ou en haut sur le toit ?

Amery releva la tête et le regarda.

— Pourquoi pas dans ta chambre ?

Ses yeux dorés devinrent brillants.

— J'ai de la volonté mais plus autant après une semaine passée sans toi. Je ne peux pas te promettre que mes mains resteront tranquilles.

— Mais je ne te le demande pas.

Sans un mot, Ronin la prit dans ses bras et la porta jusqu'à sa chambre.

Chapitre 18

Ils se mirent en sous-vêtements et se jetèrent sous les draps frais. Alors qu'ils étaient simplement entrelacés tous les deux dans le noir, Amery pensa que le cours normal des choses reprenait. C'était bien le cas, mais pas de la façon qu'elle avait imaginée… Ils s'écroulèrent, vaincus par le sommeil.

Elle se réveilla sans savoir où elle était et vérifia l'heure par-dessus l'épaule de Ronin sur le radio-réveil : 7 heures du matin. Waouh ! Ils n'étaient pas restés éveillés toute la nuit.

— Où vas-tu ? murmura Ronin.

— Nulle part.

Elle se pelotonna contre lui et ferma les yeux. Mais, maintenant qu'elle l'avait réveillé, il fit venir ses doigts de haut en bas le long de son dos.

— On dirait que nous avions tous les deux besoin de nous reposer.

Il l'embrassa sur le front.

— Je n'ai pas dormi de la semaine.

— C'est parce que je te manquais ?

— Peut-être bien. Ou peut-être que c'est dû aux heures supplémentaires. Ou les deux. Et toi ?

— J'ai dormi comme un bébé.

Il émit un bruit de mécontentement et attrapa le bras d'Amery.

— C'est vrai ?

— Oui, les bébés se réveillent plusieurs fois dans la nuit et ont besoin de réconfort. Ou de nourriture. Puisque personne n'était là pour me réconforter, j'ai ouvert un grand pot de Häagen-Dazs à 2 heures du matin.

— Tu as compensé avec le sucre, et moi avec une certaine douleur. Mais rappelle-moi pourquoi est-ce que nous n'avons pas compensé ensemble ?

— Oh, juste un détail ! Tu avais oublié de me montrer les cordes avec lesquelles tu m'as attachée.

Il la prit dans ses bras.

— Et maintenant ? Tu es prisonnière. Sans même une corde.

— Eh bien, j'ai une question bizarre dont nous n'avons pas parlé la nuit dernière.

— Oui ?

— Faut-il toujours que l'on pousse les jeux coquins à l'extrême quand on est ensemble ?

Ronin roula sur le lit pour lui faire face.

— Qu'est-ce que tu veux dire ?

Elle essaya de ne pas bouger face à ce regard intense.

— C'est nécessaire pour toi de m'attacher chaque fois pour que tu prennes ton pied ?

Ses pupilles rétrécirent.

— Oh, et n'essaie pas de m'impressionner avec ton regard fixe de sensei.

— Je n'ai même pas commencé à t'effrayer.

— Je suis sérieuse, Ronin.

— Moi aussi.

À sa façon, Amery avait eu le dessus, et elle partit à grandes enjambées dans le salon avant qu'il puisse l'attraper.

Il la rejoignit et lui tourna autour.

— Nom de Dieu ! Tu t'en vas comme ça au beau milieu d'une conversation ?

— Je t'ai posé une question, et tu as esquivé. Normalement ce n'est pas un problème, puisque tu fais ça en permanence. Hier soir en t'écoutant j'ai pu mieux comprendre cet aspect de ta personnalité. Je te demande donc une réponse claire : peut-on avoir une relation sexuelle sans tous ces bondages ?

Ronin la regarda fixement pendant si longtemps qu'elle s'attendit à nouveau à ce qu'il esquive. Mais il lui passa une main sur le visage.

— On n'est pas obligés de faire ça en permanence. Tu dois bien le savoir, puisque nous n'avons pas toujours été aussi coquins.

— Le bondage ou ce genre de choses a joué un grand rôle dans la plupart de nos relations sexuelles.

— Oui, probablement.

Mais Ronin étant Ronin, il ne proposa pas d'explication ou d'excuse. Il l'attira contre lui.

— Il faut que tu comprennes quelque chose. Je n'ai pas forcément toujours besoin de cordes ou de cravates, mais c'est toujours moi qui gère. Ça, jamais ça ne changera. Et je te le prouverai chaque fois.

Cette phrase, dite avec sa voix rauque au réveil, la fit frissonner de partout.

— Tu as bien compris ? demanda-t-il.

— Oui, monsieur.

— C'est bien.

Il recula et croisa les bras sur son torse.

— Enlève ton soutien-gorge.

Amery s'exécuta et jeta le sous-vêtement sur le côté.

— Et ta petite culotte.

Elle se dandina pour faire descendre le morceau de lingerie en soie noire le long de ses jambes. Entièrement nue devant lui, elle se demandait quel jeu sexuel il avait prévu pour commencer.

— Allons petit-déjeuner.

— Mais je suis toute nue !

— Eh oui ! On dirait que c'est moi qui vais devoir faire cuire le bacon.

— Ronin… (Elle mit les mains sur ses hanches et tapa du pied.) Tu n'es pas supposé me prouver que tu es capable de ne pas être vicieux en permanence ?

— Ça concerne seulement l'aspect sexuel de notre relation. Et manger à poil n'est pas vicieux, que je sache.

— Pour moi, si !

— Tu t'habitueras.

Et il marcha nonchalamment vers la cuisine.

Deux heures plus tard ils étaient allongés près de la piscine.

— Qu'est-ce que tu aimerais faire aujourd'hui ? demanda Ronin.

Amery ouvrit grande la bouche :

— À part ça ? Rien.

— Rien… rien du tout ?

— On pourrait se rouler dans ton grand lit. On pourrait se mettre bien, chauds, transpirants et tout collants, et ensuite sauter dans la piscine.

— Elle te plaît bien, cette piscine.

— Non, c'est toi qui me plais bien. La piscine vient juste en bonus.

Elle le regarda en dessous avec ses lunettes de soleil.

— Ça te dit de faire des galipettes ?

— En fait, je voulais t'en parler. (Ronin lui prit la main.) Puisque tu es d'accord pour que je t'attache, nous pouvons commencer à mettre les choses en place.

Le ventre d'Amery se serra légèrement.

— C'est-à-dire ?

— J'aimerais que tu sois dans un bon état d'esprit dès le départ. Savoir que tu es dans ma salle d'exercice, en train de m'attendre, me mettra dans de bonnes dispositions.

— D'accord. Mais quel est le rapport avec une partie de jambes en l'air maintenant ? (Elle s'arrêta.) Oh, tu veux m'attacher maintenant ?

— Non. Mais j'ai envie de patienter avant de t'attacher, pour mieux savourer, et j'aimerais aussi patienter avant qu'on s'envoie en l'air.

— Tu m'as l'air sérieux.

— Tout à fait. Ce n'est pas comme si j'avais prévu d'attendre une semaine, mais seulement jusqu'à demain soir. Tu pourras être là à 21 heures ?

Amery sourit.

— J'ai hâte.

— Parfait. Je te laisserai des instructions dans la chambre.

Des « instructions ». Ça semblait bien formel !

— Tu aimerais jeter un œil dans ma salle d'exercice ?

Elle se demandait justement s'il allait le lui proposer.

— Non, je préfère qu'elle garde un certain mystère.

— Bien vu.

— En plus, cette pièce est faite pour toi, pas pour moi.

— C'est un autre bon argument. Mais je te promets que nous y prendrons du plaisir tous les deux.

Elle n'en doutait pas une seule seconde.

— Donc maintenant que je sais qu'il n'est pas question de baiser aujourd'hui…

Elle se leva et quitta le haut de son bikini, puis laissa tomber le bas. Elle lui sourit, depuis le bord de la piscine.

— Si nous nagions nus ?

— Tu deviens de plus en plus audacieuse.

Il ôta son maillot de bain et avança derrière elle.

— Eh oui ! Et tout ça, c'est ta faute.

Elle se frotta contre lui et les entraîna tous deux dans le grand bain.

Le soir suivant, Knox l'accueillit et la fit pénétrer dans l'appartement. Il remarqua peut-être qu'elle était nerveuse, mais n'en laissa rien paraître.

Le rythme cardiaque d'Amery s'affola quand elle ouvrit la porte de la chambre secrète de Ronin.

Sur le banc était étalé un kimono en satin, coloré d'arbres en fleurs japonais, d'un rose pâle qui se transformait petit à petit en un rose profond sur l'ourlet. Elle l'attrapa et frotta ce tissu soyeux contre sa peau, s'attendant presque à s'enivrer du doux arôme des arbres nippons. Mais l'odeur de Ronin attira son odorat, et elle huma ce parfum.

Un morceau de papier voleta au sol. Amery le ramassa et s'aperçut que c'était une liste qui lui était destinée. L'écriture précise de Ronin s'y étalait en noir, contrastant avec ce fin papier blanc.

Elle lut :

Instructions
Déshabille-toi : enlève tes sous-vêtements, mais garde ta robe.
Lâche tes cheveux.
Mets-toi à genoux sur l'oreiller au milieu de la pièce.
Ferme les yeux et laisse tes pensées vagabonder.

Aucun mot n'était en trop. Sans grande surprise.

Alors qu'Amery enlevait ses vêtements, les boules de nerfs qui s'étaient contractées dans sa poitrine, son ventre et sa nuque commencèrent à se détendre. Elle respira plus lentement et se concentra sur ses impressions.

Sa robe légère ondulait sur sa peau nue et chaude. Elle reposait ses genoux sur un oreiller en velours. Les seules odeurs qu'elle pouvait distinguer étaient celles de Ronin, ainsi que le parfum piquant et amer de sa propre transpiration. Elle avait la bouche sèche et pouvait ressentir l'arrière-goût d'une pastille à la menthe. Elle plaça les mains à plat sur ses cuisses et se concentra sur ses pensées : un endroit calme, où elle serait à l'aise.

Elle éprouvait une joie et un certain calme, qui disparurent quand elle entendit la porte se refermer.

Respire.

Les mains de Ronin arrivèrent sur ses cheveux. La cajolant, suivant les mèches de sa chevelure lâchée, jusqu'à son dos. Sa bouche frôla son oreille.

— Tu es nerveuse ?

— Oui.

— C'est bien.

Ce n'était pas la réponse qu'elle attendait, elle se hérissa et demanda :

— Tu es nerveux ?

Il murmura un « oui », puis disparut.

Elle s'autorisa un léger sourire.

— Lève-toi, lui dit-il.

Il l'aida à se mettre debout. Placé derrière elle, il dénoua le lien qui ceinturait sa robe. Il fit glisser ses mains le long de ses bras. Il ôta le tissu de ses épaules, et le satin tomba au sol.

Amery avait déjà été nue devant lui auparavant, mais pourtant cela semblait… nouveau.

Puis ses lèvres furent sur sa peau, suivant les lignes de son cou et lui intimant en silence de se pencher de l'autre côté. Elle céda, et ses cheveux passèrent dans son dos, formant une courbe érotique.

— C'est tellement beau, murmura-t-il près de sa nuque, tout en lui mettant les mains dans le dos. Tu arrives à attraper tes coudes ?

Elle changea la disposition de ses bras.

— Parfait. Maintenant je vais t'attacher.

Son estomac se serra, en un mélange de peur et d'excitation.

— Je suis censée fermer les yeux ?

— Comme tu veux.

— Ça ne te dérange pas que je regarde ?

Ronin lui fit face.

— Non. La seule chose qui pourrait me déranger, c'est que tu ne me dises pas vraiment ce que tu ressens. T'empêcher de voir te permettra de lâcher un peu de lest. Je peux te bander les yeux si tu préfères.

— Oh !

Une partie d'elle voulait qu'il lui bande les yeux pour goûter à une expérience extrême, mais une autre partie plus forte voulait le voir pendant qu'il l'attacherait.

— Alors qu'est-ce que tu choisis ?

— Je vais improviser.

Il déposa un baiser sur ses lèvres.

— Reste comme ça. Je reviens tout de suite.

Amery le regarda choisir trois rouleaux de corde accrochés au mur. Elle réussit à se détacher de l'idée de ce qu'il allait en faire, jusqu'à ce qu'il délie le premier rouleau. Elle ferma les yeux.

— Je vais commencer par utiliser un harnais qui va immobiliser ta poitrine et tes mains.

— OK.

C'est la réponse que Ronin attendait. Le premier passage de la corde entoura sa poitrine sous ses aisselles. Tout comme les deuxième et troisième tours.

Puis il entrecroisa les cordes au milieu de ses seins, ce qui resserra les liens, lui écrasant la poitrine. Elle envisagea de le regarder s'affairer, mais elle préféra se concentrer sur le contact de ses doigts rugueux glissant sur sa peau, alors qu'il vérifiait que les attaches étaient correctement serrées. Oui, elles l'étaient bien.

— Tu retiens ton souffle ? lui demanda-t-il d'un ton directif.

— Peut-être un petit peu.

— Inhale et expire doucement. Des respirations un peu plus exagérées qu'au yoga.

Elle hocha la tête et emplit ses poumons d'air.

Ronin n'en perdit pas une miette, tout en continuant de l'entourer de cordes.

Quand il serra le lien autour d'un de ses tétons elle prit une aspiration, surprise.

— Encore une fois.

Le second tour comprima ses tétons entre les deux cordes, créant une sensation de pincement, et elle ouvrit les yeux. Elle regarda vers le bas et découvrit ses tétons bondés sous la pression et saillants, ressortant des cordes. Le pouce de Ronin caressa le gauche, tandis qu'il tenait la corde de la main droite.

— Ça fait mal ?

— Pas quand tu le touches comme ça.

Ronin continua de la caresser, en la regardant dans les yeux.

— Cette prise s'appelle « cordon de perles ». Tu vois comme les attaches arrondissent le bout de tes tétons ?

— Oui. Du moment qu'elles ne coupent pas ma circulation, jusqu'à les rendre tout blancs.

— Je sais à quel point tes tétons sont sensibles, et j'utiliserai ma bouche pour faire circuler ton sang quand le moment sera venu.

Ces paroles entraînèrent chez elle une bouffée de chaleur entre les cuisses. Elle ferma les yeux.

— Respire, chérie, dit-il en enroulant la corde autour de sa cage thoracique.

Il ne semblait pas y avoir un moment où ses mains n'étaient pas sur elle. Où elle ne pouvait sentir la chaleur de son corps contre le sien. Sentir son regard plein de luxure étudier ses réactions. C'était le paradis d'attirer totalement son attention.

Elle ressentit un frisson quand les doigts de Ronin suivirent le contour de son ventre jusqu'à sa chatte.

Il appuya sur son clitoris et passa son pouce le long de son sexe, puis le recula. Il appuya à nouveau. Mais la pression était différente. Elle inspira rapidement quand elle sentit les cordes glisser le long de son sexe et se diviser, une corde de chaque côté de ses lèvres. Puis il tira sur les cordes passant entre ses jambes et sur son anus.

Il lui grignota l'oreille.

— Tu sais à quel point tu es belle ?

— Non.

— Tu sais à quel point c'est sexy de savoir que je peux te faire jouir à n'importe quel moment, en faisant juste ça.

Il tira sur les cordes, lui envoyant une sensation de plaisir brûlant, qui passa sur ses tétons, son clitoris, sa chatte et son anus.

Elle haleta, surprise que cette pointe de douleur se transforme si vite en volupté.

Il saisit les deux bouts de la corde et lui chatouilla le dos, puis les attacha au lien qui passait entre ses cuisses, les resserrant près de ses bras.

Les respirations d'Amery devenaient laborieuses, à cause des bondages serrés ou parce qu'elle perdait le contrôle, voire peut-être un mélange des deux.

— Doucement et calmement, tu te rappelles ? lui dit-il de sa voix profonde et calme.

Mais cela ne l'apaisa pas cette fois-ci. Elle se retourna en essayant de se libérer.

— Je n'arrive pas à respirer.

— Amery.

— Putain, je n'arrive pas à respirer !

— Arrête. Réfléchis. Tu es libre.

— Non ! Laisse-moi partir !

Ronin s'en alla d'un coup, la laissant toute seule.

Ce qui la fit encore plus paniquer. La corde la serrait dès qu'elle bougeait, lui brûlant la chair. Elle tordit les épaules, essayant de se balancer pour défaire les liens. Un cri de frustration se coinça dans sa gorge, et elle ne réussit à sortir qu'un gémissement pitoyable. Elle entendit uniquement l'afflux sanguin bouillonnant dans ses oreilles.

Puis une chair ferme et chaude s'appuya contre son dos.

Ronin.

Il ramena le bas de son corps contre le sien avec son bras droit, ce qui empêcha les cordes de bouger et de lui ronger la peau. Ronin passa ensuite sa main gauche autour de la gorge et de la mâchoire d'Amery, la maintenant tranquille.

Il l'avait complètement immobilisée, mais cela ne l'effraya pas davantage. D'une certaine façon, cela la tranquillisa. Il ne disait pas un mot, se contentant de la maintenir. Il la mit en sécurité.

Elle garda les yeux fermés, ce qui l'aidait à se concentrer.

— Ça va mieux ?

— Oui.

— Je vais te lâcher maintenant. Tu es prête pour que je termine le bondage ?

— OK.

Quel que soit ce qu'il fit pour relier ses bras au harnais, cela prit plus longtemps que ce qu'elle pensait. En attendant qu'il finisse, elle avait dérivé dans cet espace mental où elle flottait, là où elle s'était déjà réfugiée quand il l'avait attachée à la chaise. Elle était réceptive à chacune de ses sensations. Une corde tirait sur son sexe. Une autre se resserrait autour de sa poitrine. La position de ses bras et de ses mains, attachés et donc inutiles…

Le souffle chaud de Ronin passa sur sa peau humide tandis qu'il ajustait les cordes, dégageant une certaine intensité.

Ses doigts suivirent les liens, sur sa poitrine, son ventre, son sexe humide, l'ouverture de ses fesses, puis sur ses épaules, jusqu'à ses bras et ses poignets. Il ne disait pas un mot, mais Amery savait qu'elle lui donnait entière satisfaction.

Il la poussa doucement pour lui indiquer qu'elle devait se mettre à genoux à nouveau. Sa tête s'inclina, et les pointes de ses cheveux frôlèrent le haut de ses cuisses.

Elle n'était pas sûre du temps qui s'était écoulé avant qu'elle sente Ronin dans son dos. Sa main se dirigea vers ses cheveux, les tirant pour attirer son attention, tandis que sa bouche vicieuse partait à l'assaut de son cou. Mordant, suçant, lui montrant qu'il avait envie d'elle, même si elle savait qu'elle restait sous son contrôle. Elle ne pouvait pas le toucher. Elle ne pouvait même pas se toucher elle-même. Elle ne pouvait rien faire d'autre que s'en remettre à lui.

C'était vraiment une douce capitulation.

Ronin tira légèrement la corde dont le nœud excitait son clitoris. Sa main libre jouait avec ses tétons. Parfois il tirait. Parfois il pinçait. Parfois il lui faisait une simple caresse à l'endroit où elle avait mal. Il maintenait sa tête en place d'une main, et son nez lui caressait la peau sous l'oreille.

— Amery.

— Humm…

— Tu vas bientôt jouir ?

— Non.

Il augmenta la fréquence et la pression de la corde sur son clitoris, et elle prit une inspiration rapide.

— C'est mieux ?

— Oui, mais je pense que je ne vais pas pouvoir… sans contact direct.

Alors Ronin glissa en face d'elle et titilla son téton avec la langue. Il pencha la tête sur son autre sein et serra les dents sur son téton.

Amery laissa sa tête partir en arrière.

Il déplaça le nœud qui appuyait sur son clitoris et la caressa avec le pouce. De droite à gauche pour commencer, laissant le sang affluer dans ce petit bout de chair.

Amery serra les cuisses, par anticipation. Chaque caresse rapide sur son clitoris gonflé la rapprochait du bord. Les liens autour de sa poitrine l'obligeaient à prendre des respirations rapides, ce qui augmentait cette sensation d'étourdissement.

Puis la bouche de Ronin suça cet endroit situé sous son oreille, ce qui déclencha une décharge électrique se répandant sur ses tétons puis sa chatte. Son corps lui envoya un avertissement cinq secondes avant qu'elle jouisse. Et juste après que ce choc l'eut ébranlé Ronin plaça la corde à nœuds à nouveau sur son clitoris.

Cette douleur éclair dura une microseconde avant que le plaisir se répande et que son corps entier convulse. Chaque battement cardiaque lui donnait la sensation d'une pression sur cette corde.

Elle se cambra, mais elle ne pouvait rien faire avec ses mains attachées. La bouche de Ronin suça son cou, tandis qu'avec ses doigts il tournait autour de ses tétons en suivant le rythme de ses pulsations cardiaques.

Elle continuait de flotter, et le toucher de Ronin devint plus dur.

Il l'installa dans la position qu'il souhaitait, les genoux sur le matelas, la poitrine à plat, les fesses en l'air. Ses doigts experts passèrent sur son dos nu, sa nuque, jusqu'à ses mains attachées, qui reposaient juste au-dessus de ses fesses. Le nom d'Amery sortit de sa bouche, aussi doucement qu'un soupir et avec autant de respect que la façon dont il la touchait. Il ressentait un puissant mélange d'affection et d'envie, qu'il lui transmit en posant sa main sur sa hanche et en s'installant derrière elle.

Son gland fit quelques cercles autour de son vagin avant que sa bite n'entre complètement.

Même si elle était mouillée et qu'elle avait déjà joui une fois, Amery retrouva son souffle grâce à la puissance de cette pénétration. Heureusement qu'il avait détaché ses mains de ses hanches pour tenir les liens qui accrochaient ses bras, ou elle aurait glissé le long du matelas.

Mais cela faisait du bien. Elle se sentait valorisée. Elle avait accompagné Ronin Black jusqu'au moment crucial. Et il lui prouvait sa domination avec des coups de reins très puissants. Il ne disait pas un mot. La seule indication qui lui signala qu'il avait finalement atteint le sommet de son ascension fut quand ses doigts s'agrippèrent à ses hanches et qu'il lâcha un léger grognement, pendant que sa chaleur l'emplissait.

Puis Ronin se recula et remit Amery debout. Il la prit immédiatement dans ses bras, la berçant alors qu'il la portait jusqu'à sa chambre. Sa respiration s'était même déjà calmée quand il la déposa sur son grand lit.

Il l'embrassa avec gourmandise et délicatesse. D'abord sa bouche, puis ses lèvres vagabondèrent sur le bas-ventre d'Amery, s'arrêtant sur son clitoris gonflé. Il voulait à nouveau lui faire connaître l'orgasme avec sa langue et ses doux baisers.

Amery soupira, surprise d'avoir encore suffisamment d'air dans les poumons pour produire un son. Il lui caressa la peau quand il défit le premier bout de la corde.

— Tu es superbe quand tu es attachée. Superbe dans ta façon de t'abandonner.

— Même quand tu dois m'apaiser en me parlant ?

Les yeux de Ronin, qui n'arrêtaient pas de bouger, accrochèrent son regard.

— En particulier dans ces moments-là.

— Ronin…

— Attends une seconde.

Il l'aida à s'asseoir et s'installa entre ses jambes. Il tira légèrement sur le harnais, et l'une des cordes située sur ses seins lâcha du lest. Le sang afflua, et la sensation d'être égratignée par des épingles l'aurait fait pleurer si la bouche de Ronin n'avait été là pour soulager la douleur.

— Oh, mon Dieu !

— Tu aimes ça ? murmura-t-il, en se déplaçant sur l'autre sein.

— Ça fait mal, puis ça s'arrête. C'est normal si la sensation de douleur me manque, mais en même temps pas vraiment ?

— C'est tout à fait normal. C'est ce qu'on appelle « l'écart entre le plaisir et la douleur ».

— C'est plus facile à comprendre quand je suis vraiment dans cette situation de danger.

Elle laissa sa tête partir en arrière alors que Ronin embrassait tous les endroits où les cordes étaient passées et les caressait avec son nez.

Puis il se tint devant elle, un air de satisfaction sur le visage.

— Tu t'es très bien faite au bondage.

Il l'embrassa sur le front.

— Tu voudras qu'on continue à découvrir ça, tous les deux ?

Amery lui fit un clin d'œil.

— Qu'est-ce qui te fait penser que je ne serais pas intéressée ?

— Je n'en sais rien.

Ronin frotta sa joue tout contre la sienne.

— Tu étais d'accord pour essayer. Voilà.

— Et j'ai apprécié, laissa-t-elle échapper. Beaucoup.

— C'est sympa d'entendre ça. J'ai plein d'autres idées pour t'attacher.

Elle bougea la tête et vit les marques rouges sur sa peau. Sur toute sa peau. Les marques seraient-elles toujours visibles au matin ? Ses amis et ses clients pourraient-ils reconnaître la brûlure des cordes sur ses poignets ?

Il lui remonta le menton d'une chiquenaude.

— Hé, tu es partie où ?

— Je m'inquiétais juste à propos de…

Ce que les autres pourraient en penser jaillit dans sa tête avant qu'elle puisse l'arrêter.

— Combien de temps les marques de cordes seront-elles visibles ?

— Elles partiront dans quelques heures. Mais il faut que tu t'attendes à avoir des marques chaque fois que je t'attache. C'est normal. Une surface grossière frotte contre une peau douce, et ça donne une marque. (Ronin passa un doigt sur la ligne rouge sur son sein gauche.) Certaines personnes qui se font attacher veulent à tout prix ces marques. Pour elles, plus elles ont de marques, mieux c'est. C'est comme une marque d'honneur.

— Mais ils ne font pas des boulots où ils doivent rencontrer… disons le responsable des camps de vacances chrétiens, qui sélectionne des croquis pour faire sa promotion et qui s'aperçoit que la graphiste a des brûlures de cordes aux mains, aux chevilles et aux poignets.

— Amery, je ne mettrai jamais ton business en péril. Mais certaines fois les traces pourront s'effacer un peu moins vite que ce soir. Tout dépend de la taille, du type de cordes, de la position, de l'endroit où je t'attache, si j'utilise des suspensions, et même si je te baise pendant que tu es attachée.

— Alors la question est peut-être de savoir à quelle fréquence tu comptes m'attacher ? Chaque fois que nous sommes ensemble ? Tu pourrais l'exiger ? C'est un besoin pour toi ?

Elle était assise sur son lit, nue, en train de parler des techniques de bondage, ce qui aurait dû la faire se sentir libre sexuellement, mais elle se sentait surtout confuse et surexposée.

Ronin la prit dans ses bras.

Elle se détendit presque immédiatement.

— Chaque chose en son temps, OK ? (Elle hocha la tête.) On ne va pas établir un emploi du temps, du style je t'attache les mardis et samedis, tandis que les mercredis et les lundis, pas de cordes. Le kinbaku peut se faire spontanément. Mais je peux aussi prévoir de t'attacher de façon un peu spéciale plusieurs jours à l'avance. Dans ces cas je te préviendrai, comme pour ce soir, que ce sera quelque chose de plus planifié. Ça te convient ?

— Oui.

Il l'embrassa sur la tempe.

— Tu peux me demander de t'attacher. Si tu veux jeter un œil sur des images pour voir les différentes positions que tu aimerais essayer, dis-le-moi. Est-ce que j'exigerai de jouer avec ton corps comme s'il était à moi ? Parfois. Mais tu pourras toujours refuser.

— J'entends ces mots rassurants et…

— Ce n'est pas la peine, parce que si tu n'es pas d'humeur tout ce que tu auras à dire, c'est « non ». Si tu as un moment de panique pendant que tu es attachée et que tu veux que je te détache, si ce n'est pas une question de santé ou de sécurité, il y a de bonnes chances pour que je puisse régler le problème juste en te parlant, ça te va ?

— OK.

— Quant à mes besoins de t'attacher, c'est une question épineuse. Évidemment j'aime te voir ligotée. Travailler les cordes me permet de travailler ma concentration de la meilleure des façons. Et comme tout le reste, si on ne pratique pas régulièrement le kinbaku et le shibari, on l'oublie. Donc pour moi je dirai que c'est à la limite entre un besoin et une activité.

— Oh, je vois ! dit-elle même si ce n'était pas le cas, bien qu'elle essaie de le comprendre. Et si je décidais que je ne suis plus vraiment branchée par le kinbaku ?

Amery sentit qu'il souriait, comme s'il pensait que ce n'était pas possible.

— Alors nous devrions modifier quelque chose dans notre relation.

— Comme quoi ?

— Il faudrait alors que tu comprennes que j'attache d'autres femmes. Ce qui nous amène à ma question suivante… (Il changea de position pour la regarder en face.) Je suis un professeur. Je fais des démonstrations. Tu aimerais que je t'attache en public ?

Amery fit signe que non, en agitant la tête bien fort de droite à gauche.

— Certainement pas.

— Ça ne me dérange pas, mais il faut que tu saches que j'aurai recours à des personnes extérieures pour des démonstrations en public, et parfois en privé si j'ai besoin de m'exercer.

La jalousie la frappa en plein cœur.

— Je ne les baiserai pas, mais je les toucherai d'une façon sexuelle.

Elle remarqua qu'il ne lui demandait pas la permission. L'imaginer en train de toucher une autre femme…, cela lui donna envie d'essayer quelques-unes des prises d'étranglement qu'il lui avait enseignées pendant les cours d'autodéfense. Elle devait agir de façon mature, même si elle le sentait différemment.

— J'aimerais avoir les tripes nécessaires pour encaisser ça, mais ce n'est pas le cas. C'était un défi suffisant de me mettre à nu devant toi. Je ne veux pas te donner de faux espoirs, comme si j'allais l'accepter facilement.

— Mais ce n'est pas une demande.

Ronin appuya doucement ses lèvres contre les siennes.

— Tant qu'on y est, il y a quelque chose dont j'aimerais te parler à propos du temps qu'on passe ensemble.

— Vas-y.

Amery roula et lui fit face, plaçant les paumes de ses mains sur ses pectoraux lisses, s'émerveillant en silence de ce torse parfait.

— Tu restes tard au dojo la plupart des soirs, ce qui ne laisse pas beaucoup de temps pour être ensemble en semaine. Donc ça ne me dérange pas d'être ici ou chez moi en soirée. Mais, pendant le week-end, j'aimerais qu'on sorte et qu'on profite des environs de Denver. C'est le seul aspect du couple qui me manque vraiment.

— Pour faire des choses de couples ?

— Oui. Ce n'est pas que je sois restée à la maison à laisser ma vie filer en attendant d'être en couple. C'est juste que certaines activités sont plus fun quand on les fait à deux.

Ronin sourit.

— Je ne peux qu'être d'accord avec toi. Tu as prévu des choses pour nous deux ?

Elle lâcha un soupir de soulagement. Elle n'était pas sûre de la façon dont il allait réagir à cette demande.

— Une randonnée au parc national des montagnes Rocheuses…

— Cool. Ça fait longtemps que je n'y suis pas allé. Quoi d'autre ?

— Je ne suis jamais allée visiter les brasseries Coors.

— Je suis toujours chaud pour boire quelques bières fraîches qui sortent des fûts. (En prononçant le mot « fûts », il lui donna une petite tape sur les fesses.) Ces idées sont super. Continue.

Encouragée, Amery énuméra d'autres projets, dont une visite à Tiny Town, dans le Colorado, et un spectacle de patins à glace au Pepsi Center.

— Je n'ai pas envie de faire trop de plans, pour que ça nous laisse une certaine spontanéité.

— Bien, et en fait je me sens tout à fait spontané à l'instant même.

Elle couina quand il la souleva, la mettant à cheval sur son sexe.

— Mais c'est à toi de travailler cette fois-ci.

— Oui, monsieur.

Chapitre 19

Le trottoir était mouillé quand ils sortirent du théâtre par une porte latérale, pour éviter la foule. La pluie avait laissé une certaine fraîcheur dans l'air du soir. Amery se blottit contre Ronin, et il passa un bras sécurisant autour de son épaule.

— Alors, tu as bien aimé ? demanda-t-elle.

— C'était intéressant. Je n'avais jamais entendu de groupe chrétien de death metal jusqu'à présent.

Elle rit.

— Ce n'est pas très connu.

— Comment tu as entendu parler d'eux ? Et surtout en quoi est-ce que ça t'intéresse ? Je t'ai amenée à un théâtre kabuki le week-end dernier, et tu m'invites à un concert de rock…

Ils avaient passé les deux derniers week-ends à faire des trucs de couples. Mais cela n'avait pas remis en cause les plans de Ronin en ce qui la concernait, cela semblait même renforcer son désir. Dernièrement, il l'avait attachée alors qu'elle était debout, dans une position comparable à celle de l'arbre au yoga, un talon replié contre la cuisse, les mains par-dessus la tête, accrochée au plafond. Il l'avait fait jouir trois fois avant de la baiser dans cette posture.

— Tu vois ? Tu ne dis rien parce que tu ne peux pas te justifier.

— Je t'ai amené à un concert de rock chrétien, corrigea-t-elle. Et ça m'intéresse parce que le chanteur et moi venons du même coin, du Dakota du Nord. On est partis quelques fois en vacances ensemble dans des camps de colo chrétiens. Il voulait jouer de la musique contemporaine dans ces communautés de jeunes, pour que ce soit plus adapté. Tu peux imaginer que ça a bien marché. Rick a quitté la ville, déménagé à Minneapolis et monté son groupe. On n'a pas gardé de contact, mais quand j'ai vu à quel point il était populaire sur cette scène de musique chrétienne, et que le groupe jouait à Denver, j'ai pensé que ça pourrait être fun d'aller le voir.

— Ça m'a étonné de voir autant de gens. Qui aurait pu penser qu'une musique démoniaque jouée façon religieuse attirerait les foules ?

Amery lui donna un coup de coude.

— C'est pas drôle.

— Je ne sais pas si j'étais plutôt déçu ou soulagé qu'il n'y ait pas de sacrifices d'animaux sur scène.

— Dixit le bouddhiste qui a un autel dans sa chambre secrète.

— Je plaisante. Je ne sais pas si tu as remarqué, mais je n'ai pas acheté de CD, alors que la plupart des gens en achetaient. Donc leurs affaires marchent bien.

— Je suis heureuse qu'il ait du succès et qu'il fasse ce qu'il aime. Ce n'est pas donné à tout le monde d'être aussi épanoui dans sa vie professionnelle.

Il l'embrassa sur la tempe.

— C'est le cas pour nous.

— En ce qui me concerne, je ne sais pas si ça va durer.

— Qu'est-ce que ça veut dire ?

Ils traversèrent la rue et marchèrent le long d'immeubles abandonnés, alignés des deux côtés de la rue. Ils étaient arrivés en retard, donc les meilleures places de parking étaient prises, et ils s'étaient garés à quelques pâtés de maisons.

— Ça veut dire que je réfléchis à changer d'activité professionnelle. De plus en plus de clients s'occupent eux-mêmes de leurs besoins en graphisme, j'en ai perdu, et c'est de plus en plus dur d'en trouver des nouveaux. Je me suis serrée la ceinture autant que possible, mais, si les choses ne s'améliorent pas bientôt, je serai obligée de licencier Molly.

Ronin s'arrêta et lui fit face.

— Amery, pourquoi tu ne m'en as pas parlé ?

— C'est dur à dire, surtout à quelqu'un qui possède une affaire qui marche. Ça m'étonnerait que les tendances soient à la baisse chez toi comme c'est le cas dans mon secteur.

— J'ai connu des années creuses. (Il caressa une mèche de cheveux près de la joue d'Amery.) Je peux faire quelque chose ?

— Tu pourrais me fournir un client à 1 million de dollars ? plaisanta-t-elle. (Elle embrassa ses lèvres pincées.) Je rigole. Heureusement, même si je dois clôturer mon business et aller travailler pour une autre entreprise, je ne perdrai pas mon appartement, grâce aux loyers que me versent Emily et Chaz. Je me sens surtout coupable pour Molly.

Un bruit de métal résonna, et elle se retourna pour voir d'où cela venait. L'endroit était complètement désert. Comment était-ce possible ? Vu la foule qui avait assisté au spectacle, les gens devaient être nombreux à retourner au parking. Mais le trottoir était vide, et aucune voiture ne passait. Elle commença à prendre peur, vu ce silence inquiétant.

— On va dans le bon sens ?

Ronin regarda autour d'eux, fronçant les sourcils à cause de l'obscurité.

— Ça n'a pas l'air bon. On a sûrement tourné en rond et on a dû prendre la mauvaise sortie. Ma voiture est de l'autre côté.

Ils revinrent sur leurs pas. Juste quand ils traversèrent la rue, deux types sortirent de l'ombre. Amery faillit crier tellement ils avaient jailli de nulle part.

— Tiens, il y a des touristes qui passent dans notre quartier, dit l'un des types.

— Tu sais ce qu'on fait aux touristes qui se perdent dans nos quartiers, mon frère ? répondit l'autre.

— On leur prend une petite commission.

— Alors allongez l'argent, enfoirés !

Amery était tétanisée de peur. Les deux hommes se rapprochèrent dangereusement. Elle entendit un bruit et regarda derrière son épaule, deux autres mecs étaient là. Ils étaient dans le pétrin.

— Reste à l'écart de ça, lui glissa Ronin à l'oreille. Mets-toi derrière moi.

— Ça me plaît pas de te voir chuchoter des choses à ta pute, alors arrête ça et dégaine ton fric.

Ronin ne répondit rien. Mais elle remarqua qu'il s'était déplacé, de façon qu'elle soit derrière lui et qu'ils fassent tous deux dos au mur.

Un des types, un Hispanique, se moqua d'eux :

— T'as rien à dire ? On insulte ta femme, et tu vas juste rester là sans rien faire ?

Puis il lorgna Amery.

— Je vais te montrer ce que c'est qu'un vrai mec, toi. Ton homme va te regarder pendant que je te ferai crier.

Des rires résonnèrent autour d'eux.

— Attends un peu pour ça, mon frère.

L'autre type fit un mouvement du menton vers Ronin et croisa les bras.

— Passez-nous vos portefeuilles, vos montres et tout ce que vous avez dans les poches. Vite.

Ronin ne bougea pas. Ce qui énerva l'un des deux mecs.

— Tu es sourd ? Ou tu as besoin qu'on te motive pour faire ce qu'on te demande, putain ?

— Je ne suis pas sourd. Mais je ne vous donnerai pas mon portefeuille. Je vous mets en garde, reculez !

— Tu veux qu'on recule ? Sinon quoi ? On est beaucoup plus nombreux, tête de con.

— Voilà un vrai héros, dit l'autre type d'une voix traînante.

— Voyons voir si tu es un vrai dur.

Non, s'il vous plaît ! Et si ce type avait un flingue ? Ou un couteau ?

L'Hispanique avança vers Ronin du côté droit, tandis que le Noir s'approchait par la gauche. Elle ne savait pas vraiment où étaient les deux autres types. Elle savait juste qu'à quatre contre un ils étaient en mauvaise posture et qu'elle ne pouvait pas téléphoner pour appeler les secours.

Elle n'eut pas le temps de comprendre ce qui arrivait, bien que tout sembla se dérouler au ralenti. Ronin fit un pas en avant vers l'Hispanique, qui avançait sur lui. Avec la paume de sa main, il donna un coup qui arriva sur le nez du type puis lui fit une balayette. L'homme se retrouva au sol et hurla de douleur en tenant son nez cassé.

Le Noir ne chercha même pas à s'assurer que son pote allait bien et concentra toute sa rage sur Ronin. Il releva les mains pour se protéger le visage et envoya quelques coups de poing dans le vide. Dès qu'il tendit la main droite, Ronin la saisit et retourna complètement son bras en l'entraînant dans son dos, jusqu'à ce qu'un craquement se fasse entendre. Le type cria de douleur et s'écroula.

Amery remarqua alors que Ronin avait résolu la situation sans fournir le moindre effort. Il avait à peine bougé et ne transpirait même pas.

Les deux autres malfrats – des punks – s'approchèrent.

— Allez-vous-en ! leur lança Ronin.

— Je t'emmerde, répondit l'un des types.

Il se lança dans la bagarre, pour se retrouver face contre terre ou plutôt contre le trottoir, serrant le genou que Ronin venait de casser.

L'autre fit volte-face et partit en courant.

Amery pensait qu'ils s'en iraient rapidement, mais Ronin fouilla les hommes à terre. Il trouva deux revolvers, et elle eut un accès de panique : et si l'un des types s'était contenté de sortir son arme et de les tuer tous les deux ?

Respire. Allez, Ronin. On est censés se mettre à courir, tu te souviens de ce que tu m'as appris ?

Elle était horrifiée mais cependant fascinée en observant Ronin éjecter la cartouche de chaque revolver, ôter le cran de sécurité et faire tomber les balles au sol. Il essuya le métal avant de balancer les cartouches vides dans le caniveau. Puis il cala un flingue sous sa ceinture derrière son dos et tint l'autre nonchalamment à la main.

Il recula enfin.

— Allons-y ! dit-il à Amery.

Ils restèrent silencieux en retournant rapidement à leur véhicule. Ils s'arrêtèrent seulement une fois devant une benne à ordures pour se débarrasser des revolvers. Ronin ouvrit la porte du côté passager de son 4x4, la fit monter et ne lâcha pas un mot avant qu'ils sortent de ces quartiers louches.

— Tu vas bien ?

Elle fit signe que non.

Il lui prit la main et l'embrassa.

— Qu'est-ce que je peux faire ?

— Je ne sais pas.

Même une fois dans l'ascenseur, Ronin ne donna aucune explication. Peut-être que se battre et balancer des armes à feu étaient tout à fait naturels pour lui, mais cela ne l'était pas pour elle. Pas du tout. Elle ne s'était pas remise de cette montée d'adrénaline. Elle tremblait tellement qu'elle pensait être malade. Dès que les portes s'ouvrirent, elle fila tout droit aux toilettes.

Il n'essaya pas de l'en empêcher.

Elle s'aspergea le visage avec de l'eau froide et but quelques grandes gorgées au robinet avant de sortir.

Ronin attendait derrière la porte.

— Hé, je peux faire quelque chose pour toi ?

Elle refusa d'un geste et croisa les bras.

— Amery. Parle-moi.

— Je ne sais pas par où commencer. C'est juste que je ne comprends pas.

— Qu'est-ce que tu veux dire ?

— Pourquoi tu leur as pris leurs flingues ? Pourquoi tu n'es pas parti une fois les avoir mis à terre ?

— Tu crois que je voulais courir le risque qu'ils nous tirent dans le dos ? Pas vraiment. Je les ai désarmés, j'ai séparé leurs flingues en plusieurs morceaux et je les ai éparpillés.

— Pourquoi ne pas avoir apporté les flingues aux policiers, en leur disant qu'on s'est fait agresser ?

— Il y a peu de chances pour que ces malfrats disposent de ports d'armes. Ils ne vont pas déclarer qu'ils les ont perdues. Si je vais porter plainte et que les flics recherchent ces types et les flingues que j'ai jetés, ça pourrait se finir en procès, et je n'ai pas vraiment envie qu'ils apprennent qui je suis et où je vis.

Amery n'avait pas pensé à cela.

— En plus, avec mon profil de pratiquant d'arts martiaux, beaucoup de gens, dont les policiers, pensent que je provoque les combats. Ce n'est pas le cas. Mais ils me perçoivent comme ça, et ça me ferait bien ch… de devoir argumenter devant les forces de l'ordre pour me justifier de m'être défendu alors que je me faisais agresser. (Il prit une grande inspiration.) Tu étais là. Tu aurais préféré que je me comporte bien comme il faut, en leur donnant ce qu'ils voulaient ? Parce que je te garantis qu'aucun de nous deux n'en serait sorti indemne. Et c'est grâce à mon comportement que nous sommes ici sains et saufs. Je ne vais pas m'excuser pour ça.

Quand Ronin lui tourna le dos, elle remarqua qu'il tremblait de colère.

Peut-être qu'elle avait flippé en se concentrant sur les détails et qu'elle n'avait pas vu l'essentiel. La présence d'esprit de Ronin et ses années d'expérience les avaient tirés d'une situation qui aurait pu être mortelle. Elle aurait dû le remercier, et non le remettre en cause.

Amery avança dans son dos.

— Merci pour m'avoir sauvée ce soir, Ronin. (Elle tenta de passer les bras autour de sa taille.) Désolée si j'ai l'air ingrate. Ce n'est pas le cas.

— Amery…

— Laisse-moi finir. Je ne t'avais jamais vu comme ça. En mode maître Black qui casse des dents et qui fait une démonstration de sa ceinture noire huitième dan dans le monde réel.

— Ça ne t'a pas dégoûtée de voir cet aspect violent ?

— Ça m'a choquée au début. Mais maintenant je suis plutôt excitée, si tu veux savoir la vérité. Tu te déplaçais si vite. (Elle se mit sur la pointe des pieds et lui embrassa la nuque.) Ça me rappelle que l'autodéfense n'est pas un jeu pour toi. Ton corps répond instinctivement, parce que tu l'as entraîné pour qu'il réponde de cette façon.

C'est tellement sexy ! (Elle lui embrassa la nuque encore une fois.) Ça me donne envie de toi. Maintenant.

Ronin pivota. Sa bouche était contre la sienne, ses mains dans les siennes, et rien d'autre n'avait d'importance.

Les doigts d'Amery se dirigèrent presque spontanément vers les boutons de la chemise de Ronin, et les mains de celui-ci défirent la braguette du jean d'Amery. Ils réussirent à se déshabiller l'un l'autre rapidement. La bouche de Ronin quitta le cou d'Amery le temps qu'il lui murmure :

— La chambre est trop loin. Je veux te prendre ici-même.

Il la poussa contre le mur.

Elle poussa un gémissement quand ses dents éraflèrent sa gorge.

— Non. Au sol. Comme pour une prise de soumission.

Quelques secondes plus tard, ils étaient allongés par terre, les genoux d'Amery serrés contre les côtes de Ronin, alors qu'il la pénétrait.

— Oui, oh oui, refais-moi ça !

Il se retira et s'enfonça en elle en prenant son temps, sa bouche près de l'oreille d'Amery.

— Je veux sentir tes ongles creuser mon dos et mes fesses. Je veux sentir tes dents sur ma peau. Je veux avoir des marques de toi.

Elle faillit jouir à ce moment précis.

Alors qu'il plongeait en elle avec force, ils glissèrent sur le sol, et Amery fit un suçon sur l'un de ses pectoraux. Elle laissa traîner ses ongles le long du dos de Ronin, tandis qu'il passait sa langue sur la courbe de son épaule. Elle se cambra et arriva sur lui, s'abandonnant à lui de façon animale. C'était la preuve vraiment physique qu'ils étaient bien en vie.

Avec ses mains Ronin poussa les genoux de sa partenaire jusqu'à ce que ses cuisses touchent le sol. Ce changement mettait l'os de son pubis en contact direct avec son clitoris ; elle haleta.

— Pose tes mains sur moi, ordonna-t-il.

Tandis qu'il suçait avidement l'un de ses tétons et après quelques pénétrations rapides, elle jouit si fort que des points blancs obstruèrent sa vue. Ronin sentit l'orgasme le gagner. Amery planta les ongles dans sa nuque, et le long gémissement qu'il émit la satisfit pleinement, car il avait plutôt pour habitude de jouir en silence.

Ils restèrent affalés l'un dans l'autre, transpirants, haletants, jusqu'à ce que le contact du sol la fasse frissonner.

Ronin la souleva et la regarda en face.

— Tu m'en fais voir de toutes les couleurs chaque fois.

— Réfléchis un peu à ça… Tu n'as pas eu à sortir les cordes pour que ce soit si chaud.

— Tu es une petite… (Il l'embrassa.) maligne.

Il déposa un nouveau baiser sur ses lèvres.

Elle se releva et lui toucha le visage. Parfois elle n'arrivait pas à croire que cet homme superbe, compliqué et terriblement sensuel faisait vraiment partie de sa vie.

— Pourquoi tu me regardes comme ça ? lui demanda-t-il doucement.

Plutôt que de lui dire une fois de plus à quel point il était hot, sexy et incroyable, elle répondit :

— Merci pour ta vivacité d'esprit et pour nous avoir sortis d'un mauvais pas ce soir.

— Tout le plaisir est pour moi.

Il l'embrassa avec une telle douceur que des larmes apparurent dans les yeux d'Amery.

— Viens, allons-nous laver et nous préparer à dormir.

— Ça veut dire que je reste ici ?

— Ça sera un peu dur de partir une fois que je t'aurai attachée à ma tête de lit.

Elle rit… avant de comprendre qu'il ne plaisantait pas.

Amery arriva avec trente minutes de retard ce mercredi matin. Elle voulait se faufiler discrètement dans l'open space, mais elle vit ses amis autour du bureau de Molly, visiblement énervés, et elle se demanda si elle ne ferait pas mieux d'arriver après le déjeuner en prétextant qu'elle avait eu un rendez-vous à l'extérieur.

— Eh bien, voyons qui voilà ! dit Chaz, sans le moindre sourire.

Elle n'était pas vraiment surprise de cet accueil, puisque les choses étaient tendues ces dernières semaines. Chaz semblait maussade, même quand on discutait rapidement avec lui. Et, quand Emily revenait, elle grognait et claquait la porte. Amery avait essayé de leur parler, individuellement, puis de les contacter par texto, mais aucun des deux n'avait répondu, elle s'était donc dit qu'il y avait un problème entre eux et qu'ils ne voulaient pas l'y mêler.

Mais apparemment le problème la concernait bien, et ils s'étaient liés contre elle.

— Qu'est-ce qui se passe ? J'ai oublié de lire un Post-it pour un rendez-vous entre nous ?

— Ce n'est pas de ça qu'il s'agit, mais il faut qu'on te parle.

— Qui ça « on » ? demanda Amery.

Molly rougit et leva les mains dans une position défensive.

— Je n'ai rien à voir avec ça.

— Pourquoi est-ce que tu ne ferais pas une pause d'une demi-heure, en passant par la pâtisserie d'à côté ?

— Bonne idée. Tu veux que je te rapporte quelque chose ?

Elle fit signe que non. Personne ne dit mot, avant que Molly soit partie et qu'Amery se soit installée, une tasse de café à la main.

— Alors, chers meilleurs amis, dites-moi pourquoi tout ça ressemble fort à un passage de savon ?

Chaz leva un sourcil.

— Tu as fait quelque chose de mal ?

— En dehors de Ronin Black ? rajouta Emily avec une pointe d'ironie.

Mais qu'est-ce qui…

— Waouh ! C'est à propos de Ronin ?

— Mais bien sûr, puisqu'il n'y a que lui qui compte en ce moment, non ?

Ses poils se hérissèrent.

— Qu'est-ce qu'il y a ?

Emily et Chaz la fixèrent en silence.

— Vous avez donc décidé de me sauter dessus à propos du mec avec qui je sors sans me dire pourquoi ?

— Tu sais pourquoi.

Amery écarta l'idée que ses amis s'étaient rendu compte de ce qui se passait dans l'intimité entre elle et Ronin. Il était tellement attentif à ne pas laisser trop de marques quand il l'attachait. Un petit diable au-dessus de son épaule lui rappela que ce qu'elle faisait avec Ronin sous les draps ne regardait personne.

— Non, je ne vois vraiment pas.

— Tu ne te rends pas compte que tu es tellement impliquée dans la… relation que tu as avec lui que tu es en train de te perdre ? On te voit rarement en dehors des heures de bureau, parce que Ronin monopolise tout ton temps, et tu le laisses faire, accusa Chaz.

Elle souffla sur son café avant de boire une gorgée.

— Monopolise, répéta-t-elle. Vraiment ? Si je me rappelle bien, je t'ai invité à déjeuner la semaine dernière, et tu as décliné. Je t'ai aussi invité à venir boire un verre, et tu as également refusé. Et la raison, c'était ce joli petit Latino aux belles fesses, dont tu ne parles pas à André, tu t'en souviens ? La semaine d'avant tu ne pouvais pas prendre le temps de répondre à un seul de mes textos. C'est ma faute peut-être ? Que dalle !

— Tu vois ? C'est pour ça qu'on s'inquiète pour toi. Tu es agressive sans raison, et dès qu'on parle de Ronin tu es sur la défensive. Et, pour être franc, j'ai l'impression que la seule raison pour laquelle il t'apprend à te battre, c'est pour que tu lui ressembles encore plus.

Son regard énervé se déplaça vers Emily.

— C'est une blague ?

— Regarde ça de notre point de vue. Le boulot de Ronin est très violent. Tu ne te rends pas compte que c'est bizarre la façon dont il t'éloigne de tes amis ?

— Tu penses qu'il m'éloigne de vous ? Comment peux-tu croire ça ? demanda-t-elle à Emily. Tu étais en voyage toute la semaine dernière. La semaine précédente, la seule fois que tu m'as vue c'était le soir où je vais d'habitude à ce cours d'autodéfense que je prends depuis quelques mois, ce qui prouve à quel point tu t'intéresses aux choses importantes de ma vie.

— Et tu considères que Ronin est la chose la plus importante de ta vie, après seulement quelques semaines ? Ça ne te paraît pas bizarre ? demanda Chaz.

— Juste après que tu as fait sa connaissance, tu as refusé d'aller dans les bars où on allait toujours ensemble. C'est quelque chose que Black t'a demandé ? Il t'a dit que tu ne pouvais plus traîner avec nous ?

— Putain, je n'en reviens pas que nous ayons cette conversation ! Et excusez-moi d'être une connasse égoïste, mais après trois ans je commence à en avoir marre de ne traîner que dans des bars gays. Pourquoi ? Pas parce que Ronin les a critiqués, mais parce que je ne compte pas le nombre de fois où vous m'avez laissée tomber et où j'ai fini par rentrer seule. Ce que je pense, c'est que ça vous énerve que je ne sois plus à votre service pour remplir les trous dans vos emplois du temps, quand vous n'avez personne avec qui traîner. Mais vous savez quoi ? Je m'en tape de ce que vous pensez de Ronin. Je suis tout à fait capable de prendre mes propres décisions, y compris de choisir avec qui je passe mon temps libre, donc foutez-moi la paix ! Tous les deux.

Chaz et Emily la fixèrent, sous le choc.

— Autre chose ? Ou vous allez essayer de me persuader que le temps que je passe avec Ronin est le vrai problème ?

Silence.

— Très bien, maintenant, si vous voulez bien m'excuser, j'ai du travail.

Amery leur tourna le dos et se dirigea vers son bureau.

Elle poussa un petit cri quand elle sentit qu'on la rattrapait. Chaz et Emily étaient juste en face d'elle.

— On dirait que Dakota du Nord a les dents qui poussent, grandes et pointues. Bravo, ma chérie. Mais ce n'est pas de ça dont on parle.

Amery grinça des dents, et Chaz et Emily firent un pas en arrière. Cela l'embêta encore plus quand tous deux échangèrent un regard entendu.

— Nom de Dieu, dis-le-nous !

— Tu veux la jouer comme ça ? On est au jus. On a entendu dire des choses sur Ronin, d'après des gens qui ont travaillé avec lui, dit Emily.

— C'est un type effrayant, ma chérie, renchérit Chaz.

— Et les récits que nous avons entendus le concernant sont loin de cette image de prince charmant qu'il aimerait te faire gober.

— Il est ceinture noire huitième dan. Bien sûr qu'il est impressionnant !

Les prunelles des yeux d'Amery rétrécirent.

— Et qui exactement vous a raconté ces « récits », dont tu parles ? Parce que je connais les confidents de Ronin, et ils n'iraient pas se répandre à son sujet. Donc je remets ta source en question.

Chaz semblait désarçonné, mais Emily restait méfiante.

— Tout ce que je peux dire, c'est que ça provient de quelqu'un de fiable. Quelqu'un qui fréquente le milieu sportif de Denver.

Où est-ce qu'Emily était allée chercher ces informations ? Elle se rappela que son amie avait travaillé avec l'équipe des Rockies la semaine dernière. Et la seule personne dans le staff qui pouvait avoir un intérêt pour sa relation avec Ronin, c'était… Tyler.

Non… Un sentiment malsain s'empara d'elle. Emily n'aurait pas écouté Tyler.

— Donne-moi le nom de cette source fiable.

Emily baissa les yeux, et Amery comprit.

— Tyler Pessac, ce connard d'ex égocentrique, qui a réduit ma confiance à zéro et qui a été directement responsable de mes souffrances pendant plus d'un an, c'est ça ta source fiable ?

La colère commençait à bouillir. Amery prit deux grandes inspirations pour se calmer avant de reprendre la parole.

— Tu n'as jamais pensé une seule minute que Tyler, qui t'a donné cette information comme quoi Ronin Black était dangereux, pouvait l'avoir fait par jalousie ? Tyler m'a aperçue avec Ronin au meeting des sports du Colorado. Il a vu à quel point j'étais heureuse. Il sait que Ronin est un meilleur athlète, qu'il est plus attirant, qu'il a davantage de contacts et que c'est un homme meilleur dans tous les domaines. Il a aussi vu que Ronin était fou de moi. Et ça a rendu Tyler un peu dingue, parce que la seule fois où il m'a trouvé un intérêt depuis qu'il m'a trompée, c'était quand un autre homme était attiré par moi. C'est la seule raison qui m'a donné de la valeur à ses yeux.

» Tu sais combien de temps ça m'a pris de sortir du trou où je me terrais après que Tyler m'a larguée ? Ou au moins je pensais que tu t'en étais rendu compte, parce que tu étais là, censée me soutenir. Donc je ne peux pas croire… (Les mots sortaient avec émotion, et elle reprit sa respiration.) Je n'arrive pas à croire que tu prends ce ramassis de conneries pour argent comptant et que tu m'en parles. Surtout quand je suis vraiment heureuse avec un homme, pour la première fois de ma vie.

Chaz se retourna sur Emily.

— C'était Tyler, ta source ? Putain, tu te fous de moi ?

Puis il fit face à Amery, les yeux pleins de remords.

— Je te jure que je n'étais pas au courant, sinon je n'aurais pas…

— Reculez. Tous les deux. Laissez-la seule, dit Molly avec force.

Elle rentra et s'immisça entre Amery, Chaz et Emily.

— Je suis revenue pour chercher mon sac à main et j'ai entendu Amery se défendre. Les amis n'agissent pas comme ça, et vous le savez. Alors maintenant sortez de ce bureau et ne revenez pas à moins de vous excuser. Je suis sérieuse.

Chaz et Emily s'éclipsèrent tous deux.

Molly prit tout de suite Amery dans ses bras.

— Je suis désolée. Je les ai entendus raconter leurs conneries sur le temps que tu passais avec Ronin et je pensais qu'ils allaient s'arrêter là. Si j'avais su ce qu'ils avaient vraiment prévu…

— Molly, tout va bien. Merci d'être intervenue.

— Non, merci à toi de m'avoir servi d'exemple. J'ai tellement appris grâce à toi, c'est important pour moi de me défendre et d'être présente pour mes amis.

— Tu es une vraie amie.

Amery la prit dans ses bras une dernière fois et s'enferma dans son bureau. Cette journée qui avait commencé de façon foireuse se poursuivit ainsi. Elle perdit un ancien client spécialisé dans l'aménagement d'appartement, et un client potentiel avait fait appel à la concurrence. Elle passa plus de temps au téléphone qu'à travailler, mais à la fin de la journée elle ne pouvait plus rester une minute de plus dans son bureau. Elle mit ses vêtements de sport, monta dans sa voiture et se dirigea vers Arts Black.

Peut-être que cogner dans un punching-ball lui purifierait le corps et l'esprit.

Chapitre 20

Yondan Deacon McCloud était un sacré salopard ! Amery rêvait de pouvoir le projeter en l'air pour qu'il atterrisse sur les fesses. De lui donner un coup de pied dans le tibia, de lui taper sur les oreilles avec la technique qu'elle venait d'apprendre, le coup de tonnerre, puis de mordre dans ses biceps tatoués.

Selon cet homme, si elle loupait un cours d'autodéfense, il devait la faire travailler encore plus dur. Il lui montra de nouveaux mouvements et la poussa à bout tant et si bien qu'elle ne pouvait plus respirer. Puis il recommença.

À côté, sensei Black pouvait passer pour un instituteur de maternelle.

Pourtant ce n'est pas comme ça qu'elle percevait le boss de ce dojo.

Elle utilisa un essuie-mains pour se frotter le visage.

— Allez, mademoiselle la préférée du moment. La pause est finie, on continue.

— Tu es en train de me tuer.

Il sourit.

Bordel ! C'était la première fois qu'elle voyait Deacon sourire. Cela le rendit un poil plus attirant, voire beaucoup plus, mais aussi dix fois plus effrayant. Les hommes chauves, tatoués et excessivement musclés ne l'attiraient pas vraiment en règle générale, principalement parce qu'elle n'en avait jamais fréquenté. Elle voyait vraiment ce qu'ils pouvaient avoir d'attirant maintenant.

— Tu veux m'embrasser ou quoi ? Parce que c'est pas vraiment le style de regard qu'on lance quand on veut se battre, mon chou.

— Mon chou ? Je vais t'en donner des choux.

Fatiguée d'entendre les commentaires de ce faux jeton de Deacon, qui la voyait comme la petite protégée du moment de Ronin et qui lui reprochait certaines lacunes en autodéfense, Amery serra l'essuie-mains et voulut le fouetter. Mais il attrapa le bout et, en un mouvement éclair, il enroula le chiffon autour du poignet d'Amery. Puis il serra, jusqu'à ce que le bras d'Amery se retrouve dans son dos et qu'elle tombe à genoux.

— Je me rends, souffla-t-elle.

Il rit, assez frénétiquement.

— Ça craint quand ton arme se retourne contre toi, hein ?

— Oui.

Il la relâcha.

— Lève-toi, on recommence.

— Espèce de bâtard sadique, murmura Amery tout en se relevant.

— Je ne suis pas un bâtard, mes parents étaient mariés quand ma mère a accouché. En revanche, je confirme : je suis bien un sadique. (Il changea de position.) Maintenant, pare mon attaque.

Avant qu'Amery reprenne ses esprits, Deacon était en face d'elle et lui balayait la jambe. Ses fesses heurtèrent le tatami. Au lieu de rester au sol, humiliée, elle attrapa son pantalon et tira.

Deacon fit pivoter son buste, ce qui permit à Amery de lui donner un coup de pied dans le genou par-derrière. Il posa un genou à terre sur-le-champ. Il leva un sourcil, surpris.

— Bien joué. L'autodéfense, c'est à quatre-vingt pour cent de l'improvisation.

— Et les vingt pour cent restants ?

— Dix pour cent consiste à appliquer des techniques apprises, et les dix pour cent qui restent, c'est savoir maîtriser sa peur. Sans la peur il n'y aurait pas besoin d'avoir recours à l'autodéfense.

— Eh bien, yondan, on aurait presque dit sensei, à cette façon de philosopher, lança-t-elle.

— J'espère bien que son influence rejaillit sur moi. Maintenant, montre-moi ce que tu connais des coups de coude.

— Lesquels ?

— Tous.

Le temps qu'elle s'exécute, le cours avait fini depuis trente minutes, et elle dégoulinait de sueur.

Yondan avait l'air frais comme un gardon.

— Je dirai à Sandan Dave que tes cours se déroulent vraiment bien.

— Merci.

— Tu vas réussir à t'y retrouver dans ce labyrinthe ?

Amery hocha la tête.

Il se pencha légèrement pour la saluer et quitta la pièce. Elle voulait aller tout de suite au vestiaire pour se changer, mais elle se trompa et arriva à un endroit où elle n'était jamais allée. Elle s'arrêta devant une fenêtre d'un mètre cinquante de largeur, qui donnait sur une salle d'entraînement. Vu le teint mat de la vitre, elle se dit que les gens à l'intérieur ne pouvaient pas la voir.

Son regard fut tout de suite attiré par Ronin qui se tenait devant les élèves.

Ses cheveux tirés en arrière ; ses yeux futés évaluant ses apprentis ; sa posture, qui ne donnait pas envie de lui chercher des noises… : c'était un superbe spectacle à observer.

Il portait un pantalon gi noir et un haut rouge. Nouée à la taille, sa ceinture portait les huit bandes brodées, sous lesquelles figurait son titre de maître en japonais, inscrit à la pointe de la ceinture. Sur un écusson à gauche de sa poitrine on pouvait lire « Sensei Black ». En dessous, un écusson représentait le drapeau américain, un autre le drapeau japonais puis on voyait encore en dessous quatre autres écussons dont elle ne pouvait pas discerner les détails. Il arborait aussi d'autres écussons sur les manches de son haut, des deux côtés, et sur le côté droit de son torse figurait le nouveau logo Arts Black qu'elle avait réalisé.

Elle sourit. Cela n'avait pas pris trop de temps pour que ce dessin soit intégré à l'équipement.

Amery n'avait rien d'autre à faire, et elle comprit qu'il ne pouvait pas la voir. Elle décida donc de l'observer durant ce qui ressemblait fort à un cours pour ceintures noires avancées.

Les seize étudiants se levèrent, et il les rassembla par groupes de deux. Même quand ils en étaient à l'échauffement,

Ronin corrigeait leurs prises et leurs postures. Et un bon nombre d'élèves devenaient tendus quand il arrivait à côté d'eux. Sensei Black dirigeait vraiment les gens d'une main de fer.

Lorsqu'elle le voyait avec les autres, elle ne reconnaissait rien de son Ronin à elle. Il ne souriait pas, ne plaisantait pas. Son attitude était aussi stricte que ses mâchoires étaient serrées.

Ce sentiment d'incohérence aurait dû lui faciliter les choses et l'aider à arrêter de fixer cet homme qu'elle ne reconnaissait pas. Mais au contraire il la maintenait sur place, la laissant espérer saisir une vision de son amant.

Quand l'entraînement se concentra sur la lutte, elle s'attendait à ce qu'il s'assoie sur le bord, mais il la surprit à nouveau : il obligeait chaque élève à s'exercer avec lui.

Enfin, pour être plus précis, ses élèves essayaient de s'exercer avec lui, et il les envoyait valser sur le tatami.

Ronin n'était pas satisfait : aucun élève n'avait réussi à assimiler la technique, mais on ne pouvait pas le voir sur son visage ou dans ses gestes. Il aboya un ordre qui fit sursauter Amery.

Un élève quitta les lieux et revint quelques minutes plus tard, accompagné de Knox.

Shihan Knox connaissait cette technique de combat, il l'exécuta sur-le-champ à la perfection. Amery pensa que Ronin avait préparé sa riposte en s'entraînant sur des sacs de frappe. Le sensei défia à nouveau shihan, après avoir décortiqué cette technique au ralenti devant les élèves.

Cette fois-ci il mit un terme à l'assaut avec une prise de soumission.

Même chose la fois suivante.

C'est là qu'Amery prit conscience que personne n'avait pu contenir ses attaques.

Et à nouveau, depuis que shihan Knox était dans la salle, elle ne retrouvait rien du Ronin qu'elle connaissait. Elle commença vraiment à le retrouver quand les séances de coups de pied débutèrent. Ceux du sensei étaient puissants et rapides comme l'éclair sur les sacs de frappe.

Qu'est-ce que tu sais vraiment de cet homme ?

Elle lui était reconnaissante d'avoir désarmé les agresseurs l'autre soir. Mais maintenant elle voyait à quel point sa violence pouvait exploser, et cela le laissait impassible. Elle pensa donc qu'une grande partie de sa personnalité demeurait un mystère pour elle. À ce moment même, ses talents pour attacher les femmes l'effrayaient moins que la facilité avec laquelle il pouvait basculer dans l'extrême violence.

Elle réprima un frisson et recula.

À ce moment précis Ronin releva les yeux, et elle aurait juré qu'il savait qu'elle était là et qu'elle enfreignait les règles.

Amery se baissa rapidement et réussit à sortir en se faufilant sans que personne la remarque.

Du moins c'est ce qu'elle pensait.

Une heure plus tard, Ronin arriva chez elle, et il n'était pas de bonne humeur. Généralement, après avoir pris une douche pour se débarrasser de la transpiration et de la violence qui lui collaient à la peau après des heures passées au dojo, il était zen, et rarement perturbé.

Pourtant, ce soir…

Elle savait que, si elle lui demandait ce qui le contrariait, il refuserait de lui en parler, mais elle pensa que le manque de progrès de ses élèves devait expliquer en grande partie cette nervosité. Pourtant elle ne pouvait pas lui avouer qu'elle l'avait vu pendant le cours, puisque cela lui était totalement interdit.

Cherchant à le calmer, Amery proposa de le masser, en plaisantant à moitié. Mais elle avait prévu, plutôt naïvement, de le débarrasser de toute pensée négative et de détendre son corps musclé, alors que Ronin avait une idée bien précise de ce qu'il voulait. Il la caressa, la souleva et la délesta de chacun de ses vêtements, et elle se rendit alors compte qu'il avait entièrement débarrassé la table basse.

— Ronin ? Qu'est-ce que tu…

— Tu sais ce que je veux, murmura-t-il dans la courbe de son cou, tandis qu'il attachait ses cheveux en chignon avec un stylo. Si tu ne veux pas, dis-le-moi.

Elle garda la bouche fermée.

— C'est bien.

Et il apporta une corde couleur camouflage.

Elle frissonna quand ses doigts passèrent sur l'extérieur de ses bras, jusqu'à ses poignets.

— Mets les mains derrière le dos. Assure-toi que ton sang circule bien, car ça peut prendre du temps. (Il déposa un baiser tendre sur son épaule.) Je suis en train de te donner la position de la tortue attachée.

Son toucher était doux, mais elle sentait qu'il avait une idée derrière la tête. Il lui demandait d'être sincère, elle méritait donc la même chose.

— Tu as l'air sur les nerfs.

— Oui. (La voix de Ronin lui brûla l'oreille.) Pourquoi crois-tu que j'insiste sur cette règle « on n'observe pas les cours » au dojo, Amery ?

Merde, merde, merde ! Maître Black l'avait bien vue à travers la glace sans tain, ou sinon il l'avait perçue grâce à ses super instincts de ninja.

Ou alors... yondan Deacon lui avait dit que tu te baladais après les cours.

Mince ! Peut-être qu'il l'avait laissée vagabonder librement uniquement pour vérifier si elle respectait bien les règles, même si personne a priori n'était derrière elle pour la surveiller.

Eh bien, elle avait échoué à ce test, elle avait vraiment échoué !

— Je t'ai posé une question, dit-il de sa voix prétendument si raisonnable.

— Non, monsieur, je ne sais pas pourquoi cette règle existe.

— J'ai mis au point cette règle pour que mes élèves ne la respectent pas, car en échouant ils ont une meilleure chance d'apprendre, de s'adapter et de changer.

— Et tu vas me punir, parce que j'ai enfreint cette règle ?

— Non. Tu étais sous les ordres de yondan ce soir, c'est donc à lui de prendre une décision.

Ce n'était pas du tout rassurant.

— Et donc cette position de la tortue, ou quel que soit son nom, ce n'est pas une posture pour me punir ?

Les lèvres de Ronin glissèrent jusqu'à son oreille.

— Tu as l'air déçue.

— Non, vraiment pas !

— Si j'avais voulu te punir, j'aurais utilisé des liens d'hojojutsu.

Son bras se faufila sous le sien, et il la saisit à la gorge.

— Ce type de liens immobilise le cou.

Elle déglutit.

— Le défi dans ce cas n'est pas tant l'attache que la chasse et la capture en amont.

Punaise ! Une chasse ? Une capture ? Cela semblait un peu effrayant.

— Je sens que ton cœur s'emballe, Amery. Calme-toi. La position de la tortue attachée rend hommage à l'ambivalence de cet animal, la beauté d'une surface dure qui protège un cœur tendre.

— Oh !

— Tu es prête ?

— Oui.

— Monte sur la table basse, je m'occupe du reste.

Il l'installa. Elle était allongée, la joue contre le bois frais, respirant l'odeur d'un cirage pour meubles au citron. Ses jambes étaient grandes ouvertes, mais le reste de son corps était replié sur lui-même, comme une tortue dans sa carapace.

— Magnifique…

Il fit passer ses doigts rugueux le long de son dos nu, puis sur ses épaules et jusqu'à la courbe de son cul.

— Respire, chérie, parce que ça va se serrer.

Ces mots, prononcés dans un grognement de velours, la touchèrent tel un condensé d'adrénaline. Fantasmer sur ce qui allait arriver, c'était sa nouvelle drogue, fournie par cet homme aux mains merveilleuses. Elle désirait cette sensation de soumission qu'elle ressentait quand il l'attachait… puis le calme qui suivait.

En jetant un regard en coin, elle aperçut le tee-shirt noir de Ronin tomber au sol. Il était suffisamment proche d'elle pour qu'elle puisse voir ses doigts de pied, sous l'ourlet effiloché de son jean.

Ce moment allait être plein de luxure, et elle fantasmait sur la suite. Elle savait exactement à quoi il ressemblait en s'approchant d'elle, ce puissant, sexy et déterminé maître des cordes. Ses muscles se tendaient. Ses cheveux noirs à l'apparence sauvage autour de son visage ciselé. Ses yeux luiraient, passant du marron ambré au noir d'encre, évaluant chacune de ses réactions pendant qu'il attacherait les cordes et les tirerait le long de sa peau si pâle. Ses lèvres seraient plissées sous la concentration. Sa mâchoire serrée. Sa respiration, plus rapide, car la voir soumise l'excitait.

Et cela l'excitait elle aussi, plus que ce qu'elle aurait pu imaginer. Mais ce sentiment allait de pair avec la peur. Et la honte aussi faisait partie de son attirance pour ce jeu. Mais elle pouvait la contrôler.

Ronin déposa un baiser sur sa peau, comme il le faisait toujours pour entreprendre les préliminaires.

— Je vais commencer à t'accrocher maintenant.

Et, comme toujours, son rythme cardiaque décolla quand elle entendit le bruit infime de friction lorsqu'il déroula la corde.

Calme-toi. Respire.

Il attacha les cordes et fit des nœuds au niveau des chevilles, puis remonta, jusqu'à ce que tout le corps d'Amery soit recouvert. Elle avait l'impression qu'il avait laissé une araignée l'entourer de sa toile. Même s'il avait mis un certain temps à l'attacher, elle n'avait pas encore dérivé dans cet espace mental cotonneux.

Ronin n'avait pas ligoté la tête ni le cou d'Amery. Elle comprit qu'il s'attendait à ce qu'elle conserve cette position, comme il le désirait. Ses doigts serrèrent et testèrent l'assemblage. Quand les cordes brûlaient sa peau, ses caresses apaisaient un peu la douleur.

En partie.

Si ces bondages s'étaient déroulés sans douleur et sans peur, les apprécierait-elle autant ?

Non, résonna dans sa tête de façon spontanée.

Oh, mon Dieu ! Quel genre de femme aimait ou plutôt désirait la façon dont cet homme la ligotait dès qu'il en avait l'occasion ?

La voix douce et saccadée de Ronin s'infiltra dans son oreille.

— Si je te bâillonne, ça te permettra d'arrêter d'écouter tes pensées négatives ?

Il avait tout de suite perçu cette guerre intérieure qui se jouait en elle. Son intuition l'aurait effrayée si elle ne lui en avait pas été aussi reconnaissante, cela lui rappelait qu'elle lui faisait confiance.

— S'il te plaît, ne me bâillonne pas.

— Qui te retient prisonnière en ce moment ? Tes pensées ?

— Non.

—Alors qui ?

—Toi.

—Mais tu l'as choisi ?

—Oui, je l'ai choisi, répéta-t-elle, une première fois à voix haute et une deuxième fois plus pour elle-même, comme pour se convaincre.

Il resserra encore les liens autour de ses épaules.

—C'est ça. Chaque pensée, chaque respiration, chaque battement de cœur, chaque pulsation, chaque murmure, chaque souffle, chaque halètement de douleur, tous ces moments m'appartiennent. Je vais t'emmener dans un endroit où les pensées négatives ne peuvent pas t'atteindre et où tu es exactement celle que tu es censée être. Laisse-moi t'y emmener. Je le fais pour toi. (Il s'arrêta.) …Et pour moi.

—Oui, monsieur.

—Perds-toi dans ce que je te donne. (Ses lèvres chaudes et douces frôlèrent sa peau sensible derrière l'oreille.) Rappelle-toi ce que ta capitulation signifie pour moi.

Tout.

Des larmes roulèrent sur ses joues.

—Merci.

Il chuchota quelques mots en japonais.

Elle s'attendait presque à ce que ses caresses deviennent plus douces, mais au contraire ses mains devinrent plus rudes. Cette toile d'araignée se resserrait. Il avait confectionné une carapace autour d'elle, et elle était devenue elle-même cette coquille. Recroquevillée et attachée, elle se sentait en sécurité. Protégée, enchaînée à la table mais aussi à lui.

Le plaisir qu'il tirait de sa soumission la faisait planer. Amery sut à quel moment il se reculerait pour admirer son œuvre. L'éclat de fierté qu'il ressentait rejaillit sur elle, tandis qu'il examinait la beauté de son corps déformé par les cordes. Cet examen approfondi dura entre une minute et ce qui lui sembla une éternité. Ensuite il la détacherait. Il vérifierait les brûlures des cordes et inspecterait minutieusement sa peau rougie à la recherche de marques. Il soignerait chaque égratignure à l'aide de tendres caresses, de baisers déposés d'un souffle, et à de rares occasions d'un baume. Puis il rangerait la corde en l'enroulant autour de son bras, pendant qu'elle reviendrait à la normale après le bondage.

Mais ce n'était pas le programme de ce soir.

Elle était toujours en train de flotter dans cet endroit si calme, lorsqu'un bruit familier la tira de cet état de transe.

— C'est très sympathique et délicat de ta part de me laisser m'amuser avec tes jouets. Mais je préfère les utiliser sur toi.

— Quoi ? Mais non…

Mais qu'est-ce qu'il croyait ? Avant qu'elle puisse ouvrir la bouche pour refuser, il plaça la tête vibrante de son sex-toy directement sur son clitoris.

Amery haleta et essaya de décaler ses hanches, mais il l'avait complètement immobilisée.

— Tu arrives à avoir un orgasme en combien de temps avec ça ?

Maintenant elle aurait aimé qu'il l'ait bâillonnée, pour qu'elle n'ait pas à répondre.

— J'attends…

Merde !

— Deux minutes.

Au maximum. Cela pouvait même prendre moins d'une minute. Mais elle n'allait jamais lui avouer cela. Jamais.

— À quoi bon s'amuser avec ça ? Quel est le défi ? J'aime prendre mon temps, tu le sais bien. Rien ne sert de courir, il faut partir à point.

— Tu es vraiment en train de me citer des vers du *Lièvre et la tortue* ?

— Je trouve que c'est approprié, vu les circonstances. Étant donné que tu as aussi un lapin vibrant dans ta collection. Tu préfères que je l'utilise à la place ?

— N'essaie même pas de me torturer avec mes propres vibromasseurs, Ronin Black.

— Sinon, quoi ?

Quand il positionna la tête du vibromasseur sur le haut de son antre, sa peau frissonna.

— Tu as peu d'options. Selon moi, tu as deux choix. Tu peux rester en place et en profiter.

Il passa la bouche sur sa nuque, en lui faisant un de ces baisers à pleine bouche qui la faisaient se cambrer et gémir.

— Ou alors tu peux rester en place et en profiter.

Salopard.

— Donc, quel est ton choix ?

— Je peux faire avec.

Ronin commença à dessiner des cercles avec le vibromasseur autour de son point sensible.

— Tu es sûre ?

— Si tu le maintiens au même endroit un peu plus que trois secondes je suis sûr que tu sauras.

Un petit rire jaillit dans son cou.

— Tu la joues un peu autoritaire pour une femme ligotée avec des cordes.

— Tu m'as l'air bien impressionné par un jouet de silicone et de plastique.

Pendant qu'il maintenait le vibromasseur directement sur son clitoris, sa bouche se posa sur les endroits sensibles le long de son cou et de ses épaules, ce qui la fit se tortiller et gémir. Puis il les suça et les embrassa sans s'arrêter.

— Ronin !

— Arrête de réfléchir. Laisse-toi aller. Laisse-toi faire.

Fais-moi ce que tu veux. Elle était attachée, et il lui rappelait qu'il était seul maître de son plaisir.

Ensuite il stimula ses sens jusqu'à ce qu'elle soit projetée dans ce désert blanc. La bouche haletante, le sexe palpitant. Elle jouit si fort que l'écho se répercuta dans tout son corps, de ses orteils à ses lobes d'oreilles.

Elle se serait bien étirée et aurait ronronné comme un chat satisfait… si elle avait pu bouger. Elle garda à l'esprit que si Ronin pouvait atteindre son clitoris il pouvait aussi l'attacher pour la baiser. Cela n'avait rien de systématique. Mais quand cela arrivait… elle révisait alors la signification de l'expression « perdre pied ».

— Je t'ai chronométrée, dit-il. Trois minutes. La prochaine fois que je te ferai jouir ça prendra plus de temps.

C'est juste un premier test. (Sa voix profonde lui envoya une vague chaude de désir.) Sors de ta carapace et supplie-moi de te baiser, petite tortue.

Oui ! S'il te plaît, s'il te plaît, s'il te plaît !

Non. Montre une certaine retenue. Sinon il ne te verra que comme une pute.

Amery serra les dents en entendant ces voix culpabilisantes qui la dirigeaient depuis qu'elle était petite.

Non, il ne veut pas me réduire à ça. Il me rend plus forte, pour que je sache ce dont j'ai envie.

— Je ne t'entends pas supplier. Tu veux que je quitte la pièce et que je te laisse réfléchir ?

— Ronin, s'il te plaît !

— C'est ce que tu veux ? (Sa langue passa le long de son oreille.) Demande-moi. Supplie-moi. Implore-moi. Prouve-moi que tu peux le faire. Prononce les mots que j'ai envie d'entendre, Amery.

Ce ton séduisant, le contact fugace de ses lèvres sur sa peau, ce désir qui l'envahissait..., tout cela réuni anéantit les voix ennuyeuses dans sa tête.

— Baise-moi, lâcha-t-elle. Maintenant. Fais-moi jouir comme une folle. Baise-moi jusqu'à ce que je ne puisse plus marcher. Si tu penses être à la hauteur..., rajouta-t-elle pour le taquiner. Ou alors tu as peur de venir trop vite ?

Un grognement se fit entendre près de son cou, et une seconde plus tard Ronin l'enlaçait avec force, plongeant en elle avec tellement de ferveur qu'il déplaça la table basse.

Entre ses coups de boutoir puissants et Amery qui était déjà si chaude, ils ne réussirent pas à battre les trois minutes : ils explosèrent avant.

Ronin reprit son souffle.

— Tu es toujours avec moi ? demanda-t-il.

— À peu près.

Il se leva, puis s'accroupit en face d'elle et passa la main le long de sa joue.

— J'enlève les cordes ?

— Oui, s'il te plaît.

La rapidité avec laquelle il ôta ses cordes la surprit, vu le temps qu'il avait mis pour les placer. Ronin la souleva – elle avait les bras toujours attachés – et la porta jusqu'à son lit.

Après avoir parcouru tout son corps de ses mains, il tint son visage et lui prit la bouche en un baiser qui lui fit battre le cœur à une vitesse folle, trembler les jambes et lui coupa le souffle : le genre d'étreinte qu'elle aurait voulu continuer à jamais. Elle se pelotonna contre son corps une fois qu'il l'eut relâchée.

— Donc cette position s'appelle la tortue qu'on torture ?

— La tortue attachée, corrigea-t-il.

— C'est la même chose, répliqua-t-elle. J'imagine que tu l'as déjà pratiquée auparavant ?

— Jamais avec toi. (Ronin embrassa les marques roses sur ses poignets.) Tu étais incroyable. Tu étais superbe. J'aurais aimé que tu me laisses te…

Amery fit « non » de la tête. Ils revenaient encore et toujours sur ce sujet : qu'il la prenne en photo quand elle était attachée, pour qu'elle voie à quel point elle était belle, soi-disant. Mais elle n'était pas prête. Elle ne savait pas si elle le serait un jour.

— Dans tous les cas, merci.

— J'y ai pris beaucoup de plaisir.

De son doigt, elle dessina des cercles sur son torse.

— Tu restes pour la nuit ?

— Oui. Alors place tes bras autour de moi comme tu aimes le faire et endors-toi.

Elle sourit, parce qu'elle savait à quel point il aimait qu'elle entoure son corps ainsi, bien qu'il ne l'admettrait jamais.

Chapitre 21

La semaine suivante, après avoir connu les pires jours de sa vie professionnelle, Amery se traîna jusqu'à un bar miteux qui servait des verres bien dosés pour pas cher. C'était le genre d'endroit où les gens allaient seuls pour noyer leur chagrin. Aucun type lourd n'essayait de draguer. Pas de nanas prêtes à escroquer des gars pour qu'ils leur paient leurs consommations. Pas de fans de sports avec des écrans hurlants. Pas de vantards chiants aux discussions interminables au téléphone. Aucun personnel arrogant dans des vêtements étriqués. Juste un vieux barman avec un répertoire limité de cocktails au milieu de chaises isolées et de tables individuelles.

Elle commanda deux gin tonics à des tarifs de happy hour et but le premier en deux gorgées. Une fois que l'alcool eut fait descendre la pression, elle mit la tête en arrière et ferma les yeux.

Aujourd'hui, en plus des problèmes habituels de boulot, sa mère l'avait appelée pour la harceler au sujet de la fête d'anniversaire de son père. Sa mauvaise humeur lui avait donné le courage de dire à sa mère qu'elle ne viendrait pas à cet événement.

C'était choquant que la mère d'un pasteur qui en savait autant sur l'impiété puisse aussi facilement faire preuve d'un tel manque de considération envers sa fille. Énervée et se sentant délaissée, Amery lui avait raccroché au nez, ce qui avait eu la conséquence fâcheuse d'entraîner un appel de son père. Elle n'aurait pas dû répondre, mais elle se sentait si mal que cela lui avait permis de se décharger sur lui, et il lui avait aussi raccroché au nez. Après cela, elle se serait presque attendue à ce qu'un inconnu entre dans le bar et lui fasse la morale au nom de ses parents – elle pensa aussi qu'ils pouvaient engager un exorciste parce qu'évidemment elle était possédée par le diable pour avoir osé parler à ses parents de cette manière.

Elle ricana doucement.

Dans le bar, personne ne la prenait pour une folle en la voyant rire toute seule dans son coin après avoir demandé deux cocktails pour le prix d'un.

En tout cas peut-être qu'elle s'était disputée avec ses proches et qu'elle épluchait les petites annonces pour dénicher un nouveau boulot, mais pour une fois elle entretenait une belle relation amoureuse.

En fait, relation « indécente » était le terme le plus approprié pour qualifier ce qui se passait avec Ronin. Le mec baisait comme un dieu. Elle se prenait pour la plus belle fille du monde chaque fois qu'il la touchait. Il était exigeant, mais il donnait aussi beaucoup. Sexuellement, tout était au top. Elle lui faisait confiance, en sachant qu'ils s'apportaient mutuellement ce dont chacun avait vraiment besoin.

Mais sur le plan personnel… Quand elle n'était pas en train de se prélasser après une superbe relation sexuelle, ou quand il n'était pas littéralement en train de l'attacher, et qu'elle pensait à ce qu'elle savait de lui en dehors de l'aspect superficiel… elle prenait conscience que tout cela n'était en réalité que très superficiel.

Il se concentre tellement sur toi qu'il se découvre peu.

Ce qu'il lui avait confié de sa vie et de sa formation n'était pas si intime, c'étaient des informations qu'elle aurait pu trouver sur son site Internet. Et depuis qu'elle s'était rendue au club, après leur conversation incroyablement intime…, il ne lui avait plus rien confié de personnel. Alors cela, ajouté aux commentaires de Deacon sur le fait qu'elle était la favorite du moment du sensei, l'avait amenée à douter du sérieux de leur relation.

Quand on parle du loup… Son téléphone sonna, elle venait de recevoir un texto de lui.

« RB : Où es-tu ? »

« Je bois. Et toi, tu es où ? »

« RB : Je viens te chercher. Dis-moi où tu es. »

« Je ne suis pas de bonne compagnie. Je t'appelle plus tard, OK ? »

« RB : Non. Où es-tu ? »

« Je n'ai pas besoin d'un baby-sitter. Je vais bien. »

« RB : Je ne vais pas t'infantiliser si tu me dis juste où tu es. »

« Pourquoi ? »

« RB : Pour voir si tout va bien. Je veux en juger par moi-même. »

Et voilà, c'était une inquiétude typique d'un petit ami, non ?

Non, il voulait contrôler les choses.

Foutaises ! Il tenait à elle.

Non ?

Merde ! Même si ce n'était pas le cas et que c'était juste un coup comme ça, elle voulait le voir ce soir.

Elle tapa :

« Je suis au *Rialto Lounge.* »

« RB : Je suis en chemin. Tiens bon. »

« Trop tard, je suis déjà dans les choux. »

Elle fourra alors son téléphone dans son sac et se paya une troisième tournée.

Sa vision était un peu floue quand il avança vers elle, mais, même complètement soûle, elle aurait reconnu sa démarche particulière.

— Hey, mister sexy ! Laisseuh-moi te payer un verre.

— Non merci. Je suis ton chauffeur attitré puisque apparemment il va t'en falloir un. (Il regarda autour de lui.) C'est un endroit intéressant. Tu viens souvent ici ?

— Quand j'en ai besoin.

— Que s'est-il passé pour que tu atterrisses dans ce bar pour amateurs de cocktails ?

Elle n'était pas bourrée, elle était pompette et avec cette conversation elle risquait d'avoir l'alcool triste.

— C'est une mauvaise journée, et non, je n'ai pas envie d'en parler.

Ronin saisit son menton et fixa attentivement ses yeux.

— Dommage, ma belle. Pourquoi bois-tu toute seule ?

— Tu es là maintenant, donc techniquement je ne suis pas en train de boire seule. Contente-toi de me payer un autre verre et arrête de me juger.

Il se dirigea vers le bar et en revint avec une grande boisson.

— Qu'est-ce que c'est ?

— Du Coca. Je ne suis pas vraiment d'accord pour que tu boives jusqu'au coma éthylique. Je t'ai aussi pris quelques bretzels.

— Ils sont dégueulasses. Ils prennent la poussière depuis une vingtaine d'années.

Elle poussa l'assiette sur le côté et regarda fixement le Coca.

— Amery. (Il lui prit la main et embrassa le bout de ses doigts.) Bébé, s'il te plaît, dis-moi ce qui se passe dans ta tête.

Au lieu de parler directement de ses malheurs professionnels, elle saisit l'occasion pour évoquer quelque chose qu'elle n'avait jamais mentionné auparavant.

— Je ne l'ai pas vraiment laissé paraître, mais ça m'a dérangée de te voir t'entraîner avec des ceintures noires la semaine dernière.

Comme il restait silencieux et observateur, elle continua.

— Tout est arrivé si vite la nuit où on s'est fait attaquer que je n'ai pas saisi les nuances de tes techniques de combat. Peut-être que je suis naïve, mais j'ai surtout remarqué que tu te déplaçais avec grâce, sans m'interroger sur la raison pour laquelle tu bougeais avec autant de rapidité et de précision. Alors quand j'ai vu ta force physique et compris que tu étais encore plus fort que ce que je pensais, cet aspect de toi m'a effrayée.

— Tu sais bien que je ne te ferais jamais de mal.

— Tu ne comprends pas ce que je te dis. C'est comme si je t'avais vu pour la première fois. Tu es un vrai combattant, c'est ancré en toi. Et, comme je ne connais pas cette partie de ta vie, tu peux comprendre que j'ai parfois le sentiment que tu es un étranger, que j'ai l'impression que la seule fois où on se comprend vraiment, c'est quand on est tout nus. Tu t'attends à ce que je te raconte tout, mais toi, tu ne me dis rien.

Le regard de Ronin parcourut son visage.

— J'ai partagé davantage de choses avec toi qu'avec quiconque auparavant.

— Tu veux dire concernant le kinbaku et le shibari ?

— Je ne parle pas seulement de ça, tu le sais très bien.

— C'est ça, le truc, Ronin. Je ne sais pas. Tu retiens en toi tellement de choses. Et ce que tu caches pourrait très bien me faire très peur.

— Amery…

— Donc je vais te montrer comment fonctionne le partage. Aujourd'hui, l'un de mes plus gros clients m'a informée qu'ils préféraient se charger de leur travail de design en interne et ce, à compter de la fin du mois. Eh oui, je sais bien que ce n'est que du boulot, mais je vais peut-être devoir mettre la clé sous la porte à cause de cela ! Ces derniers mois, j'ai perdu d'autres clients pour la même raison. J'ai chopé quelques nouveaux projets, mais ce client, c'était ma vache à lait. J'ai toujours eu peur d'avoir un collaborateur comme ça parce que je craignais justement qu'il ne me lâche un jour. Et voilà, maintenant c'est fait.

— Je suis désolé.

Il embrassa le revers de sa main.

— Je pourrais voir les choses du bon côté et me réjouir qu'ils ne me sortent pas un speech du genre : « la qualité de votre travail a diminué » ou me dire que je ne suis pas réactive pour répondre à leurs besoins. (Elle but son Coca d'une traite.) Mais je ne vois pas d'autre solution que de devoir me passer des services de Molly.

— Évoquer les pires des scénarios ne t'aidera pas.

— Je n'ai pas besoin de les imaginer, Ronin, puisque c'est en train d'arriver. C'est la réalité. J'en parle pour noyer mon malheur et pour ne pas y penser pendant le reste de la soirée, mais ça m'embête que tu te pointes et que tu me forces à y penser.

— Pourquoi tes amis ne sont pas là pour te soutenir ?

Amery soupira.

— Ils m'ont plantée pour aller traîner dans leur bar gay.

— Ils t'ont laissée seule dans cet état ? demanda-t-il sèchement.

— Non. Je voulais dire que je ne les avais pas conviés à partager ce moment pitoyable parce qu'on s'est pris la tête la semaine dernière et qu'on ne s'est pas adressé la parole depuis. J'aimerais qu'ils me disent certaines choses, mais pour l'instant j'attends toujours.

Elle n'avouerait certainement pas à Ronin qu'il était la source de la discorde.

— À ma décharge, je bois seule, mais je n'aurais pas essayé de rentrer seule à pied. Je n'aurais pas attendu de dessoûler, mais j'aurais pris un taxi. (Elle lui donna un petit coup sur la poitrine.) C'est la règle d'autodéfense numéro un que j'ai apprise à Arts Black : éviter les situations dangereuses. Tu vois ? Je suis attentive en cours.

— Donc, tu as des projets pour le reste de la soirée ?

— Je ne vais rien faire de spécial, et je vais me complaire dans cet état.

Ronin prit son visage entre ses mains.

— Viens te complaire avec moi dans la piscine. Ou dans le jardin. Ou, si tu préfères, on peut aller chez toi.

Amery regarda ses yeux, émerveillée de les voir changer de couleur. Là ils étaient marron et chaleureux, et semblaient pleins d'intérêt. Puis elle se sentit coupable de lui avoir dit qu'elle ne le connaissait pas, alors que peu de gens avaient vu cet aspect attentionné de maître Black, et il s'était dévoilé ainsi, même s'il le faisait rarement.

— Il y a plus de vibros chez toi. (Ronin releva les sourcils.) Ce n'est pas ce que je voulais dire..., se corrigea-t-elle.

— Pourtant, j'ai bien entendu...

— Bref ! On n'utilise pas de sex-toys bizarres, dit-elle en guise d'avertissement.

— Je te promets d'utiliser uniquement des sex-toys traditionnels.

Il l'embrassa.

— Tu parles des cordes ?

— Entre autres. Allons-y.

Ragaillardie à la vue de la moto de Ronin garée sur le bord du trottoir, Amery lui demanda :

— Tu m'as apporté un casque ?

— Bien sûr.

Ronin semblait emprunter le plus long chemin jusqu'à chez lui, mais Amery s'en fichait. Il y avait pire que de se retrouver scotchée à ce corps musclé.

Ils se prirent par la main dans l'ascenseur.

— Tu as faim ? demanda Ronin.

— Non, je préférerais nager.

— Tu te changes dans ma chambre ?

— J'ai laissé mon maillot de bain dans la chambre d'amis.

Il déposa un baiser sur son front.

— Je te retrouve au bord de la piscine après ma douche.

Elle ouvrit le tiroir où elle avait déposé les deux nouveaux maillots de bain que Ronin lui avait offerts. Dès qu'elle eut quitté les vêtements de sa journée de travail, elle se sentit mieux. C'était ironique, car elle n'avait jamais été à l'aise en maillot de bain ! Elle scruta la chemise blanche de Ronin pendue derrière la porte et l'enfila.

L'ascenseur l'amena jusqu'au toit, et elle sautilla jusqu'à sa chaise longue préférée au bord de la piscine. À moitié pompette, elle se relaxait, fermant les yeux et se prélassant dans les derniers rayons de soleil.

Quand elle les rouvrit, le soleil s'était couché. Elle se releva, regarda autour d'elle et vit Ronin qui s'étirait derrière elle. Il la regardait.

— Merde ! Je me suis endormie ?

— Juste pendant une heure.

Elle se passa la main dans les cheveux.

— Désolée.

— Pas de problème. Tu devais en avoir besoin.

— Alors tu étais à côté en train de m'écouter ronfler pendant tout ce temps ?

— Oui, à part quand j'ai reçu un coup de fil juste après être sorti de la douche.

Était-ce sa façon de partager des choses avec elle ?

— C'était à quel sujet ?

— Des trucs chiants liés au boulot.

Et… il n'était pas trop dans le partage.

Mais il chercha sa main, puis, après un petit moment, déclara :

— J'ai réfléchi.

— À quel propos ?

— Ta situation financière.

Il était difficile de refuser un certain soutien.

— Et ?

— Et j'ai trouvé une idée pour t'aider.

— Ronin, j'ai déjà dessiné un nouveau logo pour Arts Black. D'ailleurs, j'ai vu le sigle tout neuf sur ton haut de kimono.

— Ça fait bien, non ? Mais je n'allais pas te proposer de faire une autre petite mission d'exécution graphique pour mon dojo.

— Alors tu pensais à quoi ?

Il alla s'asseoir au fond de sa chaise longue.

— S'il te plaît, écoute ce que j'ai à dire avant de bondir et de refuser.

Si ça pouvait lui être utile…

— Je suis tout ouïe.

— Tu te débrouilles bien pour gérer ton business. C'est quelque chose d'unique mais cependant d'assez grand public pour que ce ne soit pas un marché de niche. J'imagine que ton agence pourrait s'agrandir. Pas maintenant mais dans quelques années. C'est pour ça que je veux investir dans Hardwick Designs.

— Tu veux investir ?

— Je te donnerais l'équivalent d'une année de fonds de roulement, et tu pourrais garder Molly.

— Tu me le donnerais ? répéta-t-elle.

Il lui serra le genou.

— Ça peut être un prêt si tu préfères. Tu n'aurais pas à me rembourser avant que ta boîte soit à nouveau sur les rails.

— Quel serait le taux d'intérêt pour cet investissement ?

— Un taux standard. Le but, c'est que tu gardes ta boîte à flot pendant les fluctuations du marché. Elle sera remise sur les rails plus vite que tu ne le penses. Il y a déjà des signes positifs : la baisse du chômage, les chantiers reprennent doucement, et la Bourse va mieux.

Amery le fixa du regard. Depuis quand le zen maître Black se préoccupait-il des différents facteurs économiques ?

C'est encore un signe qui montre que tu ne le connais pas, à part au lit.

— Je serais un investisseur discret, donc tu n'aurais pas à stresser en te disant que je cherche à m'emparer de ta boîte. Je dirige déjà le dojo et je gère certaines affaires délicates liées à ma famille. Je ne demanderais pas trop de rapports financiers, à part une évaluation générale pour savoir à quoi ressemblent tes comptes.

Elle mourait d'envie de lui rétorquer : « Il est hors de question que j'accepte un centime venant de toi », mais en l'écoutant énumérer ces arguments aussi posément, elle demanda calmement :

— Tu as fini ?

Ses pupilles rétrécirent.

— Tu n'as pas de questions ?

— Non, parce que j'ai déjà une réponse.

— C'est-à-dire ?

— Oh que non !

Elle repoussa sa chaise longue.

— Où vas-tu ?

— Nager. Seule.

Amery plongea dans le bassin et remonta à la surface comme un bouchon de liège. La température de l'eau était rafraîchissante, cela apaisa son esprit. Elle flottait dans ce désert chaud, les yeux fermés. Elle gonflait ses poumons d'air pour se maintenir à la surface, ce qui la forçait à se concentrer sur sa respiration.

Mais au bout d'un moment ses oreilles captèrent des sons bizarres, les déformant au point qu'elle ne pouvait les identifier. Elle resta parfaitement immobile.

Il y eut un bruit qu'elle n'avait pas besoin de déchiffrer : un corps qui plongeait dans la piscine. Elle se redressa après avoir été secouée par les vagues. Ronin se tenait juste à côté d'elle.

Amery partit en arrière.

Il la suivit.

— Qu'est-ce que tu n'as pas compris quand j'ai dit que je voulais nager seule ?

— Et qu'est-ce que tu n'as pas compris quand je te dis que c'est ma piscine ? répliqua-t-il.

— Très bien. Je vais sortir.

Il l'en empêcha.

— Peut-on finir notre conversation ?

— C'est fait. Pousse-toi.

— Non.

Ronin la retint par le bras, tout en restant prudent : il était ferme mais ne s'approchait pas trop près.

— Parle-moi.

— Il n'y a rien à dire.

— Si tu es énervée contre moi, pourquoi tu ne te déchaînes pas ?

— Ah ! Je suis censée être malpolie après avoir refusé une proposition professionnelle de mon amant ? Désolée, je ne connais pas le protocole.

— Bon Dieu, Amery !

Les yeux d'Amery cherchèrent les siens.

— Le simple fait que tu me proposes un prêt a changé la donne entre nous.

— Merde !

— Et je suis vraiment désolée de t'avoir tenu informé de mes problèmes d'argent, car tu t'es senti obligé d'endosser le costume du super-héros pour sauver ma boîte. Oublie que j'en ai parlé, et on gardera ça… (Elle fit un geste les désignant tous les deux.) comme c'était.

Ronin s'approcha d'elle, dangereusement près.

— Et c'était comment ?

— Marrant. Sans pression pour que ça devienne quelque chose d'autre.

— Comme quoi ?

— Quelque chose de permanent.

— Permanent, répéta-t-il.

— Oui. Si tu me prêtes de l'argent on sera liés l'un à l'autre pendant au moins un an, et ça sera gênant quand l'un d'entre nous partira.

De toute évidence, ce n'était pas la chose à dire.

La bouche de Ronin s'écrasa sur la sienne. Le baiser était féroce. Sans compromis. Tellement sexy qu'Amery fut surprise que l'eau qui les entourait ne devienne pas bouillante.

Les mains fermes de Ronin passèrent sur son corps, dans ses cheveux. Elle n'arrivait pas à reprendre son souffle, sa bouche exigeait tellement.

Il décolla les lèvres, et sa voix résonna dans ses oreilles.

— Je vais te montrer ce que c'est d'être attachés l'un à l'autre.

Puis il planta les dents dans son cou et inclina sa tête en arrière. Ses yeux s'enflammaient en la regardant.

— Et tu ne seras pas capable de marcher ce soir quand j'en aurai fini avec toi.

Elle aurait dû protester contre son empoigne et sa menace. Mais elle ne le fit pas. Elle voulait expérimenter toutes les choses sales et brutales qu'il voulait faire avec elle.

— Je vais te prendre là où je veux, comme je le veux, et tu seras à moi jusqu'à ce que je te libère. Tu piges ?

On lisait dans les yeux de Ronin une luxure primitive et l'envie de la maîtriser.

C'est à ce moment-là qu'elle comprit qu'il ne parlait pas de la posséder avec des cordes mais bien grâce à son emprise sexuelle. Il n'était pas revenu sur ce qu'elle avait dit – que leur relation ne serait pas quelque chose de permanent. À n'importe quel autre moment, Amery aurait cogité là-dessus, elle aurait tout disséqué mot après mot. Mais ce n'était pas son cerveau qui dirigeait à l'instant : c'était son corps.

Et il avait déjà tout préparé : elle avait le cœur qui battait, le sang qui affluait en elle, le sexe humide, les tétons durs. Alors, elle lui donna la réponse qu'ils voulaient tous les deux entendre, même si cela l'effrayait de voir à quel point elle répondait rapidement et de façon viscérale à cet homme.

— Oui, j'ai pigé.

Ronin la coucha sur le bord de la piscine et la baisa jusqu'à ce que ses genoux soient à vif et que le dos d'Amery porte les marques cimentées de sa possession. Après qu'il eut abruti son cerveau, il la baisa à nouveau dans la piscine. Sans qu'aucune parole soit échangée. Les sons de respiration haletante, les doux grognements, les soupirs et les projections d'eau devinrent la seule conversation dont ils avaient besoin.

Il n'y eut pas de tendresse après coup. Et, pour la première fois depuis longtemps, Amery eut honte de ce qu'ils se faisaient l'un l'autre, pas sexuellement mais émotionnellement.

— Ronin…

— Je sais, bébé.

Mais il ne savait pas. Et, pire encore, il ne demanda pas ce qu'elle avait voulu dire. Il évitait la conversation à nouveau.

Ils restèrent ainsi, côte à côte sur la terrasse de la piscine, observant le ciel, silencieux, car ni elle ni lui ne savait quoi dire.

Chapitre 22

Amery venait juste de s'asseoir à son bureau ce vendredi matin, une tasse de café à la main, quand la porte s'ouvrit.

— J'ai un colis pour Amery Hardwick.

Elle leva les yeux. Chaz se tenait dans l'embrasure de la porte, un énorme bouquet de fleurs à la main. Il abaissa le bouquet, et leurs yeux se croisèrent.

— On fait la paix ? C'est pour me faire pardonner d'avoir tiré de fausses conclusions et d'avoir remué la merde. Je suis désolé. J'ai fait une connerie, et ça n'arrivera plus.

— Tu en es sûr ?

— Oh, je me comporterai sûrement à nouveau comme un connard, mais ce ne sera pas pour les mêmes raisons !

Il plaça les fleurs au-dessus de l'armoire et les observa de près.

— Les amis doivent bien se soutenir entre eux. Je ne t'ai pas soutenue, et donc je suis un ami foireux. Je me sens tellement coupable que j'ai du mal à venir te voir.

— Ta sale tête m'a manqué, Chaz.

— Attends, même les plus mauvais jours il n'y a pas moyen que je sois moche, renvoya-t-il. Mais je peux parfois faire des crasses.

Amery se leva et le prit dans ses bras.

— On a tous des jours moins bons que les autres. Je suis ravie qu'aujourd'hui ce soit un bon jour.

— Moi aussi, ma petite chérie. Alors tu me pardonnes ?

— Seulement si tu m'invites à déjeuner.

— Pas de problème. Ça te va, de la bouffe indienne ?

— Parfait.

Elle le serra encore dans ses bras.

— Merci pour ce joli bouquet.

— Les fleurs qu'on achète pour se racheter sont toujours les plus belles.

— Plus fort.

— Non.

— Si. Déplace tout ton corps. Parfait. Tu as le bon rythme. Maintenant recule-toi doucement.

Amery haleta et s'affala sur lui.

— Tu me pousses à bout, Ronin.

— C'est le but. Allez ! Reste concentrée, on a presque fini.

— Je n'y arrive pas.

Il baissa les yeux vers elle, leurs visages étaient si proches qu'elle pouvait voir les gouttes de sueur courir le long de sa mâchoire. Elle lui lécha les lèvres, désirant un goût salé aromatisé façon Ronin.

— Arrête de me regarder comme si tu voulais baiser. Inspire profondément. On y retourne.

Elle recula et remit ses mains en position. Puis elle se laissa aller, cognant le sac de frappe de toutes ses forces.

— Je sais que tu peux taper plus fort.

— C'est parce que je pensais à ta tête quand je frappais, souffla-t-elle entre deux coups de poing.

— Si ça peut t'aider… Encore cinquante. Donne tout ce que tu as, tu vas y arriver.

Amery serra les dents et balança les poings dans le sac. Gauche, droite ; gauche, droite.

— Ne baisse pas tes épaules. Change de rythme. Envoie trois droites, puis une gauche.

Elle garda la cadence pendant une douzaine de frappes et changea rapidement de rythme quand il lui demanda d'alterner deux gauches puis deux droites.

— Il reste dix coups. Envoie des gauches.

« Bam. Bam. Bam. » Elle avait tellement de sueur dans les yeux qu'elle pouvait à peine voir. Mais elle ne se laissa pas décourager, elle compta les sept derniers coups.

— C'est une belle conclusion. Très bon travail. Bois un coup, maintenant.

— Je crois que je ne peux plus bouger.

Ses mots ne firent aucun bruit, car elle avait le visage aplati contre le sac de frappe.

— Laisse ce truc et va boire un coup, ou alors je rajoute une centaine d'exercices.

Elle entrouvrit un œil et le regarda fixement.

— Va te faire voir.

En dehors des cours, cela l'aurait fait rire, mais ils étaient au dojo… Il leva un sourcil impérieux.

— Désolée, sensei. Je vais boire un coup.

Elle se traîna jusqu'au banc et ouvrit sa bouteille d'eau, puis but quatre gorgées. Peut-être n'était-elle pas censée s'asseoir sur le banc, mais elle s'en fichait. Ses jambes étaient en coton.

— Les cours particuliers ont vraiment amélioré ta forme physique et ton endurance. Comment tu le vis, ce passage d'un cours d'autodéfense à un cours particulier pour t'apprendre des techniques de boxe et de soumission ?

Elle était sur le point d'avaler une nouvelle gorgée d'eau.

— Tu m'entraînes pour du free-fight féminin ?

— Non, vraiment pas.

— Alors pourquoi ai-je droit à cet entraînement spécial ?

— J'ai pensé que ça serait bon.

— C'est parce que je baise avec sensei Black ?

Ronin eut un petit sourire suffisant.

— Ça compte.

— Je sais que je suis censée respecter le rapport maître-élève quand je suis au dojo…

— Mais ?

— Mais je n'arrive pas à penser à autre chose qu'à toi en train de m'attacher les bras avec une sangle en nylon et de me baiser contre le mur.

— Après ce manque de respect, je te donnerai dix coups de sangle avant de t'attacher et de te prendre.

Amery cacha son sourire derrière sa bouteille d'eau.

— Je m'excuse d'avoir introduit des pensées lascives dans votre tête, maître Black.

— Le cours est fini, mademoiselle Hardwick.

— Ça veut dire qu'on peut…

Il émit son grognement sourd habituel.

— Pas ici. Mais vous avez intérêt à ce que je vous retrouve dans ma salle d'exercice à genoux, dans une heure, pour que ces images lascives que vous avez évoquées deviennent bien réelles. (Le rythme cardiaque d'Amery s'emballa.) J'ai été clair ?

— Oui, monsieur.

Il s'arrêta dans l'embrasure de la porte et se retourna pour lui lancer un dernier avertissement.

— Pas la peine de prendre une douche, vous aurez besoin d'en prendre une après ce que je vais vous faire subir ce soir.

Un frisson la parcourut. Elle avait tellement hâte…

Quelques jours après les excuses de Chaz, Emily s'était pointée dans le loft d'Amery en dehors des heures de bureau, avec une bouteille de vodka aromatisée à la crème fouettée et deux tablettes de chocolat Lindt, les préférées d'Amery.

La conversation avait commencé d'une façon assez embarrassante. Emily s'était excusée d'avoir prêté attention à ce que lui avait dit Tyler, sans avoir cerné son véritable objectif. Puis elle avait avoué que Tyler n'était pas le seul à s'inquiéter à propos de Ronin et de ses contacts professionnels. L'une des clientes d'Emily avait croisé Ronin qui sortait du bureau d'Amery, alors qu'elle venait pour se faire masser.

Elle avait pensé que Ronin était un client d'Emily et avait commencé à lui parler des liens entre Ronin et Thaddeus Pettigrew, dit « TP », le gros bonnet qui possédait la moitié de Denver. Selon cette source, Ronin s'était « chargé » il y a quelques années des vagabonds, des dealers et des squatteurs dans plusieurs immeubles abandonnés du quartier de la vallée de la Platte. Une fois que les immeubles et les commerces furent débarrassés des indésirables, y compris des propriétaires, TP racheta cette zone et se porta candidat pour recevoir des fonds afin de rénover le quartier.

Ce n'était pas vraiment illégal, et cela pouvait bien être vrai, vu l'étrange éthique de Ronin qui pouvait changer selon qu'il se trouve à l'intérieur ou à l'extérieur du dojo.

La source d'Emily, une courtière en immobilier, certifiait que tout le monde était au courant, mais personne ne savait exactement ce qu'avait fait Ronin pour obliger les gens à partir. Pourtant des rumeurs circulaient.

Et ainsi, malgré les excuses d'Emily, Amery était un peu préoccupée par ces nouvelles. Surtout qu'elle savait que Ronin et TP étaient amis et qu'ils avaient quitté le meeting des associations sportives du Colorado pour s'entretenir en privé. Elle rechercha des articles de presse sur TP et en trouva qui insinuaient en des termes peu flatteurs que ses affaires étaient douteuses, tout comme les associations qu'il soutenait. S'associer avec TP revenait souvent à ternir sa propre réputation… Qui se ressemble s'assemble. Pourquoi Ronin collaborait-il avec lui ?

Peut-être qu'il n'avait pas le choix.

Amery continua à se faire du souci mais sur un autre sujet : elle n'avait pas d'autre solution, elle devrait se séparer de Molly. Mais cela craignait, elle ne pouvait discuter business avec personne. Chaz était incapable de garder un secret. Elle aurait pu parler à Emily, mais Amery était sa propriétaire, et dévoiler ses problèmes financiers aurait pu pousser Emily à chercher un autre endroit pour s'installer. Et Amery avait besoin de l'argent de son loyer.

Elle sortit de sa rêverie, mais elle avait besoin d'un break. Elle entra dans le salon de massage et s'arrêta juste dans l'entrée.

Emily, installée derrière son ordinateur, lui jeta un coup d'œil.

— Hé salut, meuf! Quoi de neuf?

— Pas grand-chose Je vais faire un tour et je viens voir si tu as besoin de quelque chose.

Elle posa ses lunettes de lecture zébrées sur sa table de travail.

— Tu veux que je garde un œil sur ton bureau pendant que tu n'es pas là?

— Non. Molly est là, elle garde la forteresse.

— Cool. J'aurais bien besoin d'aller faire quelques courses moi aussi.

Elle prit son sac à main et se leva.

— Ça ne te dérange pas si je t'accompagne?

— Pas du tout. Mais ne me charrie pas sur mon amour pour les glaces aux pommes vertes acidulées.

Emily posa son doigt sur les lèvres d'Amery.

— Tout ce qui peut rendre ta langue vert fluo et donner l'impression que tu viens de sucer un Martien peut te rendre ridicule.

Amery s'éloigna en roulant des hanches.

— Je vais devoir te demander de rester en arrière.

— Mes plaisanteries t'ont manqué ? Alors qu'est-ce qu'il faut que tu ailles chercher en urgence ? BOB n'a plus de piles ?

— BOB n'est qu'un cliché. Mon vibromasseur s'appelle VOM.

— VOM ? répéta Emily, en s'arrêtant au milieu du trottoir. Ce n'est pas plutôt « Don », comme dans « Don Juan » ?

— Non. C'est l'acronyme de « Vibrant Orgasme, Maintenant. » : VOM. (Elle sourit.) Je rajoute un accent pour que le nom ait l'air plus sophistiqué.

— Je suis sûre que ce pauvre VOM doit prendre la poussière. Tu ne dois pas beaucoup l'utiliser quand ton étalon est dans les parages.

— Sauf quand Ronin utilise VOM avec moi, murmura Amery.

Elle lança un regard à Emily pour voir si elle avait entendu, mais celle-ci cherchait son téléphone, qui était en train de sonner, et elle indiqua qu'elle devait prendre cet appel.

Amery s'installa à la place de la conductrice et fit tourner le moteur, profitant de l'air frais qui rafraîchissait son visage. Le souvenir de cette nuit avec VOM la remua comme une tempête tropicale : ses éclairs, son tonnerre, ses tornades et sa grêle.

La voiture remua quand Emily y entra.

— Désolée. Deux joueurs des Rockies sont blessés, et ils ont besoin de massage sur-le-champ, il faut que je change mon emploi du temps de demain.

— Quand tu dis « sur-le-champ » ça ne veut pas dire « maintenant, aujourd'hui » ?

— Si, mais ils ne sont pas en ville, ils sont en déplacement, donc heureusement c'est pour demain. (Les pupilles d'Emily rétrécirent.) Pourquoi es-tu si rouge ?

À cause de ses rêveries qui la faisaient mouiller en pensant à Ronin Black.

— Parce que je suis assise dans cette voiture chaude à t'attendre.

— Alors allons-y, ma sœur.

Il y avait une circulation de dingue, cela signifiait qu'il fallait deux fois plus de temps que d'habitude pour arriver à ce supermarché situé en banlieue. Elles prirent chacune un Caddie et se séparèrent. Amery fit des provisions de fruits, de produits laitiers et de plats préparés. Puis elle partit à la recherche des accessoires de ménage qui étaient sur sa liste, avant de croiser le rayon Beauté. Gel pour le visage, produits capillaires, mascara, gloss… Une fois tout cela ajouté à son panier, elle quitta le rayon.

Elle s'arrêta devant des crèmes épilatoires, de la cire et autres concoctions censées faciliter la chute des poils. Elle s'interrogeait sur ce qui serait le plus efficace pour se faire le maillot quand Emily surgit.

— Tu es là ! J'avais peur de te retrouver encore en train d'admirer les vêtements pour bébés.

— J'ai fait ça une seule fois.

Elle aurait aimé avoir un peu d'intimité pour faire ce choix personnel, mais Emily ne la laissait pas seule.

— Qu'est-ce que tu fabriques dans ce rayon ? C'est n'importe quoi. Il vaut mieux confier ses poils pubiens à une professionnelle.

Amery rougit.

— Voyons, Emily. Ce n'est pas la peine de crier.

— Je n'ai pas crié. Qu'est-ce qui t'embarrasse ? (Emily rapprocha son Caddie et regarda Amery de près.) Tu n'es jamais allée te faire épiler chez une professionnelle. Si ?

— Non. Je n'arrive pas à m'imaginer écarter les jambes et dévoiler mon intimité devant une inconnue. Je ne pourrais pas supporter de m'exposer à ce point.

— Ma chérie, c'est quelque chose de tout à fait formel. Un peu comme si tu allais chez le docteur.

— Non. Je sais que ça peut paraître vieux jeu et ridicule, mais je ne me vois pas arriver l'air de rien dans un salon d'épilation et demander à ce qu'une inconnue verse de la cire chaude sur mon entrejambe.

Mais ça ne te dérange pas que Ronin verse de la cire chaude sur tes seins.

Ce n'est pas la même chose.

Emily l'embrassa sur le front.

— Je ne me permettrais pas de me moquer de toi là-dessus. Mais si tu veux vraiment tenter l'épilation du maillot, je peux te le faire à mon salon. Ça ne prend que dix minutes de réchauffer la cire.

— Depuis quand tu fais ce genre de trucs ?

— Depuis toujours. Certains des types qui viennent à mon salon de massage sont poilus comme des singes.

Cette fourrure sur le dos me dégoûte, et cela me rappelle pourquoi je préfère déguster un bon jus de banane plutôt que la banane elle-même.

— Emily !

Elle rit.

— J'adore te choquer. Enfin, si je dois leur faire un vrai massage, il vaut mieux qu'ils n'aient plus de poils. Mes clients se sont passé le mot ; ils savent que j'épile le dos, le torse, les sourcils, les oreilles, le ventre, mais aussi leurs petits oiseaux et leurs petits œufs, s'ils rajoutent un peu d'argent. Je ne communique pas sur ces pratiques, mais j'imagine que je rends service à beaucoup de femmes hétéros en offrant des épilations à ces machos athlétiques qui n'auraient jamais mis un pied dans un salon de beauté autrement.

Amery fronça les sourcils.

— Mais tu as épilé des femmes auparavant ?

— Je m'épile. J'épilais Helena. En fait je continue de l'épiler.

— Ton ex ?

— Elle n'arrivait pas à trouver quelqu'un qui l'épilait mieux. (Elle fit un mouvement de sourcils.) Et tu n'auras pas à avoir peur, je ne tenterai rien sur ta petite pêche. Pourtant je suis sûre que tu es… toute mignonne, mais un peu trop fleur bleue pour moi.

Je ne suis pas aussi fleur bleue que tu le penses, et j'ai des marques de cordes qui peuvent le prouver.

Amery se contenta de sourire et conclut :

— Probablement.

La cire faisait mal.

Vraiment.

Même si Amery avait suivi les conseils d'Emily, elle se sentait encore trop sensible pour passer la nuit avec Ronin. Elle n'envisageait pas de le voir, car voir Ronin voulait dire baiser avec Ronin.

Ronin agissant comme à son habitude, il n'avait pas cherché à savoir pourquoi elle avait annulé. Il n'était pas heureux qu'elle reporte leur dîner, mais il s'était résigné, façon imperturbable maître Black, et il avait clos la conversation.

Elle ressentit un pincement… non pas de tristesse mais de quelque chose qu'elle ne pouvait pas vraiment définir. Comme s'il s'en fichait de ce qu'elle pouvait faire quand il n'était pas en train de la baiser ou de l'attacher.

Elle avait accepté ses jeux coquins et s'était surprise à les apprécier, ce qui les avait rapprochés quand ils se retrouvaient tous les deux. Leur tentative de faire des activités de couple avait duré un mois. Ils sortaient rarement à deux en public.

Cela dit, ce n'était pas entièrement la faute de Ronin. Amery appréciait de traîner avec lui dans son appartement. Et, quand il arrivait dans son loft, ils passaient leur temps l'un sur l'autre, puis s'endormaient après coup.

Depuis combien de temps n'était-elle pas sortie prendre un verre, juste pour le plaisir ? Elle avait aussi perdu l'habitude de tester un nouveau restaurant chaque semaine.

C'est alors qu'elle se rendit compte qu'elle s'était embarquée dans cette relation avec Ronin de la même façon que ce qu'elle avait fait avec Tyler. Elle avait adapté son emploi du temps au sien, et il avait des horaires bizarres dernièrement. Mais, quand elle l'interrogeait sur ses activités nocturnes, il disait que c'était pour le business et mettait fin à la conversation.

Elle se rappelait à quel point elle avait dû travailler sur elle-même pour devenir plus indépendante. Ces dernières années, elle avait tiré une certaine fierté de sa capacité à réussir à sortir, même si elle était seule.

Elle n'avait aucune raison de rester à la maison à se morfondre parce qu'elle ne pouvait pas le voir. Elle pouvait s'habiller et descendre au *Bistro*. Écouter du jazz, siroter un cocktail, grignoter une assiette de bruschetta et participer à la vie nocturne de Denver pendant quelques heures.

Elle fit un pas dans la ruelle et elle entendit la moto de Ronin vrombir. Il coupa le moteur et enleva son casque avant de descendre de sa machine. Son regard tomba sur les pointes de ses talons aiguilles, puis ses yeux dérivèrent sur son jean moulant, son chemisier en dentelle rose et s'arrêtèrent sur son visage.

— Tu vas quelque part ? demanda-t-il calmement.

— Ronin…

— Qui vas-tu voir ?

— Personne.

— Tu mens. Tu es habillée pour sortir. Tu as annulé notre dîner de ce soir parce que tu avais mieux ?

Amery marcha vers lui d'un pas lourd.

— Non, et je t'emmerde si tu penses ça de moi. J'allais au *Bistro*, toute seule, pour manger un morceau, prendre un verre et me relaxer pendant une heure.

— Toute seule, répéta-t-il.

— Oui. J'avais l'habitude de faire beaucoup de choses en solo. J'ai pris conscience ce soir que depuis que je suis avec toi j'ai arrêté de sortir, alors que ça me faisait plaisir.

— C'est pour ça que tu n'es pas venue ? Tu avais besoin de te prouver que tu étais bien toute seule ?

Il prononça les mots « toute seule » sur un air de raillerie qui la fit exploser.

— Tu ne sais pas de quoi tu parles.

— Alors explique-moi.

— Je ne te dois aucune explication. Bonsoir, Ronin.

Amery tourna les talons. Puis elle se sentit poussée contre l'acier froid. Ce n'était plus le Ronin calme, détendu et rassurant. Mais cela lui donnait confiance en elle de le remettre en place en dehors de la chambre à coucher.

— Quoi ?

— Qu'est-ce qui t'arrive ? Tu ne joues pas à ce genre de jeux d'habitude.

— Ce n'est pas un jeu. Ce soir, j'ai envie de sortir, c'est tout.

Ronin l'observa à sa manière, ce qui la perturba. Mais elle saisit un instant rare de vulnérabilité chez lui, ce qui la toucha en plein cœur.

Elle tenta une technique moins agressive. Elle prit son visage entre ses mains.

— Viens avec moi au *Bistro*. On partagera un plat, on prendra un verre et on se mêlera à la faune nocturne d'un bar de hipsters de Denver. Ça va être marrant.

Son regard fixe se détendit. Il appuya son front contre celui d'Amery.

— Ça m'a l'air bien.

— Allons-y !

Elle l'embrassa rapidement sur la bouche, et il recula.

— C'est à deux pâtés de maisons.

Ronin lui prit la main et la mena à sa moto.

— Je vais conduire doucement, car je n'ai pas de casque pour toi.

Amery fit signe que ce n'était pas la peine.

— Ça nous fera une petite balade à pied.

— J'aime bien quand tu es sur ma moto, insista-t-il. Et tu es une vraie tigresse, tu veux sentir le vent dans tes cheveux, même si c'est pour seulement deux pâtés de maisons. (Il passa la main le long de sa mâchoire.) Ou alors tu refuses parce que ce n'est pas cool d'arriver à un bar de hipsters sur une moto japonaise ? Ça aurait collé si on avait déboulé en Vespa ?

Elle rit.

— C'est d'accord, on y va en moto. Surtout parce que tu as l'air plus dur à cuire que d'habitude dans ces vêtements, tyran domestique.

Les doigts d'Amery descendirent le long du débardeur de Ronin, qui moulait son torse. Puis ils se déplacèrent sur le muscle saillant de son biceps.

— J'aime vraiment quand tu exhibes tes bras.

— Ne t'y habitue pas trop. J'étais tellement pressé de te voir que j'ai juste enlevé mon pantalon gi pour mettre mon jean et j'ai oublié le haut.

— Pourquoi tu ne porterais pas ce genre de haut plus souvent ?

— Je me sens tout nu. (Il continuait à lui caresser la mâchoire.) Ça paraît étonnant venant de quelqu'un qui préfère que ses partenaires soient nues. Mais j'ai grandi en portant un pantalon gi du matin au soir. Pour moi c'est naturel de porter ce genre de vêtement. Je porte des tee-shirts à manches courtes quand je sais qu'il va faire chaud ou que je fais de l'exercice. J'enlève mon tee-shirt seulement quand…

Nous sommes tous les deux.

Amery prit conscience que c'est ainsi que Ronin s'y prenait quand il sortait les cordes. Il n'avait pas enlevé son haut quand il était sur scène au club de bondage, mais il enlevait toujours son tee-shirt avec elle. Et pour lui c'était une façon de se présenter tout aussi nu qu'elle l'était. Elle tourna la tête et embrassa son poignet.

— Ronin !

— Maintenant tu es au courant, dit-il doucement.

— Allons-y.

Amery aimait vraiment que le vent ébouriffe ses cheveux. Mais pas autant que la sensation de la peau nue de Ronin contre ses joues quand elle l'entourait de ses bras tout en se calant sur la selle.

Sans surprise, ils attirèrent l'attention, ou plutôt Ronin fut la cible de regards de prédatrices, même s'il enlaçait Amery d'un bras protecteur. Ils choisirent une table loin du guitariste de jazz et de ses groupies. Après avoir commandé de quoi boire et manger, Ronin se montra doux et attentif. Comme si c'était un premier rencard.

Apaisés par la musique douce et le fait de se retrouver ensemble, ils s'attardaient.

— C'est sympa.

— Je t'avais dit. Je… nous n'avons pas fait ça depuis un bon moment.

— Mais pourquoi tu voulais annuler pour ce soir ?

— Pourquoi tu ne m'as pas posé cette question quand je t'ai appelé ? répliqua-t-elle.

— J'étais trop énervé pour formuler une vraie phrase.

Elle était ébahie qu'il l'admette.

— C'est quelque chose sur lequel il faut que tu travailles, maître Black, parce que tes réponses courtes me donnent parfois l'impression que tu ne t'intéresses pas à moi.

Ronin la regarda avec intensité.

— Je m'intéresse beaucoup trop à toi. Arrête de te protéger. Dis-moi vraiment pourquoi tu as appelé pour annuler.

Amery remua ce qui restait de son cocktail puis le vida.

— Parce que je me suis fait épiler aujourd'hui.

Un temps mort. Puis :

— Tu peux répéter ?

— Je me suis fait faire une épilation intégrale aujourd'hui pour la toute première fois. Et mon sexe est tout… (Elle sourit.) Mes lèvres sont ultrasensibles. Je sais que si l'on frotte ma peau ça va m'irriter, c'est pour ça que j'ai annulé.

Il se pencha en avant.

— Mais pourquoi tu ne m'as pas dit ça dès le départ ?

Elle lui fit un sourire provocateur.

— Tu n'as pas demandé.

— Tu contournes le sujet, mais allons droit au but. Pourquoi pensais-tu que nous ne pouvions pas coucher ensemble ce soir ?

Elle y alla franchement.

— Ronin. Maître Black. Sensei. Monsieur. Vous avez beaucoup de qualités, et je les apprécie toutes, mais on ne peut pas dire que la tendresse fasse partie de votre arsenal de séduction. Quand nous sommes ensemble plus de cinq minutes on se retrouve tout nus, et ça ne pouvait pas arriver ce soir, j'ai donc choisi d'éviter cette situation.

— Ça a créé une tension entre nous, donc ne pas en parler était bien sûr le meilleur choix, rétorqua-t-il sèchement. Je te rappelle juste que nous pouvons être tous les deux sans que ça tourne forcément autour du sexe.

— Alors à quoi bon ?

Cette repartie l'embêta plus qu'elle ne l'amusa.

— On dirait que c'est l'heure d'y aller. (Il se leva et tendit la main.) Tu viens ?

La nuit s'était rafraîchie, et ce petit tour de moto lui donna froid. Elle ne dit rien quand Ronin l'informa qu'il l'accompagnait à l'intérieur.

Il la suivit dans sa chambre et commença à déboutonner son chemisier, déposant des baisers le long de sa poitrine comme il en avait l'habitude.

— Qu'est-ce que tu fais ?

— Je t'aide à te mettre au lit. Je te prends dans mes bras.

Il passa la main sous son genou et lui souleva la jambe pour lui enlever sa bottine.

— L'autre pied…

Elle lui empoigna l'épaule tandis qu'il enlevait la deuxième chaussure.

Dès que Ronin se releva, sa bouche atterrit sur celle d'Amery. Ce long baiser tranchait avec la rapidité avec laquelle ses doigts défirent ensuite les boutons de son jean. Même si le tissu était près du corps, il réussit facilement à faire glisser le pantalon le long de ses jambes.

Il passa son nez contre sa tempe, et ses lèvres frôlèrent ses pommettes.

— Laisse-moi te montrer.

— Montrer quoi ?

— Que je peux être tendre. (Il l'embrassa le long de la gorge.) Pour toi.

— Ronin, ne te force pas.

— J'en ai envie. J'en ai vraiment envie.

Elle était sur le point de fondre.

— Et ne te fais pas de souci, je ne vais pas t'enfermer dans une routine. (Il défit son soutien-gorge et l'ôta.) Enlève ta petite culotte.

Son ton doux mais autoritaire lui donnait des frissons. Quand elle se baissa pour attraper ce petit bout de tissu, les doigts de Ronin étaient là, pour l'aider à le faire glisser.

Puis il se mit à genoux.

Amery rougit des pieds à la tête.

C'était loin d'être la première fois qu'ils étaient si proches, mais elle ne s'était littéralement jamais sentie aussi nue auparavant.

Ses mains partirent de ses hanches, et ses pouces balayèrent sa chatte douce et luisante. Ses doigts glissèrent le long de son entrejambe, puis à l'intérieur de son antre.

Ronin répéta cette caresse plusieurs fois, sans dire un mot, en se contentant d'observer.

Quand elle commença à penser qu'elle ne pourrait pas endurer cela une seconde de plus, il lui dit :

— Comment peux-tu être si pâle et si parfaite ?

Son souffle s'emballa quand le regard impétueux de Ronin croisa le sien.

— Ouvre les jambes, chérie. J'ai envie de te goûter.

Cette demande douce et sensuelle fit vaciller ses muscles, et elle tomba les fesses sur le matelas.

Ronin n'en perdit pas une miette. Il s'approcha du bord du lit et écarta ses cuisses.

Il déposa des baisers de papillon sur toute sa peau dénudée. Tandis qu'il passait sa langue sur son antre, son sexe était devenu mouillé et glissant.

— Ta saveur est une vraie drogue.

Et il le prouva en continuant à la lécher encore. Sans aucune agressivité, mais d'une façon douce qu'elle ne lui connaissait pas.

Et Ronin ne la menaça pas de lui attacher les mains si elle le touchait pendant qu'il la léchait. Elle passa donc les doigts dans ses cheveux fins et sauvages. Les doigts d'Amery se promenèrent le long des sourcils de Ronin, sur ses pommettes et même sur son oreille, pendant que sa bouche s'occupait de son sexe.

Il fermait les yeux, mais de temps à autre il les ouvrait, et elle se rendait compte qu'il la regardait.

C'était tellement sexy. Bouillant, doux…

Quand il se concentrait sur son clitoris, la détonation était instantanée dans sa bouche. C'était délicieux.

Parfait. Surtout quand il ne fléchissait pas et qu'il reprenait le rythme pour l'amener sur orbite à nouveau.

Amery pouvait presque entendre le sang bouillonner dans ses oreilles. Elle recula sur le lit, savourant chaque palpitation de sa bouche, qui la suçait si bien. Chaque coup de langue infaillible, chaque doux baiser sur sa chair tendre. Elle se délectait également de la présence de ses doigts, en haut de ses cuisses. C'était ironique, mais sa démonstration de tendresse laisserait une marque sur sa peau. Cette trace serait gravée autrement.

Elle bâilla.

— Je suis fatiguée.

— Endors-toi.

Il déposa un baiser sur son front. Puis il la borda.

— Je vais fermer la porte.

Elle murmura un « Merci » discret, et le sommeil la gagna.

— Non, je veux dire : merci.

— Pour quoi ?

— Pour me rappeler que je peux baisser ma garde. Pour m'avoir aimée comme je suis ce soir.

Avant de s'endormir, elle se dit qu'elle s'était trompée sur Ronin. Il pouvait vraiment être tendre. Il avait juste besoin que quelqu'un lui permette de se lâcher.

Chapitre 23

Quand Amery vit que Molly était déjà au téléphone sur une autre ligne, elle prit le combiné et répondit :

— Hardwick Designs.

— Pourrais-je parler à Amery Hardwick ?

— C'est elle-même.

— Mademoiselle Hardwick, je suis Maggie Arnold. Je suis heureuse de réussir enfin à vous joindre.

Super, encore un appel de télémarketing. Elle ouvrit la bouche pour refuser d'acheter les produits tellement fantastiques que cette femme n'allait pas manquer de lui proposer, mais celle-ci se lança :

— Je vous rassure, je ne veux rien vous vendre. Je représente les États-Unis pour la marque Okada Foods. Vous avez entendu parler de nous ?

C'était une marque de nourriture asiatique, si son souvenir était bon.

— Ça me dit vaguement quelque chose.

— Très bien. Okada est actuellement en train de mettre au point des plats surgelés sains et naturels. Ces produits vont amorcer une nouvelle gamme, et nous sommes à la recherche de packaging au design jeune, branché et dans l'air du temps. Nous sommes tombés sur votre nom en nous intéressant à vos travaux dans le design publicitaire, pour des marques bio comme les fermes Wickburg, Grass Roots, Fresh Start, et des restaurants comme *L'abondance naturelle* ou encore *Les Jardins de Juniper*, qui possèdent le type de clientèle que nous visons.

Cela éveilla sa curiosité.

— Votre société s'attaque au marché bio ?

— Pour l'instant on avance tout doucement. On a sélectionné quelques zones pour faire des études de marché avant de voir si cette gamme de produits peut se vendre. Voulez-vous en savoir un peu plus sur notre cahier des charges ?

— Quel cahier des charges ?

— Les grandes lignes de ce dont nous avons besoin en termes de packaging pour obtenir les autorisations de l'Office de contrôle des produits alimentaires. Ça comprend des détails sur chaque aliment, la deadline, un budget et des échantillons des produits de la ligne Okada.

— Ça m'a l'air d'être un projet intéressant, j'adorerais voir le cahier des charges.

— Excellent. Nous allons tout d'abord vous envoyer un contrat de confidentialité que vous devrez signer et qui vous demande de rester discrète sur ce projet, après avoir reçu les informations.

Une petite sensation d'excitation se répandit en elle.

— Aucun problème. Je devrais le recevoir quand ?

— Demain matin.

— Aussi vite ? Ça vient de l'étranger ?

— Non, nous avons des bureaux à Seattle. Mon contact figurera avec ce contrat de confidentialité ; si vous pouviez m'envoyer un mail de confirmation quand vous aurez reçu le colis demain, ce serait parfait.

— Je le ferai.

— Merci. Nous espérons pouvoir travailler avec vous, mademoiselle Hardwick. Au revoir.

Amery reposa le combiné une fois que son interlocutrice eut raccroché. C'était étrange de recevoir un appel si inattendu. Vraiment bizarre. La femme au bout du fil avait mentionné les plus gros clients d'Amery, elle avait donc bien étudié son coup. Peut-être avait-elle même contacté certains de ses clients et peut-être l'avaient-ils recommandée.

— Amery ? appela Molly. Tout va bien ?

— Ouais. Pourquoi.

— Ça fait trois fois que je t'appelle.

— Désolée. J'étais perdue dans mes pensées.

Elle tapota sur son bureau avec un stylo.

— Je sais que c'est une question bizarre. Mais est-ce que tu as reçu des appels étranges dernièrement ?

Molly fronça les sourcils.

— Étranges, c'est-à-dire ? Et que veux-tu dire par « dernièrement » ?

— Les deux dernières semaines.

— Pas aussi récemment. Mais la semaine suivant le cambriolage j'ai reçu un coup de fil de quelqu'un qui voulait des informations te concernant. Il a commencé par poser des questions générales, puis plus personnelles. J'ai alors dit à cette personne que je n'aimais pas la tournure que prenait la conversation. Elle m'a remerciée et a raccroché. C'était un numéro masqué, et j'ai pensé que c'était quelqu'un de la compagnie d'assurances, qui vérifiait que tu n'étais pas le type de personnes à cambrioler ton propre immeuble pour les arnaquer.

Amery ouvrit grands les yeux.

— Pourquoi tu ne m'en as pas parlé ?

Molly gigota et s'éloigna de la porte.

— Parce que c'était confidentiel et que j'avais oublié, jusqu'à ce que tu me le rappelles à l'instant. (Elle s'arrêta.) Mais je pense qu'il faut que tu saches que la même personne a contacté Emily et Chaz pour leur poser le même type de questions sur toi et ton business. À eux aussi on a demandé de garder ce discours confidentiel.

Cela fit écho dans la mémoire d'Amery. Sa mère lui avait dit avoir reçu un coup de téléphone la même semaine, toujours à propos de sa vie personnelle et professionnelle. Cela l'énerva. C'était la première fois qu'elle demandait un remboursement à l'assurance. Et celle-ci mettait en doute son honnêteté ? Elle agissait dans son dos et harcelait ses collègues, ses amis et sa mère ?

— Je suis sûre que ce sont les procédures habituelles, dit Molly avec diplomatie. Surtout que les policiers ont été mêlés à l'affaire.

— Tu as peut-être raison.

Mais quelque chose lui semblait louche dans cette histoire.

— Pourquoi tu me parles de ça ? Qui a appelé ?

— Ça n'a pas d'importance.

Si l'agence décrochait le projet Okada, Molly serait amenée à y collaborer, donc elle en entendrait parler suffisamment tôt. Pour l'instant, Amery allait juste signer un contrat de confidentialité, et elle ne voulait pas discuter de ce dossier, pour ne pas porter la poisse.

— Et toi, tu parlais à qui ?

— Nancy, de Grass Roots. Ils tiennent une vente privée réservée à leurs membres dans trois jours. Elle est désolée de te prévenir si tard…

C'était tellement habituel avec Nancy qu'Amery ne releva même pas.

— De quoi a-t-elle besoin ?

— Une publicité qui accompagne une campagne par mail pour les clients abonnés à leur newsletter. Et des codes-barres stylisés pour les vingt produits qu'ils mettent en avant.

— Quoi d'autre ?

— Chaque boutique proposera vingt produits. Quinze sont des articles normaux, et les cinq restants seront des exclusivités pour chaque magasin.

— Ce qui veut dire qu'il y aura plusieurs newsletters.

Molly hocha la tête.

— Ils veulent envoyer un mail général à tous leurs clients. Puis un autre qui dépend de la boutique où ils sont enregistrés.

Amery tapota des doigts sur le bureau et essaya de démêler tout cela.

— On ne pourrait pas faire une liste de tous les articles dans le mail principal, qui pourrait fonctionner pour les huit boutiques ? Quinze articles seraient mis en avant dans chacun des lieux de vente. Si en plus de ça il faut énumérer les cinq articles uniques propres à chaque magasin, cela complique les choses… Imaginons que le magasin de Lakewood veuille mettre en avant la farine d'épeautre, des kumquats, des betteraves bio, des crackers sans gluten et du produit vaisselle bio ? Et que le magasin de Castle Rock en propose d'autres qui n'ont rien à voir…

— C'est aussi ce que j'ai pensé. Mais Nancy m'assure que leurs chiffres de ventes prouvent qu'une campagne de publicité générale couplée à une campagne ciblée augmente leurs ventes de soixante-dix pour cent.

— Si les chiffres le prouvent et si c'est ce qu'elle veut… c'est elle la cliente après tout.

— Eh oui ! (Molly sourit.) En plus, cela nous fera une rentrée d'argent supplémentaire, et on ne peut pas vraiment se permettre de refuser du boulot en ce moment, non ?

Le business était en berne, et Molly le savait. Elle n'avait pas demandé si son poste était menacé, mais elle sentait que la situation était précaire.

— Non. Il y a beaucoup de détails sur leur cahier des charges ?

— Comme d'habitude. Elle nous envoie un coursier avec les produits nécessaires pour les photos. Et elle m'a avertie trois fois de ne pas tout déballer parce que les produits sont classés et empaquetés en fonction de chaque magasin.

— OK. Tu te mets aux newsletters ?

— Je télécharge les modèles et je commence les ébauches.

Amery avait beaucoup travaillé pour Grass Roots ces six dernières années. Ces magasins proposaient de la nourriture bio : de la viande, des fruits et légumes, et des produits laitiers. La chaîne était comparable aux grosses entreprises bio, mais c'était une société locale qui favorisait tous les produits cultivés ou fabriqués dans le Colorado, et les animaux élevés dans la même région. Et ces entreprises ne prenaient pas de photos des articles qu'ils vendaient en magasin ; c'était bien plus simple d'avoir recours à des banques d'images. Mais Grass Roots voulait que leur newsletter présente véritablement ce qu'on pouvait trouver dans leurs rayons. Les compétences en photo d'Amery seraient donc mises à l'épreuve sur des sujets allant des choux romanesco aux poulets fermiers.

Elle se leva et saisit sa tasse. Elle passa près du bureau de Molly.

— Tu veux faire le plein ? demanda-t-elle.

Molly lui tendit son mug sans quitter des yeux son écran d'ordinateur.

— Ça peut nous être utile de recharger les batteries, la nuit va être longue.

Amery finalisa la newsletter vers 22 heures et dit à Molly qu'elle pouvait rentrer chez elle. Elle devait garder les produits qu'elle avait photographiés, elle décida donc de mettre de côté les objets dont elle n'avait pas besoin, comme de la nourriture pour chiens bio, et de la garder pour plus tard. Après cette longue journée, elle avait tout juste l'énergie nécessaire pour mettre au frais ce qui était périssable.

Vers 23 heures, Ronin lui envoya un texto pour lui dire qu'il était devant sa porte, à l'arrière du bâtiment.

Elle se leva de sa chaise en bâillant et traversa la pièce, puis lui ouvrit.

Il l'embrassa avec fougue avant qu'elle ait pu refermer derrière elle. Elle l'enlaça, pour récupérer un peu de l'énergie qui l'habitait en permanence.

Il mit fin au baiser avant de lui confier :

— Tu m'as manqué hier soir.

— Pareil. J'étais juste en train de boucler un dossier.

— Je peux t'aider ?

Elle lui retourna un baiser.

— Tu peux me tenir compagnie.

Elle ferma la porte, le prit par la main et le mena à son espace de travail.

Il se pencha et observa les ingrédients posés sur la table.

— Qu'est-ce que c'est ? Des plantes du potager ?

— Ça, ce sont des betteraves jaunes. Elles ont un goût plus doux que les betteraves habituelles, mais elles sont bonnes.

— Il faudrait que j'essaie de les cuisiner. (Ronin posa les yeux sur tous les produits entassés.) On dirait que tu étais occupée. Ça veut dire qu'il y a de l'amélioration au niveau professionnel ?

Ils n'avaient pas du tout parlé business depuis qu'il lui avait proposé de lui prêter de l'argent. Elle avait apprécié le geste – c'était généreux et sympathique de sa part –, mais cependant cela pourrait devenir une source de conflit. Cela ajouterait des complications dans leur relation qui n'était déjà pas simple.

— Tout ça, c'est pour une newsletter de Grass Roots, dit-elle en désignant les produits entassés. Ce n'est pas un nouveau client, de ce côté-là il n'y a pas grand-chose qui évolue.

Elle pensa au coup de téléphone qu'elle avait reçu dans la journée. Si cela marchait, cela pourrait être énorme. Si énorme qu'elle ne pouvait s'empêcher d'y penser, ou de se demander pourquoi ils l'avaient contactée.

Ronin se plaça en face d'elle, posant la main sur sa joue droite.

— Je connais bien cet air. Quelque chose s'est passé aujourd'hui qui te cause du souci, non ?

Comment pouvait-il lire en elle avec autant de facilité, alors qu'elle ne pouvait pas du tout savoir ce qu'il ressentait ?

Elle déballa la première idée qui lui passait par la tête.

— Ça ne date pas d'aujourd'hui. C'est un boulot que j'ai reporté, ce qui n'est pas très malin parce que j'ai bien besoin de travailler, mais ce projet est un peu en dehors de mes champs de compétence habituels. (Elle fronça les sourcils.) En dehors de ce que je fais en photographie d'habitude.

— Qu'est-ce que tu veux dire par là ?

Amery s'installa dans son fauteuil et mit ses pieds nus sur son bureau.

— C'était il y a quelques semaines, une auteure m'a contactée et m'a demandé si ça m'intéresserait de faire une couverture pour un de ses livres numériques. Au début, j'étais un peu sur la défensive, parce que j'ai reçu ce coup de fil le lendemain du jour où j'ai cru que tu allais me tuer avec tes cordes. (Un sourire passa sur ses lèvres.) Dans tous les cas, j'étais étonnée que cette auteure érotique que je ne connaissais pas me contacte pour lui fournir une couverture.

— C'était pour quel sujet ?

Elle le fixa droit dans les yeux.

— C'était une femme attachée.

À ces mots, il n'eut aucune réaction particulière.

— J'ai pensé que tu l'avais incitée à me contacter, dans le but que je lui pose beaucoup de questions et que j'en arrive à mieux comprendre ta passion pour les cordes.

— Et alors ?

— Et elle m'a apporté un point de vue intéressant, je lui en suis reconnaissante. J'ai accepté de faire sa couverture. Elle ne m'a pas fixé de deadline, donc durant mon temps libre j'ai pas mal réfléchi à cette image. Je verrais bien une femme attachée façon bondage, habillée avec goût mais toujours sexy, dont l'intimité ne serait pas dévoilée.

Amery passa un doigt autour de sa queue-de-cheval.

— Si je fais du bon boulot, ça pourrait m'ouvrir de nouvelles opportunités en termes de recettes. Je ne gagnerai pas des mille et des cents en créant des couvertures de livres numériques, mais chaque projet qui peut faire tourner mes affaires vaut le coup en ce moment. Donc je n'arrive pas à comprendre pourquoi j'y vais en traînant des pieds.

Ronin resta silencieux. Son rythme cardiaque s'était accéléré, ce qui ne lui ressemblait pas. Après quelques minutes, le silence devint un peu pesant. Elle inclina la tête en arrière sur le fauteuil et ferma les yeux.

Elle commençait à se laisser aller, quand des lèvres chaudes se posèrent sur son front.

— Ce n'est pas le moment de t'arrêter, j'ai une solution pour te tirer d'affaire.

Puis ses lèvres frôlèrent les siennes pendant de longues minutes avant qu'il lui mange la bouche, l'embrassant passionnément. Il se retira brusquement.

Amery ouvrit les yeux.

— Tu es sûr qu'on avait fini de s'embrasser ? Parce que j'ai comme un goût de trop peu.

— Je voulais juste m'assurer que tu étais bien éveillée.

— Je suis bien réveillée, et prête à enlever mes vêtements pour que tu me baises sur le bureau. (Elle dégagea toutes ses affaires sur le côté, laissant un espace libre au milieu.) Tu vois ?

— Une autre fois.

— Très bien. (Elle se leva.) Quelle est ta solution ?

Ronin fit pivoter sa chaise et croisa les bras.

— Tu as besoin d'une image de femme attachée, et je suis un expert en bondage…

— Et ?

— Et tu devrais poser pour cette photo.

Elle ouvrit grande la bouche.

— Tu as perdu la tête ?

— Écoute-moi. Tu veux quelque chose de bon goût et d'anonyme ? Installe l'appareil photo avec la bonne lumière et le bon angle, et je n'aurai qu'à appuyer sur le bouton. À toi la couverture bondage.

— Ronin, nous avons déjà eu cette conversation. Je suis d'accord pour que tu m'attaches, tant que ce n'est pas en public.

— Oui, mais ça restera privé. Tu ne seras qu'une silhouette sur la photo : ça n'a rien à voir avec les shows dans un club. Et en prime tu auras l'occasion de constater de tes propres yeux à quel point tu es somptueuse quand je t'attache.

Elle le regarda, sous le choc, et cependant pas si étonnée.

— Comment tu m'attacherais ?

Ses yeux s'enflammèrent de plaisir.

— Les mains derrière le dos, façon libellule. J'utiliserai des cordes rouges. Ça créera un contraste superbe avec ta peau crémeuse.

Peut-être qu'elle manquait de sommeil, ou alors c'était la curiosité, mais elle eut envie de voir ce que Ronin pouvait percevoir d'elle, son corps nu mis en scène grâce à ses techniques de bondage.

— C'est d'accord.

Ronin l'embrassa rapidement, et leurs dents s'entrechoquèrent, car il arborait un large sourire.

— Je vais chercher mon sac.

— Tu te balades souvent avec un sac de cordes rouges sur toi ?

— Je suis prêt à tout moment.

Dans le petit studio photo, Amery installa une toile en fond et régla les éclairages. Elle faisait rarement de portrait, car elle pensait qu'elle n'avait pas les qualités requises. Mais dans ce cas seul son dos serait visible à l'image.

Ronin n'était toujours pas de retour alors qu'elle était prête à prendre quelques photos pour tester. Elle enleva son haut, puis brancha la télécommande de l'appareil, monté sur un trépied. Elle déroula une bande de Scotch et marqua un endroit, où elle s'installa, son dos nu en face de l'appareil, puis elle prit une photo. Elle alla voir le résultat sur l'appareil photo numérique. Elle était trop proche. Elle recula la caméra, se tint à l'endroit qu'elle avait marqué et prit un nouveau cliché.

C'était mieux. Mais les lumières éblouissaient ses omoplates. Elle fit une mise au point et installa une pièce de tissu sombre sur le projecteur pour faire office de diffuseur. Elle se mit à nouveau sur le X qu'elle avait dessiné au sol.

Ronin fit son apparition.

— Cambre ton dos, dit-il avant d'appuyer sur la télécommande, et tourne la tête à droite au lieu de regarder tout droit.

— Je ne veux pas qu'on voie mon visage, tu te rappelles ?

— On voit juste ton profil, et tu peux l'assombrir après avoir pris la photo.

Il se rapprocha d'elle. La chaleur de son corps la réchauffa, et sa présence l'apaisa. Il défit sa queue-de-cheval et passa les doigts dans ses longues mèches.

— Voilà. Tu peux prendre la photo maintenant.

Amery inclina le visage et appuya sur le bouton.

Elle tourna la tête, s'attendant à voir Ronin derrière l'appareil photo pour regarder le cliché, mais il était resté sur le côté, la laissant faire son travail.

— Tu as raison, admit-elle. C'est beaucoup mieux.

Elle en testa encore deux ou trois, après avoir légèrement ajusté le zoom. Elle bougea légèrement la bande de Scotch, puis prit une grande inspiration, en attendant les instructions de Ronin.

Il arriva derrière elle, et son timbre de voix délicieusement profond résonna dans son oreille.

— Tu es prête à ce que je t'attache, ma belle ?

— Oui.

— Mets les bras le long de ton corps.

Amery baissa les bras et ferma les yeux.

Elle l'entendait dans son dos. Le frottement du tissu quand il ôta son haut pour devenir Ronin le maître des cordes. Sa peau nue la frôla alors qu'il passait ses cheveux sur le côté. Il défit son soutien-gorge et le lui enleva. Il déposa un baiser sur ses épaules tout en défaisant son jean, le faisant glisser le long de ses jambes jusqu'au sol. Elle voulut le pousser plus loin, mais il refusa :

— Non. Garde ton jean autour de tes chevilles, ça te maintiendra en place.

Une autre façon de l'attacher.

Son doigt parcourut le bord de sa petite culotte en s'attardant sur ses courbes.

Puis ses lèvres suivirent consciencieusement sa colonne vertébrale, depuis le pli de ses fesses jusqu'à sa nuque.

Son rythme cardiaque s'accéléra, et son sang sembla se réchauffer, car elle se préparait à ce qui allait venir, mais elle se concentra sur sa respiration.

Ronin fit glisser la corde le long de ses deux épaules. Elle sentit qu'il tirait un peu, et des parties du lien frôlèrent l'intérieur de ses bras, tandis qu'il faisait un nœud. La corde glissa le long de son poignet et de son coude, et emprisonna ses bras. Il tira encore, puis lui donna une caresse en passant ses doigts sous les nœuds. Sa respiration douce et calme parcourait la chair humide d'Amery.

La simple proximité de sa bouche contre sa peau lui donnait la chair de poule.

Les mains calleuses s'affairaient derrière elle, parfois avec un rythme saccadé mais jamais maladroites. Par moments la corde passait sur ses mollets, lui donnant l'impression que les doigts de Ronin la titillaient à cet endroit, même quand elle sentait que ses mains étaient dans son dos.

Plus il faisait de nœuds, et plus ses bras se rapprochaient. Mais ces nœuds ne l'empêchaient pas de respirer, comme certains des harnais qu'il avait déjà utilisés. Pourtant Amery se retrouva à flotter dans le même type d'espace mental cotonneux. Les légers contacts de Ronin faisaient battre son sang plus fort.

Il lui maintint les poignets et fit plusieurs boucles au milieu de la corde, pour empêcher ses mains de bouger. Amery sut quand Ronin eut fini. Il fit un pas en arrière pour admirer son œuvre, à la manière d'un artiste. Puis il ajusta encore légèrement les cordes. Parfois il faisait le tour pour l'observer de tous les côtés. Cette fois-ci il resta derrière elle.

Et sa voix avait des intonations si parfaites qu'elle la maintint dans cet état de transe quand il parlait.

— Amery.

Elle n'avait pas à répondre, il voulait juste s'assurer qu'elle était attentive. Elle bougea à peine la tête en réponse.

— Tu es superbe comme ça, attachée dans cette corde rouge. Je suis vraiment content que tu puisses avoir l'occasion de voir la beauté que tu dégages.

Puis il posa à nouveau ses mains sur elle, en faisant le tour de ses hanches tandis qu'il se positionnait derrière elle.

— Reste dans cet état de plénitude et dis-moi ce qu'il faut que je fasse pour prendre la photo.

Amery veilla à rester immobile pour ne pas ressentir un tiraillement qui l'aurait sortie de son état de béatitude bienheureuse.

— La télécommande est attachée à l'appareil photo. Tu peux appuyer dessus quand tu as la photo que tu veux.

Elle ressentit un mouvement derrière elle mais réussit à garder son calme.

Il lui fit relever un peu les bras.

— Reste comme ça.

L'obturateur fit un léger bruissement. Puis un autre. Et encore un. Il y en eut tellement qu'elle perdit le fil.

Ronin ne lui proposa pas de changer de pose. Elle crut comprendre qu'il ne regardait pas derrière l'objectif mais qu'il la fixait, elle, directement.

— Tu peux me laisser essayer quelque chose ? demanda-t-il. Je ne vais pas te déplacer, je te promets.

— D'accord.

— Reste calme, quoi que je fasse.

Cela voulait dire qu'il avait prévu de la toucher.

Lui faire anticiper ce qu'il allait faire, c'était la spécialité de Ronin. Il ne la laissait jamais patienter pendant trop longtemps. Pourtant elle savait qu'il pourrait la laisser là pour une durée infinie, elle n'avait aucun moyen de contrôler la façon dont il la comblerait de plaisir, ce qui ajoutait un intérêt supplémentaire à ce jeu.

Le pantalon de Ronin entra en contact avec les orteils nus d'Amery quand il se mit à genoux en face d'elle. Il l'embrassa sous le nombril.

Au moment précis où Amery haleta, l'obturateur se déclencha derrière elle. La bouche de Ronin passa sur les endroits humides qu'il venait d'embrasser, et elle mordit sa lèvre juste quand l'appareil photo immortalisa l'instant. La bouche chaude de Ronin descendit très légèrement.

« Clic. »

Encore un peu, et son souffle se retrouva juste sur l'élastique de sa petite culotte.

« Clic. »

Mais ce sournois de Ronin ne l'embrassa pas à cet endroit ; il glissa sa langue sous la lingerie. Elle tressauta, et sa tête bougea, lui faisant perdre sa position.

— Ne bouge pas.

Les doigts rugueux de Ronin arrivèrent sur ses hanches, et il descendit sa petite culotte, sans l'enlever complètement, mais suffisamment pour l'empêcher d'écarter les jambes.

« Clic. »

Amery sentit le souffle chaud de sa respiration contre sa chatte nue. Non. Il n'allait quand même pas…

Et si.

Ronin fit passer sa langue le long de son antre et la lécha, de haut en bas. Il s'appliquait à effectuer des mouvements lents directement sur son clitoris.

Il réussit à maintenir la position et à la rendre folle par la seule utilisation de sa bouche.

Elle pensait avoir entendu l'appareil photo se déclencher, mais cela pouvait aussi être le muscle de sa mâchoire qui craquait à force de serrer les dents.

Il n'y eut pas de prise de contact en douceur. Pas de montée en puissance. Ronin la léchait avec intensité, jusqu'à ce qu'elle ressente ce moment, juste avant que l'orgasme la saisisse. Amery ne put s'empêcher de pencher la tête en arrière et d'étouffer quelques halètements, tandis qu'elle s'abandonnait au plaisir qui la submergeait.

Une fois que le brouillard dans ses pensées se dissipa, elle baissa la tête, presque pour supplier.

Quelques « clic » supplémentaires retentirent.

— Amery.

Son rythme cardiaque s'emballa.

— Relève la tête une seconde.

Elle suivit ses instructions, comme toujours quand il l'attachait.

— C'est bien. Maintenant tourne la tête et regarde par-dessus ton épaule.

Ses cheveux lui cachaient le visage, elle courba le cou pour dégager son champ de vision.

« Clic. »

Le flash l'éblouit, mais elle regarda l'objectif fixement.

« Clic. »

— C'est superbe, chérie. Maintenant, détends-toi.

Elle s'autorisa un léger sourire, mais ne bougea pas davantage.

« Clic. »

Puis les mains de Ronin arrivèrent sur son visage, et sa bouche attrapa la sienne, pour un baiser enflammé. Même si son cœur battait encore la chamade, elle se trouvait dans un état de brouillard post-coïtal.

— Ça fait tellement de bien, murmura-t-il tout contre ses lèvres. Enlève vraiment ton jean.

Elle l'envoya valser, et il l'inclina en arrière.

Ronin la fit se retourner et se pencher sur son bureau. Elle souffla quand ses tétons et son ventre entrèrent en contact avec cette surface froide.

La queue de Ronin était contre sa chatte chaude et humide. Il tira légèrement sur la corde qui passait entre ses poignets.

— Lève les bras et garde-les bien hauts. Je veux voir tes fesses remuer quand je te baise.

Amery appuya les joues contre le bois froid et étira les bras. La corde de soie tombait entre ses fesses.

— Je peux sentir la corde qui frotte contre ma queue, murmura Ronin.

Il fit pivoter ses hanches et s'introduisit complètement en elle. Il gardait une main autour de la taille d'Amery, pour éviter qu'elle ne se cogne sur le bureau. Puis il fit tourner la corde dans sa main toujours libre, tirant dessus pendant qu'il la baisait.

Chaque coup de bassin ravivait la flamme. Ronin ralentit le rythme. Il allait et venait en elle en attendant qu'elle jouisse, et elle-même attendait qu'il explose.

Quand ce moment arriva, il cessa ses mouvements. Le déséquilibre entre sa position contrainte et la passion de Ronin l'excita encore plus. Elle se contracta autour de lui.

Puis il la releva et déposa sa bouche avide sur elle, l'embrassant avec tellement de tendresse qu'elle en fondit.

— Reste calme, dit-il d'un ton bourru. (Il défit les cordes autour de ses bras, et ses doigts frôlèrent les marques.) C'est toujours rouge même après le retrait, murmura-t-il. Mais ces traces disparaîtront dans quelques heures.

Mais pourquoi avait-elle un certain regret à l'idée que ces marques disparaissent bientôt ?

Il la tint pendant un long moment, et elle profita du contact de sa peau contre la sienne. Puis il joua avec ses cheveux, qu'il emmêla dans ses doigts. Il prit une mèche épaisse qu'il amena à sa bouche et y frotta ses lèvres. Elle se sentit en sécurité, car il savait exactement ce dont elle avait besoin sans avoir à le lui demander.

— C'est mieux ?

— Beaucoup mieux. Merci. Pour… tout ça.

— J'ai beaucoup de chance que tu me fasses confiance. (Il lui caressa la tempe avec le nez.) Mais je ne considère pas que c'est acquis.

D'après son expérience, dans le bien-être qui suivait une relation sexuelle, les hommes pouvaient dire n'importe quoi dans le but de renouveler l'expérience. Mais Ronin était différent, car il avait joint les paroles aux actes à de nombreuses occasions. Elle pourrait perdre la tête si facilement avec lui.

Ne sois pas stupide. Il te fait déjà tourner la tête.

— Tu es prête à te voir en image ?

— Non. J'ai peur de regarder.

— Pourquoi ?

— Je n'aime pas me voir en photo.

C'était un euphémisme. Amery détestait vraiment se voir en photo.

— J'ai toujours l'air… un peu gourde. Comme une enfant timide qui se tient en retrait en espérant que personne ne va le remarquer.

Il lui pinça le menton.

— Tu devrais donc être surprise de voir à quel point tu es saisissante quand tu es attachée, non ?

Cela lui ferait sûrement très mal de voir sa déception quand il aurait la preuve qu'elle n'était vraiment pas photogénique.

— Je ne veux pas que tu effaces quoi que ce soit avant qu'on ait tout regardé, prévint-il. On dirait que tu n'es pas très objective quand il s'agit de photos de toi, surtout des photos où tu es à moitié nue.

Il l'embrassa sur le nez.

— Prends l'appareil, on va voir ça.

— Et si elles étaient toutes mauvaises ? Tu m'as déjà détachée, donc on ne peut pas faire une nouvelle séance.

— Tout d'abord, je peux t'attacher à nouveau en cinq minutes. Ensuite, j'ai surtout peur que tu enflammes l'appareil photo tellement tu es sensuelle. Surtout au moment du cunnilingus. Si l'image a pu capter les gémissements si sexy que tu émettais, tout en étant attachée et en jouissant pendant que je te léchais, elle pourrait facilement se vendre à des centaines de milliers de dollars.

Amery se dégagea de son étreinte.

— Tu es vraiment ridicule.

— Vraiment ? Habille-toi. Je reviens tout de suite.

Il ramassa son tee-shirt et s'éclipsa.

Elle se rhabilla avant d'ôter l'appareil photo du trépied. Ronin fit rouler sa chaise de bureau dans le studio photo. Il s'y installa confortablement et tapota ses genoux.

— Comme ça nous pourrons les découvrir en même temps.

Cela voulait bien signifier qu'il ne la laisserait pas partir et qu'il saurait si elle essayait d'effacer quelque chose.

L'appareil photo avait un écran de bonne taille. Elle sélectionna le premier cliché de cette session et retint son souffle tout en zoomant.

Les attaches étaient complexes, elles donnaient l'impression que son corps était délicat et malléable, mais entièrement soumis.

— Continue.

Ronin ne fit pas de commentaire… jusqu'à cette photo où son visage changea d'aspect. Sa bouche était posée sur son sexe.

Mon Dieu ! La cambrure de son dos, la façon dont ses poings se resserraient et même la courbe de son cou renvoyaient l'image d'une femme prise dans les affres de la passion.

Amery ne pouvait pas croire que c'était bien elle, cette silhouette si sexy.

— Je t'avais dit, dit-il d'un air suffisant. Je suis sûr qu'elles sont toutes comme ça.

Elle était pressée de voir les clichés qui restaient. Les changements subtils vers la fin quand Ronin avait profité du brouillard où Amery flottait après l'orgasme… Quand ils arrivèrent sur les trois dernières images, les mains de Ronin se resserrèrent autour du bras d'Amery, et son corps se tendit.

— Quoi ?

— Celle-ci.

Il désigna la photo où elle tournait la tête au-dessus de son épaule, les cheveux au vent, le regard sensuel, les lèvres entrouvertes.

— C'est à moi.

— Quoi ?

— Cet air m'appartient, car c'est moi qui t'ai mise dans cet état. C'est ma propriété. (Son timbre possessif l'entourait comme un ruban de soie.) Je veux une copie de cette photo. Personne d'autre ne la verra jamais.

Elle s'inclina, tournant la tête pour l'embrasser sous le menton.

— Tu me le promets ?

— Oui, chérie, je te le promets.

Chapitre 24

— Je n'arrive pas à croire que tu m'emmènes faire un tour chez Ikea un samedi, se plaignit Ronin.

Amery déposa le vase vert sur l'étagère.

— Je suis sûre que tu n'es jamais venu dans ce magasin, quel que soit le jour de la semaine.

— Mon appartement est tout équipé. Pourquoi devrais-je m'embêter ?

— Tu peux faire les boutiques juste pour le plaisir, rien ne t'oblige à acheter.

Le visage impassible, il affirma :

— Si j'ai besoin de quelque chose, je me rends en magasin et je l'achète. Pourquoi traîner ici si je n'ai besoin de rien ?

— Pour le plaisir de faire du shopping, la joie de consommer, lança-t-elle.

Le regard de Ronin resta fixe et livide.

Pas étonnant que la décoration de son appartement soit si minimaliste.

— Est-ce que tu as ne serait-ce qu'une idée de ce que tu recherches dans cette boutique ?

— Oui. (Elle sourit.) Des babioles.

Elle réussit à le faire soupirer. Mais il la suivit dans la pièce suivante. Tout avait l'air tellement tendance, et si bien disposé. Amery regrettait presque que tous les éléments de décoration cool de son loft soient arrivés presque par hasard.

— Tu aimes ça ? lui demanda Ronin.

— Oui. J'aimerais vraiment réussir à décorer une pièce de façon aussi chic et moderne. Mon style de déco consiste surtout à amasser des vieilleries récupérées dans des brocantes et des objets chinés dans des magasins d'occasion. Je peux passer des heures dans ces boutiques, même si je n'achète rien.

— Des heures ? insista-t-il.

Elle ne put s'empêcher de rire.

— Je ne vais pas te torturer aujourd'hui. Passer des heures chez Ikea, ça demande de l'entraînement.

— Pour la première fois de ma vie, j'espère vraiment que je n'aurai pas d'endurance.

— Attends. Laisse maître Hardwick t'enseigner tous les secrets pour devenir un ninja du shopping.

Ils s'arrêtèrent au rayon suivant et discutaient des formes et des couleurs des meubles, quand une voix féminine retentit :

— Sensei Black ?

Il changea immédiatement de posture, et son visage se crispa, puis il se retourna vers cette femme.

— Je pensais bien que c'était toi, mais jamais je n'aurais imaginé voir le sensei faire du shopping.

Amery regarda fixement cette femme asiatique qui parlait avec un accent anglais fortement prononcé. Elle aussi regardait Amery avec insistance.

Et Ronin n'avait pas l'air de vouloir faire les présentations.

L'inconnue s'adressa à lui :

— C'est ta nouvelle copine ?

Ronin lui répondit en japonais. Il semblait être énervé, mais les intonations de cette langue étaient si différentes qu'Amery ne pouvait pas en être sûre.

La femme répondit sèchement en japonais, elle avait un regard glacial et elle était agitée.

C'était bien de la colère. Ronin ne réagit pas, il se contenta de hausser les épaules. Elle essaya de se rapprocher de son visage.

Il n'eut qu'à lever la main, et elle s'arrêta net. Mais ses lèvres continuaient de bouger, elle semblait prononcer quelque chose qui ressemblait fort à une insulte.

Il lui répondit sèchement, ce qui sembla ne pas la démonter. Elle prit une voix douce et séduisante. Elle n'obtint pas la réponse qu'elle attendait, car elle partit dans une diatribe où les mots sortaient à toute vitesse. Elle s'arrêta enfin de parler et jaugea rapidement Amery, avant de renifler.

Ronin avait le même regard méfiant que dans le dojo. Il se pencha en avant et parla si bas qu'Amery pouvait à peine l'entendre. Mais elle reconnut clairement un mot : Naomi.

Punaise ! Elle savait que Naomi était japonaise, et l'attitude colérique de cette femme indiquait qu'elle et Ronin avaient été intimes à une époque.

La femme finit par s'en aller sans regarder en arrière.

Ronin l'observa partir ; son visage était toujours livide. Quand cette intruse disparut dans la foule, ses yeux croisèrent ceux d'Amery, et elle vit qu'il était toujours énervé.

— Si tu as fini ton lèche-vitrines, j'aimerais y aller maintenant.

— Bien sûr !

Amery était persuadée qu'Ikea changeait la sortie de place chaque fois qu'elle venait, elle perdait donc systématiquement dix minutes à la retrouver.

Ils se dirigeaient vers le centre-ville, et à un moment elle ne put supporter le silence.

— Et donc cette femme contre qui tu t'es énervé, c'était Naomi ?

— Non.

C'est la seule réponse qu'elle pouvait avoir ? Non, mais vraiment…

— C'était qui ?

— Une amie de Naomi : Kiki.

Il y eut un silence.

— Qu'a-t-elle dit, cette Kiki ?

— Elle m'a enfumé en me donnant des nouvelles de Naomi alors que je lui ai dit que je ne voulais rien savoir.

— Quelles étaient ces nouvelles ?

Ronin ne répondit pas. Il se contentait de passer d'une file de circulation à l'autre, comme s'il conduisait un tramway.

— Ronin ?

— Elle m'a dit que Naomi venait à Denver.

— Quand ? Elle veut te voir ?

— Ça n'a pas d'importance. Je ne la verrai pas.

Elle ouvrit la bouche, la referma. Puis la rouvrit pour poser une question, et Ronin lui fit un signe de tête.

— Fin de la discussion.

C'était légèrement totalitaire. Encore un autre exemple qu'il n'en faisait qu'à sa tête et qu'il comptait sur elle pour l'accepter sans broncher.

Pourquoi ça t'étonne ?

— Où allons-nous ? demanda Ronin.

— À la maison.

— Je pensais que tu voulais encore faire quelques courses.

— Ça n'a rien d'urgent.

Ronin fronça les sourcils.

— Tu es sûre ?

— Oui, oui.

Amery ne brisa pas ce silence pesant. Elle ne le regardait même pas.

Il s'arrêta dans la ruelle.

— Le temps de trouver une place de parking, j'arrive tout de suite.

— En fait, je suis fatiguée, et je sais que tu es fatigué après tes escapades nocturnes mystérieuses, donc c'est bon pour aujourd'hui.

— Il est seulement 14 heures.

— Tu vas pouvoir faire une longue sieste.

— Je ne fais pas de sieste, répondit-il sèchement.

Tu en aurais peut-être besoin.

— Peu importe. On se voit plus tard.

Elle était sur le point d'ouvrir la porte, mais Ronin l'arrêta.

— Dis-moi ce qui ne va pas.

— Réfléchis, sensei.

— Ne réagis pas comme ça.

— Comment « comme ça » ? Ça m'énerve que tu mettes fin à la conversation et que tu t'attendes à ce que je l'accepte sans rien dire.

— Je t'ai répondu même si à mon sens tu t'énervais pour rien, mais apparemment j'ai gaspillé ma salive, parce que tu avais envie de te prendre la tête avec moi aujourd'hui.

— C'est faux. Je voulais parler, et tu as refusé.

— C'est tout ?

— Parce que ce n'est pas suffisant peut-être ? Pourquoi tu ne m'as pas présenté à Kiki ?

Tu as honte de moi ?

— C'est une vipère, et il vaut mieux ne pas s'y frotter.

— Ou peut-être que tu ne veux pas qu'elle parle de moi, parce que tu as toujours des sentiments pour Naomi, c'est pour ça que tu ne veux pas parler d'elle.

— C'est ridicule. Tu devrais savoir…

— Je ne sais rien de Naomi ni de la relation que vous aviez ensemble, excepté les grandes lignes. Chaque fois que je pose une question, tu me rembarres. J'en ai marre que tu me fasses passer pour une vieille mégère jalouse, surtout que ce n'est pas moi qui ai un problème avec elle, j'ai juste le courage de poser les bonnes questions. (Amery prit une grande inspiration et se calma.) Mais c'est bon, j'ai compris.

— Tu as compris quoi ?

— Tu m'as prouvé à de nombreuses reprises que tu voulais que nous restions bons amis. Nous sommes des sex-friends. On baise et on pratique quelques jeux de bondage à l'occasion. C'est tout.

Ronin faillit l'immobiliser avec son seul regard.

Amery ne se laissa pas mater.

— Donc appelle-moi si tu veux me ligoter un de ces quatre. Mais pas ce soir, j'ai des choses prévues.

— Avec qui ?

— Chaz et ses amis.

— Pourquoi tu ne m'en as pas parlé ?

— Tu ne m'as pas demandé.

Amery ouvrit la porte et se glissa à l'extérieur.

— Voilà la différence entre nous, Ronin. Je t'ai posé une question, et tu ne veux pas répondre. Mais tu ne t'intéresses pas suffisamment à moi pour me poser des questions.

Amery réussit à attirer l'attention de tout le monde dans le restaurant malgré le bruit assourdissant.

— Nous sommes réunis ce soir pour célébrer un moment important dans la carrière de notre cher ami Chaz : ses œuvres seront mises à l'honneur lors d'un showcase qui lui sera consacré à l'occasion du lancement d'une bande dessinée révolutionnaire aux États-Unis, basée sur un scénario homo et érotique.

Des applaudissements et des sifflements résonnèrent.

— Portons un toast ! (Elle leva son verre de Martini.) Chaz, j'espère que les contrats vont continuer d'affluer, mon chou. Nous sommes tous fiers de toi, tu mérites vraiment ce qui t'arrive.

La douzaine d'amis réunis à la table échangèrent des accolades, des félicitations et des larmes. Puis les serveurs débarrassèrent leurs assiettes et apportèrent des verres de champagne, à la demande de Chaz.

La boisson pétillante lui rappela la nuit au gala des sports avec Ronin.

Tout lui rappelait Ronin.

Mais cela ne la rendait pas vraiment joyeuse.

— Pourquoi tu es triste, poupée ? demanda Vincent quand il s'approcha pour prendre la crème destinée à son café.

— Je ne suis pas triste. Pourquoi ? C'est l'impression que je donne ?

— Un peu. (Il lui serra le bras.) Tu vas bien ?

— Je vais bien. Je pensais juste à la dernière fois où j'ai bu du champagne. Depuis j'ai pris quelques décisions discutables.

— C'est une histoire salace ?

Amery rit.

— Pas vraiment.

— Dommage. J'espérais que tu me sortes une histoire de cul à propos du somptueux Ronin Black. (Il se rapprocha.) C'est vrai ce qu'on raconte sur lui ?

— Ça dépend. Tu parles de quoi ?

— Qu'il aime bien faire… toutes sortes de… choses.

Elle sirota son champagne et jaugea du regard Vincent, qui était l'ami et le tailleur de Chaz depuis une éternité.

— Qu'est-ce que tu veux dire par là ?

Vincent remonta les manches de sa chemise.

— Il paraît que M. Black ne dévoile pas la liste exhaustive des services qu'il peut fournir sur le site Web du dojo... Mais si tu sais à qui demander, que tu demandes ce qu'il faut et que tu as les moyens il propose ses services.

— Pour faire quoi ? Le clown à des goûters d'anniversaires ?

— Hilarant ! Non, t'es bête. Pour de la protection rapprochée. Il est surtout un entraîneur d'arts martiaux, mais si on met le prix il pourrait aussi jouer le garde du corps.

Elle se détendit, soulagée que les goûts de Ronin ne soient pas l'objet de rumeurs.

— Qui t'a dit ça, Vincent ?

Il fit un geste de la main.

— Je suis le tailleur de l'élite de Denver. C'est impressionnant les conversations qu'on peut entendre quand les clients oublient que tu es là. J'avais oublié les bribes que j'avais saisies, puis Chaz m'a dit qu'il se faisait du souci parce que tu étais trop attachée à ce M. Black.

Pourquoi Chaz avait-il parlé de Ronin à Vincent ?

— Je vois que Chaz ne te dévoile pas les informations dont je le fais profiter, continua Vincent.

— C'est sûrement parce que ça ne m'étonnerait pas que Ronin propose ce genre de services. Il promeut l'autodéfense et il maîtrise tous les types de disciplines. Si je cherchais quelqu'un pour me protéger je penserais à lui en premier.

— Mais ça ne te fait pas peur ? insista Vincent. Il pourrait te blesser sans même le vouloir, non ?

— Ronin ne me ferait jamais de mal. Il possède un contrôle sans pareil dans n'importe quelle situation.

Amery se souvint de la tranquillité froide de Ronin la nuit où ils avaient été attaqués, pendant l'agression et après coup. Puis elle se rappela qu'il en savait beaucoup sur la façon de séparer les pièces d'un revolver et sur la manière de le mettre hors service.

— C'est intéressant.

Vincent buvait sa pina colada.

— Enfin, je suis très heureux que tu me dises que tu lui fais confiance, car sincèrement je ne pensais pas que tu pourrais être attirée par ce type de mecs.

— Quel type de mecs ? Sexy ? Plus âgé ? Ethnique ?

— C'est un gangster. Un gangster super entraîné, mais un gangster malgré tout.

La mâchoire d'Amery faillit tomber.

— Eh bien, pour un mec gay habitué à être confronté aux idées préconçues, on peut dire que tu portes un sacré jugement !

— Alors que dirait la douce et naïve Amery à propos d'un homme qui enseigne des techniques de combat violentes et qui les utilise parfois pour son propre profit ? N'est-ce pas la définition d'un gangster ?

Elle détestait ce ton qui se voulait moralisateur. Elle avait l'impression qu'il la prenait pour une enfant. Elle finit son verre et se leva.

— Excuse-moi. Je vais aux toilettes.

Je me casse de là.

Aux toilettes, elle repensa à la conversation qu'elle venait d'avoir avec Vincent. Le problème avec son groupe d'amis, c'est qu'ils aimaient tout intellectualiser. Mais ils s'arrêtaient aux muscles de Ronin et ne cherchaient pas à savoir s'il avait un cerveau. Même s'il avait su tirer parti de ses compétences pour monter son affaire, cela ne faisait pas de lui un gangster, mais un type malin.

Même s'il l'énervait sur certains points, il lui manquait.

Elle revint s'asseoir, à l'opposé de Vincent.

Chaz se dirigea droit vers elle et s'installa sur le bras de son fauteuil.

— Amery, toi qui es toujours au top, ça roule ?

— Ouais, c'est sympa, ta fête.

— Tu aurais pu amener maître Black, tu sais.

— Ça aurait pu être gênant pour lui, tes amis prudes l'auraient jugé.

Chaz s'accroupit à côté d'elle.

— Ne te prends pas la tête à cause de Vincent. C'est un petit connard.

— Je ne comprends pas pourquoi tu lui as dit que tu te faisais du souci parce que je me rapprochais trop de Ronin.

— Eh bien, ma chérie, Vincent est un pote ! Je lui ai parlé quand Emily m'a raconté cette histoire flippante. C'est tout.

— Tu es sûr ?

Quand Chaz hésitait, elle savait bien que cela cachait quelque chose.

— Dis-moi tout.

— Je déteste cette atmosphère de secret qui s'est installée entre nous depuis que tu as commencé à le fréquenter. Ne m'en veux pas, je ne dis pas du mal de lui, OK ?

Chaz avait raison. Elle ne disait rien de sa relation avec Ronin.

— OK.

— Sérieusement, où est-il ce soir ?

Je n'en sais rien.

— Contrairement à ce que vous avez l'air de penser, toi et Emily, nous ne sommes pas toujours fourrés ensemble, Ronin et moi.

— Je suis heureux que tu sois là. Je suis assez égoïste pour vouloir que tu ne sois qu'à moi pour ma fête. (Il lui prit la main.) On est à nouveau amis ?

Amery sourit, en se demandant si c'était tout aussi bidon que cela en avait l'air.

— Bien sûr. On va danser ?

— Avec plaisir.

Il se leva et lança un regard sur ses hanches.

— Ne te trémousse pas trop, c'est une boîte gay, prévint-il.

Ronin lui envoya un texto à 2 heures du matin.

« Je suis à ta porte. »

Elle essaya de l'ignorer. Elle écrivit une réponse narquoise puis l'effaça. Elle tapa : « OK » et roula hors de son lit pour aller lui ouvrir.

La porte en métal s'ouvrit dans un bruit de ferraille. Il entra.

— Je devrais te donner une clé, remarqua-t-elle.

— Tu devrais me donner ça pour commencer.

Ronin passa la main autour de son cou et posa la bouche sur la sienne. Il l'embrassa doucement mais consciencieusement. Il mit fin au baiser et maintint ses lèvres contre sa mâchoire.

— Mon Dieu, tu m'as tellement manqué ce soir ! Je me suis comporté comme un con.

Il ne s'était pas vraiment excusé, mais au moins il reconnaissait qu'il s'était mal comporté. Elle inclina la tête de Ronin et contempla son superbe visage. Ses yeux étaient tellement fatigués.

— Ronin, tu es crevé.

— C'est vrai.

— Tu ne m'as pas dit ce que tu avais fait la nuit dernière, et qui t'a empêché de dormir.

— J'ai rendu service à un ami. Maintenant nous sommes quittes.

Amery plissa les yeux pour observer une ombre sous sa mâchoire.

— C'est un bleu ?

— Sûrement. Rendre certains services peut faire mal.

Le commentaire nauséabond de Vincent lui revint en tête : « C'est un gangster. Un gangster super entraîné, mais un gangster malgré tout. »

Non, c'était juste un type normal. Elle embrassa son bleu.

— Je vais te mettre au lit.

— J'adore quand tu dis ça. Mais ce soir je suis tout juste capable de dormir.

Elle s'arrêta et lui montra la porte.

— Si tu n'es pas en forme pour baiser au moins trois fois, tu peux t'en aller.

Ronin rit, comme elle l'espérait.

— Laisse-moi quelques heures de repos, et je serai à la hauteur.

— Eh bien, je pense qu'on va s'endormir tous les deux en même temps !

Chapitre 25

Ronin la réveilla quand la lumière teintée et orange de l'aube se posa sur les bords des rideaux. Il ne dit rien et se contenta de passer la bouche tout près de son oreille ; elle lui présenta sa gorge. Il déposa un doux baiser sur son menton et lui chatouilla le cou avec son nez.

Au début elle adora le picotement de sa barbe contre sa peau. Mais il frotta sa gorge au même endroit, puis il fit de même sur sa poitrine, et cela commença à la gêner.

Elle essaya de le caresser, et immédiatement il envoya les coussins au sol, lui immobilisa les bras sur le matelas et déposa des baisers d'un bout à l'autre de son cou. Tout en lui maintenant fermement les poignets, il la pénétra d'une poussée. Ses mouvements étaient comme désespérés. Rapides et durs, ils ne laissaient pas de place pour la finesse. Pas le temps de prendre sa respiration dans cette course vers l'orgasme. Il déplaça ses hanches, et Amery se cambra, dans l'attente de ce moment de plaisir. Elle jouit rapidement, haletant tout près de son cou, et Ronin fit de même dans la foulée, en silence.

Amery était un peu surprise par ce besoin impétueux de Ronin, impersonnel et intense, car d'habitude il n'était pas un amant égoïste. Vraiment pas. Même quand il l'attachait. Elle bougea les poignets pour qu'il relâche son étreinte. Elle lui toucha le dos, lui passa les mains dans les cheveux, en essayant d'obtenir une réaction.

— Ronin ?

Il commença à se soulever, et elle pensa qu'elle arrivait finalement à un résultat. Mais il roula de son côté, loin d'elle, et elle entendit une respiration rythmée qui indiquait qu'il s'était rendormi.

Elle se glissa hors du lit, attrapa une robe et sortit de la chambre, totalement déconcertée. Il y avait quelque chose de bizarre chez Ronin. Ce n'était pas vraiment la façon dont il l'avait baisée, presque agressivement, mais il n'avait pas l'air conscient de ce qu'il faisait.

Et s'il était encore endormi pendant la pénétration ?

Cela paraissait ridicule.

Elle but un verre d'eau et remarqua la marque rouge sur son poignet. Ou plutôt sur ses deux poignets. Ces marques venaient des doigts de Ronin. Où lui avait-il encore laissé des traces ? Elle ôta sa robe et fixa son reflet dans le miroir, sous le choc.

Son cou était recouvert de plaques rouges causées par le frottement de sa barbe ainsi que par des marques de suçons. C'était la même chose sur sa poitrine.

Amery détourna le regard et enfila à nouveau sa robe.

« C'est un homme violent. Tu n'as pas peur qu'il te fasse du mal ? »

Cela ne manquait pas d'ironie. Ronin ne l'avait pas blessée sous l'effet de la colère : il l'avait blessée en lui faisant l'amour. Était-il vraiment conscient de ce qu'il faisait, malgré sa grande fatigue ?

Tu lui fournis des excuses ?

Elle sursauta quand il frappa lourdement à la porte.

— Amery ?

— Si tu as besoin d'aller aux toilettes, va en bas.

— Je n'ai pas envie. Laisse-moi rentrer. Je sais que quelque chose ne tourne pas rond.

— Attends une minute.

— Non. Ouvre cette putain de porte ou je la défonce.

Voilà un autre exemple de ses accès de violence. Es-tu sûre de vraiment connaître ce mec ?

Elle s'appuya contre le mur.

Aucun son ne parvint de l'autre côté de la porte pendant un moment.

— S'il te plaît ! insista-t-il.

Elle se retrouva à lui ouvrir la porte et à passer devant lui pour aller dans la cuisine. Ses mains tremblaient, et elle se versa un verre de jus de fruits. Son cœur s'emballa quand elle sentit Ronin se déplacer derrière elle.

— Que s'est-il passé ? Aide-moi à me rappeler parce que je ne me souviens de rien.

Elle lui fit face.

— Tu ne te souviens de rien ?

— Je me rappelle vaguement être arrivé chez toi hier soir dans la nuit et m'être endormi à côté de toi. Puis il y a cinq minutes je me suis réveillé tout seul, dans un lit aux draps froissés, avec ton odeur dans la bouche. (Son regard se posa sur les mains d'Amery, qui tenaient fermement sa robe.) Amery, je t'ai fait du mal ?

Elle le fixa avec insistance et aurait voulu lui répondre que cela ne la faisait pas vraiment souffrir.

— Fais-moi voir.

— Non, ça me fait peur.

— Pourquoi ?

— J'ai peur de ta réaction quand tu verras ce que tu m'as fait.

Il s'arrêta.

— Mon Dieu ! Je t'ai fait mal, et tu t'inquiètes pour moi.

Parce que ce n'était pas vraiment toi.

— Fais-moi voir. Maintenant.

Fatiguée de ses propres réactions qui passaient d'un extrême à l'autre, Amery fit tomber sa robe au sol.

Ronin serra les poings tandis que son regard enregistrait chaque parcelle du corps d'Amery.

— Mon Dieu ! Tu apportes de la lumière et de la beauté dans ma vie, et ta confiance est un vrai cadeau pour moi… Et je t'ai fait ça ?

Amery ne répondit rien, elle se contenta de l'observer. Le visage horrifié de Ronin la déchirait.

— Où as-tu le plus mal ? (Il ferma les yeux brièvement.) Si tu me dis que ça te fait plus mal à l'intérieur qu'à l'extérieur…

— Les brûlures à cause de ta barbe font mal. De l'arnica va faire passer la douleur, mais je vais d'abord prendre une douche.

La vapeur éclaircirait peut-être le brouillard de son esprit, et la chaleur pourrait détendre ses muscles.

Elle sortit de la salle de bains une demi-heure plus tard. Ronin se tenait devant la fenêtre du salon. Il la rejoignit en deux enjambées.

— Laisse-moi m'excuser. (Il frotta son nez contre sa tempe.) S'il te plaît !

Il l'embrassa. Ce n'était pas un baiser timide comme elle s'y attendait mais un baiser plein de réconfort et d'amour.

De l'amour ?

Elle avait peur de pouvoir tout lui pardonner par amour. Cela lui faisait peur et l'excitait tout autant.

Quand il finit par mettre un terme au baiser, elle inclina la tête en arrière et le regarda. Elle remarqua qu'il avait de gros cernes sous les yeux. Ses traits laissaient paraître une fatigue extrême. Elle passa la main le long de sa peau lisse comme celle d'un bébé. Quand s'était-il rasé ? Avait-il fait ça parce qu'il se sentait coupable ?

— Ronin. Tu ne vas pas bien, et ça n'a rien à voir avec moi.

— Tu es la seule chose qui compte pour moi. (Il posa les mains sur elle.) Suis-moi.

Elle se laissa guider jusqu'à sa chambre. Des effluves de fleurs d'oranger et de gingembre embaumaient l'air, provenant des bougies sur la commode. Des notes douces de Norah Jones s'échappaient de son vieux lecteur CD. Il avait mis de nouveaux draps, les préférés d'Amery, de couleur rose pâle avec des imprimés en fleurs de cerisier. Il l'embrassa sur le visage, et il défit sa ceinture. Puis il fit glisser sa robe.

— Assieds-toi au centre du lit.

Amery frissonnait, et pas seulement parce qu'elle avait froid. Elle s'installa en tailleur au milieu du matelas.

Ronin l'emmitoufla dans une couverture pour la réchauffer.

— C'est assez chaud ? demanda-t-il en caressant ses cheveux humides.

— Oui.

— Ferme les yeux. Dis-moi si je te fais mal.

Il s'approcha d'elle par-derrière et étira ses jambes en V, puis il défit les cheveux d'Amery.

Il était vraiment en train de… ?

Eh oui ! Ronin lui coiffait les cheveux.

Au début cela lui fit bizarre. Puis elle fit abstraction de ce qui se passait autour d'elle, à l'exception de la sensation des poils de la brosse qui passaient dans son cuir chevelu, entre ses longues mèches. Les mains de Ronin se concentraient sur les cheveux emmêlés. Le besoin qu'il avait de se racheter pour son manque de tendresse la touchait tellement.

— Tu as de si beaux cheveux. (Il les peignit puis les réunit.) Je vais en faire des tresses, pour mettre un peu d'ordre.

— Tu sais natter les cheveux ?

— C'est le même principe que pour les cordes, non ?

— J'imagine.

Et il s'y connaissait en matière de cordes.

Le souffle chaud de Ronin caressa son oreille tandis qu'il tirait légèrement la couverture.

— Allonge-toi sur le dos.

Son rythme cardiaque s'accéléra, et ce n'était pas de la peur.

Les mains de Ronin caressèrent ses épaules, ses bras, ses côtes, son ventre. Il déposa des baisers tendres et chauds sur chacune des marques. Il continua de la caresser tout en appliquant du gel d'arnica sur les zones qui nécessitaient davantage de soins que le contact de sa peau.

Amery ferma les yeux. Ses pensées vagabondèrent et s'attardèrent sur la nuit où il lui avait montré dans le miroir à quoi elle ressemblait quand elle était attachée. Elle se rappela cette impression rêvée de rester assise calmement et de sentir les mains de Ronin courir sur tout son corps. Ses mains qui la caressaient pendant qu'il se concentrait sur les cordes. Même quand il l'avait détachée, elle ressentait toujours cette impression que les cordes étaient incrustées dans sa peau.

Comme si Ronin creusait sous sa peau. Elle se releva pour le toucher et vit que le bleu qu'il avait à la mâchoire avait noirci. Son regard remonta vers son visage. La lèvre inférieure de Ronin n'avait-elle pas l'air enflée ? Pourquoi n'avait-elle pas remarqué les éraflures sur son cou ?

— Qu'est-ce qu'il y a ? Tu m'observes fixement.

— Où étais-tu la nuit dernière et comment t'es-tu fait ces marques à la gorge ?

Maintenant qu'elle y pensait, il était tout habillé quand il était venu la chercher. Et tout le temps où il la caressait, il avait toujours gardé sa chemise. Quelles autres marques cachait-il ? Et pourquoi ?

— Ce n'est rien.

— Non, ce n'est pas rien. Tu n'avais pas ces traces samedi matin quand tu m'as prise au lit soudainement.

— Amery…

— Tu es allé au club ?

Ronin la regarda d'un air mauvais.

— Non, je te l'ai déjà dit…

— Tu ne m'as rien expliqué du tout. Donc tu as intérêt à me dire la vérité sur ce que tu as fait hier soir ou tu peux partir, sans revenir. Je ne plaisante pas.

Il soupira.

— Je sais bien que tu ne plaisantes pas, chérie.

Il s'assit et étudia le visage d'Amery pendant un long moment avant de parler.

— Je n'ai pas dormi depuis soixante-douze heures, sauf quand je me suis écroulé de sommeil avec toi. J'ai bossé pendant vingt-quatre heures, je suis venu te rejoindre, et nous sommes partis faire du shopping. Et en voyant Kiki… (Elle ressentit comme un nœud dans l'estomac.) Je me suis engagé pour faire l'arbitre lors d'un gala de free-fight, avec dix rencontres au programme. Le dernier combattant ne s'est pas présenté, donc je suis allé au charbon.

— Attends. Tu t'es battu hier soir. Tu as disputé un vrai combat ?

— Ouais.

Il passa la main dans ses cheveux, et elle remarqua que les jointures de ses doigts étaient endommagées.

— J'y ai vu l'occasion de relâcher la pression de ces dernières quarante-huit heures, donc j'ai foncé.

Quand les yeux d'Amery croisèrent ceux de Ronin, elle y lut ce défi : « Vas-y, juge-moi. »

— Avant que tu poses la question, oui, j'ai gagné. Mais il a quand même réussi à me mettre un coup de pied au visage, ce qui m'a bien sonné. Le combat est allé jusqu'au bout des trois rounds, les spectateurs en ont eu pour leur argent.

La façon toute naturelle dont Ronin racontait cet événement l'effraya.

— Comment as-tu entendu parler de ce gala ?

— C'est moi qui l'ai organisé.

Mais pourquoi ignorait-elle qu'il faisait ce genre de choses ?

— Ça t'arrive souvent ?

— Assez souvent. Mais je garde ça secret.

L'avertissement de Vincent lui revint en tête : « M. Black ne dévoile pas la liste exhaustive des services qu'il peut fournir sur le site Web du dojo. »

— La seule raison qui fait que je t'en parle, c'est que ce coup de pied à la tête m'a remué le cerveau. J'espère que tu sais bien que je n'aurais jamais fait ça si j'avais eu toute ma tête. (Il effleura la joue d'Amery.) Je n'aurais pas dû venir hier soir, mais je n'arrive pas à rester sans te voir.

Cette phrase ne la soulagea pas comme elle l'aurait pensé.

— Désolé de t'avoir fait du mal.

Ronin s'étira et cala son corps contre le sien.

— Je sais bien que tu t'en veux.

— J'ai besoin de faire une sieste.

Et, avant même qu'elle put lui intimer avec humour de ne pas la baiser pendant son sommeil, il s'endormit.

Quatre heures plus tard, ils étaient assis au comptoir de la cuisine et finissaient la salade de saumon que Ronin avait préparée. Tout semblait s'être arrangé entre eux depuis qu'il s'était occupé d'elle, et elle n'avait pas voulu gâcher ce moment. Mais elle ne pouvait plus se retenir de lui poser sa question.

— Qu'est-ce qui s'est passé avec Naomi ? Le simple fait de parler d'elle t'a ébranlé hier, et ça s'est propagé sur moi donc ça me concerne, et j'ai le droit de savoir.

Il écarta son assiette et passa une main dans ses cheveux.

— J'ai rencontré Naomi il y a six ans dans un club.

Elle n'avait pas à chercher bien loin pour savoir de quel genre de club il s'agissait.

— Tu l'as attachée, elle aussi ?

— Oui.

— Juste après que tu l'as rencontrée ?

— Oui.

Il n'avait donc pas déclenché cette pratique chez Naomi comme il l'avait fait avec elle.

— Tu as fait des démonstrations de bondage avec elle, avant de la baiser devant une pièce remplie ?

Ronin passa doucement la main sur sa mâchoire.

— Tu veux qu'on en parle ou tu préfères continuer à me lancer des accusations pleines de jalousie ?

Amery ferma les yeux.

— Je suis désolée.

— Moi aussi. Tu peux me regarder ?

Elle fit un signe négatif de la tête.

— Pourquoi ?

— Je sais que tu tiens à elle et je n'arrive pas à te regarder dans les yeux quand tu parles d'elle. Même si tu fais ça pour moi.

— Ma chérie !

Il l'embrassa sur les lèvres.

— Viens là.

Il l'allongea sur le canapé et l'installa entre ses jambes, le dos d'Amery reposant sur son torse. Il passa un bras sur son ventre, la maintenant en place.

Comment expliquer que cette légère prise la faisait se sentir en sécurité ?

— Quand j'ai rencontré Naomi elle m'a dit qu'elle avait trente ans, alors qu'en réalité elle en avait vingt-quatre. C'était le premier mensonge d'une longue série. Elle prétendait qu'elle connaissait le shibari et le kinbaku, c'était un autre mensonge, mais elle a réussi à me convaincre de les lui faire essayer. Quelques mois plus tard on a commencé à se voir en dehors du club.

» Nous étions ensemble depuis deux ans, c'était ma partenaire de bondage exclusive. Après une démonstration de kinbaku, elle m'a demandé si nous pouvions avoir une relation sexuelle sur scène plutôt que dans une pièce privée comme nous l'avions prévu.

— Alors tu l'as déshabillée, tu l'as attachée et tu lui as fait prendre des poses, mais tu n'as pas été plus loin ?

— Non, car nous étions en public.

— Tu n'as jamais baisé devant des gens ? Avec aucune de tes partenaires de bondage ?

— Non.

Ronin se pencha et déposa un baiser léger sur sa tempe.

— Je suis quelqu'un de pudique, Amery. Et je suis parfois un peu bête, parce que j'ai accepté d'essayer malgré tout.

Sa voix était empreinte de regret, il se serra le bras.

— Ça m'a pris un mois pour planifier une nouvelle session de bondage, surtout parce que je ne voulais pas vraiment le faire. À la fin de la démonstration, je l'ai baisée.

Il avait répondu avec une certaine rudesse, qui montrait bien que cela ne s'était pas bien passé.

— Après ça, je ne me sentais pas bien. Je suis rentré chez moi et j'ai descendu une bouteille de whisky.

— Naomi était avec toi ?

Il frottait son biceps, mais sa tête était ailleurs.

— Non. J'aurais dû y voir un signe que tout n'allait pas si bien. Elle voulait répéter cette performance dans les mêmes circonstances, et j'ai refusé. Alors elle a piqué une crise de colère. Personne ne peut remettre en question mon autorité au dojo, sur une scène ou au club ; je l'ai donc obligée à se soumettre à une punition d'hojojutsu.

Le pouls d'Amery s'emballa.

— Qu'est-ce qui s'est passé ?

— Elle a pleuré et m'a supplié à n'en plus finir, mais j'ai refusé de la punir en privé. Je l'ai attachée en lui faisant prendre une position appelée « humiliation », dans laquelle la fille est attachée au niveau du cou. Ensuite je l'ai bâillonnée et je lui ai donné la fessée. Je lui ai fait bien mal, puis je l'ai prise, mais je lui ai interdit de jouir.

Amery tourna la tête. Cela ne lui ressemblait vraiment pas.

— Ça ne l'a pas vraiment ennuyée… Au contraire elle a eu ce qu'elle voulait. D'habitude je n'ai pas recours à l'humiliation au dojo, car ça ne fonctionne pas. Je n'étais vraiment pas préparée à sa réaction ni au dégoût que j'éprouvais pour moi-même. J'ai arrêté de fréquenter le club.

— Ronin…

— Puis Naomi a arrêté de venir me voir chez moi, excepté quand elle était soûle, en pleurs et dans tous ses états. Je la laissais toujours entrer. Je ne savais pas qu'elle fréquentait toujours le club et qu'elle était soumise auprès de plusieurs dominateurs. Quelques mois plus tard le propriétaire du club m'a demandé de revenir, pour une démonstration de shibari. Naomi a refusé d'y prendre part, à moins que je ne la prenne sur scène. Alors j'ai trouvé quelqu'un d'autre. C'est là qu'elle est devenue un peu psychopathe, elle a commencé à me menacer. Je lui ai donc interdit de revenir dans ce club. (Il posa son menton sur la tête d'Amery.) Elle a affirmé à tout le monde que j'avais gâché sa vie, et elle est retournée au Japon.

Amery laissa passer un moment avant de parler.

— Elle est assez grande pour faire ses propres choix. Tu as fait ce que tu avais à faire : te protéger et préserver ta réputation.

— C'est ma faute. Elle était jeune, je lui ai fait goûter des plaisirs dangereux, et elle les a appréciés.

— Et tu en arrives à ne plus savoir où tu en es, seulement parce que tu lui as fourni ce qu'elle voulait.

— Oui.

Amery se retourna et l'embrassa près de la bouche.

— Tu comprends bien que depuis je fonctionne différemment. Les femmes que j'attache connaissent mes règles. Je ne m'en écarte que très rarement.

— Et cette femme au club avec Knox… ?

— Le club a organisé une vente aux enchères pour une œuvre de charité, avec une session de bondage avec moi à la clé. Le mari de cette femme la lui a offerte pour son anniversaire. Ils ont demandé à ce que Knox termine cette démonstration.

— Je ne suis pas restée assez longtemps pour le voir.

— OK. Il faut aussi que je te dise : c'est à cause de Naomi que j'ai mis au point ma salle d'exercice. Je pensais que, si nous avions un endroit spécialement dédié, elle n'aurait pas besoin d'aller dans ce club. Mais ça n'a rien changé. Et cette pièce n'a pas servi depuis, jusqu'à ce que je te rencontre.

Elle ferma les yeux et laissa sa chaleur la réchauffer. Elle avait entendu parler d'hommes qui s'étaient fait bousiller par leur ex. Mais ce que Ronin avait vécu avec Naomi était un bousillage hors norme. Elle pensait même qu'il ne lui avait pas tout dit. Amery eut peur qu'il ne puisse plus faire totalement confiance à quelqu'un depuis cette relation.

Le matin suivant, Amery regarda les marques qu'elle avait sur le corps. Certaines commençaient à partir, mais le maquillage n'arriverait pas à couvrir les suçons et les éraflures sur son cou. Le foulard serait de rigueur. Ainsi que la chemise à manches longues.

Elle ouvrit la porte du bureau, se prépara un café et se mit au travail.

Molly arriva avec une heure de retard. Elle semblait en piteux état.

— Tout va bien ?

— Pas vraiment.

Molly se mordit la lèvre comme si elle voulait retenir ses larmes.

— Tu veux en parler ?

— Pas maintenant. J'ai surtout besoin de me concentrer sur le boulot.

— En tant que chef mégaorganisée, je t'ai envoyé par mail la liste de choses à faire en priorité.

Cela la fit sourire.

— « Mégaorganisée » ? Cette expression te vieillit, chère boss. Plus personne n'emploie « méga » depuis les années 1990.

— Mets-toi au boulot, petite insolente.

À la pause-déjeuner, Molly vint la voir dans son bureau et ferma la porte.

On aurait dit qu'elle s'était décidée à parler. Elles s'étaient beaucoup rapprochées durant les derniers mois. C'était peut-être dû aux cours d'arts martiaux qu'elles prenaient ensemble ou au fait que Molly avait davantage confiance en elle, mais, dans tous les cas, elle était de plus en plus ouverte. Elles étaient sorties pour dîner et pour prendre des verres plusieurs fois, et leurs conversations ne s'étaient pas arrêtées au boulot. Amery passait plus de temps avec Molly qu'avec Chaz ou Emily.

— Qu'est-ce qui se passe ?

Molly s'assit sur la chaise située en face du bureau. Elle regarda ses mains un moment puis finit par lâcher :

— J'ai trompé Dave hier soir.

Waouh ! Elle ne s'attendait pas à cela.

— D'accord. Comment c'est arrivé ?

— Dave et moi étions censés aller au cinéma, mais il a appelé pour annuler une nouvelle fois. Ça arrive souvent, parce que maître Black le fait travailler en dehors du dojo. Des affaires dont il ne peut pas parler et dont il doit s'occuper à des horaires complètement décalés.

Amery fronça les sourcils. Ronin aussi avait des horaires étranges, et il ne s'était pas montré très bavard sur ce qu'il faisait, même s'il avait fini par avouer qu'il était monté sur le ring. Elle lui avait demandé ce qu'il faisait, en espérant qu'ils pourraient tout se dire, mais Ronin était tellement fermé qu'elle n'avait pas réitéré.

— Enfin, ça fait des semaines que ça dure, et l'autre soir j'en ai eu assez. Je suis sortie dans un bar avec ma pote, Nina, et elle m'a présenté un ami à elle. (Elle soupira.) Un type très mignon, drôle et charmant, qui semblait s'intéresser à moi. Une chose en entraînant une autre, je l'ai accompagné chez lui. (Ses joues s'empourprèrent.) Tu as déjà eu un coup d'un soir ? demanda-t-elle avec un regard de biais. C'est peut-être un peu dur à croire parce que j'ai l'air timide, mais j'ai déjà péché pour une seule nuit. J'aime bien ce type, on s'est bien amusés, et il veut me revoir.

— Alors quel est le problème ?

— Et s'il pensait que je suis une pute parce que je ne veux le voir que pour le sexe ? Et Dave ? Dave est vraiment un type bien, j'adore passer du temps avec lui, mais tout avance si lentement. Je ne sais pas si c'est parce qu'il a l'impression que je suis anxieuse à l'idée d'avoir une relation sexuelle, à la suite de mon agression. Mais nous n'avons jamais été plus loin qu'un baiser. Même quand je lui dis que je veux aller plus loin, il me répond des choses comme « il ne faut pas brûler les étapes ». Donc j'en suis là, j'ai l'impression d'être une prostituée qui veut baiser avec un type un jour puis avec un autre le lendemain.

— Molly, à partir du moment où tu te protèges, et que ton ou tes partenaires prennent leur pied eux aussi, tu n'es pas une salope. Ça veut juste dire que tu es une jeune femme normale, à la vie sexuelle épanouie. Il ne faut pas que tu en aies honte. Au contraire, tu peux être fière de t'en sentir capable.

— C'est vrai ?

— Oui, c'est vrai. J'ai dû me battre contre une forme de culpabilité liée au sexe, au désir et à l'acte lui-même depuis la fin de mon adolescence. L'éducation que j'ai reçue m'a empêchée pendant un temps d'accepter ma sexualité et de m'épanouir.

— Et maintenant ?

Surtout maintenant, car Ronin avait un comportement coquin qui n'avait rien de sale ou de mauvais quand elle était avec lui. Mais elle conservait malgré tout un sentiment désagréable en pensant à la façon dont les autres réagiraient s'ils savaient ce qu'elle appréciait ou ce que Ronin faisait dans l'intimité de leur chambre à coucher.

— Amery ?

Elle leva les yeux au ciel.

— Oui, encore maintenant.

— D'un côté ça m'attriste parce que ce genre de ressenti est malsain, mais je suis contente de savoir que je ne suis pas la seule à avoir ce genre de pensées complexes. (Elle sourit d'un air penaud.) Merci.

— Pas de problème.

— À ton avis, qu'est-ce que je devrais faire pour Dave ?

— Tu devrais rompre avec lui. Il a eu sa chance et il l'a loupée. Traîne plutôt avec le type qui veut passer du temps avec toi. Sans te mettre la pression, juste pour t'amuser. (Amery sourit.) Et s'il est bon au lit éclate-toi et profites-en.

Molly eut un petit rire.

— Maintenant que j'ai ton feu vert, c'est ce que je vais faire.

— C'est bien.

— J'aimerais te parler d'une autre chose. (Elle mit les épaules en arrière et remonta le menton.) Tu envisages de te séparer de moi, si le business ne reprend pas ?

Amery espérait avoir cette conversation plus tard, voire jamais.

— Je ne vais pas te mentir, les choses ne sont pas au mieux. Les nouveaux clients ne suffisent pas à combler le manque de revenus après la perte de Townsend. Je suis au taquet sur tous les plans, même les petits boulots…

— Et le projet confidentiel sur lequel tu travailles ? Il a un bon potentiel ?

Amery plissa les paupières.

Molly leva les yeux au ciel.

—Allez, Amery, je travaille ici. Il aurait fallu que je sois aveugle ou sourde pour ne pas remarquer les paquets et les coups de fil venant de Seattle. Pourquoi est-ce que c'est top secret ?

—J'ai signé un contrat de confidentialité. Et par superstition j'ai le sentiment qu'il ne faut pas que j'en parle pour ne pas gâcher ma chance ; je ne suis pas sûre que ça débouchera sur quelque chose de sérieux.

Cela serait vraiment dommage, parce qu'elle apprécierait le défi et le côté créatif de travailler sur quelque chose de complètement différent. La cliente avait garanti à Amery qu'elle étudierait avec attention toutes les idées de design qui sortaient de l'aspect habituel des produits surgelés. Elle avait donc réfléchi à quelques concepts après le boulot, pendant que Ronin torturait ses élèves ou vaquait à ses mystérieuses activités nocturnes. Maggie avait indiqué à Amery qu'elle viendrait assister à la présentation complète à Denver le mois prochain, ce qui mettait une pression supplémentaire sur Amery qui devait être prête le plus tôt possible.

—Allô, Amery ? Ici la Terre !

Elle détacha les yeux de l'esquisse qu'elle était en train de tracer sur sa table à dessin.

—Désolée, je suis naze aujourd'hui.

Molly se pencha vers elle.

—Laisse-moi t'aider sur ce projet.

—C'est gentil, mais…

—Écoute-moi. Je bosserai gratuitement sur ce projet.

—Pourquoi ?

— Parce que si Hardwick Designs ne trouve pas de nouveaux contrats très bientôt je me retrouverai sans boulot dans tous les cas. Ça m'incite donc à faire au mieux. Et j'ai déjà signé un contrat de confidentialité avec toi, donc si tu me mets dans le coup je pourrai très bien garder la bouche cousue.

Amery tapota son stylo contre son bureau, évaluant cette employée zélée.

— Travailler plus sans être payée, ça ne va pas te mettre dans le rouge ?

— Non. Dans tous les cas, ma grand-mère est tellement folle de joie à l'idée que j'ai obtenu mon diplôme à la fac et que j'enchaîne avec un master qu'elle finance mes études. Mon salaire va directement sur mon compte épargne à la banque. En plus, beaucoup de mes amis de promo passent l'été et une bonne partie de l'année à faire des stages non rémunérés. Au moins toi, tu me paies. Si ça te permet de te sentir mieux, on peut même dire que c'est un apprentissage. Dans tous les cas, j'imagine que toi non plus, tu ne seras pas payée, à moins que tu ne remportes le projet. C'est pour quelle société ?

— Okada Foods. Ils possèdent à peu près trente pour cent du marché mondial de la nourriture asiatique et ils veulent se développer aux États-Unis.

Les yeux de Molly faillirent jaillir de leurs orbites.

— Tu te fous de ma gueule ? Sans te manquer de respect, pourquoi veulent-ils faire appel à toi ? C'est une société énorme.

Aucune idée.

— J'imagine qu'ils ont vu le travail que je pouvais faire pour les publicités de mes autres clients spécialisés en nourriture bio. Peut-être que la bonne fortune me sourit.

— Il faut que tu me laisses travailler sur ce projet avec toi. S'il te plaît !

— Tu es sûre que c'est ce que tu veux, Molly ? Les heures supplémentaires vont anéantir ta vie sociale.

— J'aime ce boulot pour son aspect créatif et non pour l'aspect purement business. Et je trouve qu'on arrive à trouver un équilibre entre les deux.

Cette phrase décida Amery à embarquer Molly sur ce projet. Ronin avait mentionné le même genre d'argument : un besoin d'exprimer son sens artistique en dehors de la routine habituelle. Pouvait-elle vraiment refuser cette opportunité à Molly ?

En plus, elle adorait avoir quelqu'un avec qui discuter et échanger des idées.

Elle sourit.

— Commande-nous un bon traiteur, on va déjeuner en vitesse.

Chapitre 26

— Treize heures ?

Respire à fond.

— Absolument, je peux y être. J'aurai rendez-vous avec Maggie ?

Ses espoirs s'évanouirent.

— Non, je comprends. Bien sûr. S'il vous plaît, dites à Mlle Hirano que je m'en réjouis. Merci. (Elle raccrocha.) Putain ! jura-t-elle

Molly leva le nez pour s'informer.

— Qu'est-ce qui se passe ?

— Je présente le projet Okada aujourd'hui. Dans une petite heure.

— Amery, c'est génial !

— Non, ça n'est pas génial parce que je ne vais pas faire la présentation à Maggie. La vice-présidente d'Okada est à Denver, et c'est elle que je vais rencontrer.

— La vice-présidente de la branche nord-américaine ?

— Non, la vice-présidente du groupe. Elle est en contact direct avec le président du groupe.

— Oh, OK ! Qu'est-ce que je peux faire pour t'aider ?

— Tu peux te féliciter que nous ayons fini la présentation in extremis hier soir. (Elle désigna toutes les feuilles qu'elles avaient étalées sur le sol dans le studio.)

Rassemble tout. Vérifie tout. Re-vérifie. Re-re-vérifie. Puis mets le dossier dans mon portfolio et tape-moi une liste de ce qu'il contient. Je dois me changer, enfiler mon tailleur de femme d'affaires accomplie et me préparer mentalement.

Elle grimpa quatre à quatre les marches jusqu'à son loft.

Elle retourna son placard. Où étaient donc passés ses vêtements pour le travail ?

Ils étaient au sale. Elle avait été tellement prise par le projet Okada et occupée à battre le pavé pour trouver des nouveaux clients qu'elle n'avait pas fait de lessive depuis deux semaines.

Elle était dans le pétrin.

Son regard s'attarda sur la bobine de fil noir qui gisait au sol. Étrange. Ronin n'avait jamais laissé ses cordes traîner. Mais, hier soir, cela avait été… intense. Encore plus que d'habitude. Peut-être qu'il était aussi cassé qu'elle ce matin. Elle regarda autour d'elle et sourit. Mais il avait pensé à prendre son cadeau.

Ronin s'était pointé tard hier soir. Amery n'arrivait pas à se calmer après avoir bouclé le projet Okada. Elle était vraiment excitée. Elle lui avait sauté dessus dès qu'il avait lâché son sac d'affaires pour la nuit. Elle l'avait embrassé follement. Puis avait faufilé les mains sous son débardeur et fait glisser ses doigts sur son torse musclé. S'enivrant de lui dans un abandon total.

— On dirait que tu es contente de me voir, avait-il dit, en replongeant son visage dans son cou lorsqu'elle avait cessé ses baisers. Vas-y plus fort.

— Je ne veux pas laisser de marques.

— Avec l'impatience dont tu fais preuve ce soir ? Bébé, je m'en fiche. Je les porterai comme un cadeau.

Elle suça les endroits les plus sensuels de son cou jusqu'à ce qu'il soupire et qu'elle se calme.

— En parlant de…, j'ai un cadeau pour toi, lui murmura-t-elle à l'oreille.

— Pour moi ? En quel honneur ?

— Juste comme ça. Attends, je vais le chercher.

Elle avait parcouru la moitié du salon quand elle l'entendit réclamer :

— Fais-moi un striptease.

Amery se retourna et le regarda.

— Tu ne veux pas ton cadeau ?

— Si. Mais tu me le donneras une fois nue.

Elle se débarrassa de ses vêtements.

— T'es content ?

— Oui. Voir ton cul nul se remuer est déjà un cadeau, lui lança-t-il. Mais oui, vas-y.

Elle avait caché le petit paquet dans le placard où elle rangeait le linge. L'emballage brun n'était pas chic, mais elle était allée sur Internet et avait regardé une vidéo montrant comment faire des nœuds décoratifs. La ficelle était identique à la corde de jute qu'il utilisait parfois sur elle.

Sans raison particulière, elle se sentit un peu timide quand elle se retourna avec le paquet. Mais l'inhabituel « donne-moi ça » de Ronin la fit rire.

Comme elle l'espérait, il examina les nœuds. Quand il releva les yeux vers elle, elle lut un plaisir pur dans son regard.

— Quelqu'un a bien appris les techniques pour faire des nœuds.

Elle haussa les épaules et sourit.

Il ne dénoua pas les liens et précisa :

— Je les garde comme une partie du cadeau.

Puis il fit glisser la ficelle. Il retira le papier et resta immobile quand celui-ci tomba au sol.

— Ça te plaît ? Je sais que c'est probablement plus gros que ce à quoi tu t'attendais, mais je me suis dit que puisque personne d'autre que toi ne le verrait…

Elle avait fait agrandir la photo de bondage qu'il avait déclarée être la sienne lors du shooting de la couverture et l'avait fait encadrer dans un style asiatique, avec de la laque rouge et noire. Il lui avait fallu plusieurs semaines pour avoir le courage d'aller la faire imprimer. Elle avait même choisi un endroit en dehors de Denver, avait donné un faux nom et payé en liquide – ce qu'elle ne confierait jamais à Ronin.

Plus il regardait cette image explicite sans dire un mot, plus elle avait peur qu'il n'ait jamais vraiment voulu de cette photo de bondage.

— Si tu ne la veux pas…

Ses yeux dorés rencontrèrent les siens. Il devait y avoir un effet de lumière, car pendant une fraction de seconde elle aurait juré y voir la lueur d'une larme.

Puis il prononça des mots en japonais.

— Qu'est-ce que ça veut dire ?

— Il n'y a pas de traduction exacte, ce qui montre que je n'ai pas de mot pour t'exprimer ce que ça symbolise pour moi, Amery.

Puis il s'inclina devant elle avec une grande intensité.

C'était... bizarre, même si Amery comprit qu'il venait de lui faire un très grand compliment.

Ronin replaça délicatement la ficelle sur les angles du cadre et l'emporta dans la chambre.

Après environ une minute, il n'était toujours pas revenu, donc elle le suivit.

Il se tenait debout à côté du lit, à moitié nu, portant seulement un pantalon gi. Même si elle n'avait pas vu la corde noire dans ses mains, elle avait compris qu'il était passé en mode maître des cordes en enfilant son uniforme.

— La beauté venant du cœur doit être récompensée.

Le corps d'Amery tout entier frémit.

— Approche.

Elle fit deux pas, s'arrêtant juste à côté du lit.

— Reste ainsi.

Son corps se frotta contre le sien.

Amery frémit davantage.

Les cheveux de Ronin chatouillèrent ses joues et son cou quand il embrassa ses tempes puis fourra son nez sous son menton. Ses lèvres chaudes, douces suivirent les muscles de son cou le long de sa gorge, par-dessus son plexus et entre ses seins.

— Assieds-toi sur le lit.

Elle s'installa au bout, genoux écartés, scrutant cet homme. La bouche pécheresse de Ronin atterrit sur son sternum et descendit en zigzag jusqu'à son ventre, faisant des pauses pour ricocher lentement sur la zone érogène de son bassin. Après s'être accroupi avec grâce, il déposa des baisers sur son sexe et suça doucement son clitoris. Puis il plongea sa langue en elle profondément. Il poussa un grognement qui la fit encore plus trembler.

De la sueur perla sur sa peau, électrifiée par chacun des mouvements de ses lèvres, de ses doigts ou même de la douce caresse de ses cheveux.

Les mains de Ronin recouvraient l'intérieur de ses cuisses, les poussant à s'ouvrir et les avançant jusqu'à ce que le bas de son dos se retrouve à l'autre bout du matelas. Ronin la regardait intensément de son regard doré.

— Toutes les parties de ton corps sont sacrées pour moi. Toutes.

Il fit glisser sa langue autour de son anus.

Amery haleta autant qu'elle rougit. Elle n'avait jamais imaginé que quelque chose d'aussi… sale et interdit puisse être si bon.

— Je vais te prendre là. Chaque partie de ton corps est là pour que je la vénère.

Il lécha plusieurs fois son point sensible et pressa son pouce contre son muscle rose et tendu. Il aventura ses dents sur les bords de son intimité et apaisa la brûlure par de doux baisers.

Après plusieurs longs baisers envoûtants allant de son clitoris à son anus, il reposa les pieds d'Amery au sol.

— Relève-toi, écarte bien les jambes et attrape tes chevilles.

Il jouait avec la corde noire pendant qu'elle prenait position.

Puis, très calmement, il commença à attacher sa main droite à sa cheville du même côté.

Ses cheveux qui pendaient l'empêchaient de voir, elle ne pouvait pas dire s'il s'agissait de liens artistiques ou fonctionnels. Elle savourait l'énergie sexuelle de Ronin. Quand il eut fini, il était trempé de sueur.

Il prit une autre corde, la laissa se balancer à travers ses doigts tout en caressant la poitrine d'Amery. Il préparait ainsi la prochaine partie de son corps, qu'il allait attacher. Quand il eut installé le harnais pour sa poitrine, les respirations d'Amery devinrent rapides : elle n'était plus qu'à moitié consciente.

Il vérifiait les cordes chaque fois qu'il l'attachait, pour être sûr que tous les liens soient correctement positionnés et que chaque sensation de pincement soit voulue.

Ronin prit le visage d'Amery entre ses mains, repoussant ses cheveux près de ses yeux et regardant droit dans son âme.

— Magnifique. J'aimerais avoir une photo de toi dans cette position, avec des cordes noires contre ta peau laiteuse. Une photo montrant tes yeux en train d'essayer de comprendre pourquoi ça me plaît autant que tu sois attachée.

Elle restait silencieuse, espérant trouver cet espace rêvé où elle pouvait entendre le souffle cassé de Ronin battre en même temps que le sien. Là où leurs sangs battaient densément, chaudement et lentement en parfaite harmonie. Où ils étaient deux entités reliées par une corde.

Ronin caressa l'intérieur de ses cuisses avec la paume de sa main.

— Tu vois quand j'utilise mes doigts ici (Il pinça doucement le carré de peau où sa cuisse se courbait au niveau de sa fesse.) comme ta peau frémit avec beauté ? C'est une drogue, Amery, la façon dont tu réagis parfaitement à mon contact. Je veux sentir ce frémissement avec ma bouche. Je veux le sentir sur l'extérieur de mes cuisses quand je te baise.

Ses mots se posèrent sur elle comme une graine ; elle savait qu'il la cajolerait pour qu'elle éclose dans ses mains.

Il la retourna et la souleva jusqu'au lit comme si elle ne pesait rien. Comme si elle était un objet qu'il pouvait déplacer à sa guise.

Elle tordit les épaules, cherchant à trouver un meilleur équilibre.

— Stop !

Ronin était juste là, la calmant et la caressant.

— Plus tu te débats contre ces liens, plus tu prends le risque d'avoir des marques.

— Tu ne veux pas me marquer ? Ça ne t'attire pas ce soir ?

— Je voulais une marque de toi. J'en exigeais une. Et je te demanderais si je voulais laisser des marques où les autres peuvent les voir.

La chaleur qui l'emplissait n'avait rien à voir avec sa maîtrise des cordes mais avec la maîtrise qu'il possédait pour lire en elle.

— Laisse aller tes pensées. Offre-toi à moi.

Ronin la déposa littéralement en équilibre au bord du lit. Il attrapa l'intérieur de ses cuisses pendant que sa bouche recouvrait sa chatte. Tétant avec force sa chair intime, reposant les dents contre son clitoris, presque comme s'il allait le mordre.

Amery se força pour ne pas se cabrer ou se tordre. Elle se concentra sur sa respiration. Sur la vénération délicieuse que Ronin lui offrait. Elle pouvait ressentir la matière collante qui émanait de son sexe et qui s'étalait jusqu'à l'intérieur de ses cuisses, tandis que Ronin la dégustait comme une pêche juteuse.

Puis il commença à balader le coussinet de son pouce sur son anus. C'étaient de tendres petits coups qui l'excitaient de plus en plus. Quand son doigt passa sur un muscle de son vagin, elle haleta.

Avait-il l'intention de baiser son cul ce soir, comme il le lui avait promis ?

La sensation mouillée de sa langue sur son clitoris la fit se concentrer sur le bourdonnement qui venait du bas de sa colonne vertébrale.

Il désirait ardemment lui procurer un orgasme. Dès que le premier spasme apparut, il entra le pouce dans son cul puis le ressortit, le temps que le sang afflue dans son clitoris. Chaque plongée de son doigt lui faisait prendre conscience de chacun de ses nerfs. Cette sensation prolongea son orgasme : elle poussa un cri et se perdit dans ce moment de pur plaisir.

Ronin saisit son membre pour la pénétrer, et elle ressentit immédiatement un autre orgasme. Il posa ses mains là où la cheville et le poignet d'Amery étaient liés.

La douce caresse de ses doigts sur les siens et la fureur avec laquelle il la baisait formaient une parfaite dichotomie : c'était tellement Ronin !

— Laisse-toi aller, murmura-t-il.

Et elle s'exécuta.

Cette palpitation si douce devint plus intense avec le mouvement violent de son bassin. Cette fois, Ronin ne jouit pas silencieusement. Il le fit en rugissant après lui avoir ordonné de le regarder.

À ce moment-là, elle sut que sa passion pour elle était la beauté même.

Et que sa passion pour lui s'était transformée en amour.

Dis-le-lui.

Sa bouche frôla son oreille.

— Qu'y a-t-il ?

Elle essaya de se rappeler si elle avait lâché ça à voix haute, mais ses pensées étaient encore confuses.

— De quoi tu parles ?

— Tu as dit : « Dis-le-lui. » Que veux-tu me dire ?

Son ventre se noua de stress. Au lieu de lui avouer ses sentiments, elle inventa un bobard qui ne tenait pas la route.

— Je devrais t'offrir des cadeaux plus souvent.

Alors il rit. Il rit tellement qu'il fit trembler le lit.

Mais maintenant elle regrettait de ne pas lui avoir avoué la vérité.

Amery revint à la réalité. *Merde !* Qu'est-ce qui n'allait pas chez elle ? Elle n'avait pas le temps de rêvasser sur un morceau de corde. Elle avait une présentation à faire dans… cinquante minutes.

Mais elle se souvint de quelque chose que Ronin lui avait dit sur les coutumes japonaises. Chaque fois qu'il s'entraînait au Japon, il apportait un cadeau à son sensei. Au début de chaque rendez-vous professionnel, avant de commencer la discussion, la personne qui avait sollicité l'entretien offrait un présent.

Puisqu'elle avait besoin d'être employée par Okada, elle devait offrir un cadeau à la vice-présidente Mlle Hirano.

Merde! Amery n'en avait pas et n'avait pas le temps d'en achcter un.

À part peut-être… un petit souvenir récupéré il y a quelques semaines à une réunion d'amateurs d'histoire en ville. C'était une version miniature d'un jardin zen japonais qu'elle comptait faire monter et encadrer pour le bureau de Ronin.

Désolée, Ronin. Je t'offrirai quelque chose de mieux, c'est promis.

Elle le chercha au fond de son tiroir à pyjamas, l'enveloppa rapidement dans un papier kraft et l'attacha avec de la ficelle. Si elle avait eu le temps, elle aurait fait un nœud plus joli, mais après avoir repensé aux jeux de bondage d'hier soir il ne lui restait que dix minutes pour être présentable.

Le courage acquis grâce à son auto-persuasion sur le trajet jusqu'au *Ritz-Carlton* s'évanouit quand elle posa le pied dans le hall d'entrée de l'hôtel luxueux.

Oh, ouais, cet endroit opulent était beaucoup plus luxueux que ce qu'elle connaissait ! À tout point de vue.

Et elle n'avait toujours pas compris comment elle en était arrivée à devoir faire un speech à la vice-présidente d'Okada Foods, alors que depuis le début elle avait été exclusivement en contact avec Maggie. Mais elle allait sans aucun doute mettre tout cela au clair aujourd'hui, pour le meilleur ou pour le pire.

Pendant qu'elle attendait devant la réception, elle ajusta le scratch de son portfolio en cuir.

— En quoi puis-je vous aider ? demanda la concierge.

— Je suis Amery Hardwick et j'ai rendez-vous avec Mlle Hirano d'Okada Foods. Je souhaiterais savoir dans quelle pièce a lieu le rendez-vous.

Les doigts de la concierge tapotèrent sur un clavier.

— Oui, mademoiselle Hardwick. J'aurais besoin de voir une pièce d'identité par mesure de sécurité.

Sécurité ? Amery fouilla dans son portefeuille et sortit son permis de conduire.

— Merci.

La jeune concierge prit le téléphone, appuya sur quelques boutons et attendit.

— Ici, la réception. Mlle Hardwick est arrivée… Je vais le lui dire… Je vous en prie.

La concierge adressa à Amery un sourire commercial.

— Ils vous attendent au onzième étage. Les ascenseurs sont à l'angle.

— Merci.

Amery hissa à nouveau son portfolio sur son épaule.

Au onzième étage, elle n'eut pas à demander qui devait venir l'escorter. L'homme qui se tenait à la sortie de l'ascenseur faisait au moins un mètre quatre-vingt-quinze, pesait au minimum deux cents kilos et aurait pu présenter un concours de sumo.

Ses yeux rencontrèrent les siens, et son visage resta inexpressif.

— Mademoiselle Hardwick, Mlle Hirano a demandé à ce que vous la rencontriez dans la suite du dernier étage.

Le dernier étage ? Cool. Elle se calma.

Ça va bien se passer.

Le sumo appuya sur le bouton de l'ascenseur. Il fit passer sa carte et tapa le code pour le dernier étage.

Amery examina sa nuque épaisse et ses épaules larges. L'ampleur de son corps dégageait la même tranquillité que Ronin. Elle se demanda si maître Black, ceinture noire huitième dan, pouvait battre le sumo dans un combat à mains nues. Elle retint un sourire. Cela, c'était un bon début de conversation.

Son escort boy lui tournait le dos quand les portes de l'ascenseur s'ouvrirent dans la suite sous les toits. Il emprunta un petit couloir jusqu'à des doubles portes et frappa deux fois avant d'entrer.

Elle le suivit tout en s'émerveillant devant les colonnes de marbre et les œuvres d'art qui couvraient les murs et le dôme de verre au-dessus de l'entrée.

« Pitié, Amery, n'agis pas comme une plouc ! »

C'était le moment idéal pour se souvenir de la voix de ce prétentieux de Tyler ! Elle interrompit ses pensées et se remit dans un état d'esprit professionnel.

Ils entrèrent dans une petite salle de conférences avec une grande table au milieu. Le mur principal était entièrement fait de verre et faisait face aux montagnes Rocheuses. Une femme svelte se tenait debout devant la vitre, dos à eux.

Elle avait l'air d'être de la taille d'Amery. Des cheveux, aussi brillants que l'ébène poli, tombaient très raides jusqu'à ses lèvres.

— Avez-vous besoin d'autre chose, mademoiselle Hirano ? demanda le sumo.

— Non merci, Jenko.

Il quitta la pièce et referma la porte derrière lui.

Amery ne bougea pas. Elle ne parla pas. Elle se sentait vraiment comme une moins que rien en attendant que Mlle Hirano lui adresse la parole.

Finalement, celle-ci se mit à parler.

— Je vous prie de m'excuser pour ce qui peut vous sembler malpoli. Je suis arrivée de Tokyo il y a quelques heures. La différence d'altitude m'a donné une violente migraine.

— Je suis désolée. Préféreriez-vous que l'on convienne d'un autre rendez-vous ?

Mlle Hirano se retourna et lui adressa un sourire crispé.

— Je crains que cela ne soit pas possible. Vous devrez donc m'excuser de porter des lunettes de soleil à l'intérieur. Mais elles sont utiles, car je suis sensible à la lumière.

— Aucun problème. J'ai eu une fois un client qui portait un kilt, une cornemuse et parlait avec un accent écossais pendant un rendez-vous. J'ai l'habitude de gérer les excentricités dans cette profession.

— C'est bon à savoir. Asseyez-vous, je vous prie.

Quand Mlle Hirano s'avança devant la table, Amery admira sa tenue. Un pantalon couleur crème et une tunique brodée à la fois élégante et branchée. Des chaussures de tueuse. Elle se déplaçait avec grâce, ce qui accentuait l'impression générale de beauté et de pouvoir.

Après s'être glissée dans une chaise à haut dossier, elle reprit la parole :

— Vous désirez du thé ou du café ?

— Je ne prendrai rien, merci.

Amery commença à sortir des dossiers de son sac. Son extrême tension nerveuse la fit bégayer.

— Je vous avoue que j'ai fait un peu de zèle avec ce projet. J'ai créé plusieurs maquettes qui mettent en avant le logo d'Okada Foods. Mais je n'ai pas cherché à étudier votre ligne éditoriale de produits puisque vous cherchez une approche novatrice. J'ai aussi…

— Mademoiselle Hardwick, parlez moins vite et asseyez-vous, s'il vous plaît. Vous n'avez pas à commencer votre argumentaire dans les cinq minutes où vous avez passé la porte.

Mlle Hirano attendit qu'Amery s'assoie sur une chaise puis elle décrocha son téléphone. Elle tapa sur les touches, de son ongle parfaitement manucuré, et parla rapidement en japonais. Puis elle reposa le combiné.

— Ils ne vont pas tarder à nous apporter des rafraîchissements. J'ai quelques tasses de retard sur ma dose quotidienne de thé.

Amery se força à garder la main sur son genou, l'empêchant de toucher à ses dossiers.

— Je vais probablement renoncer à la caféine.

Un sourcil dessiné au crayon dépassait des lunettes de soleil.

— Êtes-vous toujours aussi… énergique, mademoiselle Hardwick ?

— Oui. Et, je vous en prie, appelez-moi Amery.

— Alors, je suis curieuse, Amery, de savoir comment vous en êtes venue à créer votre propre entreprise de graphisme.

— À vous écouter, on dirait que c'est une nouveauté ?

— Peut-être. Les petites entreprises américaines me fascinent. En particulier celles qui sont dirigées par des femmes.

Reconnaissante de pouvoir parler de son travail, Amery revint sur sa carrière en exposant les grandes lignes. Elle venait tout juste de finir quand deux petits coups secs frappèrent à la porte. Le sumo apporta un chariot rempli de pâtisseries, de fruits et de boissons.

— Prenez ce qui vous fait plaisir. (Elle fit une pause.) Ou préféreriez-vous que Jenko vous serve ?

Le léger raidissement des épaules de Jenko lui indiqua qu'il n'était pas du tout motivé par cette proposition.

— Je peux me servir, merci.

Mlle Hirano releva légèrement l'une de ses minces épaules et parla à Jenko en japonais. Amery et Jenko se tenaient côte à côte tandis qu'il remplissait l'assiette de sa patronne et qu'Amery s'occupait de la sienne. Elle opta pour un Mimosa sans alcool : un jus d'orange avec une rasade de Seven Up.

Quand elle retourna s'asseoir, elle sentit le regard de Mlle Hirano sur elle.

— Pendant que nous faisons une pause, parlez-moi de vous. Ce que vous faites en dehors du travail.

Cela devenait de plus en plus étrange, mais peut-être que c'était une coutume japonaise, alors Amery joua le jeu. Elle parla de ses centres d'intérêt et de ses amis sans trop en dévoiler, ce qui était plus difficile que ce qu'elle imaginait.

Mlle Hirano coupa un morceau de mangue et y planta sa fourchette.

— Vous n'êtes pas en couple ?

Elle se retint de lui clouer le bec en assenant une phrase du genre : « Ce ne sont pas tes oignons et peut-on se concentrer sur l'aspect professionnel ? » Ce qui se passait entre Ronin et elle…, ce n'était pas le genre de relation qu'elle pouvait expliquer. Amery humecta ses lèvres qui s'étaient subitement asséchées.

— Non. Je suis actuellement célibataire.

— Ah ! Une femme qui aime fréquenter plusieurs hommes en même temps. C'est quelque chose que j'admire.

Mais ce n'était pas ce qu'avait dit Amery. Cette femme venait de déformer ses paroles, et la jeune femme était sous le choc.

Un silence s'installa.

Quelque chose n'allait pas. Amery continua d'observer cette femme discrètement, mais deux gros verres de lunettes cachaient plus de la moitié de son visage.

Pourquoi voulait-elle paraître si réservée ? Pourquoi avait-elle commencé à poser des questions aussi personnelles ? Pourquoi Amery avait-elle ressenti une menace… comme de l'hostilité ?

Une pensée bizarre lui vint en tête. Cette femme pouvait-elle être Naomi, l'ex de Ronin ? Kiki avait prévenu Ronin que Naomi allait bientôt revenir à Denver.

Son ventre se tordit. Elle essaya de se rappeler si elle avait été contactée par Maggie d'Okada Foods avant ou après avoir rencontré l'amie de Naomi. Ce qui la ramena à sa question initiale : pourquoi est-ce qu'une multinationale japonaise avait demandé à la petite entreprise d'Amery de confectionner des maquettes pour une nouvelle campagne si importante ? Puis, après plusieurs semaines de coups de téléphone discrets et de travail sur ce projet, on l'invitait à un rendez-vous de dernière minute avec la vice-présidente du groupe, et pas son contact habituel à Okada ? Un rendez-vous professionnel qui se déroulait dans une suite privée ? Pendant lequel elles n'avaient pas du tout parlé business, mais où la vice-présidente épluchait la vie personnelle d'Amery ?

C'était vraiment n'importe quoi.

— Il y a un problème ? demanda Mlle Hirano.

— Oui.

Amery espéra qu'elle ne se trompait pas.

— Qui êtes-vous vraiment ?

— Je vous demande pardon ?

— Qui êtes-vous ? Ce rendez-vous de dernière minute avec une personne importante du groupe n'a pas de sens. Le fait qu'aucun de vos associés ne soit présent non plus, à l'exception de Jenko qui, je pense, est votre garde du corps, vu comme il était déstabilisé à l'idée de servir le thé. Et puis vous ne daignez pas me regarder dans les yeux. Donc vous comprenez sans doute que j'aie l'impression que c'est une sorte… d'arnaque.

— Je vous assure que le conglomérat Okada Foods n'est pas une arnaque.

— Je le sais. Je me suis renseignée. Je veux dire que votre présence ici n'a aucun sens, et je me demande ce que vous attendez vraiment de moi.

— Vous êtes un peu paranoïaque, non, mademoiselle Hardwick ?

Amery haussa les épaules.

— Alors prouvez-moi que j'ai tort.

— Comment ?

— Enlevez vos lunettes de soleil.

— En quoi est-ce nécessaire ?

— Parce que jouer la reine sereine et mystérieuse derrière des lunettes de mauvais goût et bon marché ne sonne pas juste.

Elle inclina la tête avec grâce.

— Comment cela ?

— Rien n'est bon marché chez vous. Tout possède un certain style. Vous avez acheté ces lunettes dans un seul et unique but : elles sont assez grosses pour cacher la moitié de votre visage. Alors pourquoi voulez-vous le dissimuler ?

— Vous en interprétez autant à partir de si peu ? Comment se fait-il que vous pensiez en savoir autant sur moi… trente minutes après m'avoir rencontrée ?

Amery désigna le sac à l'autre bout de la table.

— Votre sac à main vient de chez Hermès et coûte environ 25 000 dollars. La montre incrustée de diamants à votre poignet coûte facilement dans les 100 000 dollars. Vos chaussures doivent valoir approximativement 10 000 dollars. Je ne sais pas quelle est la marque de vos vêtements mais je parierais un mois de loyer que ce tailleur ne vient pas des rayons discounts d'un magasin de Tokyo. Votre foulard vient aussi de chez Hermès, il vaut autour de 1 500 dollars. Donc l'accessoire bon marché ne colle pas. De surcroît, si vous aviez vraiment une violente migraine, vous auriez annulé ce rendez-vous.

Mlle Hirano sourit.

— Vous êtes très futée.

— Je ne sais pas à quel jeu vous jouez, mais mon instinct me dit de partir.

— Vous voulez vous désengager d'un projet qui pourrait vous rapporter une somme à sept chiffres ?

Ne pense pas à l'argent, pense à tes principes.

Amery releva un peu le menton.

— Oui, mademoiselle. Qui êtes-vous ?

— Qui pensez-vous que je suis ?

Demande-lui si c'est Naomi.

Non. Elle ne connaissait même pas le nom de famille de Naomi.

— Allez-vous enfin faire tomber ces lunettes de soleil ?

— Comme vous lui ressemblez ! murmura-t-elle. Vous croyez que les yeux sont le reflet de l'âme et toutes ces conneries.

De qui parlait-elle ? Cette femme était-elle complètement cinglée ?

Au moment même où elle avait décidé de laisser tomber et de partir, Mlle Hirano baissa la tête et ôta ses lunettes.

Quand elle jeta un regard à Amery, le corps tout entier de celle-ci resta sous le choc. Elle l'avait reconnue. En regardant ces yeux couleur ambre, elle comprit. Elle n'avait rencontré qu'une seule autre personne avec de tels yeux.

Ronin Black.

— Ils me trahissent, n'est-ce pas ? murmura Mlle Hirano. Vous comprenez pourquoi j'éprouvais le besoin de les cacher.

— Oui, réussit-elle à dire, soulagée que cette femme ne soit pas Naomi.

Mais se retrouver face à face avec un membre de la famille de Ronin quand elle ne savait rien de ladite famille…, ce n'était pas marrant non plus. Elle n'était néanmoins pas encore certaine des liens qui reliaient Ronin à cette femme.

— Vous êtes la… de Ronin ?

— Sœur. Demi-sœur en réalité.

Elle s'inclina pour saluer Amery, comme celle-ci avait vu Ronin le faire tant de fois.

— Je suis Shiori Hirano.

Dix mille questions se bousculèrent dans la tête de la jeune femme, mais elle n'arrivait pas à en formuler une seule.

— Vous n'êtes pas la personne que je m'attendais à rencontrer, Amery.

— Quant à dire que je ne m'attendais pas à vous rencontrer, c'est un fait, mademoiselle Hirano.

— Appelez-moi Shiori, je vous en prie.

— D'où vient ce nom « Hirano » ?

— Hirano est mon nom d'épouse. J'ai choisi de ne pas en changer après mon divorce. Cela m'a permis de conserver un peu d'anonymat et de distance avec Shiori Ramakrishnan.

— Attendez. Votre nom de famille n'était pas Black avant votre mariage ?

— Ronin et moi n'avons pas le même père. Mon père a reçu une éducation britannique via ses parents adoptifs indiens après avoir été chassé de New Delhi dès sa naissance, à cause de son métissage. Donc je suis à moitié japonaise et anglaise du côté de ma mère, et moitié indienne et chinoise du côté de mon père.

Shiori avait effectivement un style exotique.

— Ronin est moins métissé que moi, puisque seul son père est un quart japonais.

Amery fronça les sourcils. Ronin lui avait-il déjà parlé de son père ?

— Mais nous avons tous les deux hérité des yeux de notre mère.

— Ronin sait que vous êtes à Denver ?

Shiori fit signe que non de la tête.

— La curiosité vous concernant a eu raison de moi.

Avait-il parlé d'elle à sa sœur ?

— Que vous a-t-il raconté sur moi ?

— Rien. Il a empêché que je m'implique dans ce projet en traitant avec Maggie. Il a exigé que nous employions votre entreprise, à l'aveugle, pour le lancement d'un produit capital pour l'entreprise familiale. Bien entendu, cela nous a alertés.

— Quelle entreprise familiale ?

Le regard de Shiori se durcit.

— Vous n'êtes vraiment pas au courant ? Alors que vous êtes capable d'évaluer le prix de chacun des vêtements que je porte ? Vous savez exactement combien vaut Ronin. Moi aussi, je suis observatrice, mademoiselle Hardwick. Ne cherchez pas à m'endormir comme vous avez endormi mon frère.

« Endormi » son frère ? Qu'est-ce que cela voulait dire ?

— Le Ronin Black que je connais a un dojo. C'est tout. Je n'ai pas cherché à l'endormir, je ne ferais jamais ça.

— Ronin n'est pas seulement un sensei de dojo de pacotille, qui donne des cours et organise des combats de free-fight. Ronin Black est l'héritier du conglomérat Okada Foods : une compagnie internationale actuellement évaluée à 5 milliards de dollars.

— Quoi ? Vous vous moquez de moi ?

— Non, je vous assure, ce n'est pas une plaisanterie.

Non, Ronin ne lui aurait pas fait cela. Il était trop intègre pour lui mentir à ce point.

Mais il n'a pas menti, il n'était simplement pas complètement honnête. Il n'a pas été honnête sur beaucoup de sujets. Pourquoi es-tu aussi choquée ?

Parce qu'elle lui faisait confiance. Elle avait cru qu'il était juste un maître de jujitsu qui vivait une vie en accord avec les principes imposés par sa discipline.

Elle devait serrer les dents pour retenir le rugissement de furie qui menaçait de s'en échapper. Son visage et son cou devinrent brûlants, ce qui était étrange, car elle sentait le sang affluer sous sa peau et son corps se glacer.

Shiori se pencha sur la table.

— Vous n'aviez aucune idée de qui il était, n'est-ce pas ?

— Non, aucune idée.

Ce mec était un putain de milliardaire.

Le sentiment de malaise monta directement jusqu'à son cœur. Il lui avait menti dès le début. Alors qu'elle s'était entièrement mise à nu. Entièrement : son esprit, son corps, sa volonté. Et qu'avait-elle obtenu en retour ? Du sexe, du sexe et des cochonneries. Ce n'était pas le même degré de mise à nu. Il lui avait caché qu'il appartenait au club des milliardaires.

— Je n'avais pas tort. Vous êtes en couple ?

— Nous avons passé du temps ensemble pendant les derniers mois.

Shiori lui lança un regard sceptique.

— Vous n'avez pas profité du temps que vous avez passé ensemble pour exiger qu'il vous accorde le nouveau projet d'Okada Foods ?

— Comment aurais-je pu exiger quelque chose de lui alors que je n'avais aucune idée de ses liens avec Okada ? Alors que je n'avais jamais entendu parler de cette entreprise…

Jusqu'à plusieurs semaines après qu'elle eut mentionné ses difficultés financières à Ronin Black. Elle soupira.

— Il a tout manigancé. Il m'a piégée. (Amery eut envie de frapper du poing sur la table.) Je me suis sentie flattée que ma petite entreprise de graphisme ait suscité l'intérêt d'un grand groupe. C'était naïf de ma part d'y croire, mais j'ai eu tellement… d'espoir de jouer dans la cour des grands, et que ça marche. Maintenant j'apprends que ce n'était qu'un mensonge…

Elle remua la tête. Elle ne se remettrait jamais d'une trahison de ce type.

— J'ai vu votre rapport financier. L'année a été difficile.

Bien sûr qu'elle avait regardé les comptes d'Amery ; une entreprise comme Okada avait beaucoup d'influence. Ce qui signifiait probablement que Ronin était aussi au courant qu'elle avait 2 000 dollars sur son compte. Il devait connaître le montant exact du prêt énorme qu'elle devait rembourser et combien elle avait mis de côté sur son plan d'épargne retraite. Un montant dérisoire pour des milliardaires bien sûr. Son visage devint chaud à nouveau.

— Je n'ai jamais demandé d'argent à Ronin.

— Il devait apparemment considérer cela comme une faveur à vous faire…

— Une faveur ? Une faveur, c'est quand on aide un ami qui déménage. Ou quand on prend un cours d'autodéfense avec une amie pour booster son estime de soi. Une faveur, ce n'est pas d'exiger en secret que l'entreprise familiale milliardaire ait pitié de sa préférée du moment et lui fasse miroiter la possibilité d'un contrat de plusieurs millions de dollars.

Shiori l'examina.

— Depuis combien de temps êtes-vous… ?

— Quatre mois. Donc, quand il vous a demandé de m'engager, il vous a aussi demandé de ne rien me dire ?

— Comme je vous l'ai dit, je n'ai pas parlé de tout ça à Ronin. Il a demandé à Maggie de trouver un projet pour votre boîte et de vous embaucher sur-le-champ. Elle m'a contactée, me faisant savoir ce que mon frère avait exigé. J'ai décidé d'intervenir.

— Donc vous êtes venue à Denver pour voir si j'étais une croqueuse de diamants ?

Elle haussa légèrement les épaules.

— C'est déjà arrivé dans le passé.

Amery fronça les sourcils.

— À Ronin ?

— Non, à moi.

Pourquoi était-elle aussi directe ? Parce que ce n'était certainement pas de famille.

— Vous semblez surprise que je vous le confie.

— Je suis habituée à la discrétion de votre frère.

— C'est un truc japonais. Mais c'est surtout le truc de Ronin.

— Vous n'avez pas fait de recherches sur moi ?

— Je n'en avais pas besoin. (Elle but son thé avec nonchalance.) Ronin l'a fait peu de temps après votre rencontre.

— Quel type de recherches ?

Et comment la sœur de Ronin avait-elle découvert cela ?

— La société d'enquête d'Okada s'est chargée de passer des coups de fil à vos associés, à vos clients, à vos voisins, à vos amis et à votre famille.

Ce connard ! Au final, ce n'était pas la compagnie d'assurances. Une nouvelle vague de colère la submergea.

— Donc vous ne savez rien sur le passé de notre famille ? demanda Shiori.

— Rien du tout, répondit-elle d'un ton catégorique.

— Notre grand-père épousa une infirmière anglaise qui s'était occupée de ses blessures après la Seconde Guerre mondiale. Elle avait été envoyée au Japon pendant l'Occupation des Alliés. Elle était bien plus âgée que lui, mais ils se sont tout de même mariés. Après une année ensemble, elle donna naissance à ma mère. De toute évidence, ma grand-mère avait été exposée aux armes chimiques pendant la guerre et avait un système immunitaire affaibli ; elle est morte pendant une épidémie de grippe, laissant mon grand-père veuf à vingt-deux ans avec une fille âgée d'un an. La douleur l'incita à travailler d'arrache-pied dans l'industrie alimentaire ; il finit par construire un empire.

» Ma mère s'émancipa et épousa un soldat américain, le père de Ronin. Après sa mort, Ronin et elle retournèrent au Japon pour vivre avec notre grand-père. Mais elle lui rappela rapidement son émancipation et elle se maria avec mon père. J'avais trois ans quand il est mort. Inutile de vous préciser qu'après avoir été veuve à deux reprises elle ne s'est plus remariée.

Bien qu'Amery soit sensible au récit de l'histoire de leur famille, elle n'était pas sûre de comprendre la raison pour laquelle Shiori lui racontait tout cela. Juste parce que Ronin ne l'avait pas fait ? Rien qu'elle n'ait pu dire n'aurait aidé Amery à comprendre pourquoi son amant lui avait caché autant de choses.

— Lorsque je vous ai demandé tout à l'heure qui vous pensiez que j'étais, pourquoi avez-vous hésité ?

— Je me demandais si vous étiez l'ex de Ronin, Naomi. Je ne sais pas grand-chose sur elle à part qu'elle est japonaise. Il y a quelques semaines, quelqu'un a dit à Ronin qu'elle allait passer à Denver. J'imagine que vous la connaissez, puisque Ronin et elle ont été ensemble pendant un moment.

— J'étais au club quand Ronin a rencontré Naomi. En réalité, c'était exclusivement à cause de moi qu'il y est allé ce soir-là. Est-ce qu'il vous en a parlé ?

La sœur de Ronin était au courant de ses activités au club ? Ou peut-être qu'elle allait à la pêche aux informations. Pour une raison idiote, Amery voulut protéger les secrets de Ronin.

Parce que tu es amoureuse de lui.

Et, à ce moment-là, cela faisait d'elle la plus grosse idiote du monde. Comment pouvait-elle aimer quelqu'un qu'elle ne connaissait pas ?

Quand elle se rendit compte que Shiori attendait toujours sa réponse, elle fit « non » de la tête.

— Je venais juste de divorcer et je suis venue aux États-Unis avec une amie. Elle voulait aller au club japonais de Denver, j'avais peur qu'elle ne se réconcilie avec son ancien petit ami et me jette, donc j'ai supplié Ronin de m'accompagner. Il déteste ce genre d'endroit, mais il accepta, et c'est là qu'il rencontra Naomi. Elle travaillait dans la finance internationale et était de passage aux États-Unis pour gérer les affaires de son père. Ils se sont bien entendus. Pour un temps en tout cas. Jusqu'à ce que Ronin découvre… (Pour la première fois, Shiori eut l'air mal à l'aise.) Pardon, je parle trop.

Mais l'esprit d'Amery était déjà resté bloqué sur le fait que Ronin n'avait pas rencontré Naomi dans un club libertin comme il le lui avait fait croire mais dans un simple club.

Est-ce qu'il y avait un point sur lequel il ne lui avait pas menti ?

Son désir pour elle.

— Donc, sachant tout cela…, qu'allez-vous faire avec ce que je vous ai révélé aujourd'hui ?

Quelque chose dans le ton de Shiori lui donnait un air absent. Amery lui retourna la question.

— Qu'espériez-vous obtenir en me disant tout cela ?

— J'aimerais avoir une idée de ce qui se passe dans la tête de mon frère.

— À travers moi ?

— Oui. Et je suis désolée, je ne peux pas en dire plus.

— Ce n'est pas votre rôle. (Amery se leva.) Vous en avez déjà dit beaucoup.

Un regard paniqué traversa le visage de Shiori.

— Attendez. Vous partez ?

— À quoi bon rester et écouter davantage d'histoires sur la saga Okada/Black/Hirano, étant donné que cela ne me concerne plus ?

Les pupilles de Shiori rétrécirent. Elle ressemblait tellement à Ronin que la poitrine d'Amery se contracta.

— Comment cela peut-il ne pas vous concerner ?

— Okada Foods a tendu une carotte, et je l'ai croquée. Honte à moi d'avoir eu faim ! Mais maintenant que j'ai découvert que ce n'était pas une vraie carotte, je ne ferai plus d'erreur de ce type. Vous avez obtenu les réponses que vous vouliez, et moi aussi.

— Vous n'allez pas me présenter le projet ?

Hors de question !

— Non.

Cela sidéra Shiori, mais elle s'en remit rapidement et la congédia :

— L'irritabilité n'est pas bonne pour les affaires, mademoiselle Hardwick.

— Les mensonges non plus.

Amery ramassa son portfolio et balança tout son travail sur la table. Alors qu'elle cherchait ses clés, ses doigts passèrent sur le papier d'emballage crépu. Elle sortit le petit paquet et le déposa sur la table.

— Oh, j'ai failli oublier de vous donner ça !

— Qu'est-ce que c'est ?

— Un cadeau d'adieu, un témoignage bon marché de mon affection, un geste symbolique que j'avais prévu de faire en toute confiance. Je vous le laisse.

Amery sortit de la pièce, la tête haute.

Chapitre 27

Après son entretien avec la sœur de Ronin, Amery se sentit quelque peu perdue. Elle conduisit sans but pendant une heure, tout en sachant que, quand le choc serait passé, la colère reprendrait le dessus, encore plus fort, et qu'elle pourrait bien perdre le contrôle. Elle n'avait personne à qui parler. Même si elle était toujours en bons termes avec Emily, celle-ci avait toujours la même opinion négative de Ronin Black. Elle venait juste d'accepter qu'il puisse jouer un rôle dans la vie d'Amery. Si elle se pointait chez son amie pour se lamenter sur les mensonges de Ronin, cela la ferait passer pour une fille naïve et idiote, qui avait accordé trop de confiance à cet homme, sans écouter les conseils de personne.

Sauver les apparences était-il plus important que de se décharger de ce chagrin qui l'oppressait ?

Oui.

Elle ne pouvait pas non plus aller chez Chaz. Il pourrait lui apporter beaucoup plus de soutien qu'Emily, mais il était tellement matérialiste. Il serait impressionné que Ronin soit l'héritier d'un milliardaire. Il l'encouragerait sûrement à pardonner à cet homme de lui avoir caché son vrai visage, qui était apparemment du même acabit que celui qu'on voyait sur les billets verts. Puis il lui énoncerait un milliard de raisons pour lesquelles elle ferait bien de ne pas se prendre la tête.

« Ouais, c'est sûr que ça craint d'être en couple avec un homme superbe, milliardaire et super bon coup. »

Mais Amery n'était pas aussi superficielle. Et elle se fichait pas mal de savoir combien Ronin gagnait d'argent, du moins jusqu'à ce qu'elle se rende compte qu'il lui cachait la vérité.

Cela l'effrayait et lui brisait le cœur que Ronin ne lui fasse pas suffisamment confiance pour lui dire qui il était vraiment. En revanche il exigeait qu'Amery soit complètement transparente, de corps et d'esprit.

Elle commença à ressentir une sensation malsaine.

Ce n'était pas complètement vrai. Ronin n'avait jamais rien exigé. Seulement elle était tellement folle de lui, tellement heureuse qu'il… l'ait libérée de certains carcans moraux auxquels elle n'avait jamais cessé de se soumettre qu'elle s'était livrée à lui entièrement et sans s'interroger. Elle s'était donnée à lui entièrement de sa propre volonté, parce qu'elle lui faisait confiance et qu'elle pensait qu'il avait la même forme d'honnêteté.

Pas vraiment.

Même quand il avait dévoilé sa tendance à utiliser les cordes, il lui avait demandé en gros : « Accepte-moi comme je suis. »

C'est ce qu'elle avait fait.

Mais ce n'était pas ce qu'il était vraiment.

Ce qui la fit s'interroger sur le vrai visage de Ronin.

Une fois au dojo, Amery emprunta l'ascenseur pour se rendre au deuxième étage. Il n'y avait pas beaucoup de cours à cette heure de la journée, et elle s'en fichait pas mal de savoir qui était là. Elle dirait ce qu'elle avait à dire dans tous les cas.

Elle trouva sensei Black, qu'elle surnommait maintenant L'Enfoiré-de-Menteur-Richard, dans la plus grande salle d'entraînement. Il était assis devant les élèves, tous ceinture noire. Amery observa deux hommes en train de lutter, puis l'un d'eux attrapa l'autre et le fit valser sur le tatami.

Ellc aurait tellement aimé pouvoir faire cette prise à Ronin sur-le-champ.

Elle ne savait pas si son cœur avait déjà battu aussi vite ou avec une pression aussi puissante, au moment où elle débarqua comme une tempête.

Tous les élèves se retournèrent, en se demandant qui était suffisamment stupide pour interrompre le cours.

Amery n'attendit pas que Ronin lui donne son accord pour entrer.

— Sensei, j'aimerais vous parler. Maintenant.

Ronin lui lança un bref coup d'œil.

— Il y a une règle qui interdit d'assister aux cours en tant que spectateur, et elle est valable en permanence. Retournez à la salle d'accueil.

— Je ne partirai pas d'ici avant de vous avoir parlé.

— Je fais cours.

— Et c'est un moment sacré ?

Il la regardait, et son visage ne laissait passer aucune émotion.

— Mes cours ont la priorité absolue, mademoiselle Hardwick.

Y compris te concernant était sous-entendu.

Il l'avait remise en place et lui avait demandé de partir. Non, mais… Il s'adressait aux élèves éberlués, ignorant totalement qu'elle était en train de bouillir sur place près de la porte.

Elle l'interrompit :

— Tu préfères discuter de l'entretien que j'ai eu avec ta sœur devant tes élèves ? Personnellement, ça ne me dérange pas.

Sans même la regarder, Ronin déclara :

— Tout le monde dehors. Cinq minutes de pause, restez dans le coin.

— Je suis tellement heureuse que tu acceptes de passer cinq minutes avec moi.

— Je ne vais pas perdre de temps avec ces disputes frivoles. Dis-moi par quel hasard tu as rencontré ma sœur ?

— Je ne l'ai pas rencontrée par hasard. C'est elle qui m'a contactée. Okada Foods, ça te dit quelque chose ?

Il marcha vers elle, le visage inexpressif.

— Salle de réunion.

Amery le suivit ; elle se sentait comme une enfant pas sage s'apprêtant à se faire disputer par le directeur. En voyant la salle de réunion au bout du couloir elle hâta le pas pour lui passer devant et y arriver en premier.

Elle s'assit tout au bout de la table. Quand Ronin entra il ferma la porte et resta devant comme pour en bloquer l'accès. Voilà pourquoi elle tenait à s'asseoir en premier. Elle avait une porte de sortie derrière elle.

— Je t'écoute.

— Shiori Hirano est ta sœur. C'est aussi la vice-présidente d'Okada Foods, la compagnie multimilliardaire qui appartient à ta famille.

Ronin ne répondit rien.

Elle ne s'attendait pas vraiment à ce qu'il en soit autrement. Elle lui déroulait les choses petit à petit.

— Il y a quelques semaines j'ai reçu un coup de téléphone de la directrice de la zone États-Unis. Elle avait entendu parler de ma société – je me suis demandé comment – et elle me proposa de travailler sur des designs pour une nouvelle gamme de produits surgelés bio, qui a été lancée l'an dernier aux États-Unis. Je dois bien admettre que cet appel m'a flattée. Elle a insisté pour que je signe un contrat de confidentialité, et je ne pouvais donc rien laisser filtrer, voilà pourquoi je ne t'en ai pas parlé. J'ai quand même trouvé ça bizarre que cette énorme multinationale fasse appel à une petite structure comme Hardwick Designs. Je leur ai envoyé mes propositions, et on m'a dit de les mettre en application.

» Tu imagines bien ma surprise quand j'ai appris que la vice-présidente d'Okada Foods était à Denver aujourd'hui et qu'elle avait demandé à me voir. Moi. (La mâchoire de Ronin se contracta.) Enfin un signe de vie. Ta petite sœur chérie ne te parle pas de ses voyages ?

— Non.

— Je n'étais même pas censée la rencontrer. Si ? Tu t'es débrouillé pour que Maggie m'embauche sans même me voir. C'est ce qui a incité la vice-présidente, c'est-à-dire ta sœur, à commettre une erreur. Elle était curieuse d'en savoir plus sur ma société et surtout sur mes rapports avec son frère, l'héritier milliardaire.

— Je suis sûr que ma sœur t'a parlé de ça de bon cœur.

— Elle avait surtout l'air choquée que tu ne m'aies pas révélé cette info.

Ses yeux ne laissaient paraître aucun signe de culpabilité.

— Quand avais-tu prévu de me dire que tu es milliardaire, chéri ? Un jour peut-être ?

— Ce n'est pas vraiment moi.

— Voilà donc le raisonnement qui explique pourquoi tu m'as caché être l'héritier de l'une des vingt plus grandes entreprises du Japon...

— Tu sais depuis le début que je suis quelqu'un de très réservé, Amery.

— En général, oui. Mais avec moi... (Elle fit « non » de la tête.) Je pensais que j'étais différente. Je pensais, mais apparemment je me trompais, qu'il y avait quelque chose de spécial entre nous.

— Tu parles au passé...

Elle ignora cette remarque insipide et tenta de déceler une quelconque émotion derrière l'apathie qui se lisait sur son visage.

— Je me suis entièrement livrée à toi ; je t'ai donné mon corps, mes pensées, mes sentiments, mes peurs.

Mon cœur...

— Je n'ai rien demandé, fit-il remarquer.

Elle eut l'impression qu'il l'avait fait tomber sur le tatami et qu'il l'étouffait complètement. Elle ne le reconnaissait pas du tout.

— C'est encore pire.

Pas de réponse.

— Je te faisais confiance.

Elle serra les poings.

— Mes amis avaient raison. Je suis naïve. J'aurais dû les écouter quand ils me mettaient en garde contre toi. Mais, quand ils me disaient que tu étais dangereux, ils ne se doutaient pas que tu étais encore pire. Je n'arrive pas à croire que tu as mené une enquête auprès de ma famille et de mes amis dès la semaine qui a suivi notre rencontre. Eh oui ! Ils m'ont tous parlé de ces coups de fil, mais je ne savais pas qu'ils venaient de toi. Mon Dieu ! Si tu pensais que j'étais quelqu'un de si superficiel, pourquoi voulais-tu sortir avec moi ?

— Qu'est-ce que tes amis ont dit sur moi ?

Amery le regarda dans les yeux après qu'il eut esquivé cette nouvelle question.

— Que tu étais un gangster. Ton passé était suspect. Personne n'avait entendu parler de toi avant que tu débarques à Denver il y a dix ans et que tu t'installes en tant que maître de jujitsu dans un immeuble que tu ne pouvais en aucun cas te payer. Certains affirment que tu as obtenu l'immeuble pour pas cher en passant par TP… et qu'en échange tu devais lui rendre certains services. Il aurait alors demandé à ce que tu déloges les SDF et les malfrats de cette zone, pour qu'il construise des immeubles à peu de frais, puis qu'il fasse appel à des fonds pour les rénover et qu'il les revende à la hausse.

— Qui t'a dit ça ?

— Selon une autre personne, continua-t-elle sans s'arrêter, tes compétences en arts martiaux t'ont fait travailler comme gros bras pour la mafia russe, les Italiens, et tu t'occupes aussi des problèmes de TP.

— Quelqu'un a dit que j'étais affilié aux yakuzas ?

En d'autres circonstances, elle aurait ri à l'évocation de ces mafieux japonais, mais là elle avait plutôt envie de pleurer.

— Quand nous avons failli nous faire agresser dans la ruelle, tu as su comment maîtriser un homme avec un flingue. J'ai pensé que tu étais peut-être un gangster qui s'était racheté. C'était cohérent avec tes secrets, ou plutôt ton caractère réservé. J'ai accepté tout ça. J'ai pensé qu'avec le temps tu t'ouvrirais.

» J'ai réussi à percevoir ta sincérité plusieurs fois, mais ensuite tu te fermais comme si tu ne t'étais jamais ouvert. Tu sais bien que tu as réussi à m'attendrir grâce à ton expérience en matière de sexualité, aux fois où tu étais si doux… J'ai vraiment cru que tu étais sincère. (Elle ferma les yeux.) Mon Dieu ! Mais je me trompais tellement. Surtout quand tu m'as sorti toute cette histoire à la con sur cette cicatrice sur mon bras, qui était le symbole de ton nom, et que c'était un signe cosmique.

— Amery…

— Je me demande bien pourquoi tu m'as menée en bateau si longtemps. C'était juste un jeu pour toi, hein ? Tu jouais avec… comment tu m'appelais ? Classe.

Tu jouais avec la fille classe ou l'ingénue qui vient des fermes du Dakota du Nord, qui t'a fourni un défi différent des putes que tu rencontrais dans les clubs. Tu as réussi à la faire s'ouvrir, à coucher avec toi, à l'attacher, à passer tout son temps libre avec toi et qu'elle soit folle de toi. Ensuite, tu as fait comme si ça pouvait être une vraie relation sur le long terme, en me proposant de me prêter de l'argent. J'ai tout gobé.

» Et sur le trajet jusqu'ici, alors que je me prenais la tête pour savoir pourquoi tu ne m'avais rien dit sur ton train de vie, j'ai compris que la révélation d'Okada faisait partie de ton plan. Tu t'es servi de moi jusqu'à ce que je ne t'intéresse plus. Bravo, maître Black, maître de la manipulation. Tu as gagné.

— Mon plan ? répéta-t-il.

— Ça me fait mal de ne pas avoir su voir les signes. Un superbe appartement sous les toits. Oui. Des voitures hors de prix. Oui. Des relations avec les gros bonnets de la ville. Oui. Tu pratiques un art martial, mais tu ne comptes pas dessus pour vivre. Oui.

— Tu ne vas rien balancer sur le fait que je suis un enfant pourri gâté qui s'attend à ce que les femmes acceptent mes perversions sexuelles ?

— Non, mais j'ajouterai que tu te débarrasses de tes partenaires quand tu as obtenu ce que tu voulais et qu'elles ne te satisfont plus.

— D'où tu tires ça ?

Amery le regarda.

— De Deacon. Il s'est montré surpris à plusieurs reprises que ta « préférée du moment » – moi – reste pendant tout un été.

— Deacon ne parlait pas de mes copines, il parlait des partenaires que j'attache.

— C'est réconfortant. Est-ce que Knox qui est pour toi ce qui ressemble le plus à un ami sait que tu es un milliardaire ?

— Oui.

— Et Deacon ?

— Oui.

— Ta sœur m'a dit que Naomi était elle aussi au courant.

— Pourquoi tu crois qu'elle est restée près de moi si longtemps ? dit-il en s'énervant.

— Tu voulais me faire croire que c'était une pauvre enfant abandonnée qui t'utilisait et voulait des relations encore plus coquines. Je ne savais pas que c'était une femme d'affaires internationale que tu as rencontrée dans un club de la haute.

— Elle n'était pas une femme d'affaires internationale quand je l'attachais. Et comment en êtes-vous arrivées à parler de Naomi ?

— Je me suis rendu compte que l'entretien avec la vice-présidente d'Okada était un piège quand elle a commencé à me poser des questions personnelles. J'ai pensé que ça pourrait être ton ex qui cherchait à entrer en contact avec toi ou à me faire du mal, étant donné tout l'aspect secret du projet et le rendez-vous de dernière minute. En plus cette femme portait des lunettes de soleil, jusqu'à ce que je lui demande de les enlever. Quand j'ai vu ses yeux, j'ai tout compris.

— C'est la seule façon dont tu pouvais l'apprendre, car mes liens avec Okada sont confidentiels. Et sinon, oui, c'était une volonté de ma part.

— Aujourd'hui, alors que tout le monde peut trouver n'importe quelle information en une microseconde…, comment est-ce que tout le monde peut ignorer qui tu es ?

— Qui ça intéresse ? Je ne suis pas une célébrité.

— Personne ne s'intéresserait à un article sur le milliardaire japonais et ultrasecret de Denver ? dit-elle d'un ton espiègle.

C'est alors qu'il craqua.

— Tu as prévu de parler de moi à la presse, au *Denver Post* ? Ou c'est juste une menace en l'air ? aboya-t-il. Si tu crois que je vais te payer pour que tu ne révèles rien sur mes liens familiaux ou sur mes vices sexuels, tu te fourres le doigt dans l'œil.

Une fois de plus, elle eut l'impression qu'il venait de lui donner un coup dans les dents. Une fois de plus, en regardant l'homme qu'elle avait en face d'elle, elle eut l'impression de voir un étranger.

— Tu crois vraiment que je vais essayer de t'extorquer de l'argent ? Waouh ! Tu m'as déjà dit que Naomi était une salope qui t'avait poignardé dans le dos. Maintenant que je sais ce que tu penses vraiment de moi, je vais y aller.

Ronin se mit à rire avec cruauté, un son tellement désagréable.

— Tu pars maintenant ? Mon œil !

— J'ai dit tout ce que j'avais à dire.

— À part une chose très importante.

Oui, je suis tombée amoureuse de toi. Oui, je vais souffrir jusqu'à ma mort.

— Quoi ?

— Okada t'a offert le poste ?

— Ça te ferait plaisir, hein ? Tu t'es bien amusé avec moi et tu me jettes un os à ronger pour ne pas te sentir coupable.

— Ce n'est pas une réponse.

C'est tout ce que j'ai à te dire, connard !

— Peu importe ce que ma sœur t'a dit. Je n'ai qu'à passer un coup de fil à mon grand-père, et tu obtiendras ce projet.

Il regardait dans le vide.

— Car oui, j'ai ce pouvoir. Mais je suis très sélectif concernant ceux avec qui je le partage.

— Pas la peine de passer ce coup de téléphone. Il n'y a pas moyen que j'accepte de bosser dans ces circonstances. Pas moyen.

— C'est pas vrai ? Une petite société comme la tienne tournerait le dos à un contrat de plusieurs millions de dollars ? Ce boulot avec Okada pourrait t'apporter une reconnaissance qui te suivrait durant toute ta carrière.

— Je m'en fiche.

— Ne sois pas stupide.

Elle détestait qu'on dise qu'elle était stupide.

— Tu ne me connais vraiment pas si tu penses que je vais rester là pendant que tu m'insultes juste parce que tu as…

— De l'argent ? demanda-t-il. Ça en revient toujours à ça, c'est pour ça que je préfère ne jamais parler d'argent.

Ronin la regardait : elle débordait de colère.

— Tu veux vraiment te faire du mal et refuser ? Ce serait une grosse perte.

— Si nous n'étions pas ensemble, Okada n'aurait jamais entendu parler de Hardwick Designs. Ce n'est donc pas vraiment une perte, puisque c'est quelque chose que je n'ai jamais vraiment eu.

— Je pensais que tu étais une femme d'affaires intelligente. (Il la regarda comme s'il jetait un œil à un insecte.) Apparemment, je me suis trompé.

Ces mots la blessèrent profondément.

— Apparemment moi aussi, je me suis trompée. Sur beaucoup de choses.

— Tu ne sais pas ce qui s'est vraiment passé. Tu ne connais que la moitié de l'histoire.

— Ce n'est pas grave. Je ne t'ai jamais vraiment compris et je laisserai les choses en l'état, avec autant de mystères que quand nous nous sommes rencontrés il y a quelques mois.

— Tu me connais bien.

— Non. Tu vas encore me promettre de tout m'expliquer si seulement je te fais confiance ?

— Et toi, tu vas quitter les lieux comme une furie ? répliqua-t-il. En t'attendant à ce que je coure derrière toi pour te fournir des explications et pour m'excuser ?

Un nouveau direct du droit.

— Quand est-ce que tu as fait ça ?

— Chaque fois que nous avons rencontré un problème, répondit-il d'un ton cassant.

— C'est faux. Et ce n'est qu'un exemple de plus qui montre que nous ne voyons pas les choses de la même manière.

— C'est parce que tu ne vois que ce que tu veux bien voir.

Nom de Dieu, elle n'allait pas pleurer en face de lui ! Elle mit la main sur la poignée de la porte.

— Tu ne vas pas t'en aller comme ça, Amery.

— Tu crois ?

— Je suis sérieux, lança-t-il comme un avertissement. Ne t'avise pas de franchir cette porte.

Amery se retourna et le regarda. Elle avait le cœur lourd, ses nerfs étaient à bout, et elle sentait qu'une partie de son monde était sur le point de disparaître. Mais elle, elle ne disparut pas. Elle le fixa de ses yeux brillants en restant aussi impassible qu'elle le pouvait.

— Pourquoi ? Tu vas m'attacher pour me faire rester ?

Une vulnérabilité rare se lut dans les yeux de Ronin. Et il recula comme si elle l'avait giflé.

Ne te fais pas avoir, sinon il va se renfermer comme il le fait toujours.

Et le masque de Ronin réapparut, bien en place.

— C'est bien ce que je pensais. Ne t'embête pas à me courir après pour t'excuser ou m'embobiner avec des mensonges que tu feras passer pour des explications. C'en est fini cette fois-ci. Fini.

Ronin !

Amery claqua la porte avec fureur, cela fit trembler les vitres.

Ronin resta en place, comme si regarder fixement la porte allait la faire revenir.

Va la chercher.

Mais ses pieds ne bougeaient pas, bien que tout son être lui crie de lui courir après et même de l'attacher s'il le fallait. Elle devait l'écouter. Il devait lui faire comprendre…

Pourquoi lui as-tu menti ? Tu l'as mêlée à cette histoire de famille compliquée sans la mettre en garde, c'est tout toi.

L'archétype du vrai connard arrogant et cruel. Il avait déformé ce que disait Amery et l'avait forcée à se défendre, parce qu'il n'avait pas d'autre solution d'attaque.

Alors va la chercher.

Ce n'était pas l'orgueil mais la peur qui le clouait sur place. Une peur immense. Ses années d'entraînement avaient tempéré tout ce qui ressemblait à une émotion, et sa devise de ne laisser paraître aucune crainte résonna dans sa tête, comme si elle allait exploser.

Identifie l'œil du cyclone et rapproche-t'en au maximum.

Ronin compta jusqu'à soixante.

Rien n'avait changé. Sa colère voulait toujours s'exprimer.

À nouveau. Cherche le calme encore plus profondément.

Il compta encore une fois jusqu'à soixante.

Puis une nouvelle fois.

Et encore une fois de plus.

Quand il en fut à trois cents, il perdit le contrôle.

Ronin ramassa la chaise la plus proche et la balança contre la porte. Les vitres volèrent en éclats, et le mur trembla sous la force de l'impact. Mais cette explosion sonore apaisa la colère qui était en train de l'envahir. Bien.

Il venait de trouver un moyen d'expulser sa colère. Il attrapa une autre chaise et la lança contre le mur. Encore plus fort. Elle ricocha contre le comptoir, et la cafetière alla s'écraser au sol.

Il s'emparait d'une autre chaise quand la porte s'ouvrit derrière lui.

— Mon Dieu, Ronin ! s'exclama Knox. Qu'est-ce qui se passe ?

— Va-t'en, putain !

L'instant suivant, Knox lui avait fait lâcher la chaise et l'avait poussé contre le mur, maintenant son cou grâce à une prise de soumission.

Pour une fois, Ronin n'essaya pas de contre-attaquer.

— Il n'y a rien à observer par ici, grogna Knox à quelqu'un qui était entré. Retourne en cours et ferme cette putain de porte !

En temps normal Ronin se serait inquiété que l'un de ses étudiants l'ait vu perdre le contrôle, mais sur l'instant il n'en avait rien à foutre.

— Putain, c'est quoi ton problème ? demanda Knox une fois que la porte fut fermée.

— Si tu veux continuer à pouvoir utiliser ta main, enlève-la tout de suite de ma gorge, shihan, aboya Ronin.

— Convaincs-moi que tu ne vas pas tout saccager, sensei, et je te laisse.

— Je ne peux pas. Alors pourquoi est-ce que tu ne me fous pas une raclée ?

Ronin saisit le poing de Knox en exerçant plus de pression sur sa propre gorge.

— Tu ferais mieux de donner tout ce que t'as, car je ne vais pas me laisser faire.

Knox ne recula pas d'un poil. Il accentua même sa prise.

— Ne me tente pas. Mais comme je sais que ta façon préférée de faire face à la douleur, c'est de te prendre une raclée, je ne vais pas te faire ce plaisir.

Il lâcha son emprise et recula, mais continua de le bloquer contre le mur.

— La torture la plus horrible, c'est de te faire parler. Alors que s'est-il passé ?

— Amery.

— Qu'est-ce qu'il y a ?

— Elle est partie.

— Pourquoi ?

— Elle a découvert…

Dieu, il avait besoin de retrouver le contrôle ! Il inspira et expira l'air doucement.

— Ma sœur a organisé un entretien avec Amery et lui a révélé mes liens avec Okada Foods.

— Ta sœur est ici à Denver ?

— Apparemment. J'aimerais lui briser le cou. La renvoyer au Japon avec un message clair adressé à mon grand-père.

Knox ouvrit la bouche. Puis la referma.

— Quoi ?

— Tu en veux à ta sœur alors que c'est Amery qui s'en va.

— À qui d'autre pourrais-je en vouloir ?

Knox leva les sourcils.

— À toi-même. Tu aurais dû parler de ta famille à Amery il y a des mois. Ça n'aurait pas été un choc si énorme.

— Putain !

Ronin passa sa main dans ses cheveux, ôtant l'élastique qui les retenait.

— Pendant trois ans et demi j'ai refusé d'avoir le moindre contact avec ma famille. Trois ans et demi, répéta-t-il. Et, dès que j'essaie d'aider quelqu'un, ils reviennent se mêler à ma vie.

— Tu peux arranger ça. Cours après Amery et parle-lui. Et règle tes histoires de famille ensuite. Tu évites ça depuis trop longtemps.

— Je ne peux pas aller chez Amery maintenant.

— Putain, Ronin ! Tu es le mec le plus buté…

— Regarde-moi.

Ronin leva la main. D'habitude elle était si calme, même après des heures d'exercice, mais là elle tremblait fortement.

— Je ne peux pas me faire confiance quand je suis dans cet état. Je n'ai pas le moindre contrôle. La dernière fois que je me suis senti comme ça et que j'ai fait comme si tout allait bien… (Il croisa enfin le regard de Knox.) J'ai fini par lui faire du mal. Je ne lui ai pas laissé la moindre trace quand je l'attachais, mais la seule fois…

— Après le combat à Fort Collins ? demanda Knox.

Il approuva.

— Je ne peux même pas me trouver dans la même pièce qu'elle avant de m'être calmé.

Peut-être que ce ne serait pas une si mauvaise chose après tout de montrer à Amery à quel point son départ t'affecte.

— Il vaudrait mieux que tu ne donnes plus de cours pour aujourd'hui. (Knox désigna les dégâts sur les murs.) Nettoie ces débris. Avant de faire pire.

— C'est ce que j'allais faire.

Mais Ronin ne parlait pas de fenêtres brisées ou de murs endommagés. Il allait recoller les morceaux avec Amery, peu importait à quel prix.

Achevé d'imprimer en septembre 2016
Par CPI France
N° d’impression : 3019272
Dépôt légal : octobre 2016
Imprimé en France
81121864-1